VORAZ

A CORRUPÇÃO

LANI QUEIROZ

AUTORA BEST-SELLER DA *AMAZON* E *REVISTA VEJA*

ELA DESEJA
O PERDÃO

ELE DESEJA
VINGANÇA

VORAZ

A CORRUPÇÃO

1ª Edição

Santa Catarina - 2021

Qualis

Esta é uma obra de ficção. Nomes, personagens, lugares, datas e acontecimentos descritos são produto da imaginação da autora.
Qualquer semelhança com a realidade é mera coincidência.

Editora Responsável | Simone Fraga
Produção Editorial
Preparação de Texto
Revisão Ortográfica | Raquel Barboza dos Santos, Simone Fraga
Capa | Renato Klisman
Projeto Gráfico | Qualis Editora
Diagramação | Marcos Jundurian
Imagens Internas | Shutterstock

DADOS INTERNACIONAIS PARA CATALOGAÇÃO NA PUBLICAÇÃO (CIP)

Q385v

Queiroz, Lani - 1975 -
Voraz II: a corrupção / Lani Queiroz. — [1. ed.] —
Florianópolis, SC: Qualis Editora, 2021.
230 p. : il. ; 23 cm.

ISBN impresso 978-65-87383-59-0
ISBN digital 978-65-87383-58-3

1. Literatura Nacional 2. Romance Brasileiro 3. Drama 4. Dark
5. Ficção I. Título

CDD – B869.3
CDU – 821.134.3(81)

1ª edição – 2021

Qualis

Qualis Editora e Comércio de Livros Ltda
Caixa Postal 6540
Florianópolis - Santa Catarina - SC -
Cep.88036-972

www.qualiseditora.com
www.facebook.com/qualiseditora
@qualiseditora
@qualiseditora
contato@qualiseditora.com

PLAYLIST

Closer – Kings Ofs Leon
Ride – Lana Del Rey
Honeymoon – Lana Del Rey
Say Something – Justin Timberlake
Prisoner – Raphael Lake
Vertigo – Raphael Lake
You Gotta Love Someone – Elton John
The One – Elton John
Dynasty – Miia
Rag'n'Bone Man – Skin

Só corra riscos se puder lidar com as consequências.
(***Don Corleone*** – O Poderoso Chefão)

CAPÍTULO UM

A paixão aumenta em função dos
obstáculos que se lhe opõem.
(William Shakespeare)

Maya

— Perdoe-me, por favor — imploro.

Minha voz rouca de chorar e também por tê-lo chupado com tanto ímpeto mais cedo.

— Olhe para mim, And. Eu sei que pode ver em meus olhos que estou dizendo a verdade. Começou como uma vingança, mas me apaixonei por você.

Seus olhos cintilam e eu choro mais, estendendo a mão através das grades, tocando seu rosto.

— Eu te amo. Amo muito. — Soluço, meu coração ousando ter esperanças de acessá-lo de novo.

Então, trinca a mandíbula e torce o meu pulso, empurrando-me para longe. Com um rosnado feral, abre a jaula e me puxa para fora com violência.

— Vai aprender a nunca mais me dizer essas mentiras, sua puta! — ameaça e me arrasta em direção a um gancho pendendo do teto.

É com horror que percebo sua intenção. Suspende meus pulsos, prendendo-os bruscamente nas algemas de couro. Ele vai me machucar pra valer desta vez. Choro com mais força. Soluço alto, meu corpo inteiro sacudindo, convulsões me tomando conforme as imagens recentes dançam em meu cérebro. Parece mentira que poucas horas antes eu estava em lençóis de seda com este mesmo homem, onde olhávamo-nos com adoração enquanto nos amávamos. Correção: enquanto *eu* o amava. Tentei enganar o diabo, mas agora a conta chegou. Só que ela é alta demais para pagar. Provavelmente, vou morrer antes que o convença do meu amor. Ainda assim, tento outra vez, soluçando, desesperada:

— Eu te amo! Por favor, acredite em mim.

— Eu acreditei — sua voz tem um toque de dor em meio ao ódio. — Mas não passava de uma mentira. — Estala o chicote atrás de mim. — Tudo que me contou, desde o maldito dia em que apareceu na minha vida, era mentira, porra!

E o primeiro açoite vem. Forte, cruel. Eu berro, sentindo minha pele latejar pelo golpe. Lágrimas quentes pulam dos meus olhos. Percebo que não é um chicote familiar. É mais duro. Esse deve ser reservado para os seus inimigos. Sou isso para ele agora. Mais outro açoite, tão feroz quanto o primeiro. Torno a gritar, meu corpo estremecendo. Constato que mesmo quando era sombrio antes, ainda era comedido. Mais outro, trinco os dentes. As pontas do chicote pegam meu seio direito. A dor é tanta que penso que vou desmaiar. Choro sem cessar. Odiando-o. Odiando-me. Odiando Breno. Odiando os sentimentos que criei por ele.

— Covarde! Maldito covarde! — rosno, a dor me dando coragem para afrontá-lo. — Isto te faz sentir poderoso? Surrar uma mulher indefesa te faz sentir poderoso? — Ele ruge um som assustador às minhas costas e desfere golpe atrás de golpe. — Então, bate, seu maldito!

— Eu te levei para dentro da minha casa, sua puta! — Golpeia novamente.

As pontas pegam na minha barriga e sibilo, mas não grito. Choro em silêncio, aguentando a ira do bandido que, na minha ingenuidade, pensei que conseguiria alcançar o coração.

— Eu te odeio! Não há pessoa no mundo que eu odeie mais neste momento! — sua voz é assustadora, sua respiração acelerada, e meu peito é dilacerado ainda mais ao ouvir suas palavras. — Vagabunda! Traidora!

Seu braço continua incansável e minhas lágrimas continuam caindo, silenciosas, dolorosas. Ele vai me matar aqui. Vou morrer pelas suas mãos. Esse conhecimento esmaga meu coração tolo. Eu o amo e ele vai me bater até a morte. Minhas costas estão queimando, sinto a pele muito machucada. Um arquejo cai da minha boca e me penduro nas algemas, meu corpo incapaz de se sustentar. É como se a dor tivesse ultrapassado todos os limites e minha mente fosse para outro lugar. Meus olhos se fecham, minha cabeça pendendo para a frente.

Os golpes param.

— Aguente, traidora maldita! Não estava pedindo? — seu rugido é alto, enquanto pega meu cabelo, puxando-o.

Eu reviro os olhos, tentando abri-los. Seus dedos tocam minhas costas e apenas gemo baixinho, sem forças. Um som feral, exasperado sai de sua garganta.

— Ah, porra, porra!

— And! Porra, vai matá-la se continuar açoitando-a!

Uma voz masculina soa ao longe. Meus ouvidos estão zumbindo, meu estado de semiconsciência não me deixa discernir quem é. Mas é familiar.

— Isso é assunto meu, irmão. Fique fora — escuto meu carrasco avisar friamente.

Meus pulsos estão sendo liberados e minhas pernas dobram. Sinto-me caindo e, no último momento, braços fortes me pegam, levantando-me. Meu corpo inteiro está tremendo. Meus dentes batem, meus olhos reviram.

— Vadia burra! — meu algoz rosna, ira pingando de suas palavras. — Rata infeliz — continua as ofensas. Todavia, por que seus braços me seguram, evitando a minha queda? Penso aturdida.

— Coloque a maldita de volta nas algemas, And! — ouço mais uma voz. Essa revolve minhas entranhas. Isabeli. — Eu mesma vou açoitar essa infeliz até a morte!

— Está louca, Isabeli? — outra voz feminina interpõe. — Quer se aproveitar de uma garota indefesa? Sei que tem seus motivos para odiá-la, mas não há honra no que está querendo fazer, *figlia*.

— Não somos honrados, minha sogra — a odiosa retruca. — Você me traiu com essa puta, And. Eu quero matá-la. Deixe que seja eu a matar a prostituta.

Oh, meu Deus... Estremeço, minha pele quente e fria ao mesmo tempo. Novamente fico confusa quando seus braços me seguram com mais força junto a si, como se quisesse me proteger da ira da sua noiva maldita.

— Você não vai fazer nada, Isabeli — a mãe de Andreas afirma descontente. É ela, a senhora elegante que vi apenas duas vezes.

Estou me contorcendo de dor para raciocinar com clareza, mas consigo lembrar.

— A menina acaba de ser brutalizada, não vou permitir que ninguém mais a toque esta noite — complementa.

— O que diabos faz aqui, Isabeli? Vá para casa. — Andreas range, começando a andar comigo.

— Deixe-me, ao menos, açoitar a vadia. Você me deve isso, porra! — a vaca insiste.

— Não te devo porra nenhuma! — ele sibila. — Vá para casa. Não estou num bom momento.

— And tem razão. Vá para casa, *figlia*. Não se levante contra seu futuro marido — a senhora reforça, seu tom altivo.

— Vou te esperar no carro — Isabeli avisa irritada.

Um breve silêncio se faz.

— Leve-a para o seu calabouço. Ela precisa de cuidados — a senhora aponta.

E meu carrasco ruge:

— Ela vai ficar aqui, na jaula, como a cadela traidora que é.

— Não discuta comigo, And — sua mãe usa da autoridade. — Está nua e ferida neste lugar fétido e úmido. Pode adquirir uma infecção e...

— Acha mesmo que me importo, mãe? — sua voz treme com ódio.

Meu coração esmaga dolorosamente. Ele me odeia agora. Realmente me odeia. Mais silêncio, presumo que estão se encarando, medindo forças.

— Faça o que estou mandando. Vou cuidar dela. Não ouse discutir comigo, *figlio mio* — o tom da mulher fica mais firme e duro. — Precisamos da moça viva para descobrir o paradeiro da vadia Ramazotti. Aja com a razão.

Ele não diz nada, apenas faz um som irritado. Abro os olhos quando sinto-o mudando a rota, recomeçando a andar para fora da cela sinistra. Andamos pelo corredor, pegamos o elevador e, em instantes, entramos no calabouço familiar. Lágrimas frescas ardem em meus olhos ao ver o lugar onde me fez sua de todas as formas imagináveis. Entramos na única jaula que possui cama. Uma cama onde fui dele muitas vezes. Estremeço com o tecido tocando minhas costas. Ainda assim não gemo, não emito qualquer som. Trinco os dentes e viro meu rosto na direção da parede para não ter que olhar em seus olhos. Neste momento, odeio-o também pelo que acabara de fazer comigo.

— Tire suas mãos sujas de mim, seu assassino — murmuro, minha voz fraca, mas o ódio e mágoa por ter apanhado como um animal são fortes e me deixam sem medo de morrer. — Nunca mais me toque. — Soluço, meu corpo sacudindo em convulsões e desolação. — Nunca mais.

Para meu espanto, suas mãos se afastam, como se tivessem sido queimadas. Posso sentir seus olhos observando o estrago que fez nas minhas costas.

— Acha mesmo que quero te tocar? Vê se te enxerga — zomba friamente. — Você é minha prisioneira agora. Nada mais, nada menos.

— Vá para o inferno! — ranjo, com toda a força que me resta.

— Não, querida, você é quem vai muito em breve — garante, numa voz aterrorizante. — Vai pagar por cada mentira que me contou, por ter me usado. Você e sua comparsa vão morrer.

Um frio agourento percorre minha pele.

— And, já chega — sua mãe interrompe.

— Mas deixarei que escolha se isso será rápido ou lento e doloroso — o monstro continua a tortura psicológica. — Se me contar tudo sobre a sua comparsa, prometo te dar uma morte rápida e...

— Eu disse chega, *figlio*! — Gioconda altera a voz, calando finalmente o imbecil. — Traga-me um kit de primeiros socorros e tudo que possa ajudar a cicatrizar o que fez nas costas dela.

— Ela me traiu! Era tudo mentira! Tudo! — ele ruge como um animal enfurecido, ferido. — E a senhora quer cuidar dela? — seu tom soa magoado em meio à raiva.

— Você está fora de si, And. Alguém precisa ser racional neste momento — a mulher bufa com sarcasmo. — E, para variar, sobrou para mim. Traga-me o que preciso e depois nos deixe a sós.

Ele resmunga, mas ouço seus passos saindo da jaula. Sinto o olhar da senhora sobre mim enquanto espera seu filho assassino voltar. O carrasco retorna alguns minutos depois e escuto a movimentação, meu rosto ainda virado para a parede.

— Não permita que a rata te engane com suas mentiras, *mamma* — alerta, agora mais controlado, mas ainda duro e frio. — Alvinho vai esperar pela senhora. Estou voltando para casa com Beli.

A última sentença acerta meu peito, doendo como os açoites que recebi minutos antes. Quero gritar que o amo, apesar de tudo que vivemos de certo e errado. Quero implorar que não vá para a maldita. Mas não o faço. Meu orgulho, mesmo destroçado, impede-me de me humilhar mais do que que ele já fez hoje. Ouço-o se afastar e respiro entrecortado, meus olhos enchendo de lágrimas de novo. Quando viro o rosto e o vejo passando pela porta, solto os soluços que estive contendo. Eu me enrolo numa bola e choro, sem qualquer vergonha da mulher que me acompanha dentro da jaula. Ela não diz nada, deixa-me chorar e chorar até que meus olhos fiquem secos. Apenas pequenos sons baixos saindo da minha garganta, meus olhos presos à porta por onde ele passou. Eu fiz uma bagunça sem tamanho na minha vida. Fui em busca de uma vingança sem pesquisar direito o ocorrido, deixei-me enganar pela sua maior inimiga, para piorar tudo, apaixonei-me pelo homem que devia destruir e mesmo sabendo dos meus sentimentos, querendo-o com todas as forças eu o entreguei. Onde eu estava com a cabeça?

— Vire-se de bruços. Vamos cuidar dessas costas — o tom da mulher é surpreendentemente suave.

Aproxima-se e seus dedos são ainda mais macios ao retirar meu cabelo suado grudado da testa. Seus olhos verdes e intensos me avaliam por um momento em silêncio.

— Você o ama — soa não como pergunta, mas com convicção.

— P-por que está aqui? Por que quer cuidar de mim? — murmuro entrecortado, minha garganta seca.

Ela se dirige a uma jarra com água, que não havia notado sobre uma mesinha fora da jaula. Pega um frasco branco, retirando comprimidos, enche um copo e volta, estendendo em minha direção.

— Beba — ainda que seu tom e olhar sejam brandos, há uma altivez implícita.

Olho os comprimidos, ressabiada. Ela sorri, compreendendo minha hesitação.

— São apenas analgésicos, *cara*.[1] Quando quero matar, uma bala na cabeça é o meu método preferido — murmura e engasgo, arregalando os olhos.

A mulher amplia o riso. Parece estar se divertindo com a minha reação. Levanto-me nos cotovelos, fazendo careta. Meu corpo inteiro dói. Jogo os comprimidos na boca, em seguida, tomo o líquido frio com avidez. Ela leva o copo para a mesinha, pega o kit de primeiros socorros e vem para a cama.

— Agora, vire-se.

— Não até a senhora me dizer porque está querendo me ajudar — insisto, mesmo em clara desvantagem.

Seus olhos cintilam com algo parecido com admiração, acho.

— Menina, não vejo uma fila de pessoas querendo cuidar de suas costas *maledetas*, então, vire-se — diz sarcástica, lembrando o escroto do filho. — Agora — intima.

Não consigo evitar um bufo de indignação, mas fico de bruços. Ela ri baixinho. O sorriso cínico de seu fodido filho também. Trinco os dentes, esperando pela dor de ser tocada. Porém, surpreendo-me com o toque suave da mulher. Percebo que está aplicando pomada anestésica, pois, em poucos instantes, não sinto quase nada de dor. Limpa bem devagar, seus toques como plumas.

— Um sacrilégio com uma pele tão bonita... — diz em tom brando, continuando seu serviço. — Estas pomadas cicatrizantes são excelentes e não ficará marcas — resmunga. — Você realmente tirou meu filho do sério.

---

1 Querida – em italiano.

— Nada justifica a truculência do seu filho — rebato e ela torna a rir.

— Não está em condições de ser petulante, *piccola*.[2] — avisa, cuidando do último machucado. Em seguida, pega as coisas, juntando tudo na caixa do kit. — Mas, surpreendentemente, eu gosto que não abaixe a crista. Odeio lidar com fracos.

Embebe gazes em água, passando a limpar outros lugares sujos pela terra da cela imunda que estive antes. Fico novamente surpresa quando segura as bordas do lençol de seda preta e coloca-o por cima das minhas pernas e bumbum. Meus olhos marejam com seu gesto. É a primeira pessoa que se preocupou com minha nudez humilhante esta noite.

— Obrigada, senhora — murmuro, meus olhos turvos, desta vez, de gratidão.

Ainda não sei o que quer de mim, mas, por enquanto, sinto-me estranhamente segura com ela por perto. Guarda os medicamentos dentro do kit e descarta as gazes usadas no lixo. Higieniza as mãos com álcool gel e cruza os braços sobre o peito, recostando-se às grades. Usa um conjunto vermelho de blusa de alças grossas e calças pantalonas de tecido fino. Permanece bonita e elegante, mesmo dentro de um calabouço. Pego-me admirando-a, como uma criança diante de um adulto fascinante.

— Os dias ruins vem para nos ensinar que o céu não será permanentemente azul, *cara* — declara, olhando-me fixamente.

Seu semblante quase de pena, mas, em seguida, sua voz endurece.

— Eu deveria ser a primeira a aplaudir meu filho por te dar essa surra. O que minha nora disse antes é a verdade, não somos honrados. — Meu rosto torce com ela chamando a cadela miserável de nora. Seus olhos acendem, atentos a qualquer reação minha. — Também não somos benevolentes. Você nunca terá o perdão dele, menina.

Ofego, um misto de sentimentos guerreando dentro de mim. Ódio, amor, revolta, mágoa. Nenhuma novidade quando se trata daquele homem maldito.

— Eu sei. Neste momento, nem sei se quero — falo mais para mim do que para ela, a mágoa muito fresca.

— Conheço o sentimento. Os homens Montanaro têm essa capacidade de nos fazer amá-los, mas odiá-los em muitos momentos — confidencia com um pequeno sorriso.

Então, o riso vai sumindo e ela me intima novamente:

— Conte-me tudo e, talvez, eu consiga poupar sua vida.

— Então, acredita que amo seu filho? Que fui manipulada? — pergunto, ansiosa.

— Acredito no seu amor por meu filho? Sim.

Seu tom fica seco ao completar:

— Acredito em sua inocência? Não.

Minhas esperanças despencam.

— Você está longe de ser inocente, Maya. Pelo que minha nora conseguiu descobrir, aproximou-se de And com o único intuito de vingar seu noivo. Valéria

2 Pequena – em italiano.

Ramazotti te usou para seus próprios objetivos contra nós? — Seus olhos ficam frios. — Isso que quero descobrir. Você podia ter matado a todos naquela festa, inclusive minha família.

— Não! Eu não sabia nada sobre a bomba, senhora! Por favor, acredite em mim — imploro. — Nunca quis machucar ninguém. Mesmo no começo, meu objetivo era colocar Andreas na prisão. Eu queria justiça pelas vias legais. Sou uma advogada, por favor, sou...

— Menina, não seja tola. — Ri cinicamente. — Todos somos advogados. Uma grande família de advogados respeitados.

— Mas eu sou honesta. Juro, senhora. Pergunte a seu filho e saberá que sou honesta — afirmo com veemência.

Seus olhos me estudam, argutos.

— Conte-me tudo. Deixe-me entender como alguém pôde ser tão estúpida de pensar que poderia levar um Montanaro para a cadeia — caçoa e suspiro vencida.

Sinto-me realmente estúpida. Ela tem razão. Agora eu sei que dei um passo infinitamente maior que a perna. Então, eu narro toda a história. Desde o telefonema de Breno, avisando que estava preso, quando o nome de Andreas surgiu pela primeira vez, até o confronto de horas antes na casa de meu carrasco.

— Errei, pois estava tão cega por vingança que não chequei se as credencias de Valeska eram verdadeiras — lamento, meus olhos voltando a turvar. — Mas, certamente, meu maior erro foi me apaixonar pelo homem que considerava meu inimigo. E agora sinto mais ódio por esse sentimento que carrego no peito do que por tudo que aconteceu.

Ela me encara em silêncio por um tempo e anda devagar parando na borda da cama.

— Vou fazer o possível para que ele te mande embora viva — diz e meu coração acelera. Ela acredita em mim?

— Por quê? — pergunto, sem entender seu apoio.

— Seus olhos. Há algo em seus olhos que me faz lembrar de uma pessoa muito querida — murmura. — Não se parece exatamente com ela, mas essa incomum tonalidade e a forma como mudam de cor são incrivelmente similares. — Franzo o cenho, intrigada. — Uma grande amiga da Sicília. Éramos como irmãs e nossos maridos também. — Sorri nostálgica. — Tão unidos que, quando eu e Gian Lucca tivemos o nosso And, Caterina e Adriano prometeram ter uma menina para se casar com ele.

— O que aconteceu com eles e a promessa? — pergunto, pois, obviamente, essa história não deu certo. Os pais da vaca da Isabeli não se chamam Caterina e Adriano.

Pela primeira vez, vejo dor no rosto da matriarca. Seus olhos brilham e ela pisca, visivelmente abalada.

— Eles morreram — revela com tristeza. — Os três morreram num terrível incêndio. A menina prometida ao meu filho tinha apenas três anos — sua voz treme um pouco.

Essas pessoas eram realmente importantes para ela, dá para sentir a emoção em seu relato.

— *Mia bambina* teria se tornado uma moça linda. Faria um par deslumbrante com o meu And. — Funga um pouco e pigarreia, para manter a alteridade. — Descanse agora. Não deixarei que voltem a importuná-la enquanto estiver se recuperando — diz e se prepara para deixar a jaula.

— Senhora? — chamo, bocejando. Os remédios fazendo efeito, a dor passou. Ela se vira e me encara de novo. — Sei que vocês devem achar que não tenho nenhum direito, pelo que fiz com seu filho, mas posso lhe pedir algo? — Lambo os lábios, nervosa. — Isabeli me odeia. Por favor, não a deixe vir aqui. Ela vai ordenar que me prendam outra vez para me açoitar.

Gioconda franze o cenho, mas acena.

— Eu a manterei longe, tem a minha palavra — garante e suspiro aliviada.

Não sei porque, mas confio nessa mulher. É estranho demais, porém, ela está me passando uma sensação reconfortante desde que apareceu para me livrar de apanhar até ter as costas esfoladas pelo criminoso maldito.

— Agora, se quiser realmente ter uma chance de escapar com vida, aconselho-a a ajudar And achar a vadia Ramazotti. Enquanto ele não encontrá-la, estará fora de si, portanto, será perigoso para você estar em qualquer lugar perto dele.

Torno a engolir em seco, todavia, sou obrigada a acenar.

— Contei-lhe tudo que sabia, senhora — garanto.

Ela me avalia.

— E sinto muito pelos seus amigos e pela garotinha — digo sincera.

Seus olhos cintilam e vejo que minha sensibilidade a agradou.

— Não sinto o mal em você, menina. — Sua expressão enternece um pouco. — Essa foi a outra razão para lhe ajudar. Espero que resolva a bagunça que fez em sua vida. Deixarei mais um guarda lá fora. Um dos meus, para conter a ira de Beli, caso ela apareça — avisa com seriedade

— Mais uma vez, obrigada — murmuro, lutando para manter meus olhos abertos.

Ela anda para perto de novo e meu peito dolorido aquece quando torna a pegar as bordas do lençol e o ajeita cuidadosamente sobre meus ombros, evitando as costas. Seu rosto suaviza e seus dedos retiram as mechas insistentes caindo em minha testa.

— É impressionante como são parecidos — sussurra para ela mesma, referindo-se aos meus olhos.

Então, sua expressão volta a ficar séria, quase dura:

— Descanse, *cara.* — diz em tom de ordem e se vira, desta vez, andando para fora, atravessando o salão.

Eu a observo até ela passar pela porta, depois, deixo minhas pálpebras caírem, fechadas. O rosto do homem que amo e que se tornou o meu carrasco povoa minha mente. Os olhos verde-musgo me fitando com adoração é como um tiro no peito. Nunca mais serei o foco desse olhar. Ele me odeia agora. E eu deveria odiá-lo também! Novas lágrimas surgem, doloridas, arrependidas, magoadas. Gemo tão devastada quanto fiquei com a morte do menino que sonhei, que seria meu marido. Breno não era quem pensei. E entrar na vida de um criminoso para fazer justiça em seu nome foi a minha ruína. Os olhos verde-musgo continuam me fitando, lembrando-me de que o perdi. Arquejo, enrolando-me em posição fetal e choro, odeio-o por ter sido capaz de me machucar, mas, junto com esse sentimento, vem a dor de saber que nunca mais terei seus braços à minha volta. Nunca mais o ouvirei me chamando de *seu bebê*. Acabou. Outro gemido, desta vez, mais devastado sai da minha boca, ressoando no calabouço.

— O que eu fiz da minha vida, meu Deus? — Soluço baixinho. — O que eu fiz?

Choro até adormecer, mas, antes da inconsciência me levar, lembro-me de agradecer a Deus pela ajuda de Gioconda Montanaro. Apesar de a mulher ter revelado que sua forma preferida de matar pessoas é com um tiro na testa, não senti medo. Imitando suas palavras em relação a mim, não senti o mal nela. Talvez porque tenha sido a única alma preocupada em não me deixar nua e machucada naquela cela horrenda. Disse que os dias ruins vêm para nos mostrar que o céu não será sempre azul. Ela tem razão. Preciso ser forte e aguentar o que quer que meu algoz tenha preparado para mim. Passarei pelos dias cinzas de cabeça erguida e lutarei para que meu céu volte a ser azul.

Andreas

Entro no meu quarto com Beli na minha cola. Ela veio amuada todo o percurso do Voraz até aqui. Vou direto para o bar e me sirvo de uma grande dose de Bourbon. Isso vai ajudar com o bolo entalado na minha garganta.

— And... — murmura, cautelosa às minhas costas.

— Agora não. Se quiser ficar, não fale comigo — digo rispidamente, tomando um grande gole.

Dirijo-me ao banheiro, preciso me livrar do cheiro da rata ainda entranhado na minha pele. Entro e me encaro no espelho da pia. Eu sou o fodido Cobra, o traficante mais bem sucedido da porra da América Latina! Todos me temem, ainda que poucos saibam quem é a figura pública por trás do codinome. Sou conhecido pela minha inteligência e habilidade em avaliar pessoas, como diabos me deixei enganar por uma menina mal saída da adolescência? Quanto mais penso sobre isso, mais a ira me toma. A resposta é uma só: fiquei louco pela maldita no instante em que pus meus olhos sobre ela. Eu a quis tanto. Deus, nunca quis tanto alguém na minha vida. E eu a tive e isso só piorou, transformando-se numa obsessão tão grande que me cegou para tudo o mais. Cheguei ao cúmulo de apresentá-la para a minha família como segunda escolha, minha mulher. Ela deve ter rido muito de mim junto com a puta Ramazotti. Traidora! Puta ordinária!

Eu te amo. Sua declaração mentirosa ainda está reverberando em meu cérebro, como que para zombar de mim e da minha estupidez. Aqueles olhos. Aqueles malditos olhos pareciam sinceros ao me dizer isso algumas horas atrás. Eu a coloquei em minha cama! Trouxe-a para a minha casa, porra! Fiz tudo por ela! Meu peito doeu tanto quando soube de sua traição, que pensei estar sofrendo um infarto. E está doendo desde então, sufocando-me.

Beli a investigou nas duas semanas em que disse que estava viajando com sua irmã. Eu me senti ainda mais idiota, descobrindo tudo através de minha noiva desprezada. Meu maldito peito dói mais e toco-o, apertando com força, tentando parar essa merda. É a sensação mais incômoda e estranha que já senti. É quase física. Para mim, *ela* era a coisa mais pura que já tinha tocado. Era o meu orgulho ter sido seu primeiro homem. Mas estava tão enganado. Era tudo mentira! Tudo, porra! Fecho o punho e dou um soco forte no espelho, é uma boa distração para a queimação em meu peito. O espelho se quebra, os cacos cortando minha mão, puxo-a de volta, o sangue começando a escorrer pelos dedos.

— And! Oh, meu Deus! Você se machucou, amor? — Beli entra assustada no banheiro.

Eu tomo mais um gole grande da minha bebida, deixando-a queimar no caminho até meu estômago. Apoio a mão ferida sobre a bancada de mármore branco e logo o sangue faz uma poça.

— Estou bem. Não foi nada — digo entre dentes.

Como intrometida que é, ela vem para perto e me abraça por trás. Ofego, meus olhos fechando, meu cérebro fodido recobrando outro corpo, outro cheiro de horas atrás. Ela beijando minhas costas, suas mãos delicadas acariciando minha barriga. A dor intensifica e quero matar todos à minha volta neste momento, a começar pela traidora de merda!

— Vá para a sua casa, Beli — digo em tom duro, empurrando suas mãos de cima de mim.

— Mas, And, você não está bem. Deixe-me ficar e...

— E o quê, porra? — rebato, virando para ela, ameaçador. — Eu não posso ver ninguém sem ter o desejo de esfolar todos. Vá. Embora. Agora — trinco os dentes.

— Você tem sentimentos por aquela puta? É por isso que está desse jeito? — ousa perguntar.

E estou em cima dela no segundo seguinte, pegando seu pescoço, batendo-a contra a parede. Aperto, querendo matar, querendo sangue. Precisando de qualquer coisa que faça parar a dor em meu coração.

— E-stá me machucando. Pare... — arqueja, seu rosto ficando vermelho. Rosno e a solto.

— Vá embora — torno a dizer, já arrancando minhas roupas, indo para o box. Ela tosse e se vai, finalmente.

Ligo a ducha e fecho os olhos, deixando o jato potente cair sobre minha cabeça. Ela está aqui, na minha mente. Aqueles malditos olhos de camaleoa, brilhantes quando a tocava, enterrava-me nela. Abro os meus e vejo o sangue escorrendo pelo ralo, misturado à água. Pego o sabonete e a bucha, passando a me esfregar com força, odiando-a, odiando tudo que senti por ela. É tanto ódio me envenenando que pesei a mão açoitando-a. Eu a machuquei. Tudo que conseguia pensar era que não me amava, seu amor pertence a outro homem. Tudo mentira. Cada palavra que saiu daquela boca era mentira. Soco a parede de azulejos. A mão já cortada, dói como o inferno.

— Porra! Maldita puta! — xingo, querendo voltar lá e surrá-la mais.

Odeio-me por ter sentido remorso quando vi suas costas. Queria segurá-la nos braços e protegê-la, cuidar dela. A puta repetiu suas mentiras muitas vezes. Isso foi o que me deixou mais insano, ouvi-la ainda dizendo que me ama, insistindo na mentira. É muito estúpida se pensa que vai me enganar outra vez com sua declaração de merda. Vou trucidá-la! Vai morrer tão logo encontre sua comparsa. Ela tem que morrer! Odeio-a!

Termino o banho e saio do box. Enxugo-me e visto um roupão. Pego o kit de primeiros socorros no armário embaixo da pia e cuido da minha mão direita. Estaria fodido se não fosse ambidestro. Escrevo, manuseio facas e atiro muito bem com a esquerda também. Enrolo uma faixa depois de limpar, aplicar pomadas cicatrizantes e antissépticos e deixo o banheiro. Coloco um de meus ternos escuros. A aurora está surgindo através das janelas de vidro. Vou me reunir com Alvinho e nossos primos em uma hora. Eles virão até aqui. Precisamos alinhar nossas frentes de ataque. Agora que sabemos que os malditos Ramazotti nunca deixaram de nos perseguir, iremos para cima como abutres. Pego minha carteira e meu celular, saindo do *closet* para o quarto. Minha noiva enxerida se foi. Finalmente, porra! Com a ira mal contida que estou, corria um sério risco de eu machucá-la, se ela abrisse a boca de novo. Dirijo-me ao meu escritório e pego o maço de cigarros dentro da primeira gaveta. Acendo um para relaxar. Às 8h, tenho que passar na delegacia de polícia e dar outro depoimento sobre a minha trágica festa de aniversário. Ligo para o general Rodolfo, que está cuidando para a investigação não dar em nada, e passo os próximos vinte minutos acertando os detalhes com ele. Uma indenização gorda será depositada na conta da família do casal que morreu na explosão. Estou dando assistência também aos muitos que ficaram feridos. As duas vadias foram ousadas plantando a bomba num hotel tão bem conceituado.

Franzo o cenho, recordando de que a maldita traidora correu para longe alguns segundos antes da bomba explodir. Ela sabia a localização e correu para não se machucar seriamente. E eu, como um fodido idiota, preocupado com sua concussão e as escoriações em seu rosto. Senti-me culpado por levá-la para a festa. Culpado por ser corrupto e estar tão obcecado por uma menina tão pura. Rosno, querendo acabar com ela. Mas não posso agora. Terá que me contar tudo, só então, eu a mandarei para o inferno, onde é o lugar de vadias mentirosas. Meu celular toca e vejo o nome de Luigi na tela.

— Primo — ranjo, sem paciência para traquejo de merda.

— Oi, And. Você está bem, primo? — pergunta e me irrito no mesmo instante.

— Estou ótimo, porra! Por que diabos não estaria? — atiro.

Ele bufa do outro lado.

— *Stronzo* — resmunga. — Acabei de saber que a família está se movimentando para assistir à execução da puta Ramazotti e, de quebra, da sua vadia.

O quê?! Eu passo a mão esquerda pelo cabelo. Sim, a família aprecia assistir à execução de ratos grandes como um Ramazotti, por exemplo. Odeio a forma como meu peito aperta ao pensar que a vagabunda traidora também será executada. Esse é o nosso mundo. Não há perdão. Ela mexeu com a família errada e vai se arrepender amargamente disso.

— É o costume. Nenhuma novidade, primo — respondo rispidamente.

Há um breve silêncio e ele diz:

— Ainda bem que não exigiu que eu executasse a Mari diante da família inteira — seu tom é aliviado.

Ele está ostentando uma cara pateta e apaixonada desde que a família o deixou ficar com a agente da Policia Federal - PF.

— Vou vomitar com esse apelido meloso a essas horas da manhã, porra — aviso, ranzinza como o inferno.

— Vá se foder, And! — ele brada do outro lado. — Se você gosta dessa cadela, então...

— Ela me traiu, porra! Qual é a parte que não está entendendo, Luigi? — estalo, muito irritado. — Por que diabos acha que vou perdoar a cadela?

— Por que conheço meu primo e vi o jeito que a olhava na festa — diz com arrojo.

Se o infeliz estivesse aqui na minha frente, daria um tiro nele. Não para matar, claro, mas num lugar que doesse bastante.

— Não é porque está parecendo um zé boceta que vou entrar nessa também, primo — zombo.

— Certo. Eu só queria avisar da expectativa da família para que fique preparado — seu tom novamente insinua que tenho sentimentos pela infeliz.

Eu não digo mais nada, apenas desligo na cara do idiota.

Acendo mais um cigarro e puxo uma tragada longa, soltando a fumaça pelo nariz. A porta se abre e franzo o cenho, pronto para matar quem está ousando subir na porra do meu espaço sem se anunciar. Meu humor termina de azedar ao ver meu velho. Ele vai jogar na minha cara um pouco mais sobre ter me precipitado com a vadiazinha.

— *Papà* — minha voz sai tensa.

Ele está de banho tomado e composto em seu terno também. Seus olhos são duros, como sempre ficam quando estamos diante de ameaças externas.

— Você precisa matar a *puttana* — diz à queima-roupa.

Engulo em seco.

Por que essa ordem saindo da boca de meu pai não me agrada? Já sei que preciso dar cabo da garota estúpida. Sei disso, mas, quando o patriarca da família me dá a ordem, a coisa tem um peso diferente.

— Mate a infeliz agora mesmo. Não espere mais.

Meu sangue gela. Agora? Bato as cinzas do cigarro no cinzeiro, sem desviar o olhar de meu velho.

— Eu vou matar, fique tranquilo — afirmo sem titubear

E a porra do aperto indesejado está de volta ao oralizar a frase. O remorso ridículo ainda está tentando ganhar espaço dentro mim pelo que fiz nas costas da infeliz.

— Só ficarei tranquilo quando estiver casado com a nossa escolhida. Uma siciliana decente e com um herdeiro a caminho.

— Não seria melhor dizer a *sua* escolhida, meu pai? — não aguento e resmungo, de saco cheio de ouvir como Isabeli Valente é a esposa perfeita para um homem como eu.

Seus olhos escuros cintilam, parecendo momentaneamente magoado pela minha resposta seca. Merda. Esfrego minhas têmporas, cansado pra caralho. Com sono, pois não preguei o olho à noite. Não, eu fiquei velando a putinha ordinária dormir depois da foda intensa na qual ela chorou, dizendo que me amava. Fiquei lá, admirando-a, encantado como um fodido retardado. Fazendo planos e mais planos. Eu queria dar o mundo para a maldita. Eu queria... Porra! Ranjo os dentes, lutando contra a vontade de voltar lá no calabouço e acabar com ela.

— Minha escolhida e de *tua madre*,[3] infelizmente, deixou-nos jovem demais, sabe disso, *figlio mio* — diz com pesar.

Expiro longamente.

— Em um mês, o senhor terá o casamento que tanto espera e, em breve, um neto, garanto — digo em tom mais brando.

Ele se aproxima e segura meu rosto dos lados, olhando-me como se soubesse o tormento que aquela cadela miserável provocou em mim.

— Sei que aquela rameira te tocou, *figlio*, eu vi seu desespero quando a bomba explodiu e depois quando a encontrou machucada — range, sua raiva um reflexo da minha. Nem me dou ao trabalho de negar, porque seria em vão. — Mas tudo ficará para trás quando ela estiver morta. — Novamente, engulo em seco com sua sentença. — Foi um erro trazê-la para dentro de nossa casa e um ainda maior querer tratá-la com respeito, apresentando-a à família.

— Eu sei, *papà* — engulo meu maldito orgulho.

Ele assente.

— Espero que tenha aprendido a lição, *bambino*. Putas como aquela aliviam a tensão de homens na sua posição, eu não sou cego. — Ri com cumplicidade masculina. — Vi o quanto a garota é bonita. Porém, não importa o quanto sejam deslumbrantes, vagabundas devem permanecer nas sombras. — Segura meu rosto com mais firmeza, os olhos fixos nos meus. — Nunca as traga para os holofotes.

— O senhor alguma vez se encantou por uma de suas subs quando era mais jovem? — inquiro, agora essa dúvida me bateu.

---

3 Sua mãe – em italiano.

Cresci vendo-o demonstrar seu amor por minha mãe, livremente. Mas, talvez tenha passado pelo que estou passando agora.

— Não, sua mãe sempre foi a dona do meu coração, *figlio* — murmura e vejo a sinceridade em seu semblante. — Acredito que teria sido fiel desde o começo, se ela tivesse mostrado inclinação para submissa.

Faço uma careta e ele ri.

— Vamos mudar o assunto. Imaginar minha mãe numa cena com meu pai é um péssimo jeito de começar o dia — estremeço.

Mas acrescento, sério:

— *Grazie, papà*. Eu vou cuidar de tudo, fique tranquilo — afirmo com respeito.

— Eu sei que sim, And. Você não é o chefe à toa — garante em tom intimidante. Inclinando-se, ele me dá um beijo de cada lado da face. — A família espera assistir à execução da traidora e depois da prostituta Ramazotti.

Merda, então o fodido Luigi estava certo. Eles querem ver sangue.

— Pai, não posso matá-la antes de descobrir onde está a Ramazotti — aponto.

Ele torce o rosto, descontente.

— Ela precisa morrer logo. Tem que mostrar punho de ferro em casos de traição, *figlio*, sabe muito bem disso — retruca, sua carranca voltando com tudo.

— Está proibido de chegar perto daquela moça, And — a voz contrariada de minha mãe vem da porta.

Viro a cabeça para olhá-la. Tem uma carranca também, entrando na sala.

— E você, pare de pressionar *nostro figlio, vita mia* — desvia a atenção para meu pai.

Embora seu tom seja de reprimenda, ela o beija quando o alcança. Meu velho faz um som de desagrado, porém, beija-a também.

— Não há perdão para traição em nosso mundo, Gio. Está cansada de saber disso, *cuore mio* — ele argumenta.

Os olhos verdes de minha mãe procuram os meus. Ela me estuda em silêncio um instante.

— Não vejo o mal naquela menina, *figlio*. Quero interceder em seu nome — anuncia e tanto eu quanto meu pai saltamos com o susto.

— O quê?! A senhora não pode estar falando sério. — Levanto-me, indignado. — Aquela puta me traiu, mãe! Queria me matar, matar-nos naquele ataque da bomba!

Minha mãe cruza os braços à frente do corpo. Conheço essa posição. É quando está convicta de algo e vai defender seu ponto, doa a quem doer.

— É mesmo? Pense comigo, And — convida. — Quantas noites dormiu com aquela *ragazza* em sua cobertura? — Eu estreito os olhos sobre ela. — Muitas, eu sei. Não acha que se ela quisesse realmente matá-lo, teria conseguido em algum momento?

Meu pai faz um som desgostoso e eu também. Ela tem um bom argumento.

— Ela não é uma assassina, isso está claro. Não é como a vadia Ramazotti, portanto, não pode ser julgada com a mesma severidade — continua com seu ar altivo e sabichão.

— Ela queria me jogar na cadeia, mãe — falo controlando-me para não rosnar.

Seus olhos cintilam com alguma emoção que não consigo discernir.

— Ela teve todas as chances para matar meu filho, meu primogênito amado, mas não o fez — diz com voz mais enérgica. — Serei grata. Vou defender aquela menina com unhas e dentes, esteja avisado.

Eu e meu pai ficamos estupefatos com sua veemência.

— A maldita me traiu — repito, como um fodido disco quebrado.

— Use do princípio da delação premiada e a libere quando entregar o esconderijo da cúmplice — mamãe propõe, como se não me ouvisse.

Então, compreendo o que aconteceu, ela se deixou enganar pela vadia e seus olhos tristes e chorosos.

— Não a culpo, *mamma*. Ela pode ser muito convincente — cuspo, o ódio voltando a revolver minhas entranhas.

Encaro meu pai, que está franzindo o cenho.

— *Tua madre* está certa. Não havia analisado a situação por esse ângulo — ele diz, seu semblante fechado. — Aquela moça realmente podia ter tirado o *nostro primogênito*, mas, por algum milagre, não o fez — completa, bem mais brando agora.

— Homens... São tão toscos — minha mãe bufa. — Mas o que importa é que *tuo padre* concorda comigo. Diga a ele, *vita mia* — sua voz fica mais doce, no tom certo que sempre usa para conseguir driblar meu velho.

Mulheres... Quero bufar, mas fico quieto.

— Libere a garota quando entregar a comparsa, *figlio*. — Seu rosto fica sombrio. — Com um aviso sumário para que nunca mais apareça nesta cidade, caso contrário, será morta imediatamente.

Assinto e odeio que tenha gostado da alternativa de minha mãe. Odeio que queira aquela vagabunda respirando. Odeio principalmente ainda querê-la como antes, mas depois do que ela fez, depois do que eu fiz... Minha resolução era não chegar perto da infeliz nunca mais. Seu pedido para que parasse de tocá-la e sua voz me chamando de assassino ainda reverberam em minha mente. O sentimento de vingança aquece minhas vísceras. Eu vou tê-la o quanto eu quiser, o quanto eu puder. Posso aceitar libertá-la depois de pegar a puta Ramazotti, mas, enquanto isso, Maya continuará sendo minha. Um sorriso cruel se abre em minha boca. Ela conhecerá meu pior lado como amo de agora em diante. Vai se arrepender amargamente por ter cruzado o meu caminho. Será a minha escrava vinte e quatro horas por dia, sem descanso, e no processo vou arrancá-la do meu organismo.

Sem piedade.

CAPÍTULO DOIS

Somos feitos de carne, mas temos de viver
como se fôssemos de ferro.
(Sigmund Freud)

Uma semana depois...

Andreas

Ando pelo corredor do subterrâneo do Voraz, a caminho do calabouço em que meus homens colocaram o prisioneiro. Alvinho, Luigi, Guto e nossos seguranças pessoais me acompanham. Jairo segura um terno limpo em um cabide. O segurança de meu irmão faz o mesmo. Sempre nos *sujamos* ao interrogar um prisioneiro. Melhor nos precavermos... Trata-se de Fabrizio Ristoni, um dos capangas de confiança do velho Claudio Ramazotti. Não lhe sobraram muitos filhos depois que esfolamos os infelizes que assassinaram a nossa Bea. Há apenas a Valéria, a vadia que se juntou com a menina estúpida para me foder, e um garoto de treze anos, Enzo. O velho tem contado com seus homens mais próximos para manter tudo funcionando até que o franguinho tenha idade suficiente para assumir o comando da *famiglia*. Só que ele não encontrará mais nada a comandar. Os Ramazotti serão nada além de inscrições em lápides quando isso tudo terminar, podem anotar aí. Tivemos um período de dez anos em paz relativa com os infelizes. O velho Ramazotti acordou uma trégua com o meu pai enquanto era o chefe, mas esse ciclo foi rompido pelo brutal estupro e assassinato de uma menina inocente. Depois da monstruosidade que fizeram, nunca mais estaremos em paz com os malditos. Nunca mais! Vamos esfolar todos eles ou não me chamo Andreas Montanaro.

Paro abruptamente na bifurcação que leva à escada com acesso ao meu calabouço. São sete dias fumando e bebendo como um lunático. Alimentei-me, porque minha mãe me encheu o saco quando Meire, minha governanta, deu com a língua nos dentes. Tudo por causa da putinha ordinária e sua aliança com os nossos piores inimigos. Olho para o corredor, querendo ir até lá, mesmo que minha mãe tenha me proibido de chegar perto da infeliz enquanto se recupera. É uma mistura de sentimentos violenta que estou sentindo. Quero matá-la por me trair, mas também quero fodê-la. Duro. Ouvi-la gemendo e gritando meu nome. Porque ela vai fazer isso, aquela miserável. Gostou de trepar comigo mesmo querendo se vingar. Gostou de ser minha puta. Para meu desgosto, o desejo pela maldita não foi embora com meu estado de ira. Nas últimas semanas, estivemos juntos todos os dias. Estava dentro dela todo dia, várias vezes, e meu corpo sente a falta do seu, como um maldito viciado privado da droga. Eu mudo a direção, minha intenção clara. Vou lá. Vou comer a vadia. É minha prisioneira, não preciso ter melindres ou cerimônia. Ela vai começar a me pagar e vai ser agora!

— And, nem pense nisso, irmão. — Alvinho se coloca na minha frente, seu rosto sério. — Nossa mãe te proibiu de chegar perto da cadela.

Ranjo os dentes para meu irmão, querendo empurrá-lo. Nós não desobedecemos a nossos pais. O sangue e criação siciliana não nos deixam ir contra eles. Nunca. Então, fecho brevemente os olhos, recompondo-me. Mas que merda estou pensando? Pegamos um homem que certamente sabe sobre os planos de nossos inimigos e tudo que penso é em como sinto falta de foder a vagabunda? Meu ódio pela infeliz só aumenta, por mexer comigo dessa forma.

— Está certo, mano. Vamos dar o melhor tratamento ao nosso novo convidado — digo, deixando a frieza se apossar de mim.

Sou temido pelos meus inimigos pela minha capacidade de não demonstrar nada, nenhuma emoção enquanto torturo e arranco peles de pessoas. Encaro meus primos, que estão me olhando com olhos estreitos, e resmungo:

— Hora do show.

— Ótimo, primo — Luigi anui, seu olhar e sorrisos frios, já entrando em seu personagem também.

— Não vejo a hora de arrancar a puta Ramazotti do buraco onde está se escondendo, porra! — Guto adiciona.

Alvinho acena e recomeçamos a andar na direção da última cela, onde o defunto ambulante se encontra. Puxo uma tragada longa do meu cigarro e solto a fumaça toda pelo nariz.

— Conseguiu contato com a sua cadela? — inquiro para meu mano.

Alvinho tem estado apreensivo, porque não está conseguindo conversar com sua secretária/sub.

Ele suspira e passa uma mão pelo rosto.

— Não, mano. Parece que a garota estúpida foi embora, fugiu de mim, porra — resmunga. Posso sentir sua frustração.

— Ela havia sinalizado que poderia fazer algo desse tipo? — inquiro novamente.

— Sim. A cadela estava me pressionando cada vez mais para assumi-la e deixar Celine. Nossa última sessão foi na quinta à tarde, antes do seu aniversário. Depois disso, seu telefone só dá fora de área. — Faz uma careta.

— Está procurando por ela? — insisto.

— Sim. Coloquei um rastreador numa pulseira que lhe presenteei em seu aniversário. Vou acionar o sinal hoje. Estava tentando dar espaço para a vadia, mas acho que já foi suficiente — diz com determinação. — Vou buscá-la onde diabos estiver e ela será minha de novo. Ela não tem a porra da permissão para me deixar!

Franzo o cenho com sua veemência.

— Então, qual o plano? Mesmo sendo uma puta fria, Celine é a sua esposa.

Ele bufa e me olha de lado, soltando uma baforada do seu cigarro também.

— Vou usar a mesma prerrogativa que propôs para a sua cadela, irmão — diz e eu rosno, querendo me chutar por ter sido tão estúpido a ponto de desejar ter a traidora como segunda escolha. — Bianca será a minha segunda esposa.

Paramos diante da porta do prisioneiro.

— Se está certo sobre isso, desejo boa sorte, mano — murmuro, querendo que dê certo, afinal, ele não tem culpa que a minha segunda escolha tenha se revelado uma cobra traiçoeira de marca maior.

— Obrigado, mano — ele diz, seu olhar suavizando um pouco. — Selecione novas subs, isso vai te ajudar a arejar a cabeça. Pegue várias, desta vez. — Ri com cinismo. — Eu me recordo de que não tinha problemas quando comia várias cadelas. Os riscos de se apegar são nulos. Agora é tarde demais para mim, meu pau não quer outra a não ser aquela porra de garota — resmunga.

Assinto.

Sim, preciso voltar ao jogo o mais rápido possível. Meu irmãozinho está certo quanto à parte de não se apegar quando estamos com várias posses. Vou providenciar nova seleção. Foi um erro grotesco ficar apenas com a putinha infeliz só porque era virgem. Isso me fez cair como um patinho em sua vingança. Maldita! Vai me pagar por tudo! Empurro a porta e entro na cela. Apenas um homem de nossa segurança está dentro do pequeno cômodo. Meu olhar vai para o capanga. Jairo se aproxima, ajudando-me a me livrar do terno e gravata. Meu olhar nunca deixa a minha presa. É um cara moreno, na casa dos trinta, criado na casa de Claudio. Adora se mostrar como se fosse da família. Está nu, preso pelos pulsos em correntes que descem do teto e os pés dentro de uma bacia com água. Sua cara cheia de hematomas mostra que lutou para não ser capturado. Rio, deixando a maldade vir à tona.

As facas, canivetes, alicates e a parafernália que usamos para dar tratamento requintado aos nossos *convidados* estão sobre uma mesinha feia e velha. Ando até ela, pegando a minha faca preferida para lidar com vermes. É robusta, o cabo de aço e a lâmina em prata. Era dessas que usava nas sessões com as subs, todavia, para a traidora, encomendei um conjunto especial em ouro. Ela era pura, merecia o melhor. Meu sangue ferve e me recrimino por deixar a puta atravessar meus pensamentos de novo. Ando até o infeliz, que emite um som de pavor, arregalando os olhos castanhos. Rio friamente, passando o polegar ao longo da lâmina, bem devagar.

— Não chegue perto de mim com essa faca, seu doente de merda! — o idiota tem a ousadia de rosnar.

Rio ainda mais friamente e levanto uma sobrancelha.

— Eu realmente aprecio quando eles bancam os durões.

Olho meu irmão, que também está alisando sua faca.

— E você, maninho?

Alvinho ri como uma hiena e me olha de lado.

— Ah, minha noite acaba de ficar mais interessante, maninho — diz cinicamente.

Observo o prisioneiro de cima a baixo. Já está tremendo. Ordenei que colocassem a água mais fria e ainda acrescentassem pedras de gelo na bacia. Eu o rodeio, devagar, deixando-o borrar-se por não saber se vou esfaqueá-lo pelas costas. Ele treme mais, sua respiração alterando, denunciando. Inspiro longamente, seu medo aumenta o nível de adrenalina em meu sistema. Paro em sua frente outra vez e sorrio do pânico em sua cara.

— Vamos conversar, rato. Sou um homem que privilegia sempre uma boa conversa — digo com indulgência cruel e meu irmão ri, Jairo e outros seguranças o seguem.

Fico sério, colocando a ponta da faca embaixo do queixo do infeliz, que ofega, o pânico crescendo em seus olhos.

— Então, seja cordial e agradeça por eu estar tentando estabelecer um diálogo em vez de te cortar inteiro.

— Vá se foder, seu filho da puta! Não vou dizer nada! — ele rosna, fazendo-nos rir da sua bravata insólita.

Viro o cabo da faca agilmente e lhe dou um soco no nariz. Forte, duro. Seu grito rivaliza com o som de osso estalando. Depois, entrego a Jairo para poder usar o imbecil como meu saco de pancadas. Soco-o repetidas vezes na cara, no estômago e nos rins. Meu irmão e primos não se juntam a mim, eles sabem que preciso extravasar minha raiva.

— Valéria não será capturada! Ela é muito esperta, maldito! Está nervosinho porque foi enganado pela putinha jovem, não é? O poderoso Andreas Montanaro foi enganado por uma boceta! — zomba e meu sangue zumbe nos ouvidos.

Pego a faca de volta, fúria assassina tomando conta de mim com a ousadia do infeliz em zombar da minha situação. Empurro a lâmina embaixo de suas costelas do lado direito e o morto falador sibila. Eu rio cruelmente, cortando da lateral até o centro da sua barriga.

— É superficial, rato fedorento — rosno baixo. — Por enquanto.

— Pode me matar. Eu não vou entregar uma Ramazotti. Prefiro morrer, maldito! — brada.

— Corajoso — digo em tom mais ameno. — Eu gosto assim e vocês, primos?

— Não dou a mínima, primo — Luigi range. — Gosto de cortar gargantas, porra.

Eu e os outros rimos do idiota.

— Queira desculpar meu mano, ele é muito truculento. — Guto zomba e lambe a lâmina. Porra. — Eu prefiro cortar línguas. Garganta é muito definitivo quando estamos interrogando... — Seu sorriso fica doente ao acrescentar: — Sempre podemos pegar uma confissão ou delação por escrito, concorda, Fabrizio?

O imbecil engole em seco. Mas ele já sabia que eu, meu irmão e primos somos os piores para se ter como inimigos. Não é novidade nenhuma. Para provar meu ponto, empurro a faca debaixo das costelas, do lado esquerdo, e corto até encontrar o ponto no centro. Ele grita como uma mocinha, o sangue escorrendo pela sua barriga, descendo em fios finos pelas pernas.

— O próximo vou cortar duas camadas, infeliz — aviso, empurrando a lâmina no corte já feito, ameaçando começar esfolar seu estômago. — Onde está Valéria Ramazotti? Responda ou vou arrancar suas vísceras olhando em seus malditos olhos, filho da puta!

— Porra! — ele trinca os dentes, seu corpo tremendo de frio, dor e medo. — Vá para o inferno!

Rosno e empurro um pouco mais profundo, suficiente para doer, mas não perfurar completamente suas camadas. Precisamos do maldito vivo até que nos conte tudo. Ninguém me interrompe, mas sei que preciso recorrer a outra forma de tortura ou ele pode morrer antes de entregar a vadia. Faço um sinal para Jairo vir à frente e ele retira uma foto de dentro do terno. Pego-a e coloco bem na cara de Fabrizio. É sua irmã de apenas quinze anos. Vive com sua família biológica na Sicília. Todavia, investigamos e descobrimos que é a menina dos olhos dele. Tanto que a visita a cada dois meses na Itália.

— Deixem-na em paz! Eu vou matar vocês, malditos Montanaro!

Seus olhos são uma mistura de pavor e ódio. Sorrio ainda com a foto da garota na mão.

— Guto, diga a nosso Fabrizio o que fará com sua preciosa irmã, caso não entregue o esconderijo da prostituta da sua patroa — peço baixo e letal.

Guto vem para a frente, também está manuseando sua faca.

— Vou vender sua irmãzinha para o mercado BDSM mais obscuro que tiver — anuncia tranquilamente. — Ela será fodida sem trégua pelos piores amos. Acredite, filho da puta, o que seus patrões fizeram com a minha linda irmã será brincadeira de criança perto do que irão fazer com a sua!

Fabrizio começa a chorar. Porra! Essa parte é sempre um pé no saco. Olho-o entediado.

— Você mereceu o que aconteceu com ela. Todos vocês mereceram, filhos da puta! — tem a coragem de berrar e eu vejo vermelho. Todos nós rangemos, loucos para trucidar o infeliz. Nada nos agradaria mais do que matar o monte de estrume agora mesmo. Mas, somos frios o suficiente para saber a hora certa, e não é agora. Ele vai nos dar o que precisamos. Sei que sim. Vou sentir ainda mais prazer esfolando-o, cortando pedacinho por pedacinho. Vai voltar para os Ramazotti sem a pele, como os três assassinos de minha prima. Será o nosso aviso definitivo de que estamos em guerra.

— Dê a ordem, primo — ordeno a Guto em tom calmo. — Dê orientações expressas para que aqueles homens arrombem a pequena irmã desse monte de merda.

— Não! *Dio*... Não. — Ele chora alto.

— Não é tão bom quando é com o nosso sangue, não é, rato de merda? — Chuto seu saco com toda a força. O som que sai da sua garganta é assustador. Eu rio, precisando disso, dos seus gritos de pavor. — Não vão matá-la imediatamente. Não, seria muito fácil. Eles vão dá-la a quem quiser foder — continuo com crueldade e ele se desespera mais. — Ela será a prostituta de cinquenta, cem, talvez mais. Será estuprada dia e noite. Eles vão...

— Não! *Per Dio*, não! — o idiota desaba, como sabia que faria. — Eu conto! Deixem-na em paz. Ela é inocente, não tem nada a ver comigo e a vida que escolhi.

— Suas lamurias são música para os meus ouvidos.

— Tudo depende de você — digo em tom falsamente amigável. — Comece a falar.

Ele engole em seco. A cara uma bagunça de sangue, catarro escorrendo do nariz, pelo choro desesperado.

— Valéria fugiu com Bianca. Está com a sobrinha numa fazenda no Paraguai — revela e Alvinho vem para o meu lado.

— Bianca? — sua voz tem o tom mais estranho que já ouvi.

O infeliz preso ri.

— É isso mesmo que está pensando, a ruivinha que se aproximou de você é Bianca Ramazotti. — Meu irmão ofega e eu também.

Porra! O quê?!

— Vocês se acham tão espertos, mas não passam de dois estúpidos de merda! Os poderosos Montanaro caindo por duas bocetas!

— Dê o endereço da fazenda. Dê-nos tudo — Alvinho rosna, empurrando sua faca na pelve do rato.

O homem ruge de dor. Meu irmãozinho torce a lâmina. Como eu, não fez um corte profundo, mas seu rosto diz que vai apreciar tirar o couro do imbecil.

— E pense na sua irmãzinha antes de abrir essa boca imunda para zombar de nós outra vez — rosno, fazendo um corte em seu peito. Ele chia. — O destino dela está em suas mãos.

Ele torna a engolir em seco e geme, seu torso está todo coberto de sangue. Respira agudamente e com ar derrotado nos dá as coordenadas para chegar à tal fazenda paraguaia.

— Muito bem. — Afasto-me e faço sinal para Alvinho fazer o mesmo. — Espero que esteja dizendo mesmo a verdade. Se estiver mentindo, sua irmã estará nas mãos dos piores amos ainda esta madrugada. Fui claro? — Ele acena e faz expressão de choro de novo.

Rolo os olhos, sem paciência para continuar observando sua cara miserável. Faço sinal para meus primos e eles se aproximam, cercando o homem estúpido.

— Façam as honras, primos — digo com satisfação.

Fabrizio dá um grito horripilante quando Guto empurra a faca em seu peito e corta de um ombro a outro, puxando, em seguida, a pele para baixo. Sua bravura acaba e ele desmaia. Luigi corta sua garganta com tanta raiva que quase decapita o falador de uma figa. A partir desse ponto, nosso trabalho é solitário. Nenhum grito. Eu e Alvinho nos juntamos a eles e arrancamos a pele, pedaço por pedaço.

Quando terminamos a tarefa, saímos da cela, deixando sangue e destruição para trás. Trocamos nossos ternos por limpos com a ajuda de nossos homens de confiança. Alvinho está sombriamente calado. A notícia de que a sua sub também é uma rata maldita terminou de nos foder.

— Vamos para a mansão, lá traçaremos toda a rota e a melhor forma de invadir a fazenda — decido e ele assente.

Seguimos para a minha ala da mansão, quando chegamos, e nos trancamos no escritório. A fazenda é um pouco além da fronteira, a 100 km da ponte da Amizade localizada no Paraná, no município de Foz do Iguaçu. Isso é um ponto positivo. O general Rodolfo garantiu que teremos apoio de uma ramificação do exército paraguaio, mais suscetível a subornos, que nos cobrirá na ação. Acordamos que sairemos na madrugada. Nossos primos se despendem e Alvinho se levanta para ir embora também.

— Mano, toma uma bebida comigo? — convido. Mesmo me sentindo péssimo, estou preocupado com ele. — Só uma.

Acena.

Eu me levanto, indo até o bar, sirvo-nos duas doses de Bourbon. Entrego-lhe a dele e faço um gesto para irmos beber na sacada. Ele me segue, taciturno. A brisa noturna sopra em meu rosto e respiro fundo. Um bocejo me escapa. Estou exausto. Pouco tenho dormido, desde que a bomba estourou sobre a minha cabeça. Literalmente. Bufo.

— Você não precisa ir, And. Está visivelmente cansado — comenta, olhando-me com preocupação. — Tem que dormir, porra.

— Quando foi que deixei meu irmãozinho por sua própria conta? — replico, irritado que tenha sugerido essa merda. — Quero estar lá se precisar de mim.

Ele engole em seco e desvia o olhar sombrio para o parque à nossa frente. Tomamos nossas bebidas em silêncio. Acendemos cigarros, puxamos tragadas longas e soltamos as baforadas no ar.

— Aquela prostituta me pagará caro — diz com ódio. — Vou trucidar a vadia.

— Conheço o sentimento, mano. Infelizmente — resmungo. — É inacreditável como fomos enredados por duas malditas bocetas virgens, porra!

Faço um som desgostoso e tomo um grande gole da minha bebida.

— Ela parecia sincera. Parecia... — ele se interrompe, virando o copo. — Puta maldita!

— Acho que nós dois temos de pegar novas subs — lembro-o do seu conselho de horas antes. — Vamos mostrar a essas putas que não significam nada para nós. Absolutamente nada!

— Você está certo, mano — range e exala — Descanse um pouco antes de sairmos. —Acrescenta, como se fosse o mais velho.

— Claro, papai — ironizo.

Ele bufa e se vai.

Expiro, tomando mais um gole, puxando a última tragada do cigarro. Jogo o filtro dentro de um vaso de plantas. Meire odeia isso, mas continuo fazendo quando estou longe dos cinzeiros. Volto ao quarto e me livro das roupas, indo tomar uma ducha. Alvinho tem razão, preciso descansar um pouco antes de sairmos para capturar não uma, mas duas putas Ramazotti. Quem diria que aquela garota tímida e, aparentemente, doce, também não passava de um cavalo de Troia? Eu tomo banho e visto a calça do pijama. Engulo uma das pílulas que minha mãe costuma usar quando tem insônia e vou para a cama. Então, a imagem *dela* invade meus pensamentos. Malditamente linda. Nua debaixo de mim, chorando e dizendo que me amava. Por mais que eu tente, essa merda não vai embora. Em seguida, suas costas brutalizadas. Seus olhos magoados e cheios de lágrimas quando me disse para não tocá-la nunca mais. Eu me senti horrível por machucá-la daquela forma e me odeio, porque ela não merece qualquer misericórdia da minha parte. Porra! Odeio não conseguir parar de pensar sobre a maldita.

Estou lutando contra o sono quando um som de celular tocando me faz franzir o cenho. O meu está sobre o criado-mudo. Fico em alerta ao perceber que é o dela. Estou com todos os seus pertences. Fui até o apartamento de Bianca e recolhi no dia seguinte à descoberta da traição. Havia inclusive um telefone pré-pago, que acredito seja pelo qual se comunicava com sua comparsa. Levanto-me da cama e sigo até o *closet*, onde guardei o aparelho na primeira gaveta. Abro-a e pego-o. O nome piscando na tela é familiar: Miguel. É o tal amigo de infância que, por acaso, é o primo do ladrãozinho Breno. Naquela noite em que persegui Maya, não o vi direito e não me importei. Só a vadia importava e me ferrei por isso. Foi naquela mesma noite que comecei a me envolver mais do que o necessário. Eu deixo tocar até ir para a caixa postal. Havia esquecido deste detalhe. Há os padrinhos da mentirosa também, que devem entrar em contato para saber notícias. Ela precisa ligar e tranquilizar os infelizes de que está tudo bem.

Olho para o celular. Danilo quebrou a senha da garota e varreu seus arquivos no começo da semana, mas não havia nada suspeito nele. Estava limpo. Noto novas mensagens de áudio do fodido amigo no WhatsApp. Abro a primeira e uma voz masculina soa ansiosa:

— Maya, onde você está, meu amor? Estou tentando falar com você desde ontem — suas palavras fazem minha respiração alterar.

Meu amor? Mas que diabos é isso? Ela garantiu que era só amizade. A infeliz abriu as pernas para esse fodido depois que me deu a virgindade? Ira assassina me invade. Vou matar esse maldito se a tocou. Abro a outra.

— Por favor, diga-me que está tudo bem, meus tios estão preocupados — o idiota continua. — Vem para cá esse final de semana? Estou com saudades da minha garota preferida.

Eu quero ir lá e socar o infeliz até a morte.

— Filha da puta. Mentirosa — rosno, o ciúme doentio me corroendo por imaginá-la com ele, fodendo, sorrindo pelas minhas costas.

Aperto na última.

— Eu sei que não está pronta para esquecer Breno ainda. Mas, mais uma vez, estarei aqui quando estiver, meu amor. — O fodido suspira. Maldito estúpido! — Serei o seu primeiro homem. Vou amar você pelo resto de nossas vidas, Maya.

Eu paro, apenas a frase *serei o seu primeiro homem* ficando em minha mente. Então, um sorriso cruel se abre em minha boca.

— Tarde demais, seu fodido! Eu fui o primeiro. *Eu* serei a porra do único homem dela, até que me canse da vagabunda! — ranjo, com satisfação sombria enchendo meu peito.

Desligo o aparelho e guardo no mesmo lugar, para evitar que o imbecil ligue de novo. Tão logo regressemos do Paraguai, irei ver a traidora. Não dá para adiar mais essa conversa. Vai saber exatamente quais são meus planos para ela de agora em diante. Minha mãe pode ter colocado a infeliz debaixo de sua asa, mas não pode me impedir de usá-la para o sexo sempre que eu quiser. Eu volto ao quarto e, em vez de dormir, pego meu notebook. Mandei instalarem câmeras dentro do calabouço sem o conhecimento de minha mãe. Ela não admitiria isso. A vadia conseguiu enredá-la com sua carinha linda e inocente. Não posso culpar minha mãe, uma vez que fui vítima da maldita também. Resumindo: tenho observado a garota como um psicótico, obsessivo. Insiro minha chave de conexão e abro a câmera. Quando a imagem dela, em tempo real, dormindo sobre os lençóis de seda branca que minha mãe levou em sua última visita surge na tela, meu corpo inteiro inflama.

Eu ranjo para o quarto vazio, olhando seu corpo perfeito na pequena camisola branca. Está de costas na cama, os peitos quase saindo do decote, os cabelos loiros esparramados sobre os travesseiros. Pode ser uma puta ordinária, mas é linda demais, e saber que fui, sou seu único homem ainda me envaidece. Detesto me sentir dessa forma, todavia, já decidi que vou continuar usando-a, submetendo-a, fazendo tudo que eu quiser com ela, até extinguir esse desejo estúpido que ainda sinto. Fico um tempão assistindo-a, cobiçando-a, como um doente, cujo remédio lhe foi proibido por causar efeitos colaterais. Ela se mexe e vira de bruços. Dou um zoom na câmera e observo suas costas, notando que as marcas quase não aparecem mais. Estão curadas. Minha mãe cuidou dela todos os dias nesta semana. Inclusive, levou vários livros para a cadela ler. Meus olhos passeiam por ela, famintos. A camisola subiu e a bunda firme e arrebitada está à mostra. Meu pau engrossa, exigindo o prazer indizível que só a putinha me proporciona. Subo o zoom pelo corpo até o rosto. Mesmo dormindo, a expressão parece atormentada. Ela se remexe mais uma vez e seus olhos se abrem devagar. O baque em meu peito faz minha respiração falhar. Bato o notebook, fechando-o com desgosto. Ela não vai mais me tocar com sua aparência.

— Desta vez, será muito diferente, sua vadia, pode apostar — ranjo os dentes.

Eu fecho o livro e expiro devagar. Li Jane Eyre pela primeira vez aos treze anos. Foi um pouco depois da morte trágica de meus pais. Minha madrinha, Madalena, trouxe-o uma noite para o meu quarto. Estava trancada havia dias, comendo apenas porque ela e Breno insistiam. Meu coração apertado com as lembranças dos meus entes queridos, e do menino que tanto amei. Nesta semana em que estive aqui presa, o sentimento de solidão voltou a crescer. Não tenho mais ninguém. Talvez eu morra, jogada neste calabouço, sozinha. Sinto falta de meus pais, de meus padrinhos, seu carinho e cuidado comigo. Sinto falta de Breno. Não do bandido que se tornou, mas do garoto puro que sempre me protegeu, livre da corrupção mundana. Meus olhos ardem. Nenhum de nós é puro agora. Ele se deixou corromper e eu me joguei na boca do leão voluntariamente. Todos os dias, rogo para que haja uma maneira de escapar viva daqui. Mas sei que não devo ter esperanças. Ainda que a matriarca pareça estar me protegendo, sinto que meu verdadeiro tormento ainda não começou. Andreas não veio mais me ver e um misto de alívio e decepção está guerreando dentro de mim.

Eu ainda o quero, meu coração tolo aperta sempre que penso nele. Há exatos sete dias estive em seus braços, em sua cama, declarando meu amor. Por mais que tente, as imagens de nós dois, nas muitas vezes em que fui dele, não vão embora. Sinto falta do seu corpo dentro do meu. Estávamos juntos a maior parte do tempo, nas últimas semanas, e transávamos todo dia. Nossa fome era voraz, insaciável. Ele sente a minha falta também? Ou o ódio e orgulho são tão grandes que o impedem de me querer? Expiro em desalento. Não me importa. Ele me açoitou como a um animal e não permitiria que me tocasse de novo, nem se me pedisse perdão. Endureço minha determinação, mas, no fundo, odeio que não tenha aparecido mais. Odeio sentir o seu desprezo. Oh, Deus, o que será da minha vida agora? Levanto meu rosto para o teto, como se pudesse ver o céu.

— Olá, Maya — a voz de Gioconda soa do lado de fora da jaula.

Eu viro a cabeça em sua direção. A mulher é muito sorrateira. Quase nunca a vejo chegando. Ela tem me visitado todos os dias, no final da tarde.

— Como passou o dia, *cara*? — pergunta com uma expressão amigável.

Está linda e elegante num vestido amarelo de tecido fino. Sapatos de saltos altos. Os cabelos estão presos num coque baixo rente à nuca.

— Gioconda — murmuro, meu peito enchendo do sentimento bom que a senhora me desperta. Sento-me na cama e enrolo minhas pernas debaixo de mim. — Estou bem, obrigada. E a senhora?

Seus expressivos olhos verdes cintilam e ela entra, sentando-se na beira do colchão, como sempre faz.

— Começou a ler? — Aponta para o livro sobre os lençóis.

Eu lhe pedi para me trazer meus livros preferidos. O carrasco pegou todas as minhas coisas no apartamento de Bianca e levou para a sua casa, como se tivesse todo o direito. Bufo internamente. Nesse torcido mundo deles, infelizmente, eles fazem o que lhes der na telha. Devo apenas ser grata, porque sua mãe interviu e estou sendo bem tratada, na medida do possível. Estou vestida agora, alimentada e sobre uma cama macia. Se dependesse do maldito, estaria apodrecendo naquela cela sinistra em que me jogou na primeira noite.

— Sim, é uma releitura, na verdade — digo, pegando o livro outra vez, alisando a capa. Está bem gasto, indicando que é indiscutivelmente o meu preferido. — Sempre releio esta obra quando estou em momentos críticos da minha vida — compartilho e Gioconda me olha com pesar.

Detesto receber esse tipo de olhar, mas minha situação não é das melhores, nós duas sabemos. E me sinto idiota por ficar aqui, conversando tranquilamente, quando não sei o meu destino. Então, decido perguntar o que estive protelando a semana inteira por medo da resposta:

— Ele vai me matar?

Seu cenho franze um pouco e estica a coluna, cruzando as mãos sobre o colo.

— Não, Maya. Ele não vai — suas palavras são brandas e meus olhos se enchem de lágrimas.

— Não vai? — Meu coração começa a saltar, ousando ter esperanças. Talvez ele ainda sinta... Talvez ainda me queira... Ah, que ódio de mim mesma!

— Não. Eu pedi a meu filho que a libere quando encontrar a nossa verdadeira inimiga — explica.

E é como um balde de gelo caindo sobre a minha cabeça. Ela pediu. Não foi uma decisão dele. Deus, por que pensei que pudesse ser diferente? Ele está me odiando agora.

— Sinto muito — murmura, notando como sua revelação me devastou ainda mais.

Engulo as lágrimas, piscando, forçando-me a sorrir. Serei forte e determinada como Jane Eyre. Sairei daqui viva. Só isso deve me importar de agora em diante.

— Conte-me o que te impressiona tanto nesse livro, *piccola* — ela pede, obviamente querendo me distrair do meu estado caótico.

A matriarca Montanaro é boa nisso. Ainda é muito estranha sua aproximação e proteção, mas, quando me chama de termos que remetem a carinho, acaba me desarmando.

— Jane Eyre. — Torno a forçar um sorriso. — É uma obra incrível da escritora britânica Charlotte Brontë. Um clássico de 1847, todavia, muito atual, no quesito emancipação feminina — minha voz vai tingindo-se de orgulho e Gioconda sorri com minha empolgação. — A mocinha é órfã, criada por uma tia cruel e fria. Junto com os primos violentos, fazem da vida de Jane um verdadeiro inferno. A tia nunca a amou e a envia para um colégio interno religioso para se livrar dela.

O rosto de Gioconda suaviza.

— Muito ruim essa tia. — Aperta a boca.

— Sim. Porém, Jane é muito determinada. Ela consegue estudar e se formar — continuo minha defesa apaixonada da minha heroína. — Ao sair do colégio interno, busca emprego de professora particular e é assim que entra na vida do mocinho, o austero Sr. Rochester. A jovem Adèle, de quem Jane se torna preceptora, é protegida do senhor de Thornfield Hall.

Continuo contando com entusiasmo cada detalhe do livro que me fascina e que sempre relerei. Quando termino, ela está me dando um olhar quase terno.

— Formidável. Posso ver a emancipação de sua Jane — Gioconda murmura com genuíno interesse e isso me deixa com o peito mais leve.

É incrível como tenho apreciado a sua companhia. Lembro que a achei tão esnobe na cobertura de Andreas. Será que está fingindo ser simpática para ver se solto algo sobre Valéria Ramazotti? Será que está usando um método mais *suave* de persuasão? De repente, a dúvida me bate e meu peito aperta. Odiaria estar sendo enganada pela única pessoa que mostrou empatia por mim.

— É difícil imaginarmos uma mocinha tão autossuficiente em pleno século dezenove. Por outro lado, a história está recheada de mulheres corajosas, mesmo em tempos remotos — acrescenta e aceno em concordância.

— Sim, por isso essa obra me fascina e sempre voltarei a relê-la — digo com um suspiro.

Ela assente, encarando-me com um olhar estranhamente suave.

— Não quero que sinta pena de mim, senhora. Prefiro lidar com a raiva do que com a pena — peço, com meu orgulho em dia. — Estou aqui, porque fui estúpida. Acreditei piamente em quem não deveria.

Seu rosto se abre num sorriso irônico e ela bufa.

— Você não perde essa petulância, menina. — Meneia a cabeça e seu sorriso vai mudando para normal. Acho que ela realmente gosta do meu lado língua solta.

Seu semblante fica sério.

— Entendo porque gosta tanto desse livro. Você é como Jane, *bambina.* Destemida, mesmo que as circunstâncias não lhe sejam favoráveis — acrescenta.

— Sim, eu me identifico muito com Jane — assumo.

Ficamos em silêncio por alguns segundos depois disso.

— Como estão as costas? — pergunta, a expressão séria ainda em seu rosto.

— Curadas — respondo. — O que acontece agora? — ouso perguntar.

Ela continua me olhando em silêncio. Embora esteja aqui todo dia e me faça sentir segura com ela por perto, a matriarca não solta quase nada de informação.

— And deve vir vê-la a partir de amanhã — revela e ofego, meu coração saltando contra a minha vontade. Seus olhos argutos sondam minha reação. — Não o enfrente, Maya. Entregue tudo que souber sobre os Ramazotti. Não quero que se machuque de novo.

Meus olhos marejam com suas palavras. Sua preocupação parece genuína. Ela não está me enganando. Eu aceno, a notícia de que ele vem me ver mexendo comigo profundamente. Luto contra as lágrimas. Ela me encara com pesar de novo.

— Obrigada, senhora. Farei tudo para sair daqui viva e reconstruir minha vida — garanto.

Um pequeno sorriso se abre em sua boca.

— Você vai conseguir — murmura e estende a mão, tocando a minha. É a primeira vez que faz isso, toca-me fora dos cuidados com as minhas costas. Dá um aperto firme, seus olhos fixos nos meus. — Eu vou te ajudar, *bambina*.

— Continuo sem entender o porquê. Mas saiba que serei sempre grata — murmuro.

Nós conversamos um pouco mais. Gioconda pediu Jane Eyre para ler depois que eu terminar. Quando nos despedimos, suspirei, pegando o livro outra vez. O jantar só será trazido dentro de duas horas, terei tempo de avançar na leitura até lá.

Fico entretida, mergulhada nas desventuras de Jane, mas sinto o momento exato em que Andreas entra no calabouço. Viro-me lentamente e minha respiração fica presa nos pulmões ao vê-lo atravessando o recinto. Meu coração dispara loucamente contra a caixa torácica, minha respiração destravando e acelerando enquanto o observo. Oh, Deus! Ele veio hoje, não amanhã. Está usando um terno escuro de três peças, deixando-o elegante e letal ao mesmo tempo. Para do lado de fora da jaula e, corajosamente, levanto meus olhos para seu rosto. Meu peito sofre o baque familiar, mas desta vez é pior. Não virá me tocar. Não o sentirei como antes. Uma semana que não o via e ele está simplesmente arrebatador. Nossos olhares se encontram, prendendo-se, e a saudade traiçoeira traz lágrimas em meus olhos. Suas mãos seguram as grades e apertam até as juntas dos dedos ficarem brancas. A expressão nos olhos verde-musgo é dura, intensa, ameaçadora. Sem me conter, levanto-me da cama, indo para perto das grades, ficando em sua frente.

— And... — seu apelido sai da minha boca sem o meu consentimento.

Soluço, não conseguindo dizer mais nada. A raiva estampada no belo rosto moreno me cala. Eu me perdi completamente numa vingança estúpida e suicida. Eu sabia quem era esse homem e, mesmo assim, insisti em entrar em seu mundo e enganá-lo.

— O quê, sem declarações de amor desta vez? — zomba. Seu olhar e sorriso me lembrando do homem frio e cínico do nosso começo. — Estou desapontado, querida.

Recuo um pouco e seu olhar desce, percorrendo meu corpo, parando em minhas pernas nuas no shortinho curto. A regata que estou usando é bem pequena também, mostrando boa parte da barriga. Seus olhos ganham um brilho ainda mais ameaçador quando sobem, parando em meus seios sem sutiã. Escolhi essa roupa confortável, porque não é como se fosse receber muitas visitas. Ironizo minha situação. Gioconda trouxe algumas peças no segundo dia. Meu inimigo trinca o maxilar e faz um som baixo e insatisfeito em sua garganta. Puxa algo do bolso do terno e estende em minha direção. Meu coração acelera, reconhecendo meu celular. Ele vai me deixar usá-lo? Encaro-o confusa.

— Não, você não irá tê-lo de volta, puta. Isto aqui não é uma colônia de férias — diz friamente e meu peito dói ao ouvir o termo ofensivo saindo da sua boca.

— Seu *amiguinho* tem ligado dois dias seguidos para dizer o quanto te ama e que está ansioso para ser seu primeiro homem. — Um sorriso desdenhoso curva sua boca, os olhos cruéis dentro dos meus. — O estúpido não sabe que essa cereja já foi estourada há muito tempo. Que fui eu, o homem que prendeu o primo ladrão, quem comeu a noivinha virgem.

— O que você quer? Eu não sei nada sobre a Valeska, ela...

— Pare de fingir, porra! O nome da puta é Valéria Ramazotti! — ele brada, seus olhos ferozes, mas em vez de me encolher, eu o enfrento.

— Estou dizendo a verdade! Tudo que sei contei a você e sua mãe! — digo de volta, crispando meus punhos. — Se eu soubesse, teria falado enquanto você estava me açoitando, seu covarde!

Ele range e abre a porta da jaula com uma ferocidade que me assusta. Então, para, respira fundo, as narinas fremindo, e bate à porta fechada, fazendo um barulho tão alto que reverbera no recinto.

— Prometi à minha mãe que não tocaria em você hoje — cerra os dentes. — Mas não levante a voz de novo para mim ou vou te dar mais uma surra, sua vagabunda!

— Então, pare de me chamar de puta e vagabunda, seu escroto! — retruco, não abaixando a cabeça. Foda-se! — Você foi meu primeiro e único homem. Pode ter sido pelos motivos errados, mas fui apenas sua, pare de me ofender!

Seus olhos adquirem um brilho assassino.

— Vou te chamar do que eu quiser, garota. Você é uma maldita traidora, mentirosa do caralho! — range os dentes. — Pegue a porra do celular e ligue para seus padrinhos. Tranquilize-os, diga que teve que fazer uma viagem para o exterior a trabalho e ficará fora por alguns meses.

— Por que eu contaria uma mentira tão vil para eles? — inquiro, rebelando-me. — Deixe-os ir à polícia e dar queixa do meu sumiço. Eles vão...

— Eles vão morrer — sua voz é baixa, o olhar totalmente escuro preso ao meu. — Neste momento, tenho homens de minha confiança na frente da casa de Henrique e Madalena. Se aqueles homens entrarão e completarão o serviço, só dependerá de você — suas palavras são como um soco em meu plexo solar.

Meus olhos se enchem de lágrimas. Ele faz um som cruel e cospe:

— Pelo menos essas lágrimas são verdadeiras.

— Não... — Choro, o desespero me deixando gelada, minhas mãos tremendo. — Por favor, não faça nada com eles. Eu, apenas *eu,* vim atrás de você. Faça o que quiser comigo, mas deixe-os vivos e em paz.

Seus olhos cintilam com satisfação diabólica com meu pedido desesperado. Torna a estender meu telefone.

— Ligue e diga exatamente o que falei. Tranquilize-os para que eu não precise silenciá-los da pior forma — ordena friamente. — Depois, chame o infeliz que quer te comer e diga a ele que está trepando comigo, o dono da empresa. Diga-lhe que pare de se humilhar como um fodido imbecil, pois, nunca terá a sua boceta. Ela é minha — rosna, sua fúria me assustando neste momento. Pego o aparelho, minhas mãos trementes.

— Você é um monstro — atiro, minhas lágrimas caindo pelas faces.

— Ligue. Agora — sua voz é letalmente baixa. — E coloque no viva-voz.

Eu respiro fundo, forçando-me a parecer calma para mentir para a única família que me resta. Disco para minha madrinha primeiro. Ela atende no primeiro toque.

— Maya, oh, minha filha, onde esteve? Estávamos tão preocupados com a falta de notícias — sua voz é chorosa e mais lágrimas se reúnem em meus olhos.

— Oi, madrinha. Estou bem. Está tudo bem — garanto, minha voz saindo surpreendentemente firme. — Tive que viajar às pressas para um projeto grande da empresa.

— Viajar? Para onde, filha? — pergunta, surpresa.

— Para Miami, madrinha — a mentira rola facilmente na minha língua e meu algoz cruza os braços contra o peito, seus olhos cínicos sobre mim. — É um projeto grande e serei muito bem remunerada. Mas para isso, terei de ficar alguns meses por aqui.

— Como não nos falou nada a respeito, Maya? Seu padrinho não vai gostar nada disso. Sabe como ele é, já estava planejando ir até São Paulo e acionar a polícia para procurar por você — informa, desapontada.

Sim, imagino como os dois deviam estar preocupados.

— Oh, Deus, que exagero — brinco, mas meu coração está apertado. — Está tudo bem, fiquem tranquilos.

— Filha, ligue-nos pelo menos a cada dois dias, está bem? — Ela funga um pouco. — Só temos você agora.

Encaro Andreas, que me olha com ódio, mas assente.

— Vou ligar, madrinha, prometo — digo com voz tremente. — Em alguns meses estaremos juntos de novo.

Despeço-me. Um brilho inescrutável cintila nos olhos verde-musgo e soluço baixinho.

— Vai mesmo me deixar ligar para eles com frequência? São a única família que me restou e...

— Eu não me importo — ele me corta mordaz. — Mas farei, porque preciso mantê-los tranquilos até que... — O brilho diabólico tinge suas íris de novo. — Tudo se resolva...

— O que fará comigo? — pergunto corajosamente.

— A curiosidade matou o gato, menina — zomba. — Agora, ligue para o *amiguinho* apaixonado e mande-o para o inferno — ordena.

— Vou apenas tranquilizá-lo que estou bem e...

Seu rosto torce, os olhos ficando mais frios e mortais.

— Diga que se tornou a puta do seu chefe e que está gostando muito disso. — Ofego com suas palavras e expressão maldosa. — Se não disser, eu mesmo irei atrás do infeliz e farei picadinho dele. É isso que quer, querida? — Torno a ficar gelada.

Ele está se mostrando sem máscaras para mim agora. Antes soltava algumas ameaças veladas, mas se preocupava em ser charmoso para encobrir seu instinto assassino.

— Eu não tenho a porra da noite inteira. Minha noiva está me esperando para jantarmos fora — diz e fico sem ar.

Ele quer me esmagar, está claro isso.

— No viva-voz.

Estou tremendo de medo, porque não conheço esse homem diante de mim. Foram dois meses tendo intimidades, mas está claro que nunca me mostrou um terço da sua personalidade. Respiro fundo e ligo para Miguel. Ele também atende no primeiro toque.

— Maya! Oh, Deus... Você ligou, meu amor — sua voz é tão desesperada quanto a de minha madrinha.

O olhar de Andreas fica escuro, ódio puro invadindo seu semblante enquanto me observa.

— Oi, Miguel. — Lambo meu lábio, incomodada com a expressão mortal de Andreas. — Desculpe por deixá-lo preocupado, meu amigo — murmuro.

— Não faça isso de novo, por favor — ele pede, seu tom aliviado.

Imploro com meus olhos para que meu carrasco não me force a dizer as palavras desagradáveis. Ele me olha de forma incisiva, ordenando que o faça.

— Miguel, preciso te contar uma coisa — começo, limpando a garganta. — Eu já não sou mais virgem. Perdi com meu chefe — digo e um som esganiçado vem do aparelho.

Andreas ri, o brilho cruel e satisfeito nos olhos.

— Não — Miguel resmunga, seu tom incrédulo. — Diga que está brincando comigo.

— É verdade, Miguel. Estou com meu chefe já tem dois meses e gosto muito de estar com ele — afirmo e desvio os olhos de Andreas. É demais ser obrigada a dizer isso encarando-o.

— Não! É mentira! — sua voz se altera e ouço um som de algo batendo. Um copo estilhaçando, acho. — Você é minha, Maya! Está me ouvindo? Minha, porra!

Antes que responda a esse arroubo de raiva, o celular é arrancado da minha mão por Andreas.

— É a verdade. Maya encontrou um homem que sabe fodê-la como ela gosta. — Seus olhos são zombeteiros e prendem os meus. — Ela me pertence — rosna.

Engasgo, morrendo de vergonha, ainda que Miguel não possa me ver.

— Quem é você, filho da puta? — Miguel grita do outro lado.

Andreas ri friamente e responde:

— Sou o dono dela, imbecil. Pare de importuná-la com suas estúpidas juras de amor. Ela não te quer.

— Miguel, perdoe-me — peço, lançando olhares mortais para o criminoso maldito. — Perdoe-me, por favor.

— Diga que não é verdade, Maya — sua voz é desolada agora. Corta meu coração.

— É verdade. Sinto muito. — Soluço. — Estou com ele em Miami e vamos ficar alguns meses por aqui.

— Não, por favor, não me importo que não seja mais virgem — ele diz e posso sentir seu desespero. — Você nasceu para ser minha. Eu te amo. Te am...

— É aí que se engana. Adeus, imbecil — Andreas rosna e desliga antes mesmo que me despeça.

Eu choro, abraçando a mim mesma.

— Eu te odeio. — Soluço, meus olhos turvos de lágrimas.

— Vejam só, foi uma mudança rápida, não? — escarnece.

Seu olhar fica mais escuro e sua expressão de aço enquanto guarda o celular de volta no bolso.

— Conseguiu levar minha mãe na conversa e ela tomou suas dores. Parabéns! Você é mesmo uma boa atriz — ironiza.

Seu rosto fica perigoso quando me intima:

— Vou te comer amanhã. Esteja preparada.

Meu corpo gela com essas palavras. Achei que seu ódio o impediria de me tocar sexualmente.

— Não vai me tocar de novo. — Levanto a cabeça, desafiando-o, mesmo que já esteja fodida diante de toda a situação, de uma forma ou de outra.

Seus olhos ficam ainda mais escuros e duros.

— Acho que não entendeu o que acaba de se passar aqui — diz em tom calmo e frio. — O bem-estar de sua família depende de você, querida. — Ofego, recuando um passo. — Minha mãe me proibiu de te tocar, mas ela não precisa saber, não é? — Ri cínico. — Se quiser que eles vivam, voltará a ser minha puta e não contará a ninguém.

Eu arfo. Não, não posso voltar a isso. Ele claramente quer me punir.

— Monstro. Assassino maldito! — atiro, crispando os punhos.

— Sim, sou tudo isso e você já sabia quando abriu as pernas para mim — cospe. — Nos primeiros dias à sua traição, a raiva era tanta que pensei em machucá-la pra valer. — Um som horrorizado sai da minha garganta e ele abre o riso cruel. — Mas aí não seria castigo suficiente. — Seus olhos cintilam com pura maldade. — Seu castigo será ser comida por mim, o homem que colocou seu amado noivo na prisão e ainda gozar como uma puta no meu pau — sussurra. — Seu castigo é ficar aqui nesta jaula, como a cadela miserável que é, só saindo para trepar comigo. Vai ser minha escrava até que me canse de te comer — seu tom fica mais duro e ameaçador.

Com isso, ele se vira e começa a andar em direção à porta. Eu ando de costas, caindo sentada na cama. Minha visão turva novamente enquanto vejo-o indo embora, suas passadas largas e irritadas. Oh, Deus... Ele vai acabar comigo em cada sessão, tenho certeza disso.

CAPÍTULO TRÊS

Há mais perigo em teus olhos
do que em vinte espadas.
(William Shakespeare)

Andreas

Entro na sala de reunião para o ensaio da audiência de Marcelo Linhares. É um cliente antigo, um dos herdeiros de uma rede de hotéis espalhada por todo o Brasil, com ampla expansão para a América Latina. Seu pai faleceu no mês passado e, desde então, os dois irmãos mais novos se uniram contra ele na disputa para ver quem vai ser o CEO da empresa. Maya estava me auxiliando no caso, embora a hotelaria não seja a única fonte de renda dos Linhares. Eles são sujos, sabem negociar como nós. Não costumo pedir auxílio de associados em casos de clientes corruptos, todavia, a porra da garota me fascinou não apenas fodendo, mas no campo jurídico também. Era perfeitamente possível ter sua ajuda e ainda manter as atividades ilícitas de nosso cliente em segredo. Uma satisfação doentia me toma ao ver a cara de decepção de Marcelo quando entro na sala sozinho. O imbecil quase babou em cima de Maya em nossa primeira reunião, há mais de uma semana. Irritou-me a forma ridícula como ficava puxando assunto com ela, querendo monopolizar sua atenção. Contudo, alegrou-me o fato de a menina não dar encorajamento para o flerte. Foi profissional o tempo todo. Uma sensação ruim aperta meu peito por saber que era apenas atuação da maldita. Ela queria me enganar com sua lealdade. Ela *me* enganou.

— Marcelo, como tem passado? — Estendo a mão cordialmente quando chego perto.

Ele é um homem grande, quase da minha estatura. Loiro de olhos castanhos sagazes. Trinta e um anos e solteiro. É cliente assíduo do Voraz e esse foi o motivo para ter ficado ainda mais incomodado com seu assédio à Maya. É um predador, como eu, porém, enquanto tenho um compromisso a cumprir, o infeliz é livre e desimpedido. Expulso o desconforto. Agora não importa mais. Não é minha intenção manter a puta na minha vida. Vou foder com a maldita até enjoar e depois mando-a para o inferno!

— Andreas. Vou bem e você? — Aceita meu cumprimento, num aperto de mão firme. Seu olhar vai para trás de mim, obviamente procurando por algo que não lhe pertence. — Onde está Maya? — pergunta e seguro a vontade de ranger os dentes.

— Ela teve que viajar. Está cuidando de outro caso — respondo e não sei porque diabos disse isso.

Devia ter dito que a traidora foi demitida. Não vai voltar. Por que merda falei isso? Recrimino-me insatisfeito comigo mesmo.

— Venha, vamos nos sentar para discutirmos o melhor curso de ação para neutralizar seus irmãos — chamo, já me dirigindo à grande mesa.

Ele me segue e nos acomodamos de frente um para o outro. Abro a pasta do seu caso e começo a retirar os documentos que reunimos até agora para afirmar que meu cliente é o mais capacitado para ser o CEO. Marcelo pega os documentos e analisa com seriedade.

— Tem carta branca para foder meus irmãos — diz com olhos frios. — Quero-os acabados, aniquilados.

Sua frase me incomoda. Não pelo seu pedido. Meu trabalho é realmente aniquilar meus oponentes, seja no tribunal ou no meu outro ramo de negócios. Porém, minha relação fraternal genuína com meu irmão e primos não me deixa à vontade ouvindo um pedido dessa natureza. Um irmão querendo destruir seu próprio sangue é inconcebível até mesmo para alguém de coração obscuro como eu.

— Tem certeza? Podemos ganhar sem precisar destruir seu próprio sangue, Marcelo — indago.

Ele ri, abanando a mão, desdenhando da minha preocupação com seus irmãos. O homem não sabe quem sou eu fora daqui. Nenhum de meus clientes desse ramo legal sequer desconfiam que sou o Cobra. Eles sabem que sou inescrupuloso e que ganho os casos mais espinhosos, não me importando com a ética. Contudo, nunca saberão quem sou de verdade. Cresço muito mais mantendo minha identidade criminosa escondida do que espalhando aos quatro ventos. Isso só atrai inimigos e a atenção indesejada da polícia.

— Está tendo crise de consciência, Andreas? — Sorri com ironia. — Nunca pensei que veria algo assim vindo de você, o advogado mais frio e calculista que conheço.

— Nem sei o que é isso, acredite — bufo, entregando-lhe um envelope lacrado.

O homem abre e fica estupefato ao ver o conteúdo. São fotos de seu irmão do meio comendo a esposa do caçula. Maya sugeriu investigarmos os irmãos a fundo. Quero rosnar para o faro certeiro da traidora. Um detetive seguiu Davi e Afonso, os irmãos do meio e caçula, respectivamente. O mais novo não revelou nada incriminador, apenas encontros com amigos, jogos de golfe, apostas em cavalos. Todavia, o do meio se revelou um sacana de marca maior. O infeliz trepa com a cunhada duas vezes por semana em um dos hotéis da família, aqui perto, apenas a duas quadras da Paulista. O detetive que contratei se passou por um funcionário e se escondeu na suíte dos *pombinhos*, conseguindo fotos exclusivas da traição.

— Porra, isso é melhor do que imaginei! — Marcelo assovia, com um sorriso enorme na cara. Junta as fotos no envelope e torce a boca. — É horrível para Afonso, claro. Eu sempre gostei mais desse moleque, mas ele merece ser corno por se juntar com o imbecil do Davi para me enfiar uma faca nas costas. — Sua expressão volta a ficar dura.

— Vamos convidar Davi para a próxima reunião e o metido a esperto será intimado a te passar quinze por cento de suas ações em troca de você não contar a Afonso sobre essa pilantragem — informo, apontando o envelope.

Os olhos do homem cintilam triunfantes.

— Eu sabia que não tinha crise de consciência. — Ri cinicamente, lembrando-me a mim mesmo. — Faremos assim, então. Não precisamos esmagar meus queridos irmãos, afinal. — Sorri com sarcasmo. — Sangue é sangue, não é?

Eu bufo para a sua cara de pau. Reúno toda a documentação na pasta outra vez, pronto para me levantar e ir cuidar de outras demandas. Com a maldita garota fora do escritório, parece que tudo está de pernas para o ar. Parece que nenhum dos associados sabe como se faz uma simples porra de petição. Tudo que fazem não está bom para mim. Estou ainda mais exigente e duro com quem me rodeia. Estou assim desde a traição da vagabunda. Queria esfolar um vivo nos primeiros dias. Porra, ainda quero! Ainda estou fervendo de raiva da garota fodida. Mas também estou queimando para voltar a me enterrar profundamente em seu corpo. São nove dias sem ela. Nove dias que estive dentro dela. Parece uma eternidade do caralho. Transei com Beli apenas uma vez nesta semana e minha noiva não está satisfeita com isso. Ontem, depois do nosso jantar, despachei-a para sua casa, alegando precisar discutir estratégias com Alvinho. E, por isso, odeio ainda mais a rata ordinária, por me fazer querê-la dessa forma tão doentia e obsessiva que, mesmo a infeliz me traindo, ainda a desejo sexualmente. Ainda quero ser o único a possuí-la.

— Faremos assim, então. — Levanto-me e Marcelo também, ajeitando seu terno escuro.

— Nossa próxima batalha judicial será uma aquisição hostil que preciso fazer no Chile — informa e meu faro de predador é acionado.

Aquisições empresariais sempre rendem honorários gordos, mas se é hostil, os honorários são obesos. Abro um sorriso cordial.

— E como sempre, a Montanaro tornará tudo possível para você, Marcelo — garanto com a arrogância de quem não perde um caso desde... Bem, nunca.

— Quando Maya retorna? Quero-a trabalhando nesse processo — o homem exige. — Gostei muito da sua associada, Andreas. Tenho uma viagem programada para o Chile em duas semanas e gostaria muito de levá-la comigo para já irmos nos familiarizando com tudo.

Meu humor azeda completamente. Sei muito bem com o que o infeliz quer se familiarizar. Nem fodendo, filho da puta! Meu sangue zumbe nos ouvidos, quero socar a cara do maldito. Como ousa pensar que pode levá-la para a porra do Chile? É muita petulância desse imbecil desejar o que é meu. Com um riso frio, respondo-lhe:

— Maya não tem permissão para viajar com clientes. É norma do escritório — minto descaradamente e quero sorrir quando o desapontamento se espalha na cara do fodido.

Para ser mais escroto, proponho:

— Mas posso ceder um dos sêniores para lhe acompanhar. É só me dizer a data.

Torce o nariz, parecendo com nojo da proposta. Então, seus olhos brilham com desconfiança e ele ri.

— Tudo bem, não há urgência na viagem. — Encara-me com astúcia — Mas quero tê-la nesse caso, Andreas. A moça é competente e, claro, não posso negar que é muito agradável de olhar — repete sua exigência e ri como o predador que é.

Quero quebrar a porra da cara dele agora mesmo.

Eu estreito os olhos sobre o homem. Acha que pode me intimar. Ultimatos me irritam e, geralmente, quero matar quem os faz. Por outro lado, casos como esse são sempre uma excelente maneira de lavar o dinheiro de duas ou mais cargas... Temos a blindagem da polícia, alguns escalões da política, e, somando-se aos motivos de não sermos pegos está o fato de que temos um negócio legítimo e que gera milhões em casos desse calibre. No entanto, trazer aquela cobra traiçoeira para dentro do meu escritório, de novo, está totalmente fora de cogitação. Seu lugar é no calabouço, trancada, sem ver a porra da luz do dia! Seu lugar é lá, sozinha, esperando por mim para fodê-la, puni-la por ser uma cadela miserável. Expiro e dou uma resposta diplomática ao idiota:

— Vamos colocá-lo na presidência dos hotéis primeiro, Marcelo — meu tom sai calmo e inabalado. Sou bom neste jogo. — Depois conversaremos sobre como proceder no próximo caso. — encerro a discussão.

— Está certo. — Ele pega a minha mão estendida, apertando-a com firmeza. — E, por favor, não esqueça de dar meus cumprimentos à sua associada quando ela voltar da viagem.

Vou esfolar esse filho da puta!

— Claro — aceno, rindo como se não estivesse esfolando-o em minha mente.

Despeço-me de Marcelo e volto para a minha sala. Confiro o relógio. Ainda são 15h. Estou frustrado e inquieto, porque à noite irei ao calabouço foder e punir a vagabunda. Meu sangue está quente desde que acordei de manhã. Ontem estive lá e a ameacei para trepar comigo. Tive que fazer, porque minha mãe está completamente fora de si e me proibiu de chegar perto da infeliz. Olho a sala e tenho vontade de redecorar. Tudo lembra a maldita. Ficávamos horas e horas trabalhando aqui. Muitas vezes, fodendo como coelhos, porque, nas últimas semanas do nosso envolvimento, estava tão viciado, tão louco que não importava o lugar, eu só precisava estar dentro dela. Ela parecia tão ensandecida quanto eu. Bufo com ódio mortal. Tudo mentira. Tudo mentira, porra!

Expulso a vadia da minha mente e mergulho no trabalho até o final da tarde. Estou arrumando minha pasta para deixar a sala, pouco depois das 18h, quando Beli passa pela porta, seu sorriso e olhar convidativos. Sorrio-lhe e ela dá a volta na mesa, pendurando-se em meu pescoço. Sem contar história, puxa minha cabeça, sua boca se apossando da minha num beijo sedutor. Porra. É gostoso sua boca na minha, mas meu pau não dá sequer um sinal de vida. O maldito, sem amor próprio, está contando os minutos para estar de volta dentro da boceta da traidora. É isso. Sou um fodido viciado que se nega a ficar sem a droga.

— Eu quero você hoje, And — ela geme, esfregando-se em mim.

Meu corpo começa a esquentar, mas apenas pelo assédio. Odeio admitir que o prazer e o alívio que preciso apenas a vagabunda pode me dar. Todavia, será apenas sexo desta vez. Cru e punitivo.

— Vou deixá-la em casa, mas não estou no clima hoje — minto e seus olhos estreitam, analisando-me.

Ela está desconfiada que vou voltar a foder sua rival? Mulher parece que tem a porra de um radar para isso, é incrível.

— Tudo bem, amor — murmura, surpreendendo-me.

Como assim? Sem drama? Ela ri ao ver minha expressão confusa.

— Prometo cuidar muito bem do meu futuro maridinho neste fim de semana — continua no tom manso e sensual, dando-me pequenos selinhos. — Só faltam vinte e um dias, And. Nem acredito nisso. — Suspira, o rosto mais triunfante do que amoroso.

Engulo em seco. Caralho. Em vinte e um dias estarei me casando com uma mulher que não amo. Isso é tudo que consigo pensar quando esse fodido tópico surge.

Entro na ala de meu irmão, cerca de duas horas depois, e subo direto para seu quarto. É um alívio não encontrar a cadela da sua esposa. Quase não tenho visto-a esses dias, o que agradeço imensamente. Não estou com paciência para as suas merdas. Voltamos da caçada às vadias Ramazotti ontem de manhã. Infelizmente, não conseguimos pegar Valéria. A puta é tão traiçoeira que havia fugido no dia anterior, deixando apenas Bianca sozinha, como um cordeiro para o sacrifício. Meu mano ficou irado quando encontrou sua sub traidora. Ele a prendeu em seu calabouço no Voraz e, tal como fiz com Maya, também surrou a infeliz. Eu o convenci a vir para casa depois de muito esforço. Estava fora de si, como também fiquei ao descobrir a traição de Maya. Reuniremos nossa cúpula amanhã para traçarmos nossos planos de cercar Valéria. O velho Ramazotti já recebeu seu capanga esfolado com um bilhete assinado por mim, jurando pegar cada um deles. Meus homens informaram que a segurança em volta do haras onde vivem, em Riviera Paulista, foi triplicada. Isso mostra o tamanho do medo dos ratos malditos. Serão caçados, todos eles. Sem piedade.

A putinha traidora roubou informações do meu notebook uma segunda vez, foi aí que a pegamos e confirmamos tudo que Isabeli descobriu. Danilo me orientou a comprar outro equipamento e plantar rotas e contatos falsos no antigo, uma armadilha para o rato. Só não sabia que a garota que me encantou e virou minha cabeça seria presa na ratoeira. A infeliz cometeu o erro de usar um de seus *pen drives* e ele conseguiu rastreá-la. O que me deixa, de certa forma, vingado é que os Ramazotti fizeram papel de otários dessa vez. O primeiro incidente com as cargas foi uma dor de cabeça dos infernos, mas serviu para que nos protegêssemos ainda mais. Maya confessou para minha mãe que roubou nas duas vezes. Porém, continua alegando que não sabia da bomba, que foi usada pela comparsa. Não confio em mais nada que saia daquela boca. Minha mãe, por outro lado, parece acreditar e está cada vez mais ligada à menina enganadora. Vou alertá-la de novo para não se deixar manipular pela vadia.

O som do piano me diz que meu irmãozinho está além de irritado. Ele toca quando está estressado. Funciona como *hobby*, como o sax para mim. Atravesso a sala de estar e sigo até a porta de ligação para o cômodo onde o velho piano de cauda é o único móvel. Pertenceu à nossa avó paterna, que era uma exímia pianista. Meu avô tocava o sax, por sua vez. É daí que recebemos a influência. Encosto o ombro ao portal e fico ouvindo a melodia um tanto furiosa. Os dedos de Alvinho voam sobre as teclas. Tem uma carga dramática que diz muito sobre seu estado de espírito. Vejo um copo vazio sobre o tampo polido do instrumento. Giro nos calcanhares e vou até o seu bar, pegando nosso Bourbon preferido. Volto, caminhando até ele, sirvo-o mais uma dose e outra para mim. Deposito a garrafa sobre o piano e tomo um gole da bebida. Alvinho não para de tocar e eu não o interrompo. Sei que precisa distrair a mente, como também necessito. Fiquei assim nos primeiros dias à traição da vagabunda. Ele para, respira fundo e pega novamente seu copo, tomando mais um gole. Se afasta um pouco no banco, dando-me espaço. Sento-me e ficamos os dois bebendo em silêncio, a princípio.

— Vai sair? — pergunta, relanceando os olhos pela minha roupa. Está apenas com a calça do pijama, descalço, sua aparência desleixada.

— Vou ao Voraz — respondo. — Você está horrível, por sinal. — Faço uma careta, alfinetando-o

Ele faz um som irônico e vira a cabeça, encarando-me.

— Vai se ferrar, *stronzo* — resmunga, tomando outro gole.

Rio baixinho, mas aperto seu ombro em sinal de apoio. Seu rosto relaxa um pouco.

— Conseguiu ver outras cadelas? — indaga.

Percebo suas pupilas já bem dilatadas, o que indica que deve ter ingerido algumas doses antes de eu chegar.

— Ainda não. Vou comer a traidora e mostrar quem é que manda — rosno com arrogância.

— Farei o mesmo — ele rosna de volta. — Mas vou esperar um pouco mais até minha raiva estar controlada, senão, posso machucar a infeliz seriamente.

Assinto, sorvendo meu Bourbon.

— Ela disse mais alguma coisa? — indago.

— Não. A puta alega que foi obrigada a tomar parte do plano da tia. Continua insistindo na historinha triste de que é uma bastarda, que a família nunca quis e blá, blá, blá — diz com deboche. — A garota é muito estúpida se pensa que vou cair nessa armadilha de novo, porra.

— Elas são estúpidas, Alvinho. As duas — ranjo com ódio. — Do contrário, não teriam tentado nos enganar.

Ele acena e seu rosto torce um pouco.

— Nossa mãe não vai gostar de saber que pretendemos foder as prisioneiras — aponta com uma careta. — Ela adora tomar as dores de mulheres injustiçadas, você sabe.

— Não, não vai gostar — concordo com um resmungo. — É por isso que estou ameaçando Maya com a integridade física de seus padrinhos. A putinha vai trepar comigo e não falará nada para a nossa mãe.

Um brilho cruel cintila nos olhos escuros de meu irmão.

— Eu já sei o que usar com a vadia da Bianca — diz baixo e letal.

— O que? — inquiro com interesse.

— Ela tem uma irmã mais nova em São José dos Campos. A mãe delas trabalhou na casa dos Ramazotti e engravidou do filho mais velho de Claudio. — Ouço-o atento. — Foi expulsa pela esposa do maldito quando a gravidez foi descoberta e voltou para a sua cidade. De acordo com a rata, Claudio só a procurou quando já tinha quinze anos.

— Parece uma história plausível — pondero.

— Como é plausível que Maya não sabia sobre a bomba e foi enganada por Valéria? — ironiza e faço uma careta.

— Tem razão, porra. — Expiro, passando uma mão pelo meu rosto. — Estou cansado dessa merda. Quando vamos nos ver livres desses infelizes Ramazotti?

Alvinho me encara com uma expressão sombria.

— Papai é a favor de exterminarmos todos, mano — diz e meneio a cabeça.

Sim, nosso pai é brutal quando o assunto é defender a família. Eu e meu irmão também somos, no entanto, não é assim que trabalhamos.

— Não me agrada punir inocentes, mano — aponto.

— E o que fez ameaçando os padrinhos de sua cadela se enquadra em qual categoria, And? — pergunta com sarcasmo e bufo, tomando um gole grande da minha bebida.

— É muito diferente. Ela fará tudo que eu quiser, assim, não precisarei recorrer a métodos que não aprecio. — Dou de ombros.

— Não é tão diferente, mas concordo com você, é por isso, que vou usar a irmãzinha inocente de Bianca para deixá-la maleável... — Ri maldosamente e eu o acompanho, tocando meu copo no seu.

— Faça isso. Essas putas precisam aprender que mexeram com os caras errados — concordo, ansioso para judiar bastante da traidora miserável em nossa sessão daqui a pouco.

— Vou pedir ao Guto que procure a garota e mantenha um olho nela — Alvinho diz, seu semblante cheio de expectativa.

— Guto? Tem certeza? Ele vai comer a garota em dois tempos — digo, rindo.

— Eu realmente não me importo. — Dá de ombros. — A puta da sua irmã vai penar na minha mão até que seja executada — assegura, mas consigo ver através da sua ira.

Ele tinha sentimentos pela cadela. Deixou levar-se pela rata, assim como eu estava me deixando levar pela garota que julguei pura de tantas formas.

Jogo um pouco mais de conversa fora e me despeço. Sigo para o Voraz no meu Porsche Carrera vermelho. Dirigir vai me ajudar a conseguir a calma fria que preciso para chegar tão perto da puta sem torcer o seu lindo pescoço. A essa hora, o trânsito não é ruim. Jairo me segue em outro carro com mais cinco homens. Passo pela área social do clube e tomo mais uma bebida, observando o movimento. Guto está jogando com uma morena gostosa em um dos palcos. Faz tempo que não faço uma performance. Quando eu pegar uma sub nova, voltarei a realiza-las. Estou precisando de carne nova para conseguir deixar a traidora de vez. Com esse pensamento, tomo o último gole do uísque e pego a direção do elevador de acesso ao subterrâneo. As instruções foram enviadas para Maya à tardinha. Meu corpo inteiro está quente, meu pau já duro, o tesão desenfreado agora disputa espaço com a raiva, guerreando dentro de mim. Quero punir a vadia, acabar com ela nesta e nas próximas sessões, mas também anseio pelo prazer absoluto que só a maldita consegue me dar. Paro diante da porta. Há dois seguranças meus e mais um da parte de minha mãe. Não sei porque colocou esse. Contudo, não haverá problemas, já que *eu* sou o chefe. O cara me olha apreensivo, mas não me barra, apenas me dá passagem.

Eu lhes dou um aceno de cabeça e giro a maçaneta, abrindo a porta. O sistema de som está tocando música instrumental. Agora que sei que não é nada inocente, deixarei que meus instintos mais obscuros saiam livremente. Apesar da boceta virgem, nunca foi pura como pensei. Olho para baixo e não a vejo na entrada, esperando-me como ordenei que fizesse. Irritação começa a borbulhar em meu sistema, esquadrinho todo o salão, e nada. Não está em lugar nenhum à vista. Olho na direção do banheiro, sabendo que só pode estar lá. A porta está entreaberta e diminuo os passos, indo até lá, estreitando meus olhos. Empurro a madeira devagar. Que porra essa cadela está pensand... Meus pensamentos são cortados com um chute forte em meu joelho. Eu me desequilibro com o susto e a força do golpe. Em seguida, outro chute certeiro em meus rins.

— Porra! — ranjo, virando-me para o canto onde a putinha traiçoeira está. Sua posição é de luta, como uma maldita ninja. As narinas fremindo, a respiração ofegante. — Sua vadia de merda — sibilo e me endireito, dando um passo em sua direção.

— Não se aproxime ou acabo com você, criminoso maldito! — ameaça e eu riria se não estivesse irado com ela.

— Acabar comigo, querida? Ora, ora, a ratinha sabe lutar... As surpresas não param... — zombo, levantando as mangas de minha camiseta preta até os antebraços.

Ela respira rápido, os peitos subindo e descendo na regata do conjunto de *baby doll* branco que usa. É simples, mas transparente e a visão do corpo perfeito na roupa íntima faz meu pau ficar ainda mais duro. As auréolas redondas e suculentas estão perfeitamente à mostra, bem como os lábios da bocetinha delicada. Eu a observo, meus olhos devorando-a com fome.

— Tire a roupa e se poupe do vexame, menina — digo com um arremedo de sorriso perverso e dou um passo de lado.

Ela se move também, olhos atentos a meus movimentos.

— Não vou trepar com você de boa vontade. Vai ter que me forçar — range os dentes, os olhos determinados, atirando-me adagas.

Um sorriso cruel curva minha boca.

— Eu vou te comer, não importa se quer ou não — tento intimidá-la e avanço, com intenção de atracá-la pelo meio e parar essa merda.

Então, descubro que ela é rápida e sabe lutar de verdade quando gira ágil e habilidosa, dando-me um golpe com os dois pés em meu peito. Eu me desequilibro para trás e ela aproveita para me dar um chute nas costelas. Dor irradia onde bateu e solto um rugido, irritado como o inferno.

— Sua putinha infeliz! — Pego seu pé no ar, impedindo o próximo chute e o puxo, derrubando-a de bunda no chão.

— Vai se foder, seu bandido! — range os dentes, seus olhos me fuzilando, o outro pé me acertando no queixo de raspão.

Arrasto-a com força para perto e monto em cima dela, pegando seus pulsos com força, prendendo-os acima de sua cabeça com uma mão.

— Covarde maldito! — cospe com raiva irradiando dos olhos bonitos.

Rio indolente, empurrando meu joelho entre suas coxas, forçando-a abrir-se para mim.

— Vai ter que me estuprar! Não vou deixar que me toque, não vou...

— Não é problema para mim, querida. Você já sabe quem sou, não preciso mais fingir ser um príncipe encantado — debocho, mas por mais ódio que a tenha por sua traição, não sou um estuprador, contudo continuo fazendo-a achar que esse é seu fim, vamos ver até onde ela vai. E empurro minha virilha em sua bocetinha quente, esfregando perversamente.

Ela engasga e sua respiração muda, as pupilas ficando maiores, mesmo irritada, seu corpo responde ao meu.

— Como já disse, poderia te forçar. Está a minha mercê, posso fazer o que quiser. — Pego seu pescoço, apertando-o e ela trinca os dentes para evitar gemer. A vadia gosta da nossa foda escura, isso não há como negar. — Mas prefiro que sinta prazer comigo, prefiro ver você gozando no meu pau dia após dia, traidora de merda — sibilo. — Pode amar aquele infeliz, mas não tem como negar que seu corpo me pertence, esse é seu castigo!

— Cretino, cretino! — esperneia, encarando-me como se quisesse me matar e isso me deixa ainda mais doido para me enterrar bem fundo em sua boceta.

Merda! Respiro fundo, tentando controlar minhas emoções.

— Não lute contra mim, porra — ameaço num rosnado. — Eu não vou te estuprar. — Pego seus peitos empinados, amassando-os com fome. — Você não merece, traidora, mas vou te dar uma escolha.

— Que escolha? — pergunta, ofegante pela luta e a excitação já clara em seu rosto.

— Seja minha escrava — ofereço e seus olhos arregalam.

— Ou?

— Ou nada! — faço um som irritado. — Você não está em condições de barganhar.

— Isso não é uma escolha — aponta com seu atrevimento em dia.

— É a única que você terá, não pense que é uma trégua, eu vou te punir — rosno, o tesão e necessidade feral que sinto por ela me tomando por inteiro.

— Escroto fodido — sibila, mas seu corpo, seus olhos me dizem o que quero saber e ela cede: — então vem, me come. — Puxo meu cinto da calça com rapidez e prendo seus pulsos. A cadela se debate, dificultando, claro que ela vai continuar dificultando mesmo tendo aceito, mas enfim, consigo e rio cruelmente.

Um som de pura satisfação sai da minha garganta por tocá-la de novo. Puxo os mamilos rosados e ela trinca os dentes, agora lutando para não sentir prazer. Inclino-me e dificulto sua porra de vida, engolindo o direito, chupando-o com força, sacudindo a língua suavemente no bico. Sinto-a estremecendo, mas ainda não geme. Mudo para o outro, mamando gostoso, mordiscando o mamilo. Ela sibila, voltando a se debater e rio malvado, descendo a boca pelo ventre, chupando com força, para deixar minha marca. Enfio a mão entre suas coxas e meu riso amplia ao constatar que está molhada. Deslizo os dedos em suas dobras, delicadamente. Quero fazê-la gemer como antes. Quero-a se desfazendo no meu pau como a puta ordinária que é. Empurro um dedo em sua vulva e vem o primeiro gemido. Rio e acrescento mais um, invadindo-a bem fundo, o polegar massageando o clitóris. Abaixo a cabeça novamente e chupo seus peitos com mais fome, engolindo a carne tenra e firme, lambendo cada bico.

Eu a como duramente com os dedos e puxo, deixando apenas as pontas, passando a esfregar seu ponto G. A vadia não aguenta e choraminga, como sabia que faria. Encaro-a enquanto a levo para o gozo. Tenho que me policiar para não cair no feitiço desses malditos olhos, fitando-me tão de perto. Rosno e a fodo com mais força, então, ela geme alto, convulsionando, seus líquidos esguichando em meus dedos. Mais do que depressa, eu abro meu zíper e puxo meu pau da boxer. Seus olhos ampliam ao sentir a cabeça esfregando seu clitóris e lábios, procurando a entrada. Ela fecha-os e respira agudamente.

— Não. Abra a porra dos olhos e me veja te comendo! — ordeno, irritado com o desejo doentio que essa traidora me faz sentir.

Seus olhos se abrem e levanto sua perna direita para o meu quadril, voltando minha mão livre para seu pescoço, apertando-o.

— Tudo o mais pode ter sido mentira, mas isto aqui nunca foi — afirmo e empurro nela, com força.

— Ai! Covarde, cretino! — ela me xinga, tomando meu pau até o fundo.

Silvo, meu corpo inteiro estremecendo pelo prazer. Um som animalesco sai do fundo da minha garganta. Não há sensação mais perfeita em todo o maldito mundo. E a odeio um pouco mais por ainda me fazer sentir dessa forma.

— Ah, porra! — solto um rugido, enterrando-me todo. Nossos corpos convulsionam juntos. — Vadia do caralho... — Gemo longo e rouco, minhas bolas já doendo para encher a bocetinha apertada de porra.

Puxo tudo e volto, estocando firme até o punho. Ela geme de boca aberta, o prazer e a raiva também guerreando em suas feições bonitas. O cabelo loiro espalhado no piso enquanto a domino e pego de volta o que é meu, em pleno chão do banheiro. Aperto seu pescoço, metendo, batendo fundo sem trégua. Todo o tempo nos olhamos. Raiva, mágoa e o tesão descomunal estampado em nossos rostos. Abaixo a boca para mamar nos peitos durinhos de novo, meu pau castigando-a sem pena.

— Toma, sua vagabunda — rosno, sem parar de socar.

Ela arfa, a luta a abandonando, a boceta ficando mais e mais cremosa. Meu pau indo e vindo com mais facilidade. Meus olhos caem para seus lábios rosados. A vontade de beijá-la é quase demais para suportar, então, eu subo a mão do pescoço e a coloco sobre sua boca, apertando-a. Vejo um *flash* de mágoa passar em seus olhos azuis. Os malditos estão brilhantes e bonitos. Rosno, metendo com mais força, usando-a sem pena.

Maya

Eu gemo, humilhante, ainda que odeie a forma bruta e desleal como está me comendo em pleno chão do banheiro. Os olhos verde-musgo estão me encarando de perto, intrusivos nos meus, não me deixando escolha, senão olhar para ele. Andreas continua me fodendo e me encarando intensamente. Já o seu olhar é frio e quente ao mesmo tempo. Vejo raiva e tesão disputando espaço em seu rosto perfeito. Meu canal está dolorido da sua posse bruta, mas pulsa, lateja à sua volta e, decidindo ser perversa, aperto-o mais nos truques do pompoarismo. Ele rosna empurrando-se tão profundo que berro em sua mão. Recebo-o apertada, a carne dura e grossa castigando minhas paredes estreitas. Dói, porém, sou viciada nesta sensação, a mistura incomparável de desconforto mesclado ao prazer de recebê-lo bem fundo em meu corpo. Arreganho-me mais e aprecio sem vergonha a única coisa que sempre foi real entre nós: o sexo, por isso o aceitei novamente. Ele retira a mão da minha boca e seus olhos queimam dentro dos meus enquanto me come, esmagando meu corpo no chão duro do banheiro.

— Mete mais, seu cretino! Não era isso que queria? — desafio-o, latejando, minhas paredes chupando-o esfomeadas para dentro de mim.

— Está toda molhada — zomba e faz o que peço, enfiando com força, profundamente. — Cadela miserável — rosna como um animal furioso.

— Ahh! — grito, perdendo-me na luxúria sombria de tê-lo me possuindo em meio à raiva. — Criminoso maldito... — xingo-o.

— Toma, sua putinha. Dá-me essa boceta! — diz áspero, puxando quase tudo e voltando num golpe inesperadamente lento. — Vamos, deixa-me afundar até o maldito talo nessa porra de boceta gostosa... — range, possuindo-me bem devagar, indo até o fundo.

Sua boca está perto da minha, mas sei que não vai me beijar. Voltamos à estaca zero. Porém, congratulo-me com a fome e a posse em seus belos olhos a cada vez que mete em mim. Nossos olhares permanecem travados. Ele me come mais e mais, entrando todo, não se importando em me esticar dolorosamente em seu tamanho e espessura. Pega minha bunda por baixo com as duas mãos e me arranca o fôlego quando bate com mais força, acelerando as estocadas, arreganhando-me além do meu limite. Grito, completamente perdida nas sensações lascivamente obscuras que sua posse sempre me despertou. Arqueio-me toda e ele ri maldosamente, sua boca descendo para meus seios, passando a mamar com voracidade, mordendo os bicos, deixando-os sensíveis.

— Sua boceta nunca ficaria cremosa assim para outro, menina... Só para mim, porque sou a porra do seu dono — grunhe, estocando-me perversamente.

Eu me abro toda, recebendo-o bem fundo, choramingando a cada impulso. Finca brutalmente em minha vulva melada e eu me perco, estalando num gozo dilacerante, cada centímetro da minha pele arrepia pelo prazer intenso. Soluço, as lágrimas querendo vir em meus olhos, porque sei que não terei mais do que isso de agora em diante, e eu ainda o amo. Engulo o choro, olhando em seu belo rosto perto do meu. Oh, Deus, ainda o amo tanto.

— Isso, goza no meu pau, cadela. Você me pertence, porra! — seu tom é duro, cheio de possessividade sombria, suas estocadas me sacudindo toda.

Espiralo, minha boca ofegante, sequiosa pelo seu beijo. Tudo em mim dói por saber que jamais virá. Não sentirei o sabor de seus lábios de novo e isso me esmaga. Porém, por mais que a constatação doa em meu coração, meu corpo continua respondendo ao prazer absurdo de tê-lo dentro de mim outra vez. Meu sexo pulsa, o gozo vazando, molhando seu pau todo. Andreas me fode intensamente até os últimos tremores rolarem em meu corpo. Estoca bem fundo e se retira, virando-me agilmente de bruços no piso frio. Mal respiro, ele pega meus quadris, colocando-me de quatro, e berro ao ser penetrada por trás, profundamente. Estremeço, o eixo grande e grosso me arreganhando ainda mais nessa posição. Passa a me comer com mais fome, estocando rápido e duro. Meus pulsos escorregam e fico quase deitada, ele em cima de mim, devorando-me sem trégua, seus gemidos longos e ásperos bem no meu ouvido. Meu rosto arrasta no chão enquanto me come com força. Rosna e pega minha nuca, apertando-a, mantendo prensada ao piso e mete mais e mais, gemendo lindo e rouco. A outra mão segura meu quadril num agarre dolorido, enfiando sem trégua. Os sons saindo de sua garganta contém um desespero, um tesão e necessidade raivosos que espelham os meus.

Sem pudor, começo a rebolar, levantando a bunda, tomando-o até o cabo. Andreas resmunga e se debruça sobre minhas costas, prensando-me no chão. Eu choramingo, meu corpo todo doendo pelo tratamento áspero, mas já arquejando, meu ventre sentindo a quentura característica de outro orgasmo. Suas estocadas se tornam mais rápidas, duras e profundas. Sua boca perversa chupa a lateral do meu pescoço, morde a minha nuca, nunca deixando de meter com voracidade. Arquejo quando pega meu ombro direito e segura meu pescoço pela frente com a outra mão. Sua respiração vai ficando cada vez mais alterada, os gemidos mais altos e urgentes. Congratulo-me por saber que ainda posso deixá-lo em tal estado de descontrole.

— Ah, Deus... — babo no chão, o orgasmo vindo com tudo.

Seus sons se tornam mais rudes, as estocadas perversas. Meu canal já está ardendo, doendo pela posse dura. E, como sempre acontece, a dor me lança em direção ao clímax. Grito alto, todo o meu corpo entrando em convulsões enquanto gozo.

— Gostosa do caralho... — resmunga e se enterra profundamente, urrando como um animal selvagem.

Os jatos de sêmen jorram, inundando-me. Uma alegria boba me invade por gozarmos juntos. Os sons de absoluto prazer saindo da sua garganta são a prova de que é possível odiar uma pessoa e ainda foder com ela como se não houvesse amanhã. Nossos corpos espiralam juntos no prazer tão familiar e arrebatador. Meus olhos turvam e soluço, uma confusão de sentimentos dentro de mim, sendo que o maior deles é o amor que ainda pulsa em meu peito. Estou perdida em sensações quando ele para e pragueja baixinho, parecendo insatisfeito com algo. Ele se retira de mim sem delicadeza e ofego pela ardência. Sinto-o me observando enquanto respiro, procurando minhas forças de volta. Minutos se passam e sei que agora virá a pior parte.

— Levante-se, vadia — seu tom é frio e controlado, como se não fosse o mesmo homem que estava fora de si me comendo e urrando minutos antes.

Sem me dar chance de me recompor, ele puxa a ponta do cinto amarrado em meus pulsos, arrastando-me no piso.

— Espere, seu escroto fodido! — reclamo, colocando-me de pé, minhas pernas ainda tremendo do gozo intenso.

Seu olhar percorre meu corpo inteiro e pousa entre minhas coxas, onde seu sêmen está escorrendo. Seus olhos ficam em brasa e ele rosna, virando as costas, puxando-me para fora, como um maldito animal. Sigo tropeçando e meus pés descalços pisam no chão áspero de concreto. Ele me arrasta até o cavalete de frente para a parede de espelho

— Deite de bruços. — Empurra-me para baixo.

Eu resisto, tentando dar uma joelhada em sua virilha, mas ele é mais rápido e se esquiva. Um sorriso frio e um brilho doentio invade suas íris. Sua mão pega meu cabelo da nuca, como garras, puxando-os dolorosamente. O rosto abaixando para perto do meu.

— Está esquecendo do que está em jogo, sua rata? Seus padrinhos morrerão se você não fizer o que quero! — ameaça, seus olhos escuros e sem alma.

Meu corpo estremece de uma forma ruim agora. O *meu* And se foi. Este homem que está diante de mim não conheço. Sei que estava fingindo, não mostrando quem era de verdade enquanto eu também o enganava. Mas queríamo-nos. Era real sua preocupação comigo. Assim como era real o amor que cresceu dentro de mim. Em meio a tanta mentira, *nós* éramos de verdade. Lágrimas picam meus olhos e ele rosna, empurrando-me rudemente para baixo. Desta vez, eu me deito sobre o banco acolchoado, minhas pernas ficando penduradas. Prende meus tornozelos juntos com as algemas de couro chumbadas no chão. Observo-o se movimentar atrás de mim. Está todo vestido ainda, a roupa toda negra. Está lindo e meu peito dói ao olhar para ele. Fico esperando o momento em que irá me vendar, mas não o faz e não entendo a razão.

— Não vou te vendar de agora em diante. Quero que veja bem quem está te comendo toda maldita vez! — sua voz é dura, parecendo carregar algo subjacente que não estou entendendo.

Vejo-o ir para a parede lateral, onde os chicotes estão expostos. Meu corpo inteiro gela, o pavor de ser brutalizada outra vez me assola. Não consigo suportar outra surra em tão pouco tempo. Seus olhos ficam sombrios enquanto observa a minha reação.

— Não vou te surrar nas costas. Ainda estão sensíveis e não quero problemas com minha mãe — seu tom é frio ao dizer isso.

Meus olhos turvam ao perceber que sua consideração é com a sua mãe, não comigo. Sua expressão endurece ao ver minhas lágrimas.

— Poupe-me das lágrimas de crocodilo, porra — tripudia e pega um chicote menor, vindo para trás de mim.

Reteso-me ao sentir seu toque em minha bunda. Aperta a carne e percorre a racha, passando a massagear meu ânus. Nossos olhares estão fixos no espelho. Chupa o dedo indicador, levando-o para o meu pequeno buraco outra vez, esfregando e desce, empurrando-o na vagina. Arfo pela sensibilidade. Entra e sai, indo e vindo, esfregando meu ponto G, e, doentiamente, começo a ficar excitada de novo. Não gemo, mas ele sabe disso pela forma diabólica como seus olhos brilham. Retira o dedo e sinto algo empurrando em minha vagina. Um dildo. Ele empurra todo e não aguento, gemendo baixo. O bandido ri cruelmente, dando um tapa forte na minha bunda. O objeto é menor e mais fino do que o seu pau, percebo. Com os olhos fixos nos meus, espalha lubrificante em minha entrada traseira e ofego, a devassidão e escuridão me chamando de volta. Empurra um dedo em meu canal apertado e assobio pela invasão. Ele não tem pena e logo acrescenta outro, indo fundo, duro. O dildo em minha vagina começa a vibrar e noto que possui uma saliência massageando exatamente em meu ponto G.

Andreas emite um som rude e me come com os dedos, seus olhos quentes sobre mim. Então, o chicote bate em minha nádega direita, assustando-me. É um golpe forte.

— Ah! Escroto maldito! — grito e ele bate do outro lado. Gemo, minha pele ardendo e doendo, mas minha vagina e bunda vibrando de prazer. — Deve ser horrível ainda me querer tanto, não é? — resolvo atiçá-lo. — Pode dizer o que quiser, mas você me quer! O poderoso Andreas Montanaro ainda me quer!

Uma expressão assassina surge em seus olhos e ele puxa os dedos bruscamente de dentro de mim, indo para o aparador. Pega algo dentro de uma caixa e volta, vindo para o meu lado. É uma mordaça. Ri diabólico quando me mostra e passa a correia pela minha cabeça, ajustando-a, empurrando a bola enorme na minha boca. Odeio essa porra e por isso mesmo a está usando, para me punir. Encaro-o com ódio e mágoa. Agarra meu queixo, dizendo-me friamente:

— Quero te comer. Apenas isso, vadia. Será a minha puta pelo tempo que eu quiser. — Empurra minha cabeça e volta para trás do banco.

Engulo o choro mais uma vez pelas palavras duras e frias. Enfia os dedos em minha bunda outra vez e passa a me surrar com força. As vibrações do dildo aumentam e seus dedos indo e vindo em minha bunda rapidamente me deixam à beira do gozo. É doentio, mas meu corpo pertence a ele e a seus estímulos obscuros. Choramingo, cada golpe me levando mais perto do orgasmo até que para. Gemo em desamparo, exigindo a satisfação. Com um sorriso cruel, ele puxa o pau de dentro das calças e me escarrancha. Sibilo pelo tecido roçando nos vergões do chicote. Abre bem minhas bochechas e prendo a respiração ao sentir a cabeça robusta buscando espaço em meu anel estreito. Com um rosnado sobrecomum, começa a empurrar-se em mim. Estremeço inteira pela sensação de ser preenchida nos dois lugares. Ele nunca havia usado um dildo tão espesso, então, parece que estou sendo rasgada neste momento. Seus olhos dominantes nunca desviam dos meus enquanto vai me sodomizando. Seu gemido soa gutural no salão quando entra todo. Ofego, minha respiração errática pela sensação dolorosa, sombria e perfeita de tê-lo em meu ânus.

— É por isso que te quero, sua vagabunda — resmunga, puxando tudo e voltando a meter numa estocada funda e dura.

Eu grito, mas o som não sai por causa da bola da mordaça. Ele ri cruelmente e segura minha cintura, puxando-me para meter mais forte, mais fundo. Andreas me come sem pena, estocando vorazmente. Seu rosto duro e ameaçador no espelho me deixa mais molhada, arquejando para gozar. Meu ponto G sendo massageado pelo dildo, minha bunda açoitada e doendo, seu pau enorme em meu ânus, esticando-me ao limite, lançam-me num redemoinho de prazer escuro.

— Você consegue aguentar a minha escuridão. É por isso que não vou abrir mão de te comer! Você. Me. Pertence — pontua cada palavra com uma estocada perversa.

Explodo, gozando forte, tomada por convulsões tão impiedosas quanto o homem em cima de mim. Fecho os olhos, querendo fugir do seu escrutínio, mas puxa meu cabelo da nuca, arqueando-me para trás, dolorosamente.

— Abra os malditos olhos, Maya! — ordena e eu faço.

É a primeira vez que chama meu nome e obedeço. Seu olhar cintila, penetrante e hipnótico.

— Olhe para mim. Você é minha — diz baixo e sombrio. Sua possessividade me faz gemer mais, as ondas de prazer reverberando em minha pele suada. — Não importa o quanto te odeie, você continua sendo minha — completa e estoca mais duro e profundo, nossos olhares presos no espelho.

Com um rugido alto, ele começa a jorrar em meu ânus dolorido. Meu coração dói ao ouvi-lo dizer que me odeia. Meus olhos ardem com novas lágrimas e choro enquanto ele goza em mim, seu rosto uma mistura de raiva e prazer indizíveis.

Continua metendo fundo, olhando-me como se quisesse me matar, mas o prazer que lhe proporciono o impede. Cai por cima das minhas costas, gemendo longo e rouco. Baba escorre da minha boca para o banco. Estou acabada, arquejando, chorando. Seus golpes acalmam e ficamos assim por um tempo. Nossas respirações alteradas. Permito-me fechar os olhos e recordar seus lábios depositando beijos suaves em minhas costas depois de uma sessão intensa. Lembranças são tudo que terei de agora em diante. Posso sentir as batidas do seu coração. Sua camisa está molhada de suor. Ele nem sequer a tirou, o conhecimento disso me deixa mais miserável. Mostra-me que não quer ter contato além do necessário em nossas interações fodidas daqui para frente. Não suporto saber que o perdi e meus soluços irrompem. Com um som impaciente, puxa a mordaça da minha boca e meu choro sai livre. Retira-se do meu canal com rapidez, como se não pudesse suportar o contato nem por um segundo a mais. Sinto-o puxando o dildo da minha vulva, fazendo-me arquejar. Em seguida, livra meus tornozelos das restrições e vem para a frente, desprendendo o seu cinto de meus pulsos.

Não massageia os locais que ficaram restritos, como fez tantas vezes antes. Esta versão dele é muito pior do que o dominador frio do começo de nossa relação. Aquele era sádico, mas não me odiava, pelo menos. Sento-me no banco e massageio meus pulsos. Em seguida, meus tornozelos. Posso sentir seus olhos sobre mim, mas não o encaro.

— Você não vai mais repetir essa merda que fez hoje, Maya — seu tom irritado me faz levantar a cabeça para olhá-lo.

Sua beleza é como um tiro no meu peito. Usou meu nome pela segunda vez esta noite e me vejo agradecendo-o em silêncio. Nada dói mais do que ouvir os nomes horríveis que me chamou durante o sexo. Não me incomodo pelos termos, mas pela raiva e desprezo com que os pronuncia em nossa nova relação. Mais lágrimas caem pelas minhas faces e eu não me importo em limpá-las. Levanto-me e ando até sua frente, querendo peitá-lo, talvez para apanhar no corpo e desviar a dor do meu coração.

— Cada vez que vier aqui, terá aquela recepção ou pior — enfrento-o, sem medo dele neste momento.

Em vez de me bater, como pensei, uma sobrancelha escura sobe e o familiar sorriso cínico se desenha em sua boca.

— Pode lutar o quanto quiser, menina. O final será sempre o mesmo, você tomando o meu pau e gozando, sendo a minha puta — diz com arrogância, deslizando o olhar pelo meu corpo nu e usado. Suas íris ficam mais escuras. — É bom que esteja pronta para mim amanhã — avisa, seus punhos crispando, talvez lutando para não me bater. — Não vou tolerar outra insubordinação, cadela. Você aceitou, então faça o que eu quero e sua família vive. É uma equação bem simples.

— Eu te odeio. — Soluço, meu corpo sacudindo em asco e repulsa por ter cedido e gozado como a puta que ele diz que sou.

— Finalmente uma verdade saindo dessa sua boca mentirosa. — Seu rosto fica mais duro e o sorriso cruel se abre lentamente. — Mas a boa notícia é que não é preciso amar uma pessoa para foder gostoso. Veja você, querida, trepou comigo com tanto empenho que conseguiu me enganar sobre gostar de mim.

— Eu te odeio agora pelo que está fazendo comigo — digo sem medo de me mostrar. — Mas te amei. Eu me apaixonei por voc...

Calo-me quando avança para mim, seus olhos ferozes e ameaçadores, a mão pegando meu pescoço como garras de aço.

— Se ousar repetir isso, eu te mato — estala, completamente fora de si.

Ofega, os olhos verde-musgo mostrando algum conflito e ele me empurra para longe, parecendo com nojo.

— Esteja pronta amanhã. E faça o favor de guardar suas porras de juras de amor. Só o que me interessa é sua boceta e rabo prontos para o meu pau.

Meus olhos picam com lágrimas pela raiva fria que direciona a mim agora.

— Você é o meu brinquedinho de foda, garota. Aceite sua nova realidade e me poupe da porra do drama.

Ele vira as costas e atravessa o salão. Seus passos irritados, como se o diabo estivesse em seu encalço. Quando a porta se fecha, sento-me de novo no banco e abraço meu corpo. Um frio de desolação me perpassa. Ele nunca me perdoará. Vai me usar até que eu fique apenas uma casca. Já não tenho mais esperanças de sair daqui com vida. Gioconda não conseguiu me proteger dele. Choro, soluçando, lamentando minha estupidez e ingenuidade por me deixar manipular pela maldita Valéria Ramazotti. Choro por amar um criminoso que, provavelmente, irá me matar.

CAPÍTULO QUATRO

Mantenha os seus amigos perto
e os seus inimigos mais perto ainda.
(O Poderoso Chefão 2)

Maya

Acordo e me remexo na cama. Meu corpo está dolorido da posse bruta do meu carrasco. Abro meus olhos e rolo, ficando de lado. A visão das grades da jaula está se tornando familiar, infelizmente. A porta fica aberta, para me dar liberdade de ir ao banheiro sem precisar pedir a um dos guardas a cada vez. Foram as ordens de Gioconda. Sou grata demais a essa mulher. Sem sua proteção, eu já estaria morta, com toda certeza. Sento-me e espreguiço, escorregando para fora dos lençóis macios. Minha vagina e bunda estão doloridos e sensíveis, mas me sinto bem. É doentio o desejo que sinto por aquele homem. Está claro que agora ele só quer me machucar, porém, ainda apreciei nosso sexo duro ontem para a minha vergonha, eu gostei. Calço as sandálias e me levanto, saindo da jaula e andando em direção ao banheiro. Escovo os dentes, tomo uma ducha e visto um conjunto de *lycra* para me exercitar. Sempre troco de roupa no banheiro. Tenho quase certeza de que o maldito tem câmeras lá fora.

Eu saio e ando pelo salão, esticando os músculos, fazendo alongamento antes dos meus exercícios de Ioga. Faço todas as posições que conheço. Sou uma praticante há mais de cinco anos. Minha madrinha me matriculou numa turma para ajudar com meu estado de luto após a morte de meus pais. E a Ioga realmente me ajudou a acalmar os pensamentos e sentimentos ruins dentro de mim. Sempre começo o dia praticando alguns exercícios, e Deus sabe que estou precisando neste momento da minha vida. Logo após, aproveito para treinar golpes de karatê. Eu me recuso a ficar mofando na cama e chorando pela minha desgraça. Uso as parafernálias de dominação para incrementar meu treino. Penduro-me nas correntes que pendem do teto e levanto as pernas. Faço três sessões de quinze repetições. Em seguida, apanho um conjunto de cordas e pulo uma sequência boa até suar. Será que o bandido está me observando? O pensamento vem e corro o olhar por todo o salão, procurando nas paredes, cantos do forro. Não vejo nada, mas sinto que ele me vê quando está longe.

Contra a minha vontade, meu corpo fica quente, imaginando-o me observando, desejando-me dessa forma sombria e louca que o quero também. Bufo desgostosa com meus pensamentos e falta de amor próprio. *Ele te humilhou ontem, sua estúpida.*

Pare de sonhar com o perdão de um criminoso de coração frio. Encerro o treino, irritada, e volto ao banheiro. Tomo mais uma ducha, lavo o cabelo e coloco um vestidinho de malha azul, saindo novamente para o salão. Volto à jaula, aproximando-me da mesinha onde estão meus livros empilhados. Terminei *Jane Eyre* ontem à tarde. Corro os dedos pela capa gasta e suspiro, desejando ser como Jane e vencer minhas batalhas. Vejo *Crime e Castigo*, de Fiódor Dostoiévski. É outra obra que já reli algumas vezes. Conheci o autor russo através de uma professora na universidade e me tornei viciada na forma como o autor retrata seus personagens. Dostoiévski faz uma profunda imersão na alma humana. Seus personagens são sempre muito realistas, com desejos, muitas vezes, egoístas e até mesmo sombrios. Pego-o e vou para a cama, sentando-me com as pernas para fora. Começo a ler e, como sempre acontece, perco-me na leitura. Só percebo meu café chegando quando Gualberto limpa a garganta.

— Bom dia, senhorita — o grandalhão cumprimenta, entrando na jaula. Colocando a bandeja em cima da cama.

Ele e Jairo são mais brandos comigo. Talvez por terem me levado tantas vezes para seu patrão.

— Bom dia, Gualberto. Obrigada — respondo e ele acena, retirando-se em seguida.

Seguro o copo de café e retiro a tampa. Recosto-me às grades e puxo as pernas para cima da cama, pondo-me a comer. Estou com apetite dobrado esta manhã. Depois da sessão de sexo, fiquei a noite inteira com fome. Em meus últimos dias com Andreas, após as sessões aqui no calabouço, sempre tinha uma ceia requintada esperando por mim na cobertura. Lembrar disso faz meu peito doer. Tristeza e arrependimento me assolam. Ele me mimava, cuidava de mim. À sua maneira, sei que sentia algo mais do que sexo. Isso era nítido em nossas interações, tanto aqui, como na cobertura e no escritório. Estávamos construindo uma cumplicidade que não tive nem com Breno, que conheci a minha vida inteira. Meus olhos ardem. Há mágoa pela forma brutal que tem me tratado desde que descobriu minha traição, mas o amor, o sentimento avassalador que aquele homem me despertou, ainda está dentro de mim, recusando-se a ir embora.

Pego uma broa e dou uma mordida, tomando um gole grande do café. Termino o desjejum e coloco a bandeja num canto da mesinha. Volto ao livro, tentando continuar a leitura de onde parei, porém, está difícil hoje. As imagens dele em cima de mim estão povoando minha mente. Senti-lo dentro do meu corpo outra vez me provou que pertenço a ele. Para o meu desespero, não acho que outro homem possa mexer comigo da maneira que Andreas mexe. Dar-me prazer da forma que ele faz. Suspiro, olhando para o calabouço, minha triste prisão. De hoje a vinte dias será o seu casamento com a maldita. Eu a odeio ainda mais depois que quase quebrou minhas costelas, chutando-me covardemente enquanto eu estava no chão. Sem falar que a vaca queria me açoitar até a morte e insistiu para que Andreas a deixasse se aproveitar da minha vulnerabilidade. Se tivesse a chance de estar frente a frente com a vadia, eu lhe daria a surra que esteve merecendo desde o nosso primeiro encontro. Odeio-a com tanta intensidade, principalmente, porque foi a escolhida para levar o nome do homem que amo. *Ela* terá tudo, em breve, enquanto eu ainda nem sei o que o futuro me reserva. Meus dias aqui nesta cela têm se alternado entre otimismo e desânimo. Há momentos em que penso que sairei daqui com vida e seguirei em frente. Contudo, há os sombrios, em que tenho certeza de que Andreas não me deixará livre.

Não consigo me concentrar na leitura, revivendo tudo do sexo agressivo de ontem. Ao menos, o tesão ainda é latente da parte dele. Embora a raiva estivesse queimando nos olhos verde-musgo, eu vi, senti seu desejo por mim. Ainda que agora rivalize com a raiva, Andreas continua me querendo. Ele me quer hoje de novo. Rosnou isso junto com as ameaças a meus padrinhos. Expiro, lamentando ter colocado não só a mim, mas as únicas pessoas que restam da minha família, em perigo. Um movimento na entrada chama a minha atenção e viro a cabeça no mesmo instante, coração aos saltos. Todavia, a pessoa entrando na sala não é quem esperava. Gian Lucca Montanaro. A visão do patriarca Montanaro faz um frio ruim percorrer minha coluna e me pergunto o que esse homem pode querer aqui. Ele atravessa o imenso cômodo, trajando um de seus ternos impecáveis. Quem o vê jamais imaginaria que é um criminoso da pior espécie. Para do lado de fora da jaula, sua cara ainda pior do que foi na festa. Puxa um charuto do bolso do terno e um cortador.

Acompanho cada movimento seu, medo deslizando em minha espinha. Corta a ponta do cilindro e retira um isqueiro de ouro do bolso, acendendo o charuto. Não diz nada por alguns instantes, apenas puxa e solta a fumaça densa, diretamente para dentro da jaula. Começo a tossir.

— Você é realmente esperta, garota — repete o que me disse na festa de Andreas. Seus olhos escuros são lagos gelados enquanto me escrutina. — Avisei que, se ao menos respirasse errado perto de meu filho, eu mesmo te mataria — sua voz é fria e ameaçadora. — O que não sabia era que já o havia traído, menina estúpida — cospe, lançando-me um olhar de morte.

Engulo em seco, olhando além dele, tentando ver Gualberto. Ele seria capaz de me matar agora? Um riso frio se abre em sua boca. O maldito seria muito bonito se não fosse essa aura de morte rondando-o.

— Não, não vou matá-la, sua putinha infeliz. Não agora, pelo menos. Conseguiu enganar minha esposa com essa carinha de anjo, como já deve saber.

Suas ofensas fazem meus olhos lacrimejarem. Sinto-me ultrajada, porque seu maldito filho foi o meu único homem.

— Chame-me de traidora, qualquer outro nome, menos puta — vejo-me rebatendo, erguendo minha cabeça. — Seu filho foi meu único homem. Então se...

— Acha que me importa isso, menina? — zomba friamente. — Você o traiu, então, para mim dá no mesmo. Não passa de uma desqualificada, uma rameira.

— Não sou obrigada a ouvir suas ofensas, senhor — replico e me espanto.

Não sei de onde estou tirando tanta coragem. Talvez seja o fato de não ir com a cara desse velho imbecil. Suas sobrancelhas levantam e sorri com escárnio.

— Minha esposa pode ficar encantada com esse seu jeito impertinente, eu não — afirma. — And se casará dentro de vinte dias com a nossa escolhida — completa com uma satisfação cruel.

É como um punhal sendo empurrado em meu peito. Ofego, meus olhos se enchendo de lágrimas.

— Eu sei disso. Também estava naquela festa — digo em tom ríspido e ele faz um som e cara irônica. — Qual é o propósito da sua visita mesmo?

Seu rosto torce, puxando mais uma vez em seu charuto. Solta a fumaça lentamente, seus olhos medindo-me dos pés à cabeça.

— O propósito é dizer que não ouse fazer algo contra And ou, desta vez, eu dou cabo da sua vida miserável — rosna, os olhos escuros me fazendo estremecer de medo. — Mas antes disso, vou matar seus padrinhos. — Seus olhos ficam demoníacos. — Lentamente.

— Seu filho já está ameaçando meus padrinhos. O senhor chegou atrasado, lamento — digo sarcasticamente, irritada ao extremo com o homem cruel.

— Atrevida — sua voz é fria. — E estúpida, do contrário, não estaria me enfrentando. Já matei homens por muito menos, acredite.

Engulo em seco e volto a dizer:

— Continuo sem entender suas motivações para vir aqui.

Gian Lucca ergue as sobrancelhas, seus olhos sem alma me estudando atentamente.

— Vim para avisar que estou de olho em você — seu tom é ríspido. — Agora mais do que nunca.

Minha testa franze sem entender do que diabos está falando.

— Ainda não estou entendendo. O que quer diz...

Minhas palavras são cortadas ao ver meu algoz entrando no calabouço. Meu coração começa a saltar enlouquecido. Meu corpo esquentando respondendo à sua presença poderosa. E ele está lindo em um de seus ternos escuros impecáveis. Seu olhar trava no meu enquanto se aproxima da jaula e fica do lado de seu pai. Os dois são muito parecidos. Tanto em beleza quanto em crueldade. Sinto-me um animal aqui, presa sob o escrutínio dos dois criminosos.

— Deixe que converso com ela, *papà* — Andreas diz, sua atenção desviando para seu pai.

Os dois trocam um olhar silencioso e carregado. Fico apreensiva, sem saber o que mais pode vir em minha direção.

— *Vá bene, figlio* — o homem assente e os olhos maléficos voltam para os meus com uma ameaça latente. — Agradeça muito à minha esposa, garota. Ela acha que você é boa. Só por isso está se safando ilesa. — Sua carranca é profunda.

— O senhor também deve ser grato por ter uma mulher como Gioconda — digo com petulância, pouco me importando se vai me punir ou não. Foda-se! — Seja muito grato mesmo, porque não consigo imaginar o que uma mulher tão fascinante possa ter visto em sua pessoa.

Seus olhos ampliam e depois se estreitam, ficando escuros e ainda mais ameaçadores.

— O aviso está dado — diz friamente.

Com um tapa amigável nas costas do filho, o homem escroto se vira e anda para a porta.

— Meu pai não é maleável como minha mãe. É bom que contenha seus arroubos de petulância quando estiver na presença dele, se não quiser se machucar.

A voz grossa e baixa me faz olhar para o meu belo algoz. Seu cabelo escuro e denso está penteado para trás, os olhos verde-musgo me fitando com intensidade. Sua expressão é sardônica, mas seu olhar é de apreciação, percorrendo meu corpo inteiro no vestidinho fino. Meu corpo esquenta ainda mais sob sua cobiça.

— O que mais pode me acontecer? Estou presa neste calabouço, numa jaula, como um maldito animal — meus olhos ardem e minha voz treme. — O que mais podem fazer comigo?

Seus olhos ganham um brilho duro e letal.

— Estaria numa cela e jaula muito piores se dependesse de mim. Você não tem ideia de quantas coisas ruins já fiz com ratos, garota — atira, o ódio tomando suas feições bonitas. — Então, como meu pai sugeriu, seja muito grata à minha mãe. É graças a ela que ainda está viva e obtendo regalias que não costumo dar a meus inimigos.

Suas palavras me acertam em cheio. Ele seria mesmo capaz de me matar? Pergunto-me como uma estúpida apaixonada. Meu peito aperta miseravelmente ao imaginar que sim, o homem que amo seria capaz de tirar a minha vida.

— Seria capaz de me matar? — vejo-me perguntando, minhas lágrimas transbordando de forma humilhante. — Conseguiria me matar, And?

Seu rosto e olhar abrandam por um milésimo de segundo, mas endurece com rapidez.

— Você é uma traidora. O castigo para traição em meu mundo é a morte — pronuncia a sentença como um juiz cruel.

Soluço e limpo minhas faces, meu coração sendo esmagado pela enésima vez desde que tudo desmoronou. Forço-me a engolir o choro e parar de ser fraca.

— O que você quer? — inquiro, mudando o assunto.

Fica me observando em silêncio por alguns instantes.

— Nosso *hacker* conseguiu localizar o destino dos quarenta milhões de dólares roubados pelo ladrãozinho do seu noivo — informa, seus olhos escuros de tanta ira.

Ele fica ainda mais transtornado quando menciona Breno. Eu lhe falei sobre um *pen drive* que meu noivo havia me entregado poucos dias antes de ser preso.

— Você sabia de tudo, não é? Sabia que o infeliz tinha me roubado!

— Claro que não! Eu não sabia de nada das atividades criminosas de meu noivo. Ele...

Seus olhos ficam cheios de ódio.

— Sabia sim, sua puta — acusa. — A senha era a data do seu casamento. Queria se casar com o maldito e ter uma vida de luxos com o meu dinheiro!

— Não sabia, porra! — retruco, irritada com suas acusações e o termo ofensivo. — Ele me enganou! Nunca soube o que estava fazendo aqui. Fui enganada, tanto por ele quanto pela maldita mulher Ramazotti.

— Então, não sabia que o banco fica em Zurique, na Suíça? — pergunta com raiva e cinismo.

Ofego, levando minha mão à boca. Esse era o destino de nossa lua de mel. Afasto-me para trás, balançando a cabeça, meus olhos turvando pela traição de Breno. Nunca sequer questionei suas razões, porque confiava nele, da forma mais cega. Desolação desce sobre mim. Breno não era mais o garoto que amei há muito tempo, mas escolhi ignorar os sinais, presa na bolha cor de rosa que criei à nossa volta.

— Eu não sabia — murmuro, drenada de forças. Cansada disso tudo. — Ele praticamente me obrigou a colocar Zurique como primeira cidade da nossa rota. — Seus olhos estreitam, estudando-me detidamente. — Eu confiei nele — minha voz embarga e a expressão de Andreas fica dura. — Nunca desconfiei que o garoto que eu amava seria capaz de roubar e...

— Não tente passar por moralista, você também me roubou — estala, puxando um maço de cigarros do bolso do terno.

A exemplo do pai, acende o cigarro caro com um isqueiro dourado. Minha atenção recai para as mãos grandes e tatuadas. Ele puxa uma tragada e solta a fumaça lentamente pelo nariz. Eu o vi fumando algumas vezes, na cobertura e na empresa, após o expediente. Embora seja um vício que abominava antes, nele tem um apelo sexy. Cheguei até mesmo compartilhar um cigarro com ele uma vez, depois de transarmos no carpete do seu escritório. Seu olhar cintila com algo perverso, como se soubesse no que estou pensando. Então, desvia-o para o livro sobre a cama.

— Crime e Castigo? Dostoiévski com certeza se encaixa na sua situação — diz com sarcasmo.

— Encaixa-se ainda mais na sua. A análise de homem acima da moral, que pode fazer as piores atrocidades em nome de seus desejos egoístas. Parece ter sido criada exclusivamente para você — rebato e um sorriso cínico se abre lentamente em sua boca sensual.

— Sua petulância e inteligência ainda me excitam — diz em tom baixo. — Devo admitir que gosto desta nova fase. Esconder-me, fingir que era *bonzinho,* estava me deixando entediado. — Ri sardônico. — Quer saber do que mais? Você não é boazinha também, garota. Senti a escuridão em você desde o primeiro esbarrão.

— Não. — Meneio a cabeça. — Não sou assim. Sou honesta, ética.

— Honesta? Ética? — repete com zombaria. — Você me deu sua virgindade em troca de uma vingança. Fez-me perder milhões, atrasando cargas, sua vadia. — Seus olhos ficam duros e ele range. — A definição de homem amoral e egoísta também se aplica a você, querida. Apunhalou-me pelas costas enquanto gozava na minha cama, contando-me suas mentiras malditas.

— Nada do que fiz com você na intimidade foi mentira — rebato corajosamente. Não preciso me esconder também. — Começou como uma vingança, mas o que senti desde o primeiro olhar que trocamos foi verdadeiro. — Ando até as grades e estendo a mão. Ele se afasta. — Eu te amo, And — murmuro, com novas lágrimas enchendo meus olhos. É doloroso olhar para ele e saber que não temos mais nada.

Nossa familiaridade e cumplicidade se foi. — Sei que tudo está perdido depois que te traí, mas esse sentimento não vai embora. Por mais que eu tente, ele não vai.

— Foda-se, porra! Já disse para guardar as declarações mentirosas para si, garota — rosna, puxando uma tragada furiosa e jogando o filtro do cigarro no chão. Seu sapato italiano o esmaga. — Não me engana mais. Desista.

Seguro as grades, vergonha e raiva me perpassam por me mostrar e ele pisotear meu coração como fez com o filtro do cigarro usado.

— Por que está aqui? Não é só a noite que vem me comer? — pergunto, com raiva.

Seus olhos são uma mistura de gelo e fogo quando me olha de cima a baixo.

— Sim, eu venho te comer à noite — confirma com arrogância. — Mas virei nessa porra de lugar quando quiser, porque posso. Eu possuo tudo por aqui.

Sua expressão diz que estou inclusa entre suas posses.

— Vai se foder! — atiro, dando um chute nas grades. Meu pé dói, mas não solto um único gemido para não dar o gostinho ao maldito.

Ele ri cínico e confere seu relógio caro no pulso. Os olhos sobem para os meus.

— Vim para avisar que na próxima semana irá comigo à Zurique — informa e me afasto das grades, impactada pela notícia. — Como já deve saber, o infeliz configurou a conta para que apenas a titular conseguisse movimentar ou sacar o saldo.

— O-o quê? — gaguejo. Eu sou a titular dessa conta?

— Essa cara de espanto é quase convincente — debocha. — Se eu não te conhecesse, acreditaria que não sabia dessa informação também.

— Eu não sabia. Eu não...

— Pare de atuar, menina — seu tom é ríspido. — Vai comigo recuperar o que seu fodido noivo me roubou.

— Se eu sabia, se sou tão horrível quanto está acreditando, por que não movimentei a conta antes? — pergunto entre dentes. — Se sou a pior pessoa do mundo para você, por que não peguei o maldito dinheiro para mim?

Seu cenho franze um pouco e, por um instante, penso que o alcancei de alguma forma. Mas um sorriso de escárnio curva sua boca.

— Você queria me destruir primeiro. Seu ódio por mim era maior — diz e vejo um *flash* de algo parecido com dor passando em suas íris. — Aposto que seu próximo passo seria ir até a Suíça pegar o dinheiro.

Abro a boca para negar, mas acabo me calando. Nada do que eu disser o fará mudar de opinião. Nunca serei confiável de novo. O conhecimento disso faz lágrimas picarem meus olhos.

— E depois? O que acontecerá comigo? — pergunto num fio de voz, cansada de lutar.

Ele me encara em silêncio, seu olhar queimando um buraco em mim. Não consigo lê-lo neste momento.

— Você voltará para o escritório amanhã.

Engasgo, acreditando ter ouvido errado. Meu coração dispara com força. Está me libertando? Mesmo sem entender o que está havendo, a alegria me invade.

— Por quê? — pergunto, aturdida.

— Não te devo satisfação — estala. Todavia, percebo algo subjacente, deixando-o ainda mais irritado. — Vai me auxiliar em dois casos, viajar comigo para Zurique e, então, estará livre para ir embora.

Arfo, a revelação me impactando de duas formas. Alívio e alegria me invadem por saber que sairei com vida. Por outro lado, a tristeza, por saber que não sente mesmo nada além de desejo sexual por mim. Ele me deixará ir embora assim que eu der o que ele quer.

— Sua mãe conseguiu esse acordo para mim? — inquiro, mais lágrimas acumulando em meus olhos. Não posso deixar de agradecer pela minha sorte ao encontrar na matriarca uma aliada.

Algo passa rapidamente nos olhos verde-musgo e ele assente.

— Um de meus homens virá buscá-la todo dia pela manhã e deixá-la no final do expediente — avisa e meu estômago despenca ao perceber que estarei livre do calabouço apenas durante o dia.

Ainda serei a sua prisioneira.

— Sim, continuará sendo minha prisioneira e submissa. O sexo entre nós não é negociável. Será minha até o último dia, esteja certa disso — ele me dá a sentença.

Eu apenas aceno, abraçando a mim mesma. Uma sensação de desamparo me assola enquanto nos encaramos em silêncio.

— Se ousar me trair de novo enquanto estiver dentro da minha empresa, seus padrinhos irão pagar muito caro. Está me entendendo?

Torno a acenar. Sinto-me sem forças, nocauteada neste momento. Agora entendo a razão de seu odioso pai estar me ameaçando de novo.

— Não vou trair. Eu prometo — digo, lutando para não abaixar a cabeça e chorar como uma derrotada, mesmo que me sinta exatamente dessa maneira.

Ele faz um som zombeteiro.

— Suas promessas não dizem absolutamente nada para mim, garota — tripudia com rispidez. — Mas sei que fará o quero, porque pessoas que realmente ama estarão em risco, se der uma de esperta comigo outra vez.

Minhas lágrimas ameaçam transbordar ao ver o seu ódio e desprezo latentes. Com um último olhar de aço, gira nos calcanhares e me dá as costas, começando a andar para a saída. Sem despedidas, sem mais nada. Para ele sou isso agora: nada. Transformei-me num mero objeto para esse homem. Dentro de poucos dias, estará casado com a sua escolhida, pegando novas subs e serei esquecida. Viro as costas também, para evitar desmoronar enquanto ainda está no recinto. É hora de ser egoísta e pensar apenas em mim e na minha sobrevivência.

Preciso deixar esse homem e o amor estúpido e corrupto que sinto por ele para trás.

Subo os degraus da frente da ala de meus pais. Meu velho me pediu para jantar com eles hoje. Afrouxo a gravata, meu nível de estresse está alto. Remarquei a sessão com Maya para às 21h30. Tive uma videoconferência com Danilo, meu pai e Alvinho, no começo da manhã. Nosso *hacker* descobriu o paradeiro dos milhões que o bandidinho pé de chinelo havia roubado. A notícia, ao mesmo tempo que me alegrou, deixou-me puto. A cadela sabia. Ela sabia de tudo e aposto que iria atrás do dinheiro quando me ferrasse completamente. Meu corpo está um pouco aplacado por ter estado dentro dela de novo, mas agora a satisfação sexual vem junto com uma sensação amarga. Não quero desejá-la. Não quero sentir nada pela puta, só que não consigo parar essa merda. Eu a quero com uma loucura inexplicável. O prazer que a infeliz me proporciona é o maior e mais requintado que já senti, olha que já comi muitas bocetas. É tanto que, mesmo odiando-a, não abro mão de fodê-la. Passei horas bebendo e repassando cada detalhe da nossa foda dura na noite de ontem. Estou louco para me afundar nela daqui a pouco. De novo e de novo, até saciar essa vontade irascível que parece nunca passar.

Alfredo, nosso mordomo há décadas, recebe-me à porta com um sorriso afetuoso no rosto. Ele viu a mim e a meu irmão crescermos, então, tem uma liberdade na casa que outros não têm. Porém, não se engane com suas boas maneiras, o homem é um franco atirador. Saiu do campo, porque levou um tiro nas costas e quase ficou paraplégico. Há mais de vinte anos que seus movimentos são limitados. Entretanto, o velho diz que servirá aos Montanaro até a morte. Aprecio sua lealdade. Tanto que, há cinco anos, comprei uma propriedade para sua única filha morar com o marido e os dois filhos. Ele me olha como se eu fosse um santo, desde então.

— Não consegui escapar hoje. — Dou de ombros levianamente e sorrio. — Como está, Alfredo?

— Muito bem, e você, And? — responde com satisfação.

— Muito bem também — digo e passo para dentro.

Desço os dois degraus para o *living*. Ouço vozes animadas, dentre elas, a de minha noiva. Porra. Meu corpo enrijece. Vai ser difícil ludibriá-la para conseguir ir até o calabouço hoje. Quando dobro a esquina, confirmo que a Santa Inquisição está armada. Meus pais e Beli estão bebericando taças de vinho, sentados na antessala. Os olhos de minha mãe se iluminam ao me ver.

— Ele chegou — murmura, abrindo um sorriso amoroso em minha direção.

Beli se levanta e vem me encontrar. Está bonita num macacão azul-marinho. Ela se pendura em meu pescoço e levanta os lábios para os meus. Enrolo os braços em sua cintura, beijando-a castamente.

— Você sabia deste jantar? Por que não disse nada no escritório? — indago. Seu rosto a entrega.

— Desculpe, amor, a audiência de hoje me fez esquecer de comentar. — Faz uma cara inocente. Só que está longe de ser. Está desconfiando que voltei a foder a traidora? — Venha sentar-se conosco. Estamos falando sobre a prova do bolo. Será amanhã às 8h.

Quero gemer de tédio, mas deixo-a conduzir-me para onde meus pais estão. Minha mãe se levanta, vindo me abraçar. Beijo-a na têmpora e ela retribui na bochecha. Seus olhos verdes me estudam com algo misterioso nas profundezas.

— Ei, *amore mio* — murmura com suavidade. É quase como se se desculpasse por me enredar neste jantar insano para falar sobre os preparativos de um casamento que jamais me empolgou. — Como foi o seu dia, *tesoro*?

— Cansativo, mas bom, *mamma*. E o seu? — respondo em tom suave também.

Seus olhos cintilam com amor e sua mão levanta para a minha face.

— Parece cansado mesmo, *figlio*. Está se alimentando direito? — inquire. — Preciso ter outra conversa com Meire?

— Sem dramas, dona Gioconda. — Rio do seu exagero. — Estou me alimentando bem, fique tranquila.

Papai se levanta também, vindo me abraçar. Seus olhos escuros me dizem coisas que não precisam ser oralizadas. Está insatisfeito com a minha decisão de reintegrar a cadela traidora na empresa e, ainda mais chateado, por eu decidir ir com ela para Zurique. Meu velho acha que a garota pode me trair de novo. Ela não fará. Seu amor pelos padrinhos é verdadeiro e não arriscará suas vidas. Esse trunfo é suficiente para forçar sua submissão tanto no calabouço quanto na empresa. No entanto, minha mãe, a nova defensora da garota infeliz, intimou-me a dar a sua liberdade tão logo encerre os casos em que irá colaborar comigo. Relutei em aceitar, porque minha obsessão pela menina continua forte. Quero continuar usando-a para o sexo. Minha mãe abominaria minhas ações se soubesse que já me aproveitei de Maya ontem e que não terei escrúpulos em continuar fazendo. Não vou força-la, por mais que eu a ameace e repita isso para amedronta-la. Dona Gioconda tem senso de justiça. Meu pai não conseguiu corrompê-la completamente. Ela ainda toma as dores dos que julga mais fracos. Embora seja inconveniente, às vezes, admiro esse traço em sua personalidade.

— Vamos comer, *figlio mio* — papai chama, passando um braço por cima do meu ombro, já nos dirigindo pelo corredor, rumo à sala de jantar.

A mesa enorme com doze lugares, está posta para quatro. Espero Beli chegar e puxo sua cadeira, tomando meu lugar ao seu lado, em seguida.

— Alvinho não vem? — pergunto. Meu irmão não está em seus melhores dias também com a traição da bastarda Ramazotti.

— Não. Está interrogando a puta Ramazotti — papai resmunga. — Pelo menos foi isso que nos disse para declinar do convite.

Interrogando... Sei. Da mesma forma que interroguei a rata ordinária ontem. Zombo. Os pratos começam a ser servidos.

— A moça não parece tão ruim como o restante deles, *cuore mio* — mamãe faz sua defesa, encarando meu pai.

— Ninguém parece ruim para você, *vita mia* — o velho aponta, com desagrado, mas ainda carinhoso.

— Você sabe que sinto a aura das pessoas, Lucca — ela se defende, recebendo o prato da copeira. — Não sinto o mal nessas duas moças. — Pega o guardanapo, abrindo-o sobre o colo. — Elas me parecem bem tristes, solitárias até. E isso não é porque estão presas. Tive a impressão de que suas vidas não foram fáceis.

— Minha sogra, com todo respeito, essas prostitutas merecem morrer — a voz de aço de Beli me assusta. Ela nunca me pareceu tão sanguinária antes. — Enganaram seus filhos, não deveria defendê-las.

Mamãe franze o cenho, encarando a mulher que ela e meu pai escolheram para nora. Vejo um *flash* de desapontamento passando em seus olhos verdes.

— Neste momento, as vibrações vindas de você não são boas, *figlia mia* — comenta, sua expressão ficando ainda mais aguçada.

— Não tem como ser, Gio — Beli replica. — Quero a cabeça daquela garota infeliz numa bandeja. — Vira o rosto para o meu e seus olhos são maléficos. — Seria o presente de casamento perfeito, meu amor: a cabeça da vagabunda numa bandeja — sussurra para mim.

Uma sensação ruim me percorre ao perceber que não está falando metaforicamente.

— Ela irá embora, Beli — papai intervém, o rosto franzido também. — Preocupe-se com o casamento, *figlia*. Deixe que And cuidará da traidora.

— Isso mesmo, *papà* — concordo e volto a encarar minha noiva que ostenta uma carranca agora. — O assunto do jantar não seria os preparativos para o casamento, querida?

— Sim — murmura, abrandando a voz e expressão. — Desculpe, amor, mas aquela maldita prostituta me faz querer sangue.

— *Per Dio*, deixe essa conversa desagradável fora da minha mesa, *cara mia* — mamãe pede com delicadeza, mas seu tom não esconde o desagrado.

Ela detesta assuntos pesados na hora das refeições.

— *Perdonami*, sogrinha. — Beli lança um sorriso de desculpas, aplacando minha mãe.

Nós comemos em silêncio nos primeiros minutos, o que agradeci. Minha mente tentando bolar algo para despachar minha noiva indesejada para a sua porra de casa. Meu corpo inteiro clama por Maya e não vou me privar de tê-la enquanto posso. Terei de libertá-la em poucos dias e, só de pensar nisso, quero esfolar um. Não sei onde estava com a cabeça quando concordei com minha mãe. De repente, entendo perfeitamente meu primo Luigi, por desejar manter a tal Mariana em seu calabouço, longe dos olhos da família. Estou inclinado a fazer isso, fingir libertar a garota e raptá-la, instalando-a em outro lugar. Um que apenas eu tenha acesso. Abano a cabeça. Deus, que porra de obsessão é essa que sinto por ela? Parece que vou morrer se não puder tê-la.

Tenho que ouvir a conversa entusiasmada de Beli, contando-me todos os detalhes do cerimonial durante a sobremesa também. Quando tudo termina, quase suspiro de alívio. Despedimo-nos de meus pais e, como suspeitei, a cadela se pendura em mim em direção ao meu carro.

— Vá para casa, Beli — mando, dando-lhe um beijo casto. Mas ela pega minha nuca e aprofunda o contato.

— Eu pensei em fazer algo dessas suas preferências sexuais hoje... — ronrona, a mão escorregando para o meu pau por cima do jeans. — Já tem um tempo que está me evitando, And. Você é vigoroso, precisa de sexo todo dia. Deixe-me tentar satisfazer seus desejos, meu amor — pede e quase bufo.

Ela não pode. Nenhuma cadela pode. Apenas aquela porra de garota sabe me dar o sexo sujo e sombrio que preciso. Fecho meus olhos, tentando expulsar a maldita dos meus pensamentos e decido que vou dar uma chance à Beli. Não adianta espernear, será a minha esposa. Precisamos voltar a nos dar bem na cama, porque não terei uma porra de esposa só no nome. A cadela vai ter que aprender a me satisfazer no sexo. De decisão tomada, sigo com ela para a ala oeste.

Observo a mulher sorridente do meu lado no banco traseiro da limusine. Acabamos de sair do *buffet* que fará o bolo, experimentamos tantos sabores que posso não comer da maldita coisa no dia do casamento. Beli realmente se esforçou ontem. Deixou-me algemá-la à cama e surrar sua bunda com as mãos. Aguentou até mesmo que a mordesse enquanto gozava. Só tem um problema: eu pensei em Maya o tempo todo. A porra do tempo todo era a traidora comigo na cama. Era o seu cheiro que eu queria. Era seu cabelo loiro, macio e cheiroso que via. Era seu corpo lindo, todo firme e gostoso, que estava debaixo do meu. Era ela. Apenas ela. Talvez seguir o pedido de minha mãe seja o certo a fazer, dado o meu total descontrole quando o assunto é essa garota. Saio do carro quando Jairo para na garagem da Montanaro e ajudo Beli a descer, segurando sua mão, levando-a para o elevador privativo. Passa das nove. Consegui marcar uma reunião de conciliação com Marcelo e seu irmão, Davi, dentro de trinta minutos. Enviei o notebook de Maya para ela ontem, na hora do almoço. Devolvi seu celular também. Vamos precisar nos comunicar sobre os casos, do contrário, não teria nenhuma regalia.

Estou no meio desse pensamento quando o elevador para e saio direto no corredor da minha sala. Para meu desagrado, o objeto do meu tesão enfurecido está andando em direção à sala de reuniões. Meu corpo inteiro inflama, meu coração disparando ridiculamente. Está linda numa blusa de seda vermelho-vinho de gola alta com um laço elegante do lado direito. Os ombros de fora. Sua pele branquinha e perfeita me deixa com água na boca para marcá-la. Usa uma saia lápis, risca de giz e sandálias de salto alto. O cabelo longo está solto. Tenho certeza de que fez isso para me provocar. Seguro-me para não ranger os dentes de raiva, desejo, pura obsessão. Seus olhos estão verdes nesta manhã. O rostinho maquiado deixa-a com ar profissional. É linda. Eu a odeio por ter me traído, mas não há mulher que possa sequer ser comparada a ela. Não há outra que tenha esse efeito em meu corpo. Apenas a maldita.

— Que desprazer. Tinha esquecido que a vagabunda barganhou sua liberdade — a voz de Beli pinga veneno e ela me envolve pela cintura, claramente provocando a antiga rival. — Como está em seu novo endereço, querida? Estamos voltando da prova do bolo. Você precisa ver como o cerimonial está lindo! Irá ao casamento? Amor, vai liberá-la para assistir, não é? Não seja tão cruel.

Eu cerro os dentes com a besteira de minha noiva. Maya se retesa, os olhos cintilando com mágoa.

— Bom dia — murmura, retomando seu caminho.

Beli me surpreende, puxando-a pelo braço, impedindo-a de prosseguir.

— Não tão rápido. — Seus olhos são sinistros para Maya. — Eu ainda não acabei de falar, vadia de merda.

— Solte-me. — Maya infla as narinas, os olhos escurecendo.

— Como estão suas costas, querida? — Beli zomba.

Uma sensação desconfortável me toma. Mesmo odiando a traidora, ainda sinto remorso por ter pesado a mão em suas costas.

— Solte-me — Maya sibila.

— Solte-a, Beli — intervenho, puxando a cadela ciumenta pelo braço. — Está fazendo cena em pleno corredor.

— Não vou soltar. Essa infeliz vai me pagar — Beli esbraveja e, num golpe rápido, sua mão acerta um tapa em cheio no rosto de Maya.

Inferno! A menina se recompõe e entrega um soco na boca de Beli.

— Parem com isso! — rosno, mas mostrando que tem muita habilidade em luta, Maya gira agilmente, dando uma rasteira em Beli, que cai de bunda no chão. Então, não conta história, chutando o estômago da oponente várias vezes em golpes rápidos.

— Toma, sua puta covarde! — berra a plenos pulmões. — Você me bateu quando estava indefesa! Vem agora, maldita! Vem!

Em segundos, o corredor está cheio de curiosos. Caralho. Era só o que me faltava. Atraco Maya pela cintura, tirando seus pés do chão. Ela esperneia, o salto pegando no queixo de Beli, fazendo um pequeno corte. Minha noiva se levanta como um furacão, seus braços em volta do estômago.

— Segure essa vadia, And! — range os dentes, os olhos parecendo de psicopata. Está transtornada como nunca vi antes. — Deixe-me bater na vagabunda!

— Não vai bater em ninguém, porra!

Maya continua agitada, querendo se soltar, mas não a libero. Ela vai fazer um estrago em Beli e a estúpida da minha noiva sabe disso, do contrário, não me pediria para segurá-la.

— Vá para a sua sala, Isabeli — digo com desgosto.

— Não vou a lugar nenhum. Ela é quem vai! — Isabeli testa a minha paciência.

— Entre na minha sala, Maya — ordeno. A garota ainda esperneia. Mas não a solto. — Entre, porra! Agora — repito em tom baixo e insatisfeito, soltando-a.

A menina bufa, porém, não discute, obedece, o que agradeço. Viro-me para Beli e o corredor cheio de curiosos.

— Vão para suas malditas salas, o show acabou! — falo ameaçador e, como num passe de mágica, ficamos apenas eu e a cadela provocadora.

— Essa garota precisa ir embora, And. Agora — rebate com ódio mortal brilhando em seus olhos, o rosto transtornado, o queixo sangrando.

— Você procurou por isso, Isabeli — aponto com desgosto. — Fez um papelão em pleno corredor.

— Está do lado dessa prostituta? Como pode, porra? — ela se exalta. Uma expressão assassina transforma suas feições bonitas. — Eu odeio essa puta! Odeio!

Tenho vontade de dizer que fui e sou o único homem de Maya e que a porra da garota pode ser tudo, menos puta. Mas meu ódio pela traição não me deixa defendê-la.

— Vá ao banheiro limpar esse ferimento. — Aponto para seu queixo. — E não volte a fazer uma cena deprimente dessas em minha empresa, Isabeli, ou você está fora — advirto baixo e friamente.

Odeio dar motivos para pensarem que sou fraco. E ter duas mulheres se descabelando por minha causa, embora o macho alfa em mim esteja contente, na realidade, é deplorável.

— Vamos ver se sua mãe ainda defenderá a vadia quando contar o que fez comigo — resmunga, ainda massageando o estômago.

— Você a provocou. Repito, não faça essa merda de novo ou será demitida — digo com rispidez.

— Serei sua esposa e quer me demitir? — Lança-me um olhar de morte.

— Será minha esposa, mas eu continuo sendo o chefe, querida. Aqui ou onde quer que seja, *eu* sou a porra do único chefe — lembro-a em tom duro.

Seu rosto torce com raiva mal contida, mas assente.

— Agora vá se recompor e mostre algum controle quando encontrar Maya pelos corredores da próxima vez. Ela está aqui porque *eu* quero.

Ela me olha com mágoa e raiva, mas sai pisando duro, em direção aos banheiros. Expiro, andando até a porta da minha sala, giro a maçaneta e entro. Maya está perto da parede de vidro, olhando para a cidade a muitos metros abaixo de nós. Sua postura fica tensa ao sentir minha presença. Ela se vira para mim e ando devagar, sondando seu rosto. Seus olhos estão vermelhos, indicando que esteve chorando.

— O que vai fazer comigo? Ela me provocou — defende-se.

Odeio ver o medo em seus olhos. Desde que tudo virou uma merda, tem essa expressão quando me olha. Antes havia cumplicidade entre nós. Por mais que soubesse que sou um criminoso, nunca vi medo real em seu rosto. Não sei porque me incomoda que tenha medo de mim, sendo que sempre me vangloriei de tocar o terror em meus inimigos. Talvez seja pelo fato de que ainda é difícil enxergá-la como minha inimiga. Ainda dói ter que aceitá-la como inimiga.

— Não vou fazer nada — garanto, meu tom sai ríspido pelo conflito que sempre enfrento quando estou perto dela. — Vi que não teve culpa.

Sua face direita está vermelha, marcada pelo tapa de Beli. A vontade de tocar e acariciar o local agredido me invade, mas resisto. Não me deixarei amolecer pela sua aparência e, muito menos, por esses olhos do caralho.

— Obrigada — murmura, seu olhar um pouco confuso por eu estar do seu lado, acredito.

— Não sou um homem bom, mas sou justo — digo e seu rosto vai sendo tomado pela ironia.

— Claro que é — ousa me alfinetar. — Prender mulheres em jaulas e usá-las para seu prazer é a prova disso.

Avanço em sua direção, irritado como inferno. Ela recua, as costas batendo na parede de vidro. Quero lhe surrar. Quero jogá-la no chão e fodê-la como fiz na outra noite. A necessidade de dominá-la parece ainda mais pungente e sombria. Que porra de feitiço é esse? Rosno, parando antes de chegar muito perto. Seu cheiro gostoso está em minhas narinas desde que a peguei lá fora. Meu corpo está quente por sentir suas curvas perfeitas contra mim. Se eu tocá-la agora, vou realmente fodê-la e não temos tempo. Marcelo e Davi já devem estar chegando para a reunião. Afasto-me, expirando devagar.

— Gostei dos adendos que fez no caso — mudo o assunto e ela estreita os olhos.

Seu peito sobe e desce com rapidez, indicando que está excitada também. Contra a minha vontade, isso me alegra. Todo o resto pode ter sido mentira, mas o tesão entre nós sempre foi real. Ela é minha submissa, disso não pode fugir.

— Obrigada — diz levantando o queixo, claramente lutando contra o desejo. — Quanto mais cedo terminarmos com os casos, mais cedo poderei ir embora.

Suas palavras me irritam. Quem pensa que é para me dizer isso?

— Também não vejo a hora de me ver livre de você, garota. Acredite — retruco e me alegro ao ver a mágoa em seus olhos.

Viro as costas, indo para a minha mesa, e ordeno, por cima do ombro:

— Está dispensada. Vá organizar a sala para a reunião.

Ouço seus passos deixando meu escritório e expiro, passando as mãos pelo cabelo. Por que essa traidora maldita ainda me toca tão profundamente, porra? Por quê? Ontem, quando repetiu que me ama, seus olhos cheios de lágrimas. Odiei-me por querer acreditar. Depois de tudo que descobri sobre ela, ainda me pego querendo confiar em sua expressão dolorida quando a trato mal. Eu daria tudo para que fosse verdade. Mas não é. Preciso mandá-la embora e encerrar esse ciclo fodido o quanto antes. Para a minha sanidade mental.

CAPÍTULO CINCO

A melhor definição que posso dar de um homem
é a de um ser que se habitua a tudo.
(Fiódor Dostoiévski)

ANDREAS

Entro na sala de reunião na hora certa e já encontro Maya acomodada na grande mesa, tendo os dois irmãos Linhares à sua frente. Os infelizes estão praticamente com as malditas línguas de fora enquanto a observam. Ela está organizando documentos em pequenas pilhas, aparentemente alheia à fome nas caras dos clientes. Meu sangue ferve e tenho que segurar um som de irritação. A cabeça loira gira na minha direção e percebo que não segurei minha insatisfação por ver os predadores babando sobre a minha sub. Fico ainda mais irritado por sentir ciúmes da rata. A porra da garota é minha inimiga, por que diabos me sinto tão possessivo sobre ela? Recriminando-me, avanço, limpando a expressão de fúria e colocando a máscara do advogado frio que preciso desempenhar neste momento.

— Marcelo, Davi — cumprimento-os, tomando meu assento do lado de Maya.

Certo, meu lugar seria à cabeceira da mesa, mas o estúpido ciúme me faz querer demarcar meu território.

— Andreas — Marcelo responde e não perco o brilho de suspeita em seus olhos castanhos.

— Chegou quem está querendo me ferrar com meu irmãozinho — Davi zomba, recostando-se displicentemente em sua cadeira.

Ele é muito parecido com o irmão mais velho. Aliás, os três irmãos são bem parecidos. Deviam ser mais unidos. Não entendo como o sangue importa tão pouco para algumas pessoas.

— Você fez um bom trabalho em se ferrar sozinho — aponto, encarando o traidor. — Tanta boceta disponível e vai pegar justo a mulher do seu irmão.

Ele sorri presunçoso.

— O que posso fazer se minha cunhadinha é muito gostosa e ama foder comigo?

— Você é um infeliz sem respeito, porra! — Marcelo rosna, parecendo verdadeiramente chateado com ele.

— Não finja que se preocupa com algum de nós, irmão — Davi rebate, a diversão sumindo do seu rosto. — Tudo o que te importa é a presidência dos hotéis. Pode enganar o tonto do Afonso, a mim não.

— Quem está enfiando um punhal nas costas de nosso irmão é você, não eu — Marcelo rebate friamente.

— Senhores, acalmem-se. Isto é uma reunião de negócios, portanto, vamos controlar os ímpetos — Maya interrompe a briga de galo e minha atenção vai para ela.

Meu corpo inteiro acende de satisfação ao testemunhar sua atitude confiante. A porcaria da menina me deixa duro sempre que impõe respeito, mesmo com tão pouca idade.

— Perfeito, querida. Eu adoro uma gatinha mandona. — Davi sorri, dando uma piscada maliciosa para Maya.

Estou abrindo a boca para mandá-lo para o inferno, quando ela se antecipa:

— Não sou sua querida. Trate-me por doutora Maya, senhor Linhares — exige com seu narizinho empinado e, merda, minha satisfação aumenta ao ver a expressão atordoada de Davi.

O imbecil obviamente se acha um presente de Deus e não está acostumado a ser tratado assim por uma garota.

— Estou colaborando com o doutor Andreas neste caso, portanto, sou advogada de seu irmão. Não cometa o erro de tomar liberdades comigo.

Essa foi na jugular.

— Quem pensa que é para falar comigo nesse tom, vadia? — O infeliz tem a ousadia de ofendê-la e, novamente, sou cortado por Maya.

— Sou aquela que vai chutar seu traseiro misógino em um tribunal, se ousar abrir a boca para me ofender de novo — seu tom é duro e firme, os olhos inflamados, bem azuis neste momento. Porra, tão linda. — Aconselho-o a baixar a bola, porque, caso tenha esquecido, temos fotos suas com a sua cunhada numa cama de motel.

— Não sabe com quem está mexendo, querida — o desavisado torna, os olhos ameaçadores para Maya e explodo:

— Não, você é quem não sabe com quem está mexendo — meu tom é baixo e letal, trazendo a atenção do fodido para mim. — Se tentar intimidar a minha associada mais uma vez, enfiarei meu punho em sua boca até a maldita garganta.

— Bem, você não estará com ela o tempo todo, não é? — tem a pachorra de dizer ameaçador.

Tenho que me controlar para não pegar sua cara e bater contra a madeira polida da mesa, até ver seus miolos voarem. Ninguém me desafia sem ter uma resposta à altura. Eu empurro a mão direita no bolso da calça e toco o cortador de charutos. Rio friamente para Davi, que franze o cenho, não entendendo o motivo da minha expressão. Faço uma nota mental para lhe fazer uma visita de *cortesia* qualquer hora dessas...

— Não, não estarei o tempo todo com ela, ainda assim, você não fará nada — garanto e me debruço sobre a mesa, meu olhar dentro do dele. — Acredite, rasgar sua garganta com meu punho vai parecer brincadeira de criança, se continuar sendo estúpido o suficiente para mexer com a minha associada. Em seu lugar, eu não pagaria para ver.

Ele engole em seco ao se dar conta de que não estou brincando.

— Peça desculpas à doutora Maya. Agora.

O rosto do homem fica vermelho, os olhos fervendo de irritação. Encaro-o firmemente, sem titubear. Depois de alguns instantes desconfortáveis na sala, Davi rosna na direção de Maya:

— Desculpe.

— Doutora Maya. Desculpe-me, doutora Maya — exijo, sem desviar meus olhos dos seus.

— Doutora Maya. — O imbecil rola os olhos. — Podemos passar para a porra da reunião agora?

— Desculpas aceitas, senhor Linhares — Maya intervém. Mas conheço suas expressões e noto que esse sorriso no canto da boca é carregado de algo perverso.

Observo-a pegar alguns papeis e entregar a cada um dos irmãos. Marcelo parece um cachorro faminto encarando-a, porém, ela o ignora, o que me agrada. Maya me olha de lado e indaga:

— Gostaria de presidir, doutor? — sua voz viaja em meu corpo, deixando-me ainda mais aceso, louco de tesão.

Seus olhos de camaleoa cintilam fugazmente enquanto me fita. Sua boca rosada e carnuda testando meu controle. São muitos dias sem sentir seu gosto. Forçando-me a não transparecer minha obsessão pela cadela, eu aceno, voltando a encarar os fodidos à nossa frente. Maya liga a câmera para gravar a reunião.

— Estamos aqui para a reunião de conciliação entre Marcelo Linhares e seus irmãos, Davi e Afonso Linhares, no caso da presidência dos hotéis da família — continuo falando a baboseira burocrática até chegar à parte que nos interessa. — Davi representa a si mesmo e, nesta ocasião, o irmão mais novo também, implicado no processo movido há duas semanas contra o irmão mais velho, Marcelo.

Davi rola os olhos entediado. Estou cada vez mais inclinado a amassar sua cara na mesa.

— Davi Linhares, está de acordo em votar em Marcelo, seu irmão mais velho, para CEO dos hotéis da família?

— Sim — o idiota responde sucintamente.

— Mediante procuração, tem autorização de seu irmão Afonso Linhares para endossar o voto em Marcelo Linhares?

— Sim — responde com dentes cerrados. — Que escolha eu tenho?

— Sempre há uma escolha, senhor Linhares — Maya entra na conversa e, novamente, percebo o lampejo de algo perverso em seu rostinho, o que se confirma quando completa: — Nesta oportunidade, confirma que está de acordo em passar trinta por centro de suas ações na empresa para seu irmão mais velho, Marcelo Linhares?

O quê?! Eu resisto à vontade de virar a cabeça e olhar para ela. Não foi essa porcentagem que combinamos. Os documentos já estão, inclusive, prontos para Davi assinar, passando quinze por cento de suas ações para Marcelo. Dessa forma, ninguém irá contestar sua ascensão e permanência na presidência do grupo.

— Está louca? — Davi range e seus olhos vem para mim imediatamente.

Quero sorrir para o medo em sua cara de otário. Fico contente que meu aviso tenha sido assimilado com sucesso. Aposto que vai se mijar todo quando eu cortar um de seus dedos fora. Talvez dois... Depende do meu humor no dia. Penso cruelmente

— É muito. Darei quinze por cento.

— É pouco, senhor Linhares. Já sabemos o apreço que tem por seus irmãos — Maya diz e posso sentir o sarcasmo sob sua expressão de advogada séria.

Marcelo sorri baixinho e Davi rosna.

— Vinte por cento. Vocês estão me roubando, caralho! — O infeliz cede com desgosto.

Eu cruzo os braços, apreciando a desenvoltura e artimanhas de Maya.

— Certo. Vinte por cento — ela concorda. — Os honorários de sucumbência serão cobrados do senhor, só para constar. Os documentos formalizando o acordo serão enviados para o seu escritório ainda hoje — adiciona, com toda a calma.

Em seguida, desliga a câmera. Caralho. Ela simplesmente passou por cima desse idiota, como um rolo compressor. Orgulho borbulha dentro de mim. Então, a sensação amarga soterra tudo rapidamente ao lembrar da nossa nova realidade. Ela me traiu. É uma rata maldita. Ergo-me, ajeitando meu terno. Preciso me jogar no trabalho para controlar a raiva dessa garota. Ainda temos muita coisa para resolver até mandá-la embora da minha vida de uma vez por todas. Os irmãos se levantam e Maya reúne a papelada, levantando-se também. Davi dá um bufo desdenhoso, saindo sem se despedir, e Marcelo dá a volta na mesa, vindo para perto dela.

— Você foi absolutamente incrível, Maya! — o homem exclama e sinto vontade de socá-lo para tirar o sorriso de predador da sua maldita cara.

— Obrigada. Apenas fiz o meu trabalho — responde, o rosto corando pelo elogio.

Fico alerta para ver se vai dar mole para o infeliz na minha frente. O maldito estende a mão e ela a pega. Quero rosnar quando o *Romeu* de quinta leva sua mão à boca e beija o dorso. Filho da puta! Fecho os punhos, louco para socar o infeliz.

— Andreas a informou sobre o outro caso em que pedi por você? — Marcelo inquire com uma porra de voz muito mansa, os olhos devorando, cobiçando o que é meu.

Maya puxa sua mão e fico um pouco aliviado.

— Sim. Obrigada pela confiança, senhor Linhares. Teremos uma reunião hoje à tarde para esboçarmos uma boa estratégia para lidar com os chilenos — informa atenciosa.

Seu tom é profissional, não detecto ou vejo sinal de interesse da sua parte.

— Janta comigo hoje? — o folgado arrisca. — Para falarmos mais sobre a aquisição, claro — emenda.

Filho da puta!

— Não seria ético da minha parte.

Maya me deixa ainda mais satisfeito ao completar:

— É nosso cliente e haveria aí um conflito de interesses.

— Vamos, Maya, você acabou de mudar a porcentagem no acordo com Davi, apenas porque ele te insultou — Marcelo aponta com um sorriso malicioso. — Significa que não é tão ética quanto quer parecer, senhorita.

— Culpada. — A menina abusada sorri e foda-se, fica ainda mais linda. — Seu irmão é um babaca, mereceu perder cada centavo que acabei de tirar dele — sua voz adquire uma nota provocadora. — Você poderia ter interferido e mencionado a nossa ideia original. Se não o fez, é porque também não é ético.

Marcelo ri com vontade e lança um olhar na minha direção.

— Ela é boa. Não perca essa garota por nada, Andreas — adverte e meu peito sofre um estranho baque com suas palavras.

Sei que está dizendo no sentido profissional. Maya é mesmo uma excelente e aplicada advogada. O idiota leva sua atenção para a menina e arrisca novamente:

— Um almoço, então?

— Ainda seria conflito de interesses. — Ela abana a cabeça. — De qualquer forma, a principal razão para a minha recusa é que já existe uma pessoa em minha vida.

Meu coração estúpido dá um salto com suas palavras e tom firme. Eu a odeio, mas me sinto ridiculamente aplacado, porque não deu mole para o conquistador barato.

— Bem, contra isso não há argumentos — Marcelo diz com uma cara de decepção.

Bem feito, porra! Mas o abusado enfia a mão no bolso do terno e retira um cartão elegante, estendendo-o para Maya.

— Estes são meus números pessoais, querida. Caso essa pessoa não a trate como merece, não hesite em me chamar. Eu colocarei o mundo a seus pés.

Imbecil do caralho! Ranjo os dentes.

— Já chega de assediar a minha associada. Temos muito trabalho agora, se não se importa — interrompo o discurso piegas, indicando a porta ao filho da puta, meu tom de irritação sendo mal contido.

Quero quebrar sua maldita cara por desejar o que me pertence.

Maya meneia a cabeça, negando-se a pegar o cartão.

— Desculpe, mas está perdendo seu tempo comigo — afirma em tom mais incisivo.

Marcelo ri. O predador nele se recusa a ser rejeitado. Maya pode ter se tornado um desafio ainda maior e isso não é bom. Não para Marcelo, quero dizer. Terei que arrancar o seu fodido couro se pensa que pode tê-la.

— Pegue-o, sem qualquer expectativa, prometo — oferece. — Ligue-me quando precisar de um amigo. Nunca se sabe as voltas que o mundo dá, linda Maya — o infeliz torna a dizer, numa voz persuasiva que conheço bem.

Meus planos de assassinato se intensificam quando ela finalmente aceita a porra do cartão e, com um sorriso sem graça, dá-lhe um aceno.

— Até outro dia, Andreas. — Marcelo estende a mão para mim.

Fico tentado a pegar meu cortador de charutos e lhe arrancar um, dois, todos os seus malditos dedos, porra! Contento-me em apertar com mais força do que o normal, no entanto. Ele franze o cenho e aquele brilho malicioso e cínico cruza seus olhos. Já desconfiou que Maya é minha.

— Você é corajoso. Eu gosto disso — diz com uma expressão arrogante.

— Sou muito mais do que corajoso, Marcelo — afirmo em tom baixo e com ameaça velada. — Não queira testar isso em primeira mão. — A malícia se vai do seu semblante e ele acena sabiamente. — Será avisado quando tivermos algo delineado sobre a aquisição — reassumo a postura profissional e solto sua mão.

Assente outra vez e, com mais uma olhada cobiçosa em Maya, o infeliz deixa a sala. A porta se fecha e me viro de frente para a garota.

— Obrigada por me defender do babaca do outro irmão — murmura e estou abrindo a boca para pedir que me entregue o fodido cartão, mas fico surpreso ao vê-la rasgá-lo em pedacinhos. Joga-lo sobre o cesto debaixo da mesa.

Um pouco da minha ira escoa e não há como não olhar, como um doente viciado, para a bunda redonda na saia justa. Ela se endireita, voltando a me encarar. Estamos próximos. A marca do tapa que minha noiva cadela lhe deu já sumiu. Seu rosto, sua pele de porcelana, tentam-me. É uma tortura tê-la tão perto e não tocá-la, beijá-la.

— Por nada — acentuo ríspido.

Acho que nunca mais conseguirei usar outro tom com ela. A forma como seus olhos brilham magoados me faz amolecer um pouco e completo:

— Fez um trabalho muito bom hoje.

— Obrigada — sussurra, seus olhos esperançosos outra vez. — Sobre a viagem, eu não tenho passaporte.

Abro um riso arrogante. É mesmo tão inocente?

— Eu sou o Cobra, querida. Esqueceu desse detalhe? — Arfa.

É a primeira vez que falo com ela abertamente sobre meu codinome no narcotráfico.

— Sempre esqueço quando o vejo atuar como advogado. Por um momento estúpido, pego-me sonhando que você é um homem decente — a putinha tem a audácia de retrucar.

Eu rio lento e cínico.

— Não finja que não continua louca para trepar comigo, querida — replico com desdém. — Excita-te trepar com um traficante e assassino. Excita-te ser minha. Para de ser covarde e assume que continua sendo a minha boa cadela. A prova disso é que recusou o assédio do fodido Marcelo.

Suas narinas inflam e seu queixo levanta.

— Recusei, porque ele parece ser um escroto, exatamente como você — a vadia rosna. — Se mencionei haver uma pessoa, foi para afastá-lo. Quero você bem longe de mim, seu cretino!

Rio sardônico, encarando-a fixamente.

— Perfeito! Em breve irá embora de uma vez por todas, porra! — exclamo, minha raiva voltando.

Ela me atira punhais com os olhos bonitos.

Quero avançar na maldita e beijar sua boca. Quero trancar a porta e comê-la em cima desta mesa. Meu corpo inteiro vibra de tesão mal contido, porém, não vou. Preciso controlar e vencer esse vício. Afasto-me para evitar a tentação. Essa cadela não vai me fazer fraco de novo.

— Seu passaporte estará pronto no final da tarde — informo e ela acena, começando a andar para a porta. — Espere, ainda não te dispensei — ordeno e ela volta, dando-me um olhar de morte.

— Pronto, meu *amo* — a garota debocha e estreito meus olhos. Ela perdeu a noção do perigo, só pode ser.

— Peça comida e almoce sempre aqui na empresa. — Uma expressão triste cruza seu rosto. — Você não está livre. Não pense que terá mais regalias do que já está tendo.

— O que mais? — pergunta, encarando-me com raiva novamente. — Vai colocar uma tornozeleira ou algo do tipo em mim?

— Danilo vai revistar seu celular e notebook ao final de cada dia. Se houver algo incriminador, esqueça o acordo de minha mãe. Ninguém irá salvá-la — ameaço.

— Você é realmente um cego maldito. Foda-se, Andreas! — resmunga e se vira, indo para a porta, desta vez, com passos mais apressados.

Fico olhando na sua direção por alguns instantes. Quero feri-la, mostrar que não significa mais nada para mim. Mas, ao mesmo tempo, sinto falta dela. Porra, quando essa merda irá embora? Pergunto-me irritado e saio em seguida. Há realmente muito trabalho me esperando e não vou permitir que essa menina cause mais danos do que já fez.

Quando entro em casa no final do dia, expiro aliviado. Subo para o meu quarto e tomo uma ducha demorada, para levar o cansaço embora. Foi uma merda de dia. Maya me lançou num conflito permanente. Depois da desenvoltura com o imbecil do Davi pela manhã, a porra da menina deu sugestões muito boas para a aquisição do idiota do Marcelo, em nossa reunião da tarde. Eu ainda quero arrancar os dedos do infeliz, para constar. Rosno para o banheiro vazio, como um lunático. Ela é boa demais como advogada. Não a dispensaria de forma alguma, se as circunstâncias fossem outras. Mas é uma cobra peçonhenta e não posso mais confiar em nada que me diga fora dos casos. Confiança para mim é algo irrecuperável. Encerro o banho e visto uma calça de pijama. Decidi ainda no escritório que não foderei a vagabunda esta noite também. Como um viciado, o processo de desintoxicação é doloroso, todavia, necessário.

Vou até a cozinha, esquento a comida que Meire deixou pronta e janto, tomando uma taça de vinho. Meu celular toca sobre a bancada da ilha quando limpo o prato do risoto de camarão que minha governanta prepara divinamente. É Danilo, confiro na tela. Ele vai me colocar a par de cada revista diária que fizer no celular e notebook de Maya. Atendo-o, odiando o medo que sinto de que ele tenha encontrado provas de uma nova traição.

— Danilo.

— Chefe, acabei a varredura, e a senhorita Maya não tentou se comunicar com nenhum endereço de e-mail ou telefone suspeitos — garante e, porra, alívio me invade.

— Excelente, Danilo — elogio. — Ela pesquisou alguma coisa aleatória?

— Escritórios de advocacia aqui na capital e na região, senhor — revela e meu peito sofre um baque.

Ela já está se planejando para quando a libertar. Saber disso não deveria me deixar com essa sensação esquisita no peito. Não deveria me deixar irritado. Ela precisa ir.

— E o que mais?

— Conversou com o tal amigo Miguel, pelo WhatsApp, mas esse o senhor liberou, não é?

Eu ranjo os dentes, o ciúme irascível voltando a me envenenar. Vou acabar esfolando esse maldito! Ele não vai desistir de tê-la. Caralho, não posso continuar nessa situação. Odiando a porra da garota, mas querendo matar quem se aproxima dela.

— Envie para mim as conversas — peço com desgosto e desligo a chamada.

Quase que imediatamente chegam as mensagens em meu celular. Começo a ouvir:

— *Deus, como é bom ouvir a sua voz* — o infeliz apaixonado murmura.

Meu sangue todo esquenta de ódio.

— *É bom ouvir você também* — vem a voz dela. Contém suavidade, indicando que gosta desse palhaço, mas não detecto nada suspeito. É um tom de amizade. Isso me deixa um pouco aliviado. — *Falamo-nos há dois dias. Pare de ser dramático, Miguel.* — Dá uma risada meiga.

O imbecil ri também. É uma risada feliz e satisfeita por estar conversando com ela. Não, é mais do que isso, feliz porque tem o seu afeto. Tínhamos essa familiaridade em nossos últimos dias. Ela brincava assim comigo. Mas é só com ele que está rindo agora e isso me causa uma sensação ruim no peito.

— *Quando você volta pra casa?* — ele pergunta.

— *As coisas estão evoluindo bem por aqui. Acredito que dentro de um mês estarei de volta* — ela responde, em um tom que não consigo analisar bem.

— *Eu comprei uma cobertura em um bom bairro de São Paulo. Venha morar comigo enquanto se organiza* — o infeliz pede.

Arrombado! Vou matá-lo!

— *Isso é maravilhoso, Miguel! Parabéns!* — ela exclama. Então, sua voz soa apreensiva quando pergunta: — *Uma cobertura... Como conseguiu tanto dinheiro?*

Eu franzo o cenho, perguntando-me a mesma coisa. Até onde sei, o garoto é contador. A não ser que seja ladrão, como seu primo estúpido. Faço uma nota mental para investigar esse idiota com mais atenção.

— *Estou investindo no mercado de ações. Quero poder lhe dar uma vida de rainha, quando for a minha mulher, meu amor* — ele diz e rosno.

— Foda-se, seu maldito verme! — resmungo para o aparelho.

Ciúme doentio se apossando de mim. Quero ir até a porra de São Carlos e matar esse infeliz. Ela é minha. Minha!

— *Miguel, pare...* — Maya pede com uma voz cansada. — *Obrigada pelo convite, mas ficarei com meus padrinhos. Sinto tanta falta deles* —embarga um pouco.

— *Você parece triste. Está tudo bem?* — ele investiga.

— *Tomei decisões ruins após a morte de Breno...* — ela respira fundo. — *Estou pagando por elas agora. Mas não se preocupe, tudo ficará bem.*

— *O que está acontecendo de verdade, Maya? Você não é a mesma desde que decidiu ir nessa viagem estranha com seu patrão* — ele insiste.

— *Minhas decisões me mudaram, Miguel. Ainda que volte para casa, nunca mais serei a mesma* — sua voz torna a embargar, mas soa mais firme em seguida: — *ouça, preciso voltar ao trabalho. Dê um beijo em seus pais por mim.*

— *Está bem* — ele diz com resignação. — *Eu te amo. Nunca se esqueça de que estou aqui para você. Sempre, meu amor.*

— *Eu sei* — ela murmura. — *Cuide-se, meu amigo.*

— *Você também, linda* — o infeliz apaixonado sussurra de volta.

Fico louco, ouvindo a conversa de novo e de novo. Estou enciumado, mas como um fodido viciado, quero, preciso ouvir a voz dela. O conflito se acentua dentro de mim. Quero mandar minha decisão para o inferno e ir até o calabouço. A necessidade que meu corpo tem do seu é absurda. Nunca senti nada tão forte na minha vida. É tão doente que subo para o meu quarto e pego o notebook, acionando as câmeras do calabouço. O salão está vazio, então, aciono a do banheiro. Sim, eu coloquei apenas dentro do box. Infelizmente, ainda não tive a sorte de vê-la no banho. Mas isso muda quando a imagem escapa na tela, eu rosno como um animal ao ver seu corpo nu. A água caindo sobre a sua cabeça, dissolvendo as espumas do shampoo. Dou *zoom* e vou focando em cada detalhe. As costas esguias, a bunda arrebitada ainda contém algumas poucas e quase invisíveis marcas da nossa última transa. As coxas bem torneadas e levemente musculosas. Agora sei a razão de seu corpo ser todo durinho e firme. A garota maldita pratica artes marciais. Ela gira, deixando-me tão duro que dói, ao ver os peitinhos redondos e empinados, os mamilos eriçados. Minha boca saliva enquanto desço pela barriguinha chapada e foco na bocetinha depilada.

Uma profissional estética foi depilá-la esta semana. Gosto bem lisinha. Sentindo-me um imbecil total, puxo meu pau para fora da calça e o acaricio, babando nas curvas perfeitas. Como que para me enlouquecer de vez, a menina esfrega os dedos entre as dobras e se recosta aos azulejos. A filha da puta vai se masturbar também. Subo para seu rostinho e está corado, os olhos semicerrados, os lábios gordos entreabertos. Libero o som da gravação e seus gemidos baixos se misturam com o som da água caindo. Torno a descer pelos peitinhos, cinturinha fina, os quadris, coxas e volto para a boceta. Está usando as duas mãos agora, abrindo bem os lábios rosados e esfregando o clitóris. Ranjo alto, passando a estrangular meu pau, apertando-o com força, evocando a sensação perfeita da sua carne molhada me sugando. Gemo alto e enrouquecido, minha mão frenética agora.

— And... Ohh, And... — ela geme meu nome, estremecendo no gozo, e eu rosno alto. Tesão e posse ferais me levam para o lugar sombrio onde só existe nós dois e, então, urro, jorrando em meu punho.

— Maya... — gemo rouco. — Porra... Maldita, maldita... — praguejo, gozando e olhando seu rosto lindo transformado pelo prazer.

Era para eu estar lá, esbaldando-me na traidora, mostrando quem é que manda. Mas, analisando bem os fatos, foder a rata depois de tudo que me fez, não é demonstração de força. Pelo contrário, é fraqueza. A putinha teve a ousadia de zombar na minha cara em nossa última foda. Teve a audácia de dizer que continuo querendo-a. Então, resistir ao desejo insano de montá-la também é uma maneira de mostrar que nenhuma boceta me comanda. Só vou fodê-la na viagem. Tenho negócios com Nikolai Demidov, em Moscou, e também na Itália e vou aproveitar para encontrar esses clientes. Posso estender por uma semana ou mais. Porém, neste momento, a cadela precisa assimilar uma lição. Ela não é importante para mim. Talvez eu deva pegar as subs que Alvinho me aconselhou. Franzo o cenho, percebendo que acabei protelando e não abri seleção para novas posses. Farei quando voltarmos. Quando ela for embora, esse desejo estúpido irá passar. Em breve, minha vida voltará ao normal.

Três dias depois... Zurique, Suíça

Maya

Confiro meu reflexo no espelho do *closet* e suspiro. Modéstia à parte, estou bonita. O vestido vermelho é simplesmente maravilhoso. Meu passaporte, cinco modelos de festa, sapatos, conjuntos de colares e brincos de aparência cara foram enviados para o calabouço no começo da noite de sexta-feira. Uma mensagem de Andreas acompanhava o pacote, informando que sairíamos na tarde de domingo. Não o vi mais fora do escritório. Contrariando sua ameaça de que iria me foder todo dia, ele não apareceu mais. Era para eu estar aliviada. Porém, não estou. Pelo contrário, sinto-me cada vez pior, porque, foi ficando claro, a cada noite que o esperava e ele não aparecia, que está tentando me deixar no passado. Estupidamente sinto falta do seu corpo dentro do meu. Não consigo evitar as lágrimas ao imaginá-lo com a nojenta da noiva. São cinco dias sem tê-lo e estou louca de desejo. No escritório, cada vez que chega perto de mim, encara-me com aqueles olhos lindos e sombrios, eu me vejo querendo mendigar para que me possua. Dizer que continuo o amando, ainda que me despreze agora. Meu conflito interno só se intensifica. Em um momento desejo lutar por ele, mostrar que posso ser confiável de novo. Mas, quando o vejo com a vaca, dói tanto que só quero ir embora logo e tentar curar minhas feridas.

Termino de aplicar o rímel e o batom no mesmo tom do vestido. Um sentimento de nostalgia me toma ao lembrar-me de Bianca. Foi ela quem me ensinou a fazer uma maquiagem decente. Antes de conhecê-la, só usava lápis e gloss. Ela, como eu, acabou se dando mal. Está presa no calabouço do lado do meu. Conversamos através das paredes, como duas prisioneiras no corredor da morte. O que não deixa de ter seu fundo de verdade. Acredito que minha amiga não seja ruim. Foi manipulada pela puta da Valéria. Nós duas fomos. Tenho ódio mortal da mulher maldita. Deus me perdoe, mas, se eu a visse na minha frente, teria coragem de matá-la. Ela tramou tudo nos mínimos detalhes e, como estava cega por vingança, caí como um patinho. Os Montanaro ainda não descobriram seu paradeiro. Basta ver a cara fechada de Andreas e seu irmão, no escritório, para ter certeza disso. A exemplo de Andreas, Álvaro está massacrando Bianca o quanto pode. Fui ousada e pedi à Gioconda que intercedesse por minha amiga também e lhe contei tudo, como a conheci. Pedi que não deixasse que a matassem. Lembro-me que a matriarca ficou surpresa com meu pedido.

Aqueles olhos verdes astutos me examinaram com curiosidade, mas, no final, garantiu-me que iria conversar com Bianca. Gioconda afirma que sente a aura das pessoas. No dia seguinte, contou-me que havia convencido o filho mais novo a tirar minha amiga da cela que a tinha enfiado. Não sei explicar, mas algo aquece em meu coração quando a matriarca está por perto. Sentirei falta de nossas conversas. É uma mulher muito culta e sabe transitar habilmente por uma variedade de temas, como política, arte, economia. Continuo sem entender o que pode ter visto no homem horrível que é seu marido. Dá-me calafrios só de imaginar a forma fria e ameaçadora que o infeliz me tratou nas duas ocasiões em que interagimos. Respiro fundo, expulsando o sisudo da minha mente. Giro, não me cansando de admirar o vestido. É frente única, um decote bem pronunciado, indo até o umbigo, uma renda finíssima da cor da pele, une as duas partes, deixando o modelo elegante, ainda que ousado. O torso bem ajustado, abrindo-se na saia ampla e rodada, uma abertura sexy sobre a perna direita. Minhas sandálias são douradas, salto quinze, com uma tira contendo os dedos e outra larga abarcando o tornozelo. Meu cabelo está preso num rabo de cavalo no alto da cabeça, com uma trança pendendo dele até o meio das minhas costas completamente nuas. Esse penteado aprendi ainda adolescente.

Torno a suspirar, desejando que meu carrasco me ache bonita. Que pare de me tratar como se eu não existisse mais como mulher para ele. Estamos num hotel chique no centro de Zurique. No entanto, como suspeitei, não ficamos no mesmo quarto. Pelo que percebi, são quartos conjugados, numa suíte presidencial. Embarcamos no jato particular de Andreas ontem à tarde. Estava cheia de expectativas para ficar sozinha com ele por onze horas seguidas, o tempo do voo de São Paulo até aqui. Contudo, minha excitação caiu por terra quando fui sumariamente ignorada. Jairo me buscou no Voraz e me embarcou. Seu chefe não me recebeu, estava no escritório, em outro compartimento. Não veio sentar-se comigo em nenhum momento. Uma das comissárias de bordo é que me levou para um quarto após o jantar. Demorei a pegar no sono, querendo que o imbecil fosse até mim. Mas não foi. Sim, ele está me tirando da sua vida. Só falou comigo quando o jato estava taxiando em solo suíço.

— Você precisa superá-lo, Maya. Tudo isso foi um grande erro — murmuro para o meu bonito reflexo, mas a tristeza em meus olhos diz o meu verdadeiro estado de espírito.

Toco o colar de ouro com uma lágrima em rubi insinuando-se entre meus seios. Estou linda, porém, sou uma boneca de luxo. Não estou em um encontro com o meu homem. Estou com o homem de outra e que me odeia porque o traí. Ele resmungou que usasse este vestido hoje, pois iríamos sair. Não ofereceu mais detalhes. Tínhamos acabado de voltar do banco. Fiquei nervosa quando chegamos, parecia que, a qualquer momento, a polícia entraria e apontaria armas para nós, por estarmos pegando dinheiro sujo. Mas não, correu tudo bem. Movimentei-o para uma das contas de Andreas e encerrei a minha. Amaldiçoei Breno o tempo inteiro. Como pôde fazer isso comigo? Ele não merecia o meu amor. Não quando morreu, com toda certeza.

Compliquei minha vida por alguém que não merecia. Há momentos em que me arrependo muito. Todavia, há outros, os sombrios, em que não lamento ter entrado na vida de Andreas. Ele me fez mulher. Não dá para esquecer algo assim. Foi o meu primeiro homem. Como posso esquecê-lo? Pergunto-me, meu olhar angustiado no espelho. Expiro e saio do *closet*, voltando para o quarto. Pego minha carteira em cima da cama, colocando meu celular e documentos dentro. Olho para a porta de ligação, reunindo coragem para ir até seu quarto e surpreendê-lo. O que faria? Qualquer coisa é melhor do que o tratamento frio que venho recebendo. Num arroubo de coragem, marcho até a porta e giro a maçaneta. Ele avisou que estaria aberta, numa tentativa de me intimidar a não fugir, acredito. Abro e empurro a madeira suavemente. Ofego com a vista deste lado. A sacada lateral fica na borda do lago que corta a cidade. O cômodo é muito maior também. Parece um apartamento, com sala de estar e uma pequena cozinha no canto oposto, perto de enormes janelas de vidro.

Entro, andando devagar, minhas pernas tremendo. Não vou facilitar para ele me descartar da sua vida. Atravesso o cômodo, correndo os olhos por tudo, não vejo sinal dele a não ser o cheiro do seu cigarro caro. Meu olhar segue a fumaça vindo da pequena sacada oposta, é apenas uma varanda com vista para as montanhas geladas, além da cidade. Diminuo meus passos à medida que me aproximo e meu coração dispara com força ao vê-lo. Está vestindo um *smoking* branco, seu perfil alto e imponente, seu olhar firme à sua frente. A mão esquerda no bolso das calças, a direita segurando o cigarro. Puxa longas tragadas e solta a fumaça, parecendo furioso e inquieto. Não consigo dizer nada, apenas observo-o em silêncio, pegando esse momento roubado para mim, enquanto ainda posso. É lindo demais. Estou parada, enfeitiçada pela sua presença poderosa quando sua cabeça gira de lado e meu coração vai parar na garganta, os olhos verde-musgo colidindo diretamente com os meus. Engulo em seco com a beleza flagrante do rosto moreno. Os cabelos escuros ainda molhados, penteados para trás. A barba bem aparada, a boca deliciosa me faz salivar para sentir seu gosto outra vez. Meu olhar corre saudoso, faminto pela sua figura soberbamente bela.

— Oi — murmuro com voz rouca.

Seus olhos fervem nos meus e depois descem pelo meu corpo, numa leitura lenta. Sua mandíbula trinca ao observar meu decote e ele puxa outra tragada furiosa do cigarro, soltando a fumaça pelo nariz. Sua expressão vai ficando faminta e sombria.

Meu corpo estremece levemente, em resposta ao olhar de apreciação masculina que está me dando.

— Eu não sabia se era para esperar lá ou vir encontrá-lo — completo.

Seu olhar sobe até meu rosto de novo. A fome é escancarada, queimando em suas íris. Ele ainda me quer. De repente, percebo que sua distância e tratamento frio podem ser uma espécie de castigo para mim e não falta de interesse de sua parte. Meu coração se alegra com essa descoberta. É um homem extremamente orgulhoso. Resistir ao desejo que ainda sente por mim deve ser uma forma de me mostrar quem dá as cartas. Andreas não diz nada, apenas me observa, escravizando-me com esses olhos belos e a escuridão que há neles. Ah, Deus, eu o amo. Amo tanto que toda vez que penso ser o fim, isso me sufoca. Não posso perdê-lo. Ele é o meu homem. Esse é o olhar mais honesto que trocamos desde que tudo ruiu sobre a minha cabeça. É o olhar mais aberto e desarmado que recebo dele e meus olhos ardem, esperança borbulhando dentro de mim. Pode ser estúpido, mas meu coração está saltando com a resolução de lutar pelo seu amor. Chega de chorar pelos cantos. Eu me coloquei nessa confusão. Mas vou lutar com todas as minhas armas e forças para não o perder. Ele puxa a última tragada e esmaga o filtro num pequeno cinzeiro sobre a única mesa por perto.

— Era para esperar em seu quarto — diz em tom áspero e rouco.

— Que diferença faz esperar lá ou aqui? Já está pronto pelo que vejo — replico, não me acovardando.

Ele levanta uma sobrancelha e anda devagar, porém, não menos ameaçador, parando à minha frente. Arfo ao sentir seu perfume delicioso misturado ao tabaco. Meu núcleo pulsa e lateja, umidade se reunindo em meu canal.

— Alguma coisa te perturbando? — pergunta com um brilho perverso tingindo suas íris. O escroto sabe que estou louca de tesão, precisando dele dentro de mim.

— Você está me ignorando — vou direto ao ponto e ele me olha com cinismo agora. — De propósito, para que eu fique...

— Fique o quê? Doida para foder comigo? — instiga zombeteiro. — É isso que quer me dizer, meu bichinho? Está sentindo falta de trepar com seu dono?

Expiro, irritada com sua cabeça dura. Porém, gosto que tenha me chamado de *meu bichinho* e que tenha dito que é meu dono. Significa que ainda pretende ter sexo comigo. Então, resolvo entrar no jogo, atiçando-o:

— Somos adultos, então, sim, posso admitir que sinto falta de foder com o meu dono. — Levanto a mão para tocar seu rosto, mas ele segura meu pulso antes de eu conseguir meu intento. Seus olhos são uma mistura de tesão e raiva. — Seja homem e assume que sente falta de foder comigo também, And.

— Você não tem mais permissão para me chamar dessa forma — sibila, apertando meu pulso, um sorriso cruel curvando seu rosto. — Sim, assumo que gosto de te comer, menina — rosna baixo, pegando meu pescoço pela frente, assustando-me e me excitando ainda mais. — Mas não pense nem por um maldito segundo que pode me manipular com esse rostinho de anjo e corpo gostoso de novo, porra.

— Eu não estou...

— É tão linda quanto falsa — range, apertando mais meu pescoço e ofego, segurando em seus bíceps por cima do *smoking*. — Atenha-se a fazer o que te mando. Quando ou *se* eu quiser te comer, eu te procuro. Odeio bocetas fáceis.

Lágrimas picam meus olhos pela crueldade de suas palavras.

— Um estúpido orgulhoso é o que você é, Andreas Montanaro — enfrento-o. — Você sabe que o que tivemos não foi mentira. Você sentiu, seu escroto fodido!

— Por isso sempre evitei foder garotinhas. — Ri sardonicamente. — São muito fáceis de se deixarem levar e confundem uma boa foda com algo mais.

— Continue repetindo isso, senhor dono da razão — cerro os dentes. — Quem sabe acredite?

— É a verdade. É sexo entre nós. Sempre foi — diz sem qualquer emoção no rosto. — Gostoso, mas apenas sexo.

É um golpe duro. Ele quer me ferir. Já li seu jogo e não vou me deixar abater pelas palavras cruéis que está proferindo.

— Então, volte a fazer comigo — murmuro, levantando a mão para o seu rosto e, desta vez, não me afasta.

Acaricio sua barba, amando a textura dos fios grossos, toco seus lábios sensuais e esfrego meu polegar sobre eles. Sua respiração altera e a minha também, conforme nos olhamos fixamente.

— Somos adultos. Vamos foder, sem compromissos, sem nenhuma expectativa — proponho.

Seus olhos estreitam, desconfiados, e eu lanço mão de arsenal mais pesado ao completar, no tom submisso que ele ama:

— Use-me, meu lorde. Volte a ser o meu dono. Machuque-me. Eu sou sua.

— Não pense que pode me vencer nesse jogo — um rosnado feral sai da sua garganta e sua mão gira, indo para a minha trança. Arfo, sentindo o puxão dolorido. Seu braço livre enrola em minha cintura, puxando-me contra seu corpo, a coluna dura e grossa, da ereção, esfregando em meu ventre. — Sua putinha... — resmunga e desce a boca pela lateral do meu pescoço, lambendo a veia pulsante e, então, morde, com força.

Eu grito, convulsionando de dor e prazer, a escuridão em mim dando boas-vindas à sua. A mão grande agarra a minha bunda, colando nossas pelves. Choramingo, pendurando-me em seus ombros. Sua língua sacode lentamente no local da mordida e quase gozo.

— Sim, meu dono — balbucio. — Use o meu corpo como quiser — peço, sem vergonha. Ele faz outro som animalesco, mas, para meu desapontamento, ele me solta, afastando-se de mim. — Não, por favor, And. Eu preciso de você.

— Cale a maldita boca! — brada, passando as mãos pelo cabelo. — Tenho negócios com um amigo esta noite, não vou mudar meus planos por causa de uma rata!

— Sim, eu te traí! Menti sobre a minha identidade, roubei informações, e entreguei para sua inimiga, sem saber quem era ela, eu também fui enganada - mas nunca, nunca menti sobre o que sinto por você! — explodo, frustrada de desejo não satisfeito.

Eu me aproximo de novo e ele estende a mão, mantendo-me à distância. Seus olhos são tempestuosos, mostrando o conflito entre o tesão e a raiva. Murmuro com voz mais branda:

— Eu amo você, And. — Suas íris verde-musgo cintilam fugazmente com a minha declaração. — Eu te amo. Saiba que vou lutar por você. Não vou deixar que me esqueça.

Suas sobrancelhas levantam e o cinismo vai voltando em seu rosto bonito.

— Boa sorte com isso, querida — diz zombeteiro e me dá as costas, subindo os degraus para a parte onde fica a cama.

Acompanho-o com meus olhos até sumir por uma porta lateral. Decepção ameaça me dominar com sua resistência em até mesmo fazer sexo comigo. Contudo, não posso desanimar logo no primeiro embate. Ele avisou que tem negócios para resolver no leste europeu e na Itália e vai aproveitar esta viagem para encontrar seus clientes. Bem, eu vou aproveitar nosso tempo a sós, longe da puta da Isabeli, para ter o meu homem de volta.

Respiro fundo, minha resolução cada vez mais forte e ele reaparece. Meu cenho franze ao perceber o que carrega nas mãos: uma espécie de coldre e uma pequena pistola. Para à minha frente e vejo um pouco de receio nele agora.

— Quero que use isso, Maya — fala com seriedade.

Ofego, meu coração saltando, não de uma maneira boa.

— Eu não nunca usei nada parecido com isso...

— É um bom momento para começar — aconselha com um toque de sarcasmo. — Jairo notou um carro estacionado do lado de fora do hotel. Estava lá na hora em que chegamos e está agora também.

Meu sangue esfria com suas palavras.

— Tem ideia de quem possa ser? — pergunto, medo deslizando em minha coluna.

— Não há como saber. Tenho muitos inimigos... — Um riso sombrio curva sua boca linda, mostrando os dentes branquinhos. — Isto é, o Cobra tem. Mas não se preocupe, sei me defender muito bem e minha equipe é a melhor em combate e estratégias. Todos são ex-militares.

— Não é tranquilizador, desculpe — resmungo e um vislumbre de diversão passa em seus olhos.

Observo o coldre e a pistola e o encaro novamente. Talvez a chance para tê-lo de volta esteja bem na minha frente. Estico a coluna e digo as palavras que podem me trazer ainda mais problemas. Contudo, podem me fazer ganhar alguns pontos com ele por bravura.

— Coloque em mim. Sei atirar muito bem. Posso me defender, se for preciso.

Vejo surpresa e acho que orgulho passando em seus olhos. Congratulo-me por fazer a leitura correta de sua reação ao menos uma vez. Andreas se abaixa em minha frente.

— Levante o vestido — ordena. Eu pego dos lados da abertura sobre a coxa direita, ergo a saia até a cintura. Um sibilar baixo deixa sua garganta e os olhos ficam mais escuros e quentes, focando entre minhas coxas. Minha calcinha preta é minúscula, de renda bem fina. Ele está vendo minha boceta bem lisinha, do jeito que exige. Mais líquidos inundam meu canal e pulso sob seu escrutínio faminto. Gemo, quase implorando para que me toque, faça-me gozar. Sem mais delongas, Andreas prende o cinto fino em minha cintura e puxa as faixas de material mais leve, na coxa esquerda, prendendo-as com o velcro. Seus dedos resvalam em minha virilha e minha respiração fica entrecortada. Ele pode ver o quanto estou molhada. A renda está grudada em meus lábios vaginais. Concentrado na tarefa, pega a pistola, uma Glock G42, e prende-a no coldre. Estou familiarizada com armas de pequeno porte no treinamento de tiros. Era algo que eu gostava e me relaxava. Voltarei a praticar. A sensação de carregar uma arma é boa. Pareço estar infringindo a lei e, para o meu espanto, não estou assustada com isso. Sinto-me... Poderosa. Essa é uma boa palavra. Poderosa.

Andreas se levanta e quero xingar o escroto por não me tocar onde preciso. Ele sabe disso pelo brilho perverso em seus olhos e o arremedo de sorriso cínico em sua boca.

— Algum problema? Parece muito corada? — o maldito zomba de mim.

Olho para sua braguilha e sorrio com o volume bem delineado do pau longo e duro.

— Nenhum, meu amo — murmuro mansamente. — Está tudo perfeito.

Ele range e ajeita suas abotoaduras de diamantes.

— Vamos encontrar um casal de amigos em um de seus hotéis-cassino — informa. —Nosso carro é blindado, não se preocupe. — Eu suspiro de alívio e vejo outro lampejo de diversão nos belos olhos. — Jairo já deve ter informações sobre os ocupantes daquele carro. Quem quer que seja, está tudo sob controle — seu tom é um toque mais suave, como se estivesse preocupado comigo e meu coração aquece um pouco. — Talvez, nem precisemos usar nossas armas, porém, quero que fique alerta, para o caso de alguma emergência.

— Ficarei atenta — garanto e abaixo o vestido, só agora notando que ainda o tinha suspenso. Merda.

A expressão debochada cruza o rosto másculo e seus lábios curvam ligeiramente. Ele limpa a garganta e torna a ficar sério.

— Atire para matar se estiver acuada — ordena no tom frio que já conheço bem. Engulo em seco. — Quem quer que esteja naquele carro não merece qualquer hesitação ou consideração da sua parte, entendeu, Maya?

Medo real me invade. Mas aceno, mesmo me borrando. Achei que já tinha sido suficientemente corrompida por esse homem, mas percebo que é aqui o ponto crucial e sem volta na nossa relação. É aqui que começa a verdadeira corrupção e as sombras em mim querem abraçar as dele, por completo. Eu o quero, amo-o. Passei do ponto em que a ética me guiava. Amo um criminoso e vou lutar para voltar a ser sua, em todos os sentidos. Eu quero livremente ser corrompida. Farei o que ele quiser, desde que isso o traga de volta para mim. Estendo as mãos para sua gravata borboleta e ajusto o nó. Nossos olhares se encontram e se prendem. Levanto meu rosto, deixando nossas bocas bem perto. Ele não me afasta e aproximo mais, roçando meus lábios nos seus. Seus olhos fervem, sua respiração acelerando um pouco.

— Você é o meu homem. Eu faço o que você quiser — murmuro e, por um momento, penso que vai me jogar no chão e me foder aqui mesmo antes de irmos.

— Repito: não pode me ganhar em meu próprio jogo, menina — avisa e empurra minhas mãos para longe. — Vou chamar Jairo para descermos — informa, retirando o celular do bolso e me dando as costas.

Veremos, senhor *Cobra*. Veremos. Um sorriso ousa se insinuar em meu rosto. Ele me quer. O estúpido orgulhoso me quer e não vou facilitar para que se livre de mim. Pela primeira vez desde que o conheci, o conflito se vai e tudo fica claro na minha mente. Eu o amo e vou lutar por ele. Foda-se meu senso de justiça e ética. Serei sua de novo. Não vou deixar que me esqueça.

Você é meu, Andreas Montanaro.

CAPÍTULO SEIS

O verdadeiro nome do amor é cativeiro.
(William Shakespeare)

Maya

O carro desliza pela *Bahnhofstrasse*, a avenida mais movimentada de Zurique. É onde fica o centro financeiro com inúmeros bancos luxuosos, atraindo os homens e mulheres mais ricos do planeta. Os impostos mais brandos são um atrativo para que os ricos ou, no caso de Breno, ladrões abram contas por aqui. Observo tudo, atenta e encantada, pela janela da limusine. As construções antigas e sua arquitetura me deslumbrando ainda mais. Era para eu ter conhecido a cidade há cinco meses. Minha lua de mel com o garoto que pensei amar tão profundamente que me neguei a aceitar que sua morte ficasse impune. Suspiro. Lembrar dele dói duplamente. Ainda lamento que tenha morrido tão cedo, mas agora, a dor da perda vem junto com a dor de ter sido traída. Como não desconfiei quando colocou esta, uma das cidades mais caras do mundo, em nosso roteiro de viagem? Não tínhamos grandes posses. Eu devia ter desconfiado. Contudo, a excitação com a proximidade do casamento, a chance de conhecer um país tão distante da nossa vidinha pacata, acabaram ofuscando todos os sinais de que meu noivo mentia.

Nunca viajei para longe. Na verdade, só fui para São Paulo, em toda a minha vida. Meus pais não gostavam de viajar e, além disso, eram superprotetores. Não me deixavam ir nem mesmo nos acampamentos da escola. Nunca entendi bem a razão para o cuidado excessivo comigo, suponho que era apenas a maneira deles de me amar. Torno a suspirar. Tem dias que a falta deles vem com força. Embora não me deixassem sair além dos limites de São Carlos, eles se esmeraram em me dar uma excelente educação. Minha mãe me ensinou a tocar piano e falar italiano, enquanto meu pai me ensinou os idiomas russo, alemão, árabe e latim. Isso não estava no currículo que apresentei na Montanaro, porque não tenho certificados, aprendi em casa. Meus pais eram muito cultos, embora com poucas posses. Agradeço-os por tudo que fizeram por mim, sobretudo, pelo amor e proteção que me deram. Eles me deixaram a casa onde moramos desde que me entendi por gente. Meus padrinhos cuidam do aluguel. E foi com essa ajuda financeira que contribuí com as despesas quando fui morar com eles. São modestos também. Se hoje vivem numa boa residência, foi fruto de muito esforço. Trabalho honesto. Eu ainda tenho o restante das joias de minha mãe que eram de minha avó paterna e um fundo fiduciário, mas só terei acesso quando completar vinte e três. Ainda faltam dois anos!

— Você não viajou muito, não é? — a voz profunda me faz virar a cabeça e olhar para o homem deslumbrante acomodado no banco à minha frente. Ele está decidido a manter distância de mim.

— Não. Só havia estado em São Paulo, até agora — respondo, com excitação. — Obrigada por me trazer.

Seus olhos adquirem um brilho duro.

— Sua presença aqui era necessária, não desejada — retorque e ofego, suas palavras fazendo minha alegria escoar um pouco.

Decidida a brigar, eu o enfrento:

— E quanto à Roma e Moscou? — inquiro, irritada com sua atitude hostil. — Também sou necessária por lá?

— Tem razão, não é necessária — murmura em um tom cruel — Vou enviá-la de volta ao Brasil amanhã mesmo. Já cumpriu seu papel.

Não! Droga. Meu estômago cai, meu sangue esfriando. Ele está irredutível. Respiro fundo, meus olhos travados nos dele. Não vou me deixar intimidar.

— Como queira, meu lorde — murmuro com falsa mansidão e ele estreita os olhos.

Você não vai me mandar embora, querido. Não depois desta noite.

É a vez dele desviar o olhar para fora da janela. Seguimos em silêncio por alguns minutos e, muito breve, chegamos ao hotel-cassino, de propriedade de Nikolai Demidov. Andreas me falou um pouco sobre seu anfitrião nesta noite enquanto descíamos da suíte até a garagem do hotel. Para a minha surpresa, ele me ajuda a descer do carro e Jairo se aproxima, carregando uma estola de pele sintética vermelho-vinho. Seu patrão a pega e a coloca sobre meus ombros. Estremeço com a maciez da peça de aparência cara sobre a minha pele. Apesar de estarmos em setembro, a temperatura ainda é bem abaixo do que estou acostumada no Brasil.

— Não me atentei ao clima desta região quando enviei suas roupas — Andreas diz, sua voz áspera enquanto ajeita a peça sofisticada. Meu corpo arrepia com seus dedos resvalando em minha pele nua. — Encomendei vários destes para usar sobre os vestidos decotados.

Quero apontar que está se contradizendo, uma vez que acabou de falar que vai me mandar embora amanhã. Todavia, calo-me. É preciso escolher minhas batalhas com este homem. Se quiser vencê-lo, tenho que ir com muito cuidado.

— Obrigada — murmuro sem petulância ou afronta.

Não responde nada, apenas prende as duas pontas sobre o meu busto, com um broche que parece ser de diamantes. Fico confusa com esse gesto. Então, uso a razão e um pouco da alegria escoa ao perceber que uma acompanhante de Andreas Montanaro não pode aparecer mal vestida, sobretudo, num lugar luxuoso como um cassino. Seu olhar queima, conferindo minha aparência no traje caro. Ainda sem palavras, leva-nos pela garagem quase deserta. Meu coração canta de alegria por tê-lo segurando a minha mão. Jairo, Gualberto e mais seis homens da segurança nos cercam. Todos fortemente armados, com certeza. Antes de sairmos do quarto, vi Andreas colocando duas pistolas no coldre por dentro do smoking e mais duas facas em seus tornozelos. Eu devia ter ficado com medo, porém, em vez disso, fiquei com tesão ao vê-lo como verdadeiramente é, um homem perigoso. Sombriamente lindo, sexy.

Olho em volta da garagem, que deve ser privativa, apenas para os convidados ilustres, como *O Cobra*, presumo. O carro que estava espreitando na frente do nosso hotel já não estava mais lá quando saímos, o que me deixou um pouco aliviada. A viagem inteira estive consciente da pistola presa à minha coxa esquerda. Entramos no elevador junto com Jairo e Gualberto. Minha respiração trava ao ver nossos reflexos na parede espelhada. A estola sobre os meus ombros me deixa altiva. Meus lábios entreabrem enquanto me observo com um encantamento quase juvenil. Nunca vesti algo tão bonito e refinado. Pareço alguém da nobreza. Rio do pensamento bobo e meu olhar encontra o de Andreas. Está me fitando com intensidade, parecendo apreciar minha aparência também. O sinal soa e, em seguida, a caixa para. Os seguranças saem e seu patrão me puxa para fora, direto para um salão em cores vermelho e preto. Meu coração salta diante do luxo do lugar. Uau. Sempre quis conhecer um cassino. *Say Something*, de Justin Timberlake, está tocando acusticamente. Há várias mesas e roletas espalhadas pelo recinto, bem como bares localizados estrategicamente nos cantos. Pessoas bem vestidas fazem suas apostas, enquanto outras apenas bebem e socializam. Minhas mãos suam, a caipira em mim sentindo o impacto do lugar.

— Nikolai e sua esposa estão vindo nos receber — Andreas sussurra perto do meu ouvido e minha pele arrepia, ao sentir seu hálito quente.

Eu reprimo um gemido e olho à nossa direita, um homem muito bonito se aproxima com uma mulher loira lindíssima e grávida em seu braço.

— And, meu amigo! — O homem alto, moreno, de olhos azuis cristalinos, sorri amplamente ao parar na nossa frente.

— Niko, é bom ver você! — Andreas devolve a recepção calorosa e os dois se abraçam, dando tapas firmes nas costas um do outro. Quando se afastam, observa a mulher. — Yuliya, quando te vi da última vez não havia essa barriga. — diz charmoso para a esposa do amigo.

— Oi, And. Já tem um tempo, não é? — A loira sorri, aproxima-se e abraça Andreas também, a exemplo do marido. — Estamos de seis meses. — Toca o ventre bem pronunciado e olha apaixonada para Nikolai.

— Eu vejo. — Andreas sorri, genuíno e percebo que sua amizade com esse casal é verdadeira, não veio tratar apenas de negócios esta noite.

— Esta é Maya — apresenta-me, sua mão pousando na parte baixa de minhas costas.

Não elabora, sou apenas Maya. Acredito que esse é o protocolo para as acompanhantes. Apenas um nome basta, pois, não somos importantes.

— Olá, Maya, sou Yuliya. Bem-vinda! — A mulher que, de perto, parece não ser mais velha do que eu, é receptiva, inclinando-se e me beijando nos lados do rosto.

— Olá, Yuliya. Obrigada — respondo, aturdida com a forma calorosa com que me recebe.

Seu marido se aproxima e estende a mão para mim, seus olhos estão curiosos, eu diria.

— Olá, Maya. Sou Nikolai, amigo de longa data deste cara aqui — cumprimenta, a exemplo da esposa. Parece acolhedor.

Devem estar acostumados a recepcionar seu amigo escroto com uma acompanhante a cada vez que se encontram. Sem falar na nojenta da Isabeli. Uma sensação ruim me invade ao lembrar da vaca. Essas pessoas provavelmente a conhecem e sabem que ela será a esposa de Andreas dentro de poucos dias. Sinto-me uma puta barata estando aqui com ele. Aceito a mão de Nikolai, no entanto, expulsando a sensação ruim para longe.

— Bem-vinda ao nosso cassino.

— Olá, Nikolai. Obrigada — murmuro. Arrisco o palpite de que tenha a mesma idade de Andreas.

O homem enlaça a cintura volumosa da esposa e ela se derrete. Eles são um casal deslumbrante. Yuliya é alta, os cabelos muito loiros e olhos azul-bebê. Usa um vestido longo em cor creme, uma estola azul-escuro sobre seus ombros. Os cabelos presos num coque frouxo e uma pequena tiara de diamantes brancos e azuis sobre a cabeça. A garota parece uma princesa russa.

— Ai, nossa! — Yuliya exclama com uma cara engraçada, colocando a mão sobre o ventre.

— O que foi, amor? Está sentindo alguma dor? — Nikolai a encara com preocupação.

— Não é dor. Sinta, amor. — Ela pega a mão grande do marido e a coloca sobre a barriga estufada. — Nossa menina está mexendo!

Os dois riem sentindo o bebê. É uma cena bonita. Meus olhos marejam um pouco ao testemunhar o amor do casal.

— *Lyblyu tebya moya prekrasnaya snezhinka*[4] — Nikolai sussurra em russo, aproximando o rosto do de Yuliya. Dá um beijo suave na boca da esposa.

— *Lyubov' moyey zhizni*[5] — a garota diz de volta.

Ficamos apenas como expectadores do flagrante amor dos dois. Ele disse que a ama e a chamou de seu lindo floco de neve. Ela disse que ele é o amor de sua vida. Uau.

— Eu havia esquecido o quanto é difícil estar perto de vocês — Andreas resmunga em russo.

---

4 Amo você, meu lindo floco de neve – em russo.

5 Amor da minha vida – em russo.

— Não esqueça de que está prestes a se casar também, idiota — Nikolai alfineta e me reteso.

Sua provocação me acerta direto no coração. Eles pensam que não entendo a língua.

— Impossível esquecer — Andreas ri cinicamente.

Então, se vira para mim e traduz o que o casal disse e apenas sua provocação. Deixa de fora a lembrança de Nikolai sobre o casamento. Eu me forço a rir, acenando levemente. Isso foi atencioso. Não está sendo um escroto total, pelo menos não na frente de seus amigos. Quero dizer que entendo a língua, mas me refreio no último instante. Melhor guardar essa informação por enquanto.

— Venham sentar-se conosco na sala *vip* — Nikolai chama já liderando o caminho de volta.

— Talvez eu não ganhe todas de você hoje em respeito à sua bela esposa — Andreas provoca, colocando a mão novamente na parte baixa de minhas costas, incitando-me a andar, emparelhando com o casal.

A mão morna toca um pouco da minha pele nua e estremeço. Estou praticamente salivando de tesão. Droga. De hoje não passa! Ele não vai me dispensar. Eu não vou deixar!

— Talvez eu não ganhe todas de você em respeito à sua bela acompanhante — Nikolai devolve com uma piscada.

Atravessamos o recinto e dobramos numa porta lateral, onde há homens guardando a entrada. Provavelmente sejam da segurança de Nikolai. Ele deve mexer com negócios escusos também, se é amigo de Andreas. Minha boca quase cai aberta com o luxo deste ambiente. Há apenas mesas de pôquer, dois bares nos cantos e vários sofás vermelhos e pretos espalhados estrategicamente para conforto dos clientes. Uma música russa está tocando neste recinto. Em todos os lugares, dá para notar os seguranças de olho em seus patrões podres de ricos enquanto se divertem. Jairo e Gualberto nos acompanham bem de perto. Observo Yuliya e me pergunto se a garota delicada também carrega uma pistola debaixo do vestido de princesa. Provavelmente sim. Este é um mundo glamoroso, mas possui uma linha tênue com o perigo. Alcançamos um dos sofás num canto menos iluminado e nos sentamos. Um garçom vem nos servir. Baldes de cerveja, uísques e outras bebidas destiladas são colocados sobre a mesinha de centro. Um cardápio com os drinks é entregue a cada um de nós.

— O que quer beber? Escolha uma das opções e o barman prepara para você — Andreas pergunta, virando o rosto para mim.

O jogo de luzes deste lado deixa seus olhos mais verdes, destacados na tez morena. Estou louca para tocá-lo. Estar aqui com ele é agridoce. É bom sair em sua companhia pela primeira vez, porém, não foi assim que imaginei. Eu queria que me tocasse, beijasse-me. Sinto falta de seu toque, seus beijos cálidos, da sua fome por mim.

Empurro o desconforto para longe e observo o cardápio. Aponto um drink com vodca, uvas verdes, açúcar, gelo e água de coco.

— Esse parece bom — respondo, minha voz enrouquecida.

O brilho perverso acende em suas íris, sabendo que estou excitada por estarmos perto. Ele informa a minha escolha para o funcionário, que começa a preparar a bebida. Observo a rapidez com que faz tudo e, em instantes, ele me entrega o *drink* numa taça de espumante. Raspas de coco e uvas verdes estão dentro da taça. Tomo um gole, amando o sabor. Querendo provocar o todo poderoso, eu pego uma uva com os dedos e a trago à minha boca, chupando-a devagar.

— Pare com essa merda — Andreas sibila, os olhos famintos cravados em meus lábios.

Eu deslizo a língua na uva e, então, enfio toda na boca, um riso provocante curvando meus lábios enquanto mastigo lentamente. Bufa e me descarta, pedindo seu Bourbon preferido para o *barman*, que o serve com presteza.

O escroto passa a conversar em russo com Nikolai. Fico atenta a tudo. Falam sobre uma carga que será entregue em Moscou na próxima semana. Conspiram contra um clã da máfia sérvia e riem de um tal Ivan Orlov. Disfarço, surpresa ao ouvir que Andreas cortou um dedo do tal homem em sua última passagem pela Rússia. Lembro que precisou viajar no começo do nosso envolvimento. Depois que encerram a discussão sobre negócios, voltam a falar em inglês. Continuo saboreando meu *drink* devagar, chupando as uvas acintosamente cada vez que Andreas vira a cabeça para me encarar.

Quando olho na direção do bar mais próximo, um loiro alto está me observando com nítido interesse. Levanta seu copo num brinde e convite mudo. Eu engasgo, desviando a vista, encontro com Andreas fitando-me duro. Sua mandíbula trinca e sua atenção vai para o cara no bar. A expressão em seu rosto fica sombria, ameaçadora e volta a me encarar.

— Vou jogar pôquer com Niko agora. Se quiser ser responsável por um assassinato, continue flertando com aquele infeliz — sibila, seus olhos inflamados.

Ofego, assustada.

— O quê?! Eu não estou fler...

— Poupe-me da sua falsidade, porra. Você estava se insinuando para o imbecil agora mesmo — ele rosna, parecendo muito irritado.

— Meu Deus, ele me olhou. Ele, não eu! — rebato, irritada também com sua acusação. Então, levanto o queixo, querendo afrontá-lo. — E por que se importa com quem eu olho ou me olha de volta? Você não me toca há uma maldita semana, porra!

— Quem disse que me importo? Mas você está comigo, não ouse me envergonhar para meus amigos, sua vadia — suas palavras e expressão são cruéis.

Esforço-me para não chorar com seu tratamento de merda. Não respondo nada, apenas derramo vodca pura em minha taça e me levanto. Observo em volta, notando uma sacada do outro lado do salão. Precisando tomar um pouco de ar, começo a andar para lá sem olhar para o imbecil ou para ninguém. Piso fora e o ar frio da noite me saúda. É um espaço amplo com vários bancos e cadeiras espalhados. Ando até a balaustrada e respiro fundo com a vista do lago e, mais ao longe, as montanhas geladas. Tomo um bom gole da bebida para conter minha tristeza. De onde tirei a ideia estúpida de que posso fazê-lo me perdoar? O álcool desce rasgando minha garganta e agradeço a queimação.

— Odeio amar você, Andreas Montanaro — lamento para a paisagem deslumbrante à minha frente.

Um perfume suave flutua em meu nariz e percebo Yuliya chegando do meu lado. Ela fica em silêncio por um instante, apenas observando a vista.

— Eu amo esse lugar. Foi aqui que o Niko declarou seu amor para mim — a garota murmura e viro a cabeça, fitando-a. Minha nossa, ela é realmente linda. — Já tem quatro anos. O tempo passa rápido! — Sorri, os olhos azuis brilhantes e suaves como seu riso, provavelmente se lembrando daquele momento. — Parece que foi ontem.

— Vocês formam um lindo casal — vejo-me obrigada a dizer algo, visto que parece querer iniciar uma conversação. — Parabéns pelo bebê!

— *Spasibo*[6] — Ela segura o ventre volumoso e o acaricia, então sorri, meneando a cabeça. — Eu disse obrigada, desculpe não me atentar à língua — repete em inglês.

— Está tudo bem, eu compreendo sua língua — revelo e seus olhos ampliam, a atenção indo para dentro do salão, claramente preocupada que entendi tudo da conversa de seu marido com Andreas.

Volta a me perscrutar.

— Qual a sua história com And? — pergunta, franzindo um pouco a testa.

Suspiro, tomando mais um gole da bebida forte.

— É complicada — respondo com desânimo.

Seu rosto abranda com empatia.

— Você o ama — murmura, fitando-me atentamente.

— Sim, o amo — assumo, cansada.

Ficamos uns instantes em silêncio.

— A minha história com o Niko também foi complicada — revela e ri levemente. — Parte da nossa família e amigos ainda têm dificuldade para nos aceitar como casal, porque somos irmãos — completa e choco-me.

— Como...

— Não temos o mesmo sangue, se é isso que está pensando — esclarece rapidamente. — Somos irmãos adotivos. Os pais do Niko me adotaram quando eu era apenas um bebê de três meses. É o mais velho de quatro irmãos biológicos. Ele tinha quatorze anos quando entrei em sua vida.

— Nossa... Vocês devem ter enfrentado muita coisa para estarem juntos — digo estupefata pela revelação.

— Sim, muita coisa. — Dá de ombros. Deve estar acostumada com o julgamento alheio sobre seu amor proibido. — Eu sempre amei o Niko mais do que tudo neste mundo. Antes, era fraternal, mas, conforme fui crescendo e me tornando adolescente, passei a desejar que meu irmão se tornasse o meu homem.

6 Obrigado – em russo.

— Por que está me contando coisas tão pessoais? — inquiro, confusa.

Ela sorri com algo conspiratório em seus olhos bonitos.

— Porque vi que veio para cá chateada com And. Parece angustiada... — fala com suavidade. — Como estive nas muitas vezes que o Niko me dispensou por ser sua irmãzinha intocável. Eu não tinha com quem conversar. Em famílias como as nossas, só podemos confiar em nossos entes queridos. Não tenho irmãs, sou a caçula, a princesinha da casa. Meus irmãos ficariam furiosos, como ficaram, quando nos descobriram juntos tempos depois...

Continuo ainda mais desconfiada. Será um hábito falar tão abertamente com desconhecidos?

— Não, não costumo tagarelar com desconhecidos. And me enviou para ver se estava bem — revela e meu coração tolo acelera. Ele enviou? — Não conte a ele que disse isso. Os homens têm egos monumentais. — Rola os olhos, rindo com cumplicidade e, desta vez, eu a sigo.

Ela parece ser uma boa garota.

— Não vou dizer, fique tranquila — garanto e a encaro com interesse genuíno agora. — Como conseguiu que Nikolai aceitasse ser o seu homem?

Yuliya dá um suspiro profundo.

— Não foi fácil. Além de meu irmão perante a sociedade, ele era noivo — revela e me lança um olhar aguçado. — Como o seu And.

Quero dizer que Andreas não é meu, mas ela continua o relato:

— Eram prometidos desde criança, toda essa merda de famílias nobres. — Faz uma careta desdenhosa. — Nosso pai foi o quinto duque Demidov e o Niko teve que assumir o posto quando ele morreu, há muitos anos. É um homem de palavra e queria manter o acordo com a família da noiva. — Ouço-a com fascínio. É uma história e tanto. — Mas começou a sentir-se atraído por mim também. Eu tinha dezessete anos recém completados quando não resistimos e me tornei sua mulher.

— Nossa, dezessete é muito jovem... — murmuro, surpresa.

— Eu morava com ele. Como irmão mais velho e o sexto duque, era responsável legal por mim. Aproveitei-me disso e o seduzi. — Yuliya ri satisfeita consigo mesma. — Niko rompeu o noivado, mas não podia me assumir, por causa da minha idade e da nossa condição familiar. Escondemo-nos por um ano até eu completar dezoito. Casamo-nos numa cerimônia íntima, apenas nossa mãe e irmãos estiveram presentes.

— Vocês se casaram legalmente? Como foi possível? — pergunto, estupefata, uma vez que no Brasil isso não é permitido.

— Você não conhece o meu Niko. — Sorri apaixonada, alisando o ventre. — Não há nada que ele não possa fazer, acredite. Sim, somos casados com a permissão da Igreja e tudo.

— Você é uma duquesa — constato, como uma adolescente boba. Nunca pensei conhecer alguém da nobreza. — Desculpe. Eu nunca estive diante de nobres. — Meu rosto esquenta de vergonha.

Muito bem, Maya! Ironizo-me.

— Não de sangue, apenas por ter me casado com um duque. — Yuliya ignora meus modos de menina do interior. Graças a Deus. — Mas chega de falar de mim. Conte-me por que é complicado com o And. — Encolhe os ombros. — Além da existência da antipática da Isabeli, claro. — Revira os olhos. Fico contente que não goste da nojenta. Isso faz dela ainda mais gente boa.

Expiro e tomo o último gole da minha taça. Estou um pouco zonza e meu sangue quente pelo álcool. Merda. Não tenho costume de beber vodca pura. Adoro em coquetéis, mas pura me derruba rápido. Recosto-me ao parapeito e mastigo a última uva. Yuliya me encara com expectativa. Começo a falar, devolvendo sua gentiliza em compartilhar sua história. Quando termino, a euforia em seu rosto bonito foi substituída pela cautela.

— Traição não é algo que nossos homens perdoem, Maya — diz com sinceridade. — Em nosso mundo, a lealdade vale mais do que dinheiro. Acredito que saiba muito bem quem é Andreas Montanaro ou não estaria aqui entre nós. — Meu peito aperta.

Ela tem razão. Fui tola em pensar que poderia conseguir que ele me perdoasse. Então, atenho-me à sua última sentença.

— O que quer dizer com "eu não estaria aqui entre vocês"? — inquiro confusa.

— And nunca trouxe nenhuma mulher para conhecermos. Mesmo a noiva, nós a vimos poucas vezes — revela e seus olhos ampliam, cintilando com algo. — Acho que aqui está a sua resposta: nem tudo está perdido. Se a trouxe para um encontro conosco, é porque deve significar algo para ele. — *Oh, Deus...* Arfo, querendo acreditar em suas palavras. Meu coração dispara, a esperança se renovando. — Em seu lugar, eu lutaria com todas as minhas forças para ter a confiança do meu homem de volta — murmura com olhos calorosos.

— Andreas não está me dando abertura, Yuliya — expiro, desanimada.

— Niko também não me dava no começo. Fugiu até que não conseguiu mais e se rendeu ao que sentia por mim. — Ela toca meu antebraço e a esperança vai ficando cada vez mais forte. — Eu vi como And te olha e, acredite em mim, aquele homem é tudo, menos indiferente a você.

— Ele ainda me deseja sexualmente, mas também se ressente por isso — afirmo, o conflito voltando a me assolar. Estava tão confiante no hotel, mas agora a incerteza está me rondando de novo. Oh, Deus, fiz uma grande bagunça.

— Perfeitamente compreensível neste caso. Você o traiu, Maya — Yuliya murmura e dá um aperto em meu braço. — Todavia, vai aceitar a derrota e deixar o homem que ama escapar por entre seus dedos?

Eu a encaro. Droga! O duque não tinha mesmo nenhuma chance contra essa garota. Ela só tem essa aparência delicada de princesa. Rio, colocando minha mão sobre a sua. Determinação volta a borbulhar dentro de mim. Que bom que ela estava no meu caminho hoje.

— Não, você está certa. Vou lutar para ter a confiança do meu homem de volta — garanto e Yuliya sorri amplamente. Sim, que bom que a conheci. — Obrigada,

Yuliya. Ele pediu que viesse até aqui, mas a atenção e empatia com que me tratou não teve nada a ver com o pedido, sei disso.

— Não foi nada, Maya. — Meneia a cabeça, o rosto corando. — Espero poder encontrá-la de novo, depois que tudo estiver resolvido entre vocês.

Seu otimismo me deixa tocada. Mas não digo nada, apenas aceno. Ficamos um pouco mais na sacada, conversando sobre como seu marido conheceu Andreas. Nikolai e Andreas estudaram juntos na universidade, quando cursaram Direito em Harvard. A amizade parece sólida e verdadeira, não só com ele, mas também com Álvaro, Luigi e Augusto. *O rio corre mesmo para o mar*. Bufo internamente, recordando esse provérbio. Os ricos procuram os ricos. Voltamos para dentro e encontramos os dois numa mesa de pôquer. Os olhos verde-musgo cravam em mim enquanto nos aproximávamos. Niko sorri, puxando Yuliya delicadamente para seu colo. O rosto da garota está radiante, feliz e realizada nos braços do seu homem, enrolando os seus em seu pescoço. Os dois se beijam sem nenhuma cerimônia para o resto da mesa. Formam um casal muito bonito. Pego-me admirando-os, mas, logo desvio a vista. Jairo puxa uma cadeira, colocando do lado do seu patrão idiota e não discuto, apenas me sento. Troco minha taça vazia por uma de champanhe quando uma garçonete para do meu lado. Não olho na direção de Andreas nenhuma vez, mas posso sentir seus olhos atentos sobre mim. Percebo que ele não está bebendo e decido não abastecer minha taça quando a garçonete retorna.

Uma hora depois, estamos de volta à limusine, no caminho para o hotel. Meu coração apertou ao me despedir de Yuliya. Não sei se a verei novamente, o que é uma pena, pois gostei muito de conhecê-la. Ela me abraçou e beijou, pedindo a Andreas que me levasse à sua residência oficial em Moscou. Nikolai acabou salvando o amigo, enfiando outro assunto no meio. Homens... Olho pela janela, as ruas estão desertas a essa hora da madrugada. Levo minha atenção para Andreas, sentado à minha frente. Está virado para fora, as sobrancelhas franzidas, seu rosto mostrando seu desagrado. Sei que me odeia agora, mas ainda é o homem mais belo que já vi. Eu o observo em silêncio, não conseguindo evitar o encantamento estúpido que sinto quando estou perto dele. Sua cabeça gira, os olhos tempestuosos e intensos encontrando os meus. Vejo a fome queimando nas profundezas das íris verde-musgo. Estou com a mesma fome, mas ainda chateada pela forma grosseira que me tratou no cassino. Sua boca se abre, mas antes que diga alguma coisa, algo impacta na lataria do veículo. Outro, mais outro e ele brada para mim:

— Deite-se no carpete, Maya! Porra! Estamos sendo alvejados! — seu tom e expressão contém preocupação e, numa rapidez digna de filmes de ação, puxa as duas armas do seu coldre. — Proteja-se! Vamos!

Mais impactos do lado de fora e, agora sabendo que são balas, meu coração só falta sair pela boca. Meu Deus! Aonde fui me meter... Mas, em vez de me jogar no carpete do carro, eu levanto meu vestido, puxando a minha pistola também. Puxo a trava, tentando ao máximo não deixar minhas mãos tremerem. Surpresa tinge o rosto de Andreas enquanto me olha.

— Você disse que se precisasse era para atirar. Não vou me encolher no chão como uma covarde — garanto, mesmo que esteja a ponto de me mijar toda.

Ele abre a boca, provavelmente para contestar, mas o corto:

— Estou pronta para agir.

— Senhor, os filhos da puta voltaram, como suspeitamos! Mas os nossos homens já estão bem atrás deles! — vem a voz de Jairo através do interfone. Ouço sons claros de tiros. — O Gualberto conseguiu acertar um dos pneus!

Eu olho para trás através do vidro blindado e vejo o furgão negro ziguezagueando pela avenida. Seus ocupantes estão com a janelas abertas, atirando em nós sem cessar. Mesmo sabendo que a limusine é blindada, ainda dá medo e vontade de me deitar no chão. Porém, a adrenalina não deixa. Andreas saca o celular e faz uma ligação para Nikolai. Entendo pouco do russo apressado que ele fala, mostrando que domina o idioma muito bem.

— Os policiais que Niko mantêm em sua folha de pagamento e alguns de seus seguranças estão vindo nos dar uma força — informa, jogando o aparelho sobre o banco e pegando novamente as duas armas. Aceno e, sem aviso, ele abre o vidro da janela e dispara em direção ao carro dos nossos perseguidores.

— And, não! — eu grito, desespero me enchendo por medo de ele ser atingido. — Por favor, feche o vidro! Pode ser atingido, droga!

Ele continua o jogo de atirar e se esquivar, não me dando ouvidos. Observo-o entre amedrontada e fascinada. O *smoking* branco, todo chique, destoa das armas em suas mãos. Os tiros zumbem e ele vibra ao acertar o outro pneu do furgão. Tomada pela adrenalina, eu abro a minha janela também.

— O que pensa que está fazendo, Maya? — Andreas range, os olhos inflamados em minha direção. — Fique segura, porra! Não ouse apontar para fora ou vou te dar uma surra!

— Eu sei atirar, não me trate como a uma inválida! — retruco.

Ele fecha a cara e replica:

— Quando disse para estar preparada para atirar, era apenas em caso de sermos apanhados e não haver outro jeito, entende? Jamais trocar tiros com a porra de assassinos profissionais, caralho — seu tom abranda uma nota. — Proteja-se que eu e meus homens os enviaremos direto para o inferno.

Seus olhos cintilam com aflição e meu coração salta com o conhecimento de que ainda se preocupa comigo. Oh, Deus... Seguro as lágrimas com essa constatação. Ele ainda se preocupa. Yuliya está certa, nem tudo está perdido. Assinto, porém, não quero ficar aqui sentada e encolhida como uma covarde.

— Vou me esquivar e colocar apenas a mão para fora. Não sou nenhuma estúpida, And — digo com empáfia e o brilho orgulhoso torna passar em suas íris.

— Tome cuidado — pede, com um olhar tempestuoso.

— Você também — murmuro.

Então, passamos a atirar para trás. Os sons se tornam ensurdecedores. Noto que estamos entrando numa rua lateral, bem estreita, saindo da avenida.

— Vamos encurralar os malditos, chefe! — Jairo torna a falar pelo interfone.

Em seguida, vem o baque forte de lataria contra lataria. Os dois carros estão espremendo o furgão no meio. Os tiros continuam. É com horror que vejo uma arma estranha, parecendo dessas de guerra, quebrando o vidro da frente dos perseguidores. No instante seguinte, um corpo pesado está pulando sobre mim e me arrastando para o carpete. Eu grito de susto, um som sinistro, como se fosse um assovio, ecoa lá fora.

— Porra, porra! — Andreas pragueja em cima de mim. A limusine é atingida e sacode inteira, levantando a traseira do asfalto e voltando ao solo com força. — Filhos da puta! — ele rosna, quase me matando asfixiada de tanto que me aperta no chão, na tentativa de me proteger do impacto.

Os vidros quebram e é nesse momento que penso que vamos morrer. Estamos vulneráveis agora. Meu corpo inteiro treme de pavor. Andreas afasta o rosto para me observar, as mãos retiraram os estilhaços dos vidros para longe. Não sei se me cortei, a adrenalina não me deixa sentir nada nesse momento. Os tiros recomeçam do lado de fora. Segura minha face dos lados, os olhos selvagens nos meus:

— Era deste momento que falava quando disse que podia atirar para matar — sussurra asperamente, o polegar arrastando em minha boca. Nossas respirações alteradas e não apenas pela situação de vida e morte que estamos passando. Seguro seu rosto também, roçando meus lábios nos seus, nossos olhares fixos e famintos um no outro.

— Estou morrendo de medo, admito, mas farei o que você quiser — digo com a voz mais firme que consigo. — Vamos atirar para matar, então.

— Eu não vou deixar que nada te aconteça, prometo — rosna. E quando penso que vai me beijar, ele rola de cima de mim, pegando suas pistolas de volta, sentando-se no carpete vermelho. — Pegue sua arma e chegue mais perto. Qualquer filho da puta que apontar a cara nessas janelas, vamos estourar seus miolos!

Estremeço com essa sentença, mas faço o que manda. Arrasto-me para o seu lado, empunhando minha pistola.

— Está tudo bem aí atrás, chefe? — Jairo pergunta.

— Tudo bem. Continuem metendo fogo nos vermes! — Andreas ruge.

— Com certeza, chefe! Eles estão ficando sem munição e presos entre nós. Não vão demorar a cair — Jairo garante.

Em seguida, ele grita:

— Caras, protejam-se! Gualberto vai usar a metralhadora! — está falando com os seguranças do outro carro.

E, imediatamente, uma saraivada de tiros ecoa na madrugada. Meu coração salta descompassado. Tenho medo de morrer aqui, longe de casa, de meus padrinhos queridos. Mas quando olho de lado e vejo o rosto de Andreas, parecendo calmo e controlado, um pouco do apavoramento se vai. De repente, o barulho cessa.

— É isso, porra!

A comemoração de Jairo indica que vencemos?

— Os filhos da puta caíram, chefe!

— Ótimo! Vamos checar se há algum vivo. Precisamos interrogar e saber quem os enviou — Andreas ordena a ele, já pulando para fora do carro.

— Fique aqui — Encara-me com seriedade.

Aceno e engulo em seco.

Subo no banco traseiro e observo Jairo e Gualberto se juntando a ele e seguirem de armas em punho até o furgão. Os seguranças do outro carro também descem armados até os dentes e, em instantes, estão escancarando as portas do veículo dos perseguidores. Um som horrorizado sai da minha garganta ao vê-los retirando os homens. Estão todos ensanguentados. Oh, Deus! Um está sem a metade da cabeça, massa encefálica caindo no asfalto. Eles são estirados no concreto. Sete, ao todo. Vendo que o perigo passou, eu desço do banco e da limusine e ando em direção ao círculo formado por Andreas e seus homens em volta dos infelizes. Noto que três estão se mexendo. Andreas anda até eles e levanta as duas pistolas.

— Examinem os ferimentos destes fodidos! — ordena e três seguranças se põem a conferir o estado dos miseráveis, que começam a implorar para viver.

Andreas ri sombriamente e debocha:

— Não é nada pessoal, o que posso fazer, são ossos do ofício.

Os dois mais feridos começam a praguejar em russo. Andreas levanta as armas, mirando em suas testas.

— Quase tenho pena de vocês. Quase. Tenho certeza de que o idiota que os contratou não lhes disse exatamente com quem estariam mexendo. — Então, sem mais, atira nas cabeças dos moribundos.

Levo a mão à boca para conter um grito. É uma cena impactante. Eu sei quem é o homem por quem me apaixonei, ainda assim, não deixa de ser chocante vê-lo matando. Estremeço, um misto de pavor e tesão vibrando em meu corpo. É doentio, admito, mas acho-o sexy vestido em seu *smoking*, mostrando quem é que manda. Fico fascinada com sua habilidade de atirar com as duas mãos. Sua cabeça gira e seu olhar duro encontra o meu. É o olhar de um assassino. Outra iria para longe, mas as sombras em mim amam esse homem cada vez mais. Não me sinto assustada como achei que ficaria ao presenciar algo parecido. Em outros tempos, sim, hoje eu me sinto atraída por toda essa adrenalina. Ando até ele e o abraço pela cintura. Seu olhar queima dentro do meu, surpreso, mas com um toque de orgulho.

— Os homens de Niko estão chegando para ajudar a limpar a bagunça — avisa, encarando seus seguranças. — Levem esse infeliz para um dos calabouços do cassino. Interroguem-no. Vou voltar ao hotel com Maya.

Ele passa um braço por cima dos meus ombros, puxando-me contra seu corpo, e uma alegria boba me invade. Fala como se eu fosse a sua mulher e todos soubessem disso. Vou tê-lo hoje, sinto que sim. Sem mais nenhuma palavra, ele me gira e me leva em direção ao outro carro. Jairo nos segue, tomando seu lugar na direção. Gualberto fica com os outros para *limpar a sujeira.*

Entramos em seu lado da suíte, cerca de vinte minutos depois. Ele retira o *smoking*, andando pelo amplo espaço, em seguida, a gravata e camisa branca. Arranca os sapatos e meias com gestos impacientes, deixando tudo pelo caminho, ficando apenas na calça social branca. Ofego, olhando a naja ameaçadora em suas costas. A coisa é horrenda, sempre odiei cobras, mas nele, faz eu me sentir hipnotizada cada vez que vejo a tatoo. Seu humor não é dos melhores neste momento. Dá para sentir a energia sombria vibrando ao seu redor. Não disse nada no trajeto para cá, nem eu. Ando devagar e paro no meio da sala. Ele se serve de uma dose grande de uísque. Toma um gole ainda de costas, então, vira-se para mim. Seus olhos estão nublados com algo que não consigo identificar.

— Você está bem? — pergunta com voz engrossada. Franzo o cenho e ele esclarece. — Lá fora... você me viu matar aqueles infelizes.

— Estou bem — respondo, sustentando seu olhar.

Ele estreita os olhos, sabendo que estou mentindo.

— Está bem, não é como se eu já tivesse vivido isso antes. Foi chocante... Mas algo estranho aconteceu comigo quando te vi lá... — Seu olhar aguça esperando que elabore. — Matando aqueles bandidos.

— Eu também sou um bandido. — Sorri sombriamente. — Muito pior do que aqueles estúpidos, acredite, menina — completa, sua expressão dura.

— Eu sei — murmuro.

E decidida a tê-lo hoje, jogo minha carteira sobre o sofá e retiro a estola, com gestos lentos. Seus olhos semicerram, suspeitando da minha intenção. Toco meu ventre, levando as mãos pelos meus seios, apertando-os suavemente.

— Isso não me assusta mais. Senti tesão ao vê-lo em ação hoje. Desejei que me comesse no carro enquanto os seguranças dirigiam para nós — sussurro, tentando-o com tudo que tenho.

— Sua putinha... — sibila, a escuridão em seu semblante me deixando ensandecida de desejo. Meu centro pulsa com a fome animal se espalhando em seu rosto perfeito.

— Preciso de você dentro de mim esta noite. Não me negue isso, And — imploro, encorajada por sua reação.

Subo as mãos devagar para a nuca e abro o fecho do vestido. O brilho dominador vai tomando as íris verde-musgo, fazendo-me ofegar enquanto deixo a frente cair. Ele rosna e bebe outro gole, o olhar descendo para meus seios nus.

— Tome-me de volta, meu dono. Use-me o quanto quiser. Machuque-me.

Um som animalesco sai da sua boca e ele toma uma grande golada em seu copo.

— Tire tudo e venha rastejando para seu dono, minha cadela — ordena com voz rude.

E mais líquidos inundam meu canal, minha boceta latejando sem controle. Arfo, meus seios arrepiados, os bicos duros. Empurro a saia pelos meus quadris e coxas e Andreas trinca a mandíbula, o olhar aquecido, cravando-o em meu monte. O tecido volumoso cai no chão e saio da ilha, ficando apenas em minhas sandálias altas e o coldre com a pistola. Seus olhos incendeiam passeando pelo meu corpo inteiro. Retiro o estojo devagar e jogo-o junto com a pistola sobre o sofá.

— Pensando bem, vá para a parede de vidro. Vou te comer lá, onde qualquer um dos barcos no lago ou prédios vizinhos possam ver — diz com a perversidade que desperta a submissa luxuriosa em mim.

Gemo e me abaixo, ficando de quatro.

— Vá, meu bichinho de estimação — sua voz fica um tom mais mansa, indicando que irá fazer coisas malvadas comigo e mais uma vez meu núcleo pulsa.

Minha calcinha está grudada nos lábios vaginais de tão molhada que estou. Então, eu rastejo até a parede de vidro, à vista de toda a cidade me saudando.

— Posição, sub — ordena e me sento sobre os meus tornozelos, a cabeça baixa, os pulsos cruzados atrás das costas.

Meu corpo inteiro vibra de antecipação a tudo que fará comigo. Meu dominador está de volta. Sei que ainda não é como antes, mas tenho esperanças de que voltará a ser. Vou usar todos os meus truques para que não me mande embora pela manhã, como ameaçou fazer antes de sairmos para o cassino. Ouço-o se movimentando pela suíte. O som é ligado, uma música instrumental sinistra começa a tocar e engulo em seco. Os minutos se passam e escuto móveis sendo arrastados, sons de metais, correntes arranhando no chão. Então, seus pés param na minha frente. São pés bonitos, unhas bem aparadas e cuidadas.

— Beije-os. Mostre respeito pelo seu amo — ordena e me abaixo, novamente, de quatro.

Ele fez isso comigo algumas vezes em nossas sessões no calabouço. Beijo ambos os pés e permaneço na posição, aguardando-o.

— De joelhos — diz e ouço o barulho do zíper.

Fico na posição, levantando meu rosto direto para o pau grande e grosso na minha frente. Minha boca saliva. Meu núcleo encharca de vez ao sentir seu cheiro delicioso e masculino.

— Abra bem a boca — ordena e obedeço.

Ele rosna, segurando minha trança com força enquanto empurra o eixo entre meus lábios, forçando-me a engolir quase todo. Engasgo e ele puxa um pouco.

— Vamos, mama meu pau — seu tom é um misto de irritação e tesão.

Eu faço, chupo devagar todo o eixo, deslizando a língua nas veias grossas enquanto o sugo o máximo que consigo. Ele geme rouco, seu punho faltando arrancar meus cabelos e empurra mais, até a minha garganta. Nossos olhares se encontram e vejo o prazer rivalizando com a raiva em seu belo rosto moreno. Mantenho as mãos atrás das costas, como ele gosta e mamo com mais força, chupando bem a cabeça gorda, raspando os dentes, lambendo a fenda. Seu corpo estremece e ele ruge alto. Sei que quer gozar, mas está me castigando como o escroto que é. Meu maxilar começa a doer, meus olhos enchendo de lágrimas a cada vez que empurra bem fundo em minha garganta.

— Acha que pode me manipular só porque gosto de te comer, sua putinha? — rosna e me dá um tapa forte na cara.

Eu choramingo, mais creme vazando em minha calcinha. Foi um tapa erótico. Já sei bem a diferença. Ele encarnou o dominador sombrio que tanto amo.

— Acha mesmo que pode me ganhar nesse jogo, Maya? — Ri cínico e perverso, dando-me mais um tapa do outro lado.

Gemo, entalada em seu eixo, mamando bem forte e seus olhos fervem ao testemunhar minha submissão. Sem desvia-los dos meus, sibila por entre os dentes, então goza na minha boca, jorrando uma grande quantidade de sêmen, o que me faz pensar que não esteve com outra mulher nesse tempo em que não se rendeu a nós. O gosto e o cheiro forte me dão essa certeza e quero sorrir para essa constatação. Engulo tudo, chupando-o bem fundo e ele geme rouco, estocando e esguichando até parar todo enterrado. Puxa tudo e respiro entrecortado, meu maxilar dormente, a garganta doendo. Mas ter o seu gosto delicioso em minha língua outra vez deixa-me eufórica.

— Levante-se e cole sua frente à parede.

Obedeço, grudando meus seios nus no vidro frio e arfo com a sensação. Há muitas embarcações no lago e, certamente, irão nos ver fazendo sexo aqui.

— Abra bem as pernas — torna a mandar.

Espalho-as. Sinto a excitação escorrendo pelas coxas e respiro rápido quando ele vem para trás de mim. Elevo meus pulsos acima da cabeça, sem precisar ouvir o comando. Conhecendo o seu lado dominador, sei que arrumou algum jeito de me pendurar à parede. Ele prova que estou certa ao fechar as algemas em meus pulsos.

— Minha boa cadela — zomba, seu olhar perverso encontrando o meu na parede de vidro.

Ofego, lambendo os lábios, a ponto de implorar que me toque. Ele sabe disso, pela expressão cínica se espalhando em seu rosto.

— Por favor, toque-me, meu amo — não resisto e choramingo.

Ele me olha com desdém e pega meu pescoço pela frente, seu peito colando em minhas costas. Resfolego pelo prazer de sentir sua pele nua, sua mão apertando minha garganta.

— Sim, toque-me, machuque-me. Eu preciso disso, por favor — peço entrecortado pelo aperto.

Andreas rosna, seu olhar ficando completamente escuro enquanto percorre cada centímetro do meu corpo. A mão livre toca minha cintura, deslizando para o meu ventre. Arfo, minha pele arrepiando, o prazer do seu toque é tão perfeito que meus olhos se enchem de lágrimas. Já os seus brilham mais enquanto me encara e sobe a mão pela barriga, pegando meu seio direito, amassando-o forte e gostoso. Puxa o bico e gemo, quase gozando. Solta o meu pescoço e agarra meus peitos com fome. Penduro-me nas algemas, amando a forma como sova cada um, enterrando as unhas, passando a beliscar os mamilos. Desliza os lábios pelo meu ombro e abocanha a minha nuca numa mordida forte, fazendo-me choramingar, dando boas-vindas ao nosso mundo sombrio.

— Sim, sim... Marque-me, use-me, meu dono — murmuro, tanto para agradá-lo quanto para exprimir o que sinto verdadeiramente.

— Vagabundinha gostosa... — resmunga, suas mãos apalpando meu corpo inteiro, barriga, coxas, bunda e vão pela frente, pegando minha boceta em cheio.

Convulsiono com seus dedos esfregando meu monte e lábios através da renda da calcinha. Salto quando me dá um tapa forte bem em cima do clitóris. Dor e prazer reverberam em meu corpo. Suas mãos se vão e faço um som de protesto. Em seguida, gemo ao sentir pegando minha trança, desfazendo cada ponto. Seus dedos resvalam em minhas costas ao espalhar meu cabelo longo.

— Porra, tão perfeita — murmura quase para si mesmo.

Acaricia e enterra o nariz em meu cabelo, inalando profundamente. Arrepio-me inteira com a sensação. Amo esse seu fascínio pelo meu cabelo. Ele se vai cedo demais e o observo se dirigir para duas caixas pretas sobre um dos sofás. Volta, colocando as duas sobre um *recamier*, que só agora percebo estar bem do meu lado direito. Gira-me de frente para si e minha respiração fica presa ao ver seu rosto bem perto. Lindo. Corre o polegar pela minha boca e salivo, implorando com meus olhos que me beije.

Mas sei que não fará. Terei que ganhar sua confiança para ter seus lábios nos meus de novo. Minha suspeita se comprova quando uma mordaça é levantada em sua outra mão. Não reclamo, não protesto, apenas abro a boca e o deixo encaixá-la, prendendo a fivela atrás da minha cabeça. Seu rosto está próximo, os olhos verde-musgo intensos dentro dos meus. Eu o agradei. O dominador nele gosta quando a submissa em mim obedece sem resistência. Seus dedos voltam a acariciar meu corpo, passeando pela cintura, seios. Uma mão enfia entre minhas coxas e a outra puxa meu cabelo da nuca. Sua boca abaixa sugando meu pescoço, mordendo suavemente, descendo até encontrar o mamilo esquerdo. Afasta a borda da minha calcinha e empurra dois dedos em minha vulva ao mesmo tempo em que abocanha minha aréola, chupando-a delicadamente. Grito, estremecendo, relaxando e deixando-o enfiar os dedos bem fundo. Arde um pouco, mas a maneira como suga meu peito equilibra tudo. Lambe o bico e sopra sobre a pele molhada.

Choramingo, palpitando, seus dedos indo e vindo em meu canal todo encharcado. Muda para o outro seio e o chupa com força, diminuindo a intensidade em minha vulva. Mete os dedos devagar, arrastando as pontas em meu ponto G. Resfolego, as ondas quentes vibrando em meu ventre, mais líquidos descendo, preparando-me para o orgasmo. Ele ri e os retira, deixando-me por um triz. Faço um som frustrado mesmo com a bola na boca. Procura algo numa das caixas e ofego ao ver grampos de metal. Esses doem pra caramba. A cabeça escura abaixa e ele junta meus seios, chupando os bicos juntos. Gemo, suspensa, precisando de apenas um toque no lugar certo para gozar. Ele prende o mamilo direito e estremeço pelo desconforto. Não me dá tempo de lamentar, e faz o mesmo com o outro, a corrente fria descansando sobre a minha barriga. Respiro fundo, tentando distrair da sensação ruim. Andreas me encara e sustento seu olhar para que saiba que está tudo bem. Mas falto mijar quando o vejo com mais deles, e se abaixa, ficando de joelhos à minha frente.

— Afaste as pernas bem amplas — ordena e faço no mesmo instante.

Ele rasga minha calcinha, deixando apenas o elástico em meus quadris, e esfrega meus lábios vaginais. Minha respiração trava quando aperta um grampo no esquerdo. Porra! Vejo estrelas. Sempre dói pra caramba. Ele se inclina e esfrega meu clitóris, lambendo-o depois. No seu jogo de morde e assopra, prende o lábio direito. Minha carne fica toda aberta e ele corre os dedos na vulva, subindo até meu monte, arregaçando a pequena protuberância e me debato contra as restrições quando começa a me chupar bem forte. A língua sacode gostosamente no pontinho duro, levando-me perto da borda. Mas o escroto para cada vez que percebe o gozo vindo. Seus olhos sombrios levantam, encontrando os meus e fico alerta quando o vejo estender a mão para a caixa de novo. O brilho dourado faz meu coração correr. Resfolego ao sentir o metal frio tocando minha barriga. Arrepio, o tesão escuro se apossando de mim. Ele sabe disso, seus olhos ficam mais intensos enquanto passa a ponta da faca em meu umbigo. Desce a lâmina, riscando meu monte bem devagar, com a mão livre, volta a arreganhar meu clitóris e quase salto quando desliza o lado sem corte sobre o pontinho endurecido. Ah, Deus... Sou tão doente por esse homem.

— Sombria. Minha — rosna e esfrega o metal sobre meu local sensível, os olhos nunca desviando dos meus. — Goza, meu bichinho. Você me pertence. É minha para fazer o que eu quiser. — E eu gozo, um rio caudaloso descendo em meu canal, escorrendo pelas pernas. — Assim... — elogia e substitui a faca pela boca deliciosa.

Coloca o metal no chão e pega minha bunda, enfiando o rosto em minha carne, lambendo meu gozo, metendo a língua em minha vulva, cavando o creme. Meu corpo inteiro convulsiona, estou suada, babando na mordaça. Minhas pernas estão bambas, cansadas da posição.

— Aguenta, minha cadela. Ainda tem mais. Não estava doida para trepar com seu dono? — ele zomba e se levanta, girando-me de frente para a parede outra vez.

Vejo-o pegar dois chicotes de oito tiras. Um é de couro mais duro e o outro mais suave. Afasta meu cabelo por cima do ombro direito e nossos olhares se encontram no espelho. O seu é tempestuoso. Acaricia minhas costas inteiras.

— Linda. Não há outra pele como essa — murmura quase para si mesmo e, então, afasta-se, dando o primeiro açoite.

Dói, mas essa dor é bem-vinda. No bumbum ele usa o chicote mais duro e nas costas, o mais suave. Ele esfrega o cabo de um entre minhas pernas, empurrando levemente na vulva, subindo e massageando meu ânus. Ofego, entregue à luxúria perversa. Volta a me açoitar com força, minha bunda doendo, ardendo, mas não demora, estou pendurada nas algemas, suando, minha respiração entrecortada, excitada de novo. Ele também respira com dificuldade, gemendo a cada golpe que me dá. Para, jogando os chicotes no chão e enrola os braços em minha cintura, seu toque delicioso me deixa mais louca para tê-lo logo dentro de mim.

— Está cansada, meu bichinho? Vai poder sentar no meu colo agora — sua voz é perversa.

Ele solta meus pulsos. Em seguida, retira os grampos da vagina. Assobio de alívio. Puxa-me de costas e senta-se na ponta do *recamier*, colocando-me em cima das suas pernas. Minha bunda e costas estão sensíveis, principalmente a bunda contra o tecido.

— Coloque as coxas do lado de fora das minhas — sibila e posso sentir no seu tom que está louco para entrar em mim também. Acabou torturando a si mesmo resistindo ao nosso tesão.

Faço o que ordena e ele puxa o pau de dentro da calça. Vejo na vidraça a cabeça gorda esfregando em meus lábios melados. Gemo, um som desesperado, e volto a olhar seu rosto. Os olhos verde-musgo já estão cravados sobre mim e meu coração acelera enquanto o encaro de volta.

— Segure-se em suas coxas — sua voz é áspera como lixa.

Puxa meu cabelo da nuca e sua boca abaixa na lateral do meu pescoço, sugando, mordendo. Procura minha boceta e envolve um braço em minha cintura.

— Vamos, Maya. Leva meu pau todo nessa bocetinha gostosa.

Choramingo e começo a descer. Ele ama essa posição, mas é dolorosa no começo. Nossos olhares permanecem presos na parede enquanto minha vulva engole a cabeça volumosa. Como sempre faz quando me come assim, deixa-me ir no meu tempo. O escroto sabe que dói. Mesmo toda molhada, seu eixo grande e grosso parece me rasgar conforme desço devagar. Estremeço e ele também, seu gemido rouco em meu ouvido. A mão da cintura desce para o meu clitóris e o massageia levemente, gostoso, distraindo-me da invasão dolorosa. Puxa-me contra seu peito, encostando nossas peles e continua a massagem em meu feixe de nervos. Larga meu cabelo, envolve o meu quadril, passando a me ajudar na tarefa de tomá-lo inteiro. Querendo agradá-lo, como sempre acontece, eu desço com força, levando-o até o punho. Grito através da mordaça e ele urra alto. Nossos corpos convulsionando juntos.

— Gostosa demais... — resmunga, levantando-me e abaixando-me de novo.

Observo tudo na parede, hipnotizada, apaixonada. Minha vulva esticada ao seu limite, engolindo-o profundamente. Tomando as rédeas, eu subo e desço, levando-o fundo mais uma vez. Sua mão aperta a lateral do meu corpo, seus dentes trincando. Sorrio, montando seu pau, subindo e descendo com força, estremecendo a cada vez. Andreas rosna, os olhos sombrios, escuros grudados nos meus. Choramingo e olho para baixo outra vez, fascínio lascivo me enchendo ao ver minha boceta pequena se arreganhando toda na coluna grande e grossa.

— Cadela... Vamos, machuca essa boceta apertada no meu pau grosso — grunhe, puxando-me para baixo, forçando a me empalar em seu eixo.

Com um rosnado impaciente, levanta minhas coxas e passa a meter de baixo para cima, entrando com mais força, mais fundo. Grito, enquanto me come sem pena.

— Assim, porra, toma meu pau todo. — Morde na junção entre meu ombro e pescoço.

Torno a gritar, latejando e pingando à sua volta.

— Monte-me de frente agora — ordena, dando um tapa na minha bunda dolorida.

Choramingo. Ele me levanta, escarranchando-me em seu colo e me alegro. Amo ver seu rosto de perto quando goza em mim.

— Pulsos atrás das costas — exige e faço.

Não vai me deixar tocá-lo também. Mas está entrando em mim de novo, os braços fortes enrolados em minha cintura, puxando-me para si. Meu coração volta a se alegrar, saltando forte enquanto o fito de perto. Ele me fita também, seu olhar intenso, estocando profundamente, empalando-me com força. Minha mandíbula dói pelo tempo que uso a mordaça. Surpreende-me ao puxá-la devagar da minha boca, retirando por cima da cabeça. Respiro fundo, engolindo a saliva e passando a montá-lo, encontrando cada impulso fundo. Admiramo-nos enquanto fodemos gostoso e forte. Sem parar de estocar, libera meu mamilo direito do prendedor e sibilo de dor. Sua boca morna o engole, lambendo delicadamente. Rolo os olhos com a sensação perversa de dor e prazer. Faz o mesmo com o outro seio e estou no ápice, montando-o, sugando-o bem fundo com minhas habilidades do pompoarismo.

— Porra, deliciosa... — geme guturalmente, apertando minha bunda, comendo-me com voracidade.

— Ahh, sim, meu dono — choramingo, descendo com força, rebolando em seu eixo, seus olhos estão intensos e ferozes sobre mim.

Eu quero pertencer a esse homem pelo resto da minha vida. As sombras nas íris verde-musgo me hipnotizam enquanto me fode, rasgando-me sem pena. Arquejo, a quentura se espalhando e invadindo meu ventre. Vibro alto quando sinto o orgasmo vindo, atropelando tudo e ele ruge, comendo-me esfomeado.

— Meu dono, meu dono — repito, delirando pelo prazer de gozar com ele me preenchendo depois de tantos dias longe. — And... — Lacrimejo e o abraço pelo pescoço, não me importando que brigue comigo. Eu preciso disso.

Andreas grunhe e mete profundamente, jorrando dentro de mim, um urro animalesco ecoando na suíte.

— Maya... — geme rouco, apertando-me contra seu peito.

Seu esperma lava minhas paredes e nossos olhares se prendem enquanto alcançamos o êxtase.

— Porra... — resmunga, ainda socando bem fundo, derramando-se até a última gota.

Pendo minha cabeça em seu peito e respiro seu cheiro. Ondulo nos últimos tremores do gozo, amando ouvir seus gemidos de prazer. Não é só sexo entre nós. Nunca foi e vou ter o meu homem de volta.

— Vamos para a cama — sua voz soa ofegante, seus braços ainda envoltos em minha cintura.

Um pequeno sorriso curva a minha boca, meu coração saltando com força, enchendo-se de esperança.

— Eu quero mais — ele diz. Levanto minha cabeça e nossos rostos ficam perto, nossas bocas quase se tocando. — Isso não significa nada. Não crie fantasias de que vamos voltar ao que éramos.

Aceno, não deixando suas palavras cortarem a alegria da noite. Ele se levanta comigo enrolada em seu quadril. Não sai de mim enquanto me leva através do quarto. Deita-nos com cuidado no centro da cama enorme e macia. Pega meus pulsos, segurando-os acima da minha cabeça com uma mão, e agarra meu pescoço com a outra. Arquejo, voltando a sugá-lo, massageá-lo com minhas paredes cremosas. O sorriso cínico e conhecedor curva sua boca. O cretino sabe o que estou fazendo e está desdenhando de mim. Puxa tudo e fico pendurada, desesperada para tê-lo dentro de novo. Com um rosnado, ele empurra, duro, fundo. Eu berro, estremecendo, minhas pernas enroladas em sua cintura, abrindo-me toda para receber seu grande volume e Andreas torna a rugir, puxando e metendo outra vez. Pragueja, seus olhos sombrios nunca desviando dos meus e passa a me comer gostoso e forte.

Então, fodemos pela noite a dentro, matando a nossa fome mútua...

Não sei quanto tempo depois, acordo com a sensação de lençóis macios e frios sob minhas costas. Abro os olhos e percebo que é o meu lado da suíte, minha cama, por isso, o tecido está tão frio. Estou toda dolorida. Ele me usou sem pena e eu deixei, porque estava morrendo de saudade. Mas agora me sinto horrível, sendo descartada depois da foda. Encaro-o, lutando contra as lágrimas. Seu rosto suaviza um pouco. Ele sabe como estou me sentindo. Levanta-se e me dá as costas, andando a passos rápidos para a porta de ligação.

— And — chamo-o, apoiando-me nos cotovelos.

Ele para segurando a maçaneta, mas não vira para me olhar. Apenas a naja ameaçadora em suas costas me fita, como que me avisando para desistir de seu dono.

— Eu te amo. Se houver alguma chance, por menor que seja, de você acreditar nisso algum dia, então, não me mande embora amanhã.

Ainda não se move, não diz nada.

— Deixe-me ficar perto de você no restante da viagem. É tudo que estou pedindo agora. — Vejo suas omoplatas expandindo enquanto respira fundo. Posso sentir o seu conflito. — Não me mande embora.

— Tudo bem. Você fica — praticamente rosna e sai batendo a porta.

Oh, Deus... Ele concordou. Eu caio de volta contra os travesseiros, meus olhos turvando de lágrimas felizes. Minha primeira vitória. *Sim, voltaremos a ser como éramos, meu amor. Sua raiva vai arrefecer em algum momento e vou me empenhar para te mostrar que pode confiar novamente em mim. Você me amará como eu te amo.*

Abraço um travesseiro e fecho os olhos, bocejando. O cansaço me vence rapidamente e escorrego para o sono, confiante de que tudo dará certo e ele me perdoará.

CAPÍTULO SETE

Só corra riscos se puder lidar com as consequências.
(Don Corleone – O Poderoso Chefão)

Andreas

Entro no banheiro e termino de lavar o sangue do infeliz que ousou me emboscar na madrugada. Era um cara durão, mas, depois do meu *tratamento especial*, acabou soltando a língua. A alternativa era ter o couro arrancado lentamente. Não aguentou mais e disse que uma mulher e um homem os contrataram para me atacar. Ele não sabia os nomes. Era um grupo de mercenários, comuns no leste europeu, dada a relação conflituosa entres os países, bem como as organizações criminosas que operam por essas bandas. A mulher certamente é Valéria Ramazotti. Como a puta ficou sabendo que estaria em Zurique? As últimas notícias que tivemos da vadia foram que estava tentando um acordo com a máfia sérvia. O chefe de um dos clãs mais bem sucedidos tem sondado para fazer aliança comigo já tem uns dois anos e lhe disse não em todas as vezes que esboçou esse desejo. Quer entrar no Brasil e achou que eu lhe abriria as portas. Os Montanaro não fazem esse tipo de parceria. Trabalhamos sozinhos. Os aliados que não são seu sangue sempre se viram contra você em algum momento, pode apostar. O único em quem confio fora da minha família, é Nikolai Demidov. Esse é um amigo leal desde a época da faculdade.

Temos muita gente em nossa folha de pagamento e os consideramos aliados, mas esta é outra forma de parceria, uma em que pagamos pela lealdade, não aceitando menos que isso em troca. Uma parceria com a máfia é algo arriscado, sobretudo, porque prezamos pela nossa boa reputação. Não podemos ser associados diretamente ao crime. É assim que trabalhamos ao longo de dois séculos no Brasil. E essa foi a razão de meus antepassados abandonarem a Sicília e suas ligações com a máfia. Estamos muito bem da forma que estamos, sem ninguém para tentar medir forças conosco.

Todavia, a respeito da perseguição na madrugada, vou ligar para Vladimir Stojanovic, o chefe do clã sérvio, e sondar se está a par das tentativas dos Ramazotti de ganhar aliados na Sérvia. Não creio que seu clã esteja envolvido nesse ataque. Vlad é inteligente demais para abrir fogo contra mim apenas para ajudar os infelizes. Não vale a pena me ter como inimigo por tão pouco. Não. Tem mais caroço nesse angu e vou descobrir tudo.

E o homem junto com a vadia Ramazotti? Quem é? Pergunto-me, ainda irritado como o inferno. Odeio não ter todas as respostas quando preciso.

Saio do box e me enxugo. Sigo para o *closet*, vestindo uma calça jeans e camiseta preta de mangas compridas. É pouco depois das 8h da manhã e não preguei o olho esta noite. Um dos motivos foi Maya, que me deixou louco de tesão em pleno ataque, então, tive que vir para o hotel foder a porra da garota. Eu precisava estar dentro dela antes de interrogar o prisioneiro. Deus, estou em êxtase até agora. Estar dentro dela me desestabiliza. Foi por isso que evitei o quanto pude. Mas reconheço que foi um tiro no pé tentar resistir à necessidade irrefreável que sinto por ela. Mesmo depois de passar horas me esbaldando em seu corpo apertado e delicioso, quero voltar a montá-la novamente. Resmungo em desgosto e penteio os cabelos, saindo para o quarto. Ando até a sacada, apreciando a vista enquanto decido o que pedir para o café da manhã. Estou faminto e não apenas de comida. Olho para a porta de ligação com a suíte de Maya. Ainda está dormindo? Quero ir até lá e fodê-la até não conseguirmos andar, mas não vou. Preciso controlar esse desejo obsessivo do caralho.

Ligo para Alvinho, colocando-o a par das informações do mercenário que acabei de matar. Meu irmãozinho está preocupado com o ataque. Não disse nada para nossos velhos, não gosto de preocupá-los, especialmente nossa mãe. Ela é sensível demais para certas merdas em nosso mundo. Alvinho está irritado com a sua cadela Ramazotti e ainda tem a esposa que foi internada às pressas na madruga de ontem.

— O que há com Celine, mano? — pergunto, intrigado. A cadela parecia saudável na última vez que a vi.

Há um silêncio na linha.

— A puta miserável provocou um aborto, And — sua voz está drenada, cansada. — Ela abortou o meu filho! O meu filho, porra!

Faço um som incrédulo, que se transforma em asco. Cadela maldita!

— Porra, Alvinho. Sinto muito, irmão. — Passo uma mão pelo rosto. — Como nossos pais receberam a notícia?

— Com ódio e decepção. Estou estarrecido ainda. Quero matar a vadia! — brada e posso sentir sua ira. — Mas o castigo veio a galope. A puta teve complicações e está em coma. Com sorte, não vai sobreviver!

— Entendo perfeitamente sua revolta, mano. Que a vadia morra — digo friamente. — E quanto à outra cadela? Conseguiu alguma informação importante?

Ele expira.

— Não. Ela insiste que sempre foi rejeitada pelos Ramazotti e que só tomou parte do plano da tia para ser aceita na família. Afirma que Valéria não compartilhava informações — resmunga.

— O que pretende fazer com ela? — pergunto, intrigado

— Mantê-la em meu calabouço. É minha prisioneira, disso não abro mão — estala.

Consigo sentir sua raiva por ainda querer a vadia. Um reflexo de como me sinto sobre Maya.

— Nossa mãe não tem tanta afinidade com ela como tem com a sua, então, desde que não a jogue numa cela e a torture, posso fazer o que quiser com a puta.

Eu bufo. Ainda me intriga a empatia de minha mãe com essa traidora. Ela diz que sente uma familiaridade inexplicável com a menina.

— Parece que a minha rata é mais esperta do que a sua, maninho. Levou nossa mãe na conversa — aponto com sarcasmo.

Ele bufa.

— Terei que libertá-la em breve — acrescento.

Fica em silêncio e limpa a garganta, voltando ao ataque em seguida:

— Acha que Vlad pode estar por trás disso? Não confio naquele imbecil, mano — rosna.

— Não confio também, mas ele nos quer como aliados. Isso não é obra dos sérvios. Não do seu clã, pelo menos — aponto. — Niko também está ajudando com sua equipe de espionagem. Descobriremos quem está junto com a Ramazotti e, então, iremos esmaga-los.

— Mande lembranças ao idiota — Alvinho diz.

— Diga a ele que ainda sou apaixonado por Yuliya, primo — vem a voz de Guto.

— Cale a boca. Niko vai arrebentar sua cara quando te ver pessoalmente — Luigi zomba do irmão.

— Ei, não mandamos no coração, irmão — Guto tem a cara de pau de dizer.

Eu reviro os olhos. Meu primo é tão imbecil.

— Você não tem um coração, mano — Luigi aponta, rindo e nós o seguimos.

— Porra. Sempre esqueço desse detalhe. — Guto gargalha.

— Porque não fizeram uma chamada de vídeo, se estão todos aí, idiotas? — zombo.

— Não estamos interessados em ver sua cara feia, primo — Guto faz um som de desdém.

— *Stronzo* — rosno, mas rio em seguida.

Eles estão dando apoio a Alvinho em minha ausência. Nosso laço de amizade é tão forte quanto o sanguíneo.

— Obrigado, primos.

— *Famiglia* antes de tudo — os dois respondem em uníssono.

— Nós vamos descobrir onde a vadia Ramazotti se enfiou, And — Luigi garante em tom duro. — Estamos todos empenhados nisso.

— Eu acredito, Luigi — respondo confiante.

E me dirijo a Alvinho:

— Fique bem, mano. Na sexta estarei de volta.

— Fique bem também, mano. Cuide-se.

Desligo e observo as embarcações no lago alguns metros abaixo do parapeito. O aparelho volta a tocar em minha mão e expiro ao ver o nome na tela. Beli. A cadela tem estado ainda mais louca desde que anunciei que iria viajar com Maya. Nem a proximidade de nosso casamento deixa-a mais relaxada. Não tenho paciência para essa merda. Por isso, adiei o quanto pude me amarrar a uma mulher.

— Beli — atendo.

— Oi, amor. Por que não me retornou ontem? — pergunta com desconfiança.

Ela liga todo maldito dia na madrugada, para demarcar seu território. Ontem ouvi o telefone tocando, mas estava impossibilitado de atender. Estava dentro de Maya e nada me tiraria de lá.

— Estava dormindo, Beli. Você precisa parar com essa merda de ligar fora de hora — advirto.

— Está comendo a maldita de novo, não é? — seu tom é apenas um sibilar.

— Não seja paranoica — ranjo.

— Está sim. Não sou tola, And. Sei que essa putinha mexeu com você — afirma com ódio. — Vejo o jeito que olha para a maldita. Você ainda a quer, mesmo depois da vadia ter te traído!

— Pare de dizer asneiras, porra! — estalo, irritado, querendo desligar.

Um longo silêncio se faz, apenas sua respiração no meu ouvido.

— Eu a quero morta — sua voz soa sinistra. — Você devia matá-la para mim como presente de casamento. Deve-me isso depois de me humilhar publicamente com essa puta. Exijo que mate-a!

Irrita-me ainda mais ouvi-la me pedindo isso. Algo dentro de mim se revolve ao sentir a extensão do seu ódio pela garota.

— Não te devo nada, Isabeli — digo friamente. — Contente-se em se casar comigo. Você nunca mandará no meu pau, está me entendendo?

— Assume que está trepando com a puta de novo? — ela rosna.

— Isso não é da sua maldita conta — replico. — Em breve, Maya estará fora de nossas vidas, esqueça esse assunto. Prometi à minha mãe libertá-la, então, pare de me pedir para matá-la. Eu não farei isso, está claro?

— Eu a odeio! — berra, desequilibrada. — Quero-a morta!

— Diga isso a minha mãe, querida — cuspo com sarcasmo. — Ouça, vou tomar café. Só me ligue quando quiser falar de outro tópico.

Encerro a ligação e enfio o aparelho no bolso do jeans. Quando me viro para voltar ao quarto, a outra razão da minha irritação está parada no limiar das portas da varanda. Usa uma calça jeans abaixo do umbigo e uma blusa de lã de mangas compridas, mas curta no tamanho, mostrando toda a barriga lisa, a cinturinha fina. Porra. Minha boca saliva e meu corpo inflama ao ver as marcas das minhas chupadas e mordidas em sua pele branca. Meus olhos percorrem-na por inteiro, esfomeados, até os pezinhos descalços, as unhas pintadas do esmalte rosa-pink, que é a sua preferência. Minha mãe levou tudo que a menina pediu para o calabouço. Não tem explicação para a forma como tem mimado essa traidora. Quando nossos olhares se encontram, ela arfa, os olhos estão verdes nesta manhã, cintilantes, mostrando como a afeto também. Os cabelos soltos e molhados, indicando que acabou de sair do banho. Inalo o cheiro gostoso de rosas do seu shampoo e quero rosnar. É linda demais. Não posso criticar minha mãe pelo apego com a menina, se também fico como um fodido bobo quando olho nesses olhos bonitos do caralho.

Há algo nessa garota que mexe comigo de uma forma que nenhuma outra conseguiu.

— Bom dia — murmura, seu rostinho de anjo ficando corado pelo meu escrutínio. Está sem maquiagem, linda, fresca.

— Bom dia — resmungo.

Ela lambe os lábios grossos e rosados.

Irritado por sua ousadia em vir aqui sem ser chamada, pergunto secamente:

— O que você quer?

Sua expressão cai um pouco, mas, em seguida, levanta a cabeça e anda devagar para perto. Meus olhos passeiam pelo seu corpo escultural, sem me conter. Para à minha frente e lentamente levanta a camisa, mostrando os peitinhos nus e todos marcados pela minha boca e unhas. Cadela. Meu corpo esquenta.

— Eu quero você. Pensei que já estivesse claro, meu amo — murmura mansamente.

Eu ranjo os dentes, estreitando os olhos na metida a esperta.

— Olhe, meu lorde. Toque as suas marcas em meu corpo — torna a sussurrar como um maldito canto da sereia.

Ela sabe que me enche de tesão e posse ver sua pele de porcelana marcada por mim. Gira devagar, dando-me as costas. Ofego, vendo mais delas e perco a razão, estendendo as mãos, tocando-os. Maya estremece e geme baixinho.

— Amo isso.

— Mentirosa — ranjo e a giro pelos ombros, pegando sua garganta pela frente. Empurro-a contra o batente da porta, prensando-a com meu corpo. — Acha mesmo que vai me levar no papo outra vez, garota? Acha mesmo que porque te comi de novo, voltarei a confiar em você? — Ela pisca, arfando pelo susto.

— Estou dizendo a verdade. Dê-me uma trégua, And — pede com lágrimas nos olhos.

Meu coração tolo quer amolecer sempre que a vejo chorando, mas não posso ser estúpido duas vezes com a mesma mulher. Perdão não é comigo.

— Um rato sempre será um rato — cuspo.

— Não é verdade. Há pessoas que podem se arrepender dos erros que cometeram. Eu sou uma delas — rebate, piscando, ofegando.

Aperto mais sua garganta.

— Dê-me uma chance, apenas uma, e te prometo que não se arrependerá.

— Quem dá segundas chances ou perdoa é Deus — digo friamente. — Eu mato. Sumariamente. Então, contente-se em estar saindo ilesa depois de ter me traído, porra.

— Eu sei. Sou grata à sua mãe por interceder por mim. Ela...

— Seja grata a mim também, sua cadela — estalo, empurrando minha virilha em sua barriga. — Não está morta porque eu também não quis. Se eu realmente quisesse matá-la, teria inventado algo para driblar a minha mãe.

Ela arfa, seus olhos de camaleoa cintilando, ficando azuis. Lindos. Filha da puta!

— Obrigada por me contar — murmura. — Eu não quero mais ser libertada, And. Quero você, amo você. Dê-me uma trégua, uma chance.

— Sua coragem me excita, menina. Tenho que admitir. — Rio cínico, abaixando o rosto bem próximo do seu, fitando-a de perto. — Mas decida-se, quer uma trégua ou uma chance? São coisas bem diferentes — aponto com a arrogância de advogado.

— Eu sei, por isso pedi os dois — a porra da garota esperta responde. — Quero uma trégua, porque meu coração dói quando me xinga ou usa o tom irritado de agora. E quero uma chance para provar que te amo e que posso ser leal a você.

Apoio a mão livre no batente acima da sua cabeça e faço um som insatisfeito, querendo algemar e açoitar a maldita.

— O fato de ser corajosa não me amolece. Jamais confiarei em você de novo — garanto, encarando-a firmemente para que não haja dúvidas. — Pediu que não a mandasse de volta hoje e atendi. — A esperança se vai de seu rosto. — Mas é a única concessão que terá da minha parte, Maya. Irá embora quando encerrarmos o caso de Marcelo.

Solto-a e ela respira entrecortado, abaixando a blusa. Afasta-se para o lado, virando-me as costas. Puxa uma respiração longa e gira devagar para me encarar. Seu rosto está triste, mas sua cabeça se ergue. Odeio admirar sua força e coragem.

Durante o ataque, qualquer outra garota teria se borrado de medo, mas não ela. Não, essa porra de garota puxou sua pistola e trocou tiros com assassinos profissionais. Viu o estado deplorável em que ficaram depois que foram abatidos e continuou firme. Ela me viu matar dois deles e ainda teve a ousadia de me dizer que ficou excitada me vendo em ação e queria foder comigo no carro na volta para cá. Beli não se sentiria dessa maneira. Para começo de história, ela odeia armas e jamais teria me ajudado a abrir fogo contra os perseguidores. Teria dado chiliques com a visão dos infelizes mortos também, com toda certeza. Minha noiva, embora saiba a natureza dos nossos negócios, afinal, seu pai também tem um pé no crime, não gosta de me acompanhar em viagens como essa, por exemplo.

O engraçado é que a cadela queria vir nesta. Está se mordendo de ciúmes de Maya, do contrário, jamais teria se oferecido para vir junto. Encaro a menina, sabendo que seria um par perfeito para um homem como eu. Corajosa e habilidosa em lutas e armas. É o sonho molhado de todo criminoso, pode apostar. Linda, deliciosa na cama. Perfeita. Exceto que nunca mais poderia confiar nela.

— Está bem — sua voz é plana e controlada. — Toma café comigo? Há coisas sobre a aquisição que gostaria de discutir com você. — Estreito meus olhos, ressabiado. Ainda está jogando? — Está sendo enviado para cá. Tomei a liberdade de pedir para nós dois antes de vir vê-lo.

Enfio as mãos nos bolsos do jeans, estudando-a em silêncio. Sua expressão não me diz muito neste momento.

— Tenho coisas para resolver agora. Volte para o seu quarto e chamo-a mais tarde — digo irredutível.

— Que tal uma trégua apenas nestes dias em que estaremos em viagem? — propõe e estreito meus olhos novamente, tentando desvendá-la. — Eu tenho apenas quatro dias mais perto de você, And — aponta com seriedade. — Dê-me esse tempo. Sem xingamentos, sem jogar na minha cara que te traí. — Torna a respirar fundo, seus olhos bonitos ficando lacrimosos outra vez. — Dê-me você por quatro dias.

Bufo. E aí está a minha resposta: a maldita ainda está jogando. Pensa que pode me fazer perdoá-la. Olhamo-nos em silêncio. Queria muito que essa merda nunca tivesse acontecido, para poder tê-la para mim, como havia planejado. Mas isso já não é possível. Confiança é algo frágil demais, depois de quebrada, não pode ser reparada. Eu sei que ela sente algo por mim. Não sou cego. Todavia, não me colocarei em situação vulnerável outra vez por essa garota. Definitivamente não. O som da campainha indica que o café chegou. Maya continua me encarando, à espera de uma resposta.

— Quatro dias. Nenhum segundo a mais — cedo, mas lhe lanço meu olhar mais ameaçador.

A infeliz ousa abrir um sorriso. Acrescento para cortar suas esperanças:

— É sexo. Puro e simples, tire a porra desse sorriso do rosto.

— Obrigada, meu dono — murmura, seu sorriso não vacilando. — Farei cada segundo valer a pena, prometo.

Abro um sorriso cínico de predador.

— Ah, pode apostar que vai — garanto em tom de ameaça.

— Chefe, posso entrar com o café?

A voz de Jairo vem da antessala. A segurança sempre revista o serviço de quarto antes de me servir. É o protocolo em hotéis.

— Entre, Jairo — aviso e logo ele aponta, empurrando o carrinho do hotel.

— Bom dia, senhorita Maya — cumprimenta-a e quero rosnar quando vejo meu sisudo segurança passar os olhos rapidamente sobre a sua barriga nua.

— Bom dia, Jairo — responde com um pequeno sorriso.

Jairo se vai e estreito meus olhos sobre Maya.

— Eu te mandaria trocar a porra dessa blusa indecente por distrair a minha segurança — aponto com desgosto para a sua barriga nua. — Mas gosto que todo maldito homem que te olhe veja as minhas marcas.

Seus olhos brilham fugazmente com o meu ciúme flagrante.

— Também gosto que os outros vejam suas marcas em mim, meu senhor — murmura, vindo para perto, suas mãos espalmando meu peitoral.

Estremeço com o toque, mesmo por cima do tecido. Percorre meus ombros, esses olhos lindos do caralho nunca desviando dos meus. Levanta o rosto e puxa minha nuca. Como está sem salto, meu rosto ainda fica longe do seu. Quero rir da sua carinha de decepção, porque eu não facilito.

— Eu quero beijar você. Sinto falta da sua boca, do seu gosto — implora, tocando meus lábios com a mão livre, esfregando o polegar suavemente.

A garota tem mais culhões do que muitos homens que conheço. Tenho que reconhecer. Meu corpo inteiro inflama de desejo. Quero levantá-la pela bunda e devorar sua boca gostosa num beijo. A vontade é forte, voraz, mas me obrigo a manter a frieza. Tenho muitos quilômetros a frente dessa franguinha. Ela não pode me vencer.

— Sem beijos. É pegar ou largar — digo, a fim de parar seu ataque dissimulado.

Seu olhar fica turvo com algo que não identifico, mas acena.

— Eu pego — diz baixinho e se afasta, dando-me as costas, indo para o carrinho do desjejum.

A visão da bunda firme e redonda, arrebitada, faz-me salivar. Sigo-a, hipnotizado pelo balanço suave dos quadris. A cinturinha fina. A faixa de pele das costas com as minhas marcas me deixa louco de tesão e posse. É absolutamente linda a porra da menina. Pega um *croissant* e mergulha-o na boca, olhando-me por cima do ombro. Cadela. Está me provocando. Alcanço o carrinho e o empurro para a sacada. Retiramos as comidas, colocando-as em cima da mesa, e nos sentamos. Maya suspira, olhando a vista à nossa frente. Servimo-nos e fazemos o desjejum em silêncio nos primeiros minutos. Então, ela começa a compartilhar suas ideias sobre a aquisição de Marcelo. Pela milésima vez, pego-me babando em sua entrega profissional, na brilhante advogada que é. Quanto mais conversamos, tenho a impressão de que estou perdendo terreno, embora tenha lhe negado os pedidos. Sim, ela é uma grande advogada, sabe negociar como ninguém. Preciso ficar atento até onde irei permitir ser enredado outra vez. Perdão está fora da mesa para ela. Será apenas sexo, a nossa despedida.

Corro os olhos pelo ambiente sofisticado de um dos palacetes de Cesari Ferracini. É meu cliente há quase uma década e é sempre bom fazer negócios com ele. Chegamos em Roma ontem e acabamos de jantar em sua casa. Estamos secando a segunda garrafa de vinho numa ala mais privativa. Fiama, sua esposa, sorri lenta e sensualmente para mim. É uma morena muito bonita, com olhos amendoados e sacanas. Seu marido a compartilhou comigo em algumas de minhas visitas. Os olhos castanhos e cobiçosos de Cesari pousam sobre Maya, do meu lado. Ele é um cara grande e moreno. Dois anos mais novo do que eu. Diria que o infeliz é bem apessoado.

— Fale-me sobre você, linda — pede à Maya, seu olhar passeando pela perna nua aparecendo na fenda do vestido branco.

Estamos acomodados em sofás vitorianos, diante de uma grande lareira.

— Ela não fala italiano — tomo a frente.

— Não? — Cesari volta a olhar Maya e sorri, acionando seu charme, diz em inglês: — Fale-me sobre você, linda.

Maya coloca a taça de vinho sobre a mesa de centro e posso ver o receio em seu rosto diante do flerte descarado do homem, sendo que sua esposa está do seu lado. Ela não tem ideia...

— Sou apenas uma acompanhante. — Dá de ombros de forma evasiva. Garota esperta. — Não há muito o que dizer.

Cesari amplia o riso, o olhar malicioso voltando para mim.

— Você a instruiu bem, Andreas — murmura em italiano, girando seu vinho na taça. — Ela é muito linda. Quantos anos tem? Quero fodê-la esta noite — propõe e quero socar sua cara.

Meu sangue esquenta, zumbindo em meus ouvidos. Tomo um grande gole da minha taça, apertando a haste com força.

— Tem vinte e um. Sim, é muito linda, mas eu não a compartilho — respondo em italiano também, meu tom sai seco.

Cesari levanta as sobrancelhas. Seu sorriso se tornando perspicaz.

— Vinte e um aninhos? — O infeliz assovia. — Agora fiquei ainda mais interessado, meu caro — continua em italiano e corre o olhar faminto pelo decote de Maya.

Ela está maravilhosa num longo branco, com os ombros de fora e uma estola negra sobre eles. Seus cabelos estão soltos, como um halo loiro sobre seu rostinho de aparência angelical. É incrível como mesmo sabendo que mentiu, roubou-me, ainda a compare a um anjo. A garota parece a porra de uma feiticeira, hipnotizando-me e deixando-me ridiculamente bobo perto dela.

— Deve ser deliciosa — insinua.

O infeliz lambe os lábios e quero amassar sua cara contra a mesa. Tomado pelo ciúme, pego a mão de Maya e entrelaço nossos dedos sobre a minha coxa. Posso sentir a surpresa e tensão em seu corpo com meu gesto possessivo. Foda-se.

— É mais do que deliciosa — garanto. — Todavia, pertence-me. É apenas minha — completo com arrogância, tentado a puxar meu cortador de charutos do bolso das calças...

Cesari gargalha, claramente se divertindo com minha possessividade. Nunca agi assim com nenhuma acompanhante antes.

— Está bem, amigo — diz conciliador, segurando a mão da esposa também, depositando um beijo charmoso. — Envie a sua garota para o hotel e vamos compartilhar Fiama pelo resto da noite, o que me diz? — propõe, tentando-me.

Caralho. Em outra ocasião, aceitaria, claro. A mulher de vinte e nove anos é linda e gostosa. Qual homem de sangue quente recusaria algo assim? Porém, meu corpo não reage como antes. Meu pau nem sequer sofre um espasmo. Estou louco para voltar ao hotel e me enterrar no em Maya noite a dentro. Nenhuma mulher pode competir com ela. Nenhuma. Porra! Como posso ainda ser tão louco por essa garota? Bufo internamente Há dois dias temos fodido insanamente. Só deixamos o quarto em Zurique para ir ao aeroporto na noite em que voamos para cá. Eu a fodi no quarto do jato e continuamos hoje o dia inteiro, presos no hotel. Só sai de cima dela à tarde, quando reclamou que queria conhecer um pouco de Roma. Foi realmente a porra de um tiro no pé resistir ao tesão doentio que sinto por ela. Bastou ceder para querer estar dentro de seu corpo o tempo todo.

— Agradeço o convite, Cesari. Fiama é lindíssima — uso da diplomacia. — Mas Maya é a única que me satisfaz ultimamente.

Cesari ri ao invés de ficar chateado. Para minha surpresa, Fiama também. Os dois se inclinam dando um beijo suave na boca. Eles formam um casal estranho. Não entra na minha cabeça um cara amar uma mulher e querer vê-la sendo fodida por outro. Eu quero machucá-lo apenas por olhar para Maya, imagine vê-lo tendo o que é meu? Mas, cada relacionamento tem as suas particularidades. Eles são boa gente.

— Então, ela não é apenas uma simples acompanhante, meu caro — Fiama cantarola, o olhar indo e vindo entre mim e Maya.

Eu não respondo. Apenas sorrio. Mudo o assunto e volto a falar em inglês, para incluir Maya na conversa. Antes de nos despedirmos, vou ao escritório de Cesari e tratamos de negócios. Ele faz a transferência para uma de minhas contas e fumamos um charuto em seguida para encerrar nosso encontro.

Maya

Entramos na suíte e Andreas anda na frente. Ele parece tenso depois que recebeu uma mensagem no celular quando estávamos na limusine voltando para cá. Afrouxa a gravata e vai em direção ao bar no canto da parede de vidro. Roma é linda abaixo de nós. Milhares de pontos luminosos me fazendo arfar e sorrir como uma garotinha deslumbrada. É o que tenho feito desde que chegamos à cidade ontem. Embora ele esteja ainda muito distante emocionalmente, está me concedendo a trégua que pedi pelos quatro dias em que estaremos na viagem. Há dois dias voltamos a transar, foi como uma represa de tesão se rompendo. Não paramos desde então. Passamos a maior parte do tempo na cama ou em outras superfícies do quarto... Andreas é muito vigoroso e eu estava morrendo de saudade da sua fome por mim. Ainda se recusa a me beijar, mas, a cada vez que está dentro do meu corpo, sinto mais uma das barreiras que levantou desmoronando. Voaremos para Moscou daqui a pouco. Restam-me apenas dois dias para ter o meu homem de volta. Observo-o retirar o terno escuro com irritação e pegar uma cerveja no bar, em vez de uísque. Raramente eu o vejo tomando cerveja. Estou apreensiva também. Hoje à tarde fui dar uma volta pela cidade, conhecer alguns pontos turísticos. Andreas não foi comigo, apenas encarregou Gualberto de me acompanhar. Minha apreensão vem em parte da frieza que ainda sinto nele, mas também pela ligação que recebi de Gioconda. Estava na Capela Sistina, encantada com os afrescos no teto quando o celular tocou. Atendi de imediato ao ver seu nome na tela.

— Oi, Gioconda — cumprimentei amavelmente. — Tudo bem?

— Oi, *figlia* — sua voz era suave como sempre foi comigo. — Estou bem, e você? Como está a viagem? And tem se comportado?

Engoli em seco. Se ela soubesse que praticamente seduzi seu filho para que voltasse a fazer sexo comigo. Ficaria desapontada? Sua relação com a nojenta da Isabeli é muito boa até onde sei.

— A viagem está ótima até agora — murmurei. — Sim, Andreas tem agido bem.

Ela ficou um instante em silêncio.

— Fico contente que esteja tudo correndo bem, *cara mia* — seu tom adquiriu uma nota tensa. — Maya, preciso lhe perguntar uma coisa e, por favor, seja sincera.

Estaquei meus passos, apreensão tomando conta de mim. Ela parecia preocupada.

— Eu sempre fui sincera com você, Gioconda — garanti, intrigada.

— Suas joias, como as conseguiu? — inquiriu, apreensiva.

Eu franzi a testa, estranhando a pergunta.

— Minhas joias? Eram de minha mãe — respondi. — Mas porque isso é importante? Não estou entendendo.

— Elas foram avaliadas por um ourives de confiança, Maya. Valem mais de um milhão de Reais — falou e engasguei.

— O-o quê?! Não, está enganada — neguei com veemência e estupefação. — Há umas duas de ouro e um conjunto de colar e brincos de pérolas, o resto é bijuteria. Boas imitações, admito.

Novo silêncio.

— Elas são verdadeiras, *figlia*. Por isso, preciso que me diga como as conseguiu — Gioconda parecia realmente preocupada, angustiada. — Danilo desconfiou enquanto analisava as escutas implantadas pela Ramazotti e me chamou para dar uma olhada...

Danilo é o *hacker* de Andreas. Ele quem protege os Montanaro de invasões e espionagens nas redes e linhas telefônicas. Não gosta de mim, porque roubei dados do notebook de seu patrão e, de certa forma, driblei sua rede de segurança.

— Não comentei nada com And e não quero fazê-lo antes de obter uma resposta sua.

— Está pensando que roubei essas joias? — minha voz foi apenas um fio. Um pouco de decepção me atingiu.

— Não é isso, Maya — apressou-se em garantir. — Não quero que And a machuque de novo, *cara*. Quero que saia sã e salva quando encerrar suas pendências com meu filho.

Em vez de me tranquilizar, suas palavras me deixaram mais emotiva, sentindo-me traída. Ela quer que eu vá embora para seu filho se casar com a sua escolhida. Meus olhos arderam diante da constatação. A única pessoa que me protegeu também quer me ver pelas costas.

— Elas eram de minha mãe. Deve haver algum engano, são apenas imitações, eu garanto. Porém, há outras que pertenciam à minha avó paterna. Essas são verdadeiras — revelo. — Meus padrinhos podem confirmar, visto que estão guardadas com eles em São Carlos. As instruções de meus pais foram para que sejam repassadas a mim quando eu completar vinte e três.

— Avó paterna? Mas pensei que seus pais fossem de origem humilde — seu tom ainda é desconfiado.

— E eles são — asseguro, com firmeza.

— De onde vêm joias tão valiosas? — questiona, estranhando.

— Eu não as roubei, Gioconda, e fico muito triste se estiver pensando isso de mim — externo meu desapontamento.

Ela expirou longamente.

— Você está certa, *figlia*. Desculpe-me pelo meu tom — sua voz suavizou. — Não estou acusando-a de roubo. Apenas levei um susto quando o ourives avaliou as peças.

— Repito que deve ter havido algum engano. As que estavam comigo são imitações — afirmei de novo. — Procure meus padrinhos, eles vão confirmar o que estou dizendo.

— Tudo bem, eu confio em você. — Ela riu mais doce agora. Meu peito se encheu de alívio. Não quero desapontá-la. — Não conte a And, eu também não vou.

— Está bem. Obrigada por confiar em mim — murmurei. — E peça avaliação com um novo ourives. Ele vai reparar o erro do outro, tenho absoluta certeza.

— Farei isso — assentiu. — Cuide-se, *bambina* — pediu com ternura.

— Cuide-se também, Gio — respondi no mesmo tom.

Suspiro, voltando das lembranças da conversa estranha. Fiquei com aquilo na cabeça o resto da tarde. Quando Gualberto me trouxe para o hotel, Andreas estava trabalhando, cuidando de seus outros negócios. Eu o vi ao telefone falando em muitas línguas e acabei deixando a conversa com sua mãe em segundo plano. Babei nele, todo lindo e sexy, dominando tantos idiomas. Quando terminou de intimidar quem quer que estivesse do outro lado da linha, foi em direção ao banheiro e o segui, já arrancando minhas roupas. Transamos debaixo do jato e depois nos banhamos para ir jantar com Cesari e Fiama.

Por falar neles, que merda foi aquela? Primeiro o homem disse abertamente, na frente da esposa, que queria me foder. Quando Andreas negou, ele ofereceu a esposa. Andreas debandou também. Deus, meu coração quase parou com medo de ele aceitar a oferta, afinal, a mulher é lindíssima, refinada. Mas ele não aceitou. Olho-o, enquanto me aproximo. Está de costas para mim, debruçado sobre a bancada, tomando sua cerveja em silêncio. Posso sentir sua tensão emanando no corpo grande pela forma como os músculos de suas costas expandem a cada respiração.

Talvez seja o momento de lhe deixar saber que domino o italiano muito bem e entendi cada palavra naquele jantar. Ah, e meu coração tolo está enlevado de amor pela forma veemente como se recusou a deixar aquele homem pervertido me foder. Chego mais perto e estendo a mão, tocando suas costas. Ele estremece. Sua reação sempre me dá esperanças de que possamos voltar ao que éramos. Nossa química é muito forte. Mas, vai além disso, não é só sexo, como quer que eu acredite. Não é. Espalmo as mãos em seus ombros e enfio o rosto em sua camisa branca. Apenas o seu cheiro másculo já me deixa molhada.

— *Grazie* — sussurro, depositando beijos suaves em suas costas amplas.

— Pelo que exatamente está agradecendo — tenta suavizar a voz. Ele prometeu não resmungar ou me xingar por quatro dias. Mas posso ver que está se contendo.

— *Per non aver permesso a quell'uomo di scoparmi.*[7] — continuo em italiano e ele congela em meus braços.

Gira devagar, ficando de frente para mim. Ofego com a beleza do rosto moreno, os olhos verde-musgo brilhantes de surpresa, mas também desconfiados. Volto a tocar seus ombros, meus olhos presos aos seus.

— *Si, parlo italiano.*

— Você... — seus olhos ficam ainda mais estreitos e incrédulos. — Não tem sotaque. Fala como uma nativa. — Estuda-me, parecendo atordoado.

— Exagero seu, mas obrigada. — Sorrio encabulada pelo elogio. — Falo desde pequena, minha mãe me ensinou. Isso e a tocar piano — revelo, dando de ombros.

Seu braço livre enrola em minha cintura e meu coração salta de alegria por tê-lo me puxando contra seu corpo duro.

— Por que não me corrigiu lá no jantar? — indaga, seu olhar penetrante dentro do meu.

Pego a cerveja e tomo um pequeno gole. Só assim para sentir o gosto da sua boca. Entrego-a e ele leva-a aos lábios sensuais. Os olhos intensos nunca desviando dos meus. É a sua maneira de sentir meu sabor também? Pergunto-me, desejando que sim, esteja sedento pela minha boca como estou pelo sua.

— Eu ia, no entanto, aquele homem maluco disse que queria me foder. — Estremeço de brincadeira. Um arremedo de sorriso curva seus lábios sensuais. — Fiquei aliviada quando se negou. — Inclino-me, aproximando nossos rostos. Seu olhar cai para a minha boca. — E fiquei ainda mais quando não quis compartilhar aquela mulher, embora já tenha comido a cadela.

Seus olhos cintilam com diversão pelo meu ciúme.

— Como sabe que já comi a mulher? — murmura, tomando mais um gole no gargalo da cerveja.

— Não me tome por estúpida só porque sou jovem. — Rolo os olhos. — Havia um clima diferente entre vocês. Cumplicidade além dos negócios.

Sua mão grande segura a minha bunda e me aperta contra a sua ereção massiva.

— Sim, aceitei compartilhar a esposa de meu bom cliente algumas vezes — ele assume.

Mesmo tendo sido antes, não consigo parar a queimação dentro do meu peito.

— Ela é linda, claro que aceitaria — zombo e ele ri, gostando de me ver enciumada o cretino. Sua mão sobe, acariciando minha cintura.

— Ela não chega a seus pés — murmura, fitando-me intensamente. — Nenhuma chega.

7 Por não ter permitido aquele homem me foder – em italiano.

Meu coração dispara com sua admissão. Em momentos como esses, minhas esperanças de tê-lo de volta se mantêm vivas.

— Verdade que apenas eu te satisfaço ultimamente? — sussurro, minha boca salivando para colar na sua.

— Você acabou de dizer que não é estúpida, Maya — aponta, depositando a garrafa sobre a bancada e pegando minha bunda com a outra mão. — Sabe que essa merda entre nós é forte. — Sobe uma mão pelas minhas costas e pega minha nuca, puxando um punhado de cabelo. — Nenhuma boceta é tão gostosa ou apertada como a sua, menina. Por que acha que depois de tudo eu ainda continuo louco por você?

Estremeço com suas palavras. Seu toque rude. Enrolo os braços em seu pescoço, levantando meu rosto bem perto do seu. Sua respiração está alterada, olhos cravados em meus lábios pintados de vermelho-sangue.

— Deixe-me ser a sua mulher também, And — peço com voz entrecortada. — Como queria que fosse antes. Mantenha-me em sua vida. — Seu olhar escurece e seu corpo fica tenso. — Eu quero ser apenas sua pelo resto da minha vida. A ideia de outro homem dentro de mim faz meu coração sangrar.

— Maya... — geme meu nome, segurando-me com mais força contra si, o pau duro pulsando entre nós. Sua boca roça na minha e arquejo, meu corpo inteiro se regozijando pelo prazer do toque.

— Sim, meu amor — murmuro, sugando seu lábio inferior. — Beije-me. Pegue de volta tudo de mim.

— Porra... — ele rosna.

E quando sinto que vai aceitar meu beijo, seu celular toca. O som o faz se retesar em meus braços. Quero-o agora, mas me solta cedo demais e me contorna, indo para o outro lado, onde fica uma mesa com suas coisas de trabalho.

— Vá para o seu quarto e durma um pouco antes de partirmos — diz sem me olhar. — Vou trabalhar agora.

Atende o aparelho.

— Beli. — Meu corpo esfria ao ouvir o nome da maldita saindo da sua boca. Passa uma mão pelo cabelo e confirma algo que a vadia está falando. Ouço-o como uma masoquista. — Eu também, cuide-se — seu tom suave traz lágrimas em meus olhos quando encerra a ligação.

Olho-o apaixonada, mas triste, desejando poder voltar no tempo e não decidir me vingar dele. Mas aí não o teria também. Suspiro desolada e viro as costas, em direção a porta de ligação entre nossos quartos.

— Fique e me ajude — sua voz às minhas costas contém algo que não identifico.

Meu peito vibra, um sorriso bobo curvando minha boca. Viro-me devagar. Está me encarando com olhos intempestivos. Ando de volta para perto dele. Andreas arranca a gravata e acende um cigarro.

— Basta me dizer o que preciso fazer — ofereço-me, fascinada ao ver sua mão tatuada segurando o cilindro enquanto puxa uma tragada.

Ele solta a fumaça lentamente pela boca e nariz. Acho-o sexy demais fazendo isso. Pego o cigarro de sua mão e puxo uma tragada pequena, soltando a fumaça do jeito que me ensinou uma vez. Seus olhos inflamam sobre meus lábios soltando a fumaça.

— Não são negócios de advocacia... — avisa e meu coração tolo volta a saltar.

Ele está me deixando entrar? Essa é a sua resposta para o pedido que fiz antes de a cadela ligar?

— Sou esperta. Apenas me diga o que fazer e considere feito — digo com petulância e ele bufa.

Seus belos olhos inteligentes e intensos me sondam.

— Há documentos que preciso de uma segunda opinião. Há outros em latim, mas esses já estão com Guto e Luigi, os idiotas manjam do idioma — revela e um sorriso amplo e convencido se espalha em minha boca. — O que é esse sorriso?

— Eu domino o latim. Posso traduzir para você agora, se quiser — garanto. E com um sorriso ainda mais arrogante completo: — falo russo, alemão e árabe também, caso precise de auxílio nesses idiomas.

Andreas está em choque agora. Os olhos arregalam, então estreitam do jeito ameaçador e sexy que tanto amo.

— Como? — pergunta estupefato. — Quem é você, uma espiã da KGB[8]?

Eu rio, meneando a cabeça.

— Meu pai me ensinou esses idiomas em casa. Não tenho certificados, mas domino a escrita e conversação — explico, orgulhosa.

— Seus pais eram espiões, então — diz com um toque de diversão sarcástica. — Depois vai me contar essa história direito.

— Não há muito o que saber. Meus pais eram pessoas humildes, mas cultos, e me ensinaram tudo o que sabiam. — Dou de ombros. — Só isso.

Seus olhos continuam me estudando com intensidade, enquanto puxa uma longa tragada. Sem poder me conter, eu me aproximo mais. Ele solta a fumaça devagar e abro a boca, sugando tudo. Seus olhos incendeiam, tesão animal cintilando em suas íris verde-musgo. Um sorriso predador e arrogante se espalha lentamente na boca linda e ele faz de novo, soltando a fumaça na minha. Joga o cigarro no chão e o esmaga com seu sapato. Eu pego seu pescoço, subindo um pouco, acariciando seus cabelos densos e macios.

— Você me enlouquece, porra — ele range, pegando meus cabelos da nuca. Ao contrário das palavras rudes, seu braço enrola em minha cintura, puxando-me para si.

— É exatamente assim que me sinto sobre você também — murmuro e, sendo mais ousada, colo minha boca na sua, deslizando a língua sensualmente em seus lábios.

---

8 KGB é a sigla em russo para Comitê de Segurança do Estado, o serviço secreto da antiga União das Repúblicas Socialistas Soviéticas (URSS)

Um gemido rouco sai da sua garganta e agarra minha coxa direita, puxando-a bruscamente para enrolar em seu quadril. A coluna dura e grossa de sua ereção esfrega direto em meu clitóris e gemo em lamúria.

— Não resista mais a nós dois, And. Estou aqui, implorando para você me ter por inteira.

Ele grunhe e suga meu lábio inferior. Nossas respirações alteradas, nossos olhares presos.

— *Dammi la tua bocca, amore mio.*[9] — Mordisco seus lábios sensuais e deliciosos juntos. — *Usami, portami di nuovo per te, mio proprietario.*[10]

— *Cagna*[11]... *Delizioza*[12]... — rosna, mordendo meu lábio com pressão. — *Non significa niente*[13] — resmunga, então, sua boca gostosa mergulha na minha.

Ah, Deus... Meus olhos se enchem de lágrimas felizes. Um som de prazer feral sai da sua garganta e abro a minha boca para receber sua língua. É um beijo urgente, mostrando que estávamos os dois sedentos por isso.

— And... — choramingo o seu nome, beijando-o, sugando sua língua.

Ele ruge em resposta e lambe deliciosa e lentamente o céu da minha boca. Penduro-me em seus ombros, deixando-o me consumir e devoro-o de volta, porque esperei muito por isso.

— Sim, sim, meu dono — balbucio, perdida de tanto amor por esse homem.

Ele me levanta nos braços e me leva para a cama, os negócios momentaneamente esquecidos. Em instantes, estamos nus, ele me esmagando nos lençóis macios, seu pau empurrando profundamente dentro de mim. Nossas bocas nunca se deixam. Respirar é superestimado neste momento. Não falamos mais nada, apenas nossos corpos se comunicando da maneira mais primal que existe entre um homem e uma mulher. Eu gozo gritando meu orgasmo em sua boca e Andreas me segue, jorrando bem fundo em meu canal. Regozijo-me com o urro animalesco que sai de sua garganta, indicando o quanto lhe dou prazer. Ofegamos, gememos, beijando-nos sem parar. Quando tudo se acalma, ele arranca a boca da minha e me encara longamente. A centelha de dúvida e desconfiança volta em seus olhos. Sem uma palavra, sai de cima de mim e da cama. Eu o observo andar em direção ao *closet* e banheiro.

Está claro que o momento passou. Recuso-me a me dar por vencida, no entanto. Ele me beijou. Não, não só me beijou, atrevo-me a dizer que fez amor comigo. Não me dominou de nenhuma forma. Há uma chance para nós, sinto em meu coração.

— Isso significa tudo, meu amor — murmuro quase só para mim. — Eu te mostrarei.

---

9 Dê-me a sua boca, meu amor – em italiano.

10 Use-me, pegue-me para você de novo, meu dono – em italiano.

11 Cadela – em italiano.

12 Deliciosa – em italiano.

13 Isso não significa nada – em italiano.

CAPÍTULO OITO

Deixe que seus amigos subestimem suas qualidades
e que seus inimigos superestimem seus defeitos.
(O Poderoso Chefão)

Andreas

Ajusto os pulsos do meu *smoking* preto, enquanto confiro minha aparência no espelho. Meus olhos estão brilhantes, ainda que minha expressão seja fechada. A razão para isso está no quarto conjugado. Maya. Sempre essa cadela virando minha cabeça, dando-me tanto prazer que estou até mesmo cogitando perdoar sua traição. Porra, não posso me deixar levar pela garota outra vez. Foder é uma coisa, acreditar em suas merdas e baixar minha guarda de novo é bem diferente. Tenho que manter nossa interação apenas no terreno sexual. Não deveria ser difícil. *Sou expert nesse jogo. Ela é a principiante.* Resmungo para mim mesmo e pego um sobretudo e luvas negras, saindo para o quarto. Então, ao levantar a vista, o objeto da minha obsessão está entrando pela porta que liga os aposentos. Meu corpo inteiro entra em ebulição, meu coração aquecendo pela satisfação que é olhá-la, apenas por olhá-la. Quão fodido é isso? Desde quando fiquei abobalhado simplesmente por ver uma mulher? Meu olhar percorre seu corpo curvilíneo no vestido de seda preta. Alças finas desenham um decote justo, realçando os peitinhos redondos e firmes, o torso demarcando a cintura pequena e se abrindo numa saia ampla e volumosa, descendo até o meio das coxas.

Vejo-a jogar o casaco de pele sintética e a carteira sobre um dos sofás e desfila para mim. Meus olhos passeiam famintos por toda ela e fico hipnotizado pelas pernas lindas e durinhas em meias pretas de fio grosso por causa do frio. Desço até encontrar os pezinhos delicados num sapato de saltos altíssimos, no mesmo tom do vestido. Subo de volta, apreciando sua beleza estonteante. Quando nossos olhares se encontram, noto o mesmo brilho de apreciação nas íris azuis. Seu cabelo longo está solto, as ondas cobrindo seus ombros. Parece uma cortina de fios de ouro, brilhantes, magníficos. Sobre a sua cabeça está uma pequena tiara de diamantes brancos e azuis. Arrematei a peça junto com um colar, no leilão que participei à tarde com Nikolai enquanto também tratávamos de negócios. Meu amigo comprou várias joias para Yuliya e, embora tenha me recriminado por pensar em Maya quando vi o conjunto digno de princesa, acabei adquirindo-o. Eu devia ter pensado em minha futura esposa, mas não, essa garota me cega para todas as outras. Tudo que consigo pensar é nela.

Odeio essa merda. Todavia, a forma como seus olhos brilharam, seu rosto inteiro se iluminando quando lhe dei o presente assim que voltei no final da tarde, fez um pouco da minha loucura valer a pena.

— Coloca para mim? — sussurra com voz rouca ao parar na minha frente.

Só agora percebo que está segurando o colar do conjunto. Jogo meu sobretudo e luvas na poltrona perto da cama.

— Claro — respondo no mesmo tom rouco, pegando a peça de sua mão.

Ela vira as costas e, como sempre acontece, mergulho o nariz em seu lindo cabelo. Um gemido suave escapa da sua boca e eu rio satisfeito, afastando a massa perfumada para o ombro direito. Ofego ao ver a pele de porcelana ainda ostentando as marcas do meu chicote. Estão sumindo. Preciso reavivá-la. Ela gosta tanto que não as disfarçou hoje. Rosno, como um animal traçando suas marcas em sua fêmea. Maya torna a gemer, estremecendo. Aproximo minha boca do seu ombro esquerdo e deposito beijos suaves, subindo pela lateral do pescoço. Cheiro, beijo, mordisco a pele, completamente rendido à essa garota e seu poder de atração sobre mim. Choraminga e sorrio perversamente, indo até a nuca, dando uma mordida forte. Ela geme alto, sua respiração ficando errática. Afasto-me um pouco e circulo seu pescoço com o colar, fechando-o na nuca. Não me contendo, desço as mãos pelos seus ombros e braços nus e seguro sua cinturinha delicada, puxando suas costas contra meu peito.

— And... — meu nome sai num som deleitoso da sua boca pintada em batom rosado, quase da cor de seus lábios.

— É linda demais, minha cadela... — confesso com aspereza, deslizando as mãos pela sua frente, descendo até o ventre, indo mais para baixo... — Sou louco pelo seu corpo... — Cavo a mão direita entre suas coxas e ela engasga, gemendo baixinho. Aproximo minha boca do seu ouvido, sugando o lóbulo, mordiscando em seguida. — Completamente desvairado por essa pele, esse cheiro...

Maya convulsiona contra mim e amasso sua bocetinha com firmeza, rosnando baixo, descendo o nariz pelo pescoço. Enrolo um braço possessivo em sua cintura, mantendo a bundinha firme contra meu pau já duro e pronto. Sugo sua carne macia e mordo a veia pulsante na curva do ombro.

— Ah, Deus... Tão gostoso... — a garota abusada geme. — Preciso de você dentro de mim... O tempo todo — ousa dizer e dou um tapa forte em sua bunda.

— Como se atreve, sua putinha? — Pego seu pescoço pela frente. Ela geme mais. — Como consegue me deixar tão louco de tesão, mesmo te comendo o tempo todo? Como se atreve a me deixar morrendo de fome por você todo o maldito tempo, porra?

— *Anch'io*[14] — murmura ofegante e a viro de frente. Cadela. Fica ainda mais sexy falando italiano, como se fosse uma nativa. — *Morendo sempre di lussuria per il mio proprietario.*[15]

---

14 Eu também – em italiano.

15 Sempre morrendo de tesão pelo meu dono – em italiano.

— *Dannazione, sei così fottutamente sexy quando parli italiano*[16] — resmungo, segurando sua cintura, mantendo-a colada em mim. — *Perfetta.*[17]

— *Tu che sei perfetto...*[18] — ronrona, enrolando os braços em meu pescoço.

Eu seguro sua nuca, nossas bocas ficando bem próximas, nossos olhares fixos. Ontem ela investiu pesado e não consegui resistir, beijei-a de novo. Transamos na cama, nos beijando como loucos, nossas bocas não se largando momento nenhum. Quando terminamos, fui para o banheiro, precisava recobrar o controle. Porém, a cadela não deixou. Seguiu-me alguns instantes depois e me fez comê-la contra a parede enquanto nos banhávamos na água morna. E, novamente, beijei a maldita. Estava morrendo de saudade da sua boca, do seu gosto inigualável. Ainda estou. Seus olhos de camaleoa estão mudando de cor enquanto me encara. É incrível ver a mudança de tonalidade, como o verde vai engolindo o azul. Seus dedos sobem, massageando a minha nuca e a garota abusada não pede permissão, apenas cola a boca na minha, sondando sedutoramente, lambendo meus lábios.

— *Non ti è permesso baciarmi.*[19] — Tento resistir, dando um puxão em seus cabelos da nuca. Mas, em vez de parar, a cadela ri, mordendo os meus. Suas mãos correm pelos meus ombros, seus belos olhos, sua beleza derretendo a porra do meu cérebro.

— *I tuoi occi mi dicono qualcos'altro, mio belíssimo signore*[20] — tem a audácia de dizer e meu pau pulsa quando mergulha a boca na minha, não me dando chance de falar mais nada.

Gemo rouco, a mão da cintura descendo e pegando em cheio sua bundinha arrebitada. Maya suspira com a minha aceitação e eu assumo as rédeas, minha língua encontrando a sua, entrelaçando-se gostosamente. Dito o ritmo, passando a chupá-la devagar, puxando-a bem colada em mim. Agarramo-nos mais apertado, gemendo esfomeados, e o beijo vai ficando mais urgente, apaixonado.

— Cadela... — murmuro com voz grossa pelo tesão. — Vadiazinha gostosa.

Mordo seu lábio inferior e ela passa a sugar minha língua, uma mão escorregando e pegando o meu traseiro também. Devoramo-nos sofregamente, nossos gemidos reverberando no quarto silencioso. Antes que perca o controle, arranco minha boca da sua. Maya geme em lamento, os olhos dilatados, nublados. Traço seus lábios inchados com meu polegar. Meu coração está trovejando no peito. Nunca senti nada remotamente perto disso, tenho que admitir.

— Você é muito insolente, menina. Nenhuma posse tomou as liberdades que toma comigo — digo ofegante.

---

16 Porra, você fica tão sexy quando fala italiano – em italiano.

17 Perfeita – em italiano.

18 Você que é perfeito... – em italiano.

19 Você não tem permissão para me beijar – em italiano.

20 Seus olhos me dizem outra coisa, meu lindo senhor – em italiano.

— Sim, não nego que sou impertinente. Mas também amo atender cada desejo do meu dono — murmura, suas mãos espalmando meus ombros e segura meu rosto dos lados.

Seus olhos cintilam, sua expressão se torna suave ao adicionar:

— Sou a sua submissa, apenas sua — ela me seduz. — Meu corpo e coração pertencem a você, Andreas Montanaro.

Meu corpo se retesa. Eu quero acreditar nela, como quero. Mas não consigo. Ainda é muito cedo. Talvez nunca consiga.

— Niko e Yuliya estão esperando — digo, retirando seus braços do meu pescoço.

Sua expressão cai um pouco, mas acena, virando as costas, indo até a poltrona onde deixou suas coisas. Vejo-a colocar o casaco de pele cinza-escuro. A cortina loira e sedosa descendo até a cintura. Pega a carteira e volta a me encarar. Engulo em seco. Ela parece uma princesa russa com a tiara e o colar de diamantes. Um lindo anjo loiro. Além da porra da perfeição. Eu a quero demais. Quando penso que irá embora em breve, sinto-me morrendo. O homem insano e completamente louco por ela se recusa a deixá-la, mas o racional precisa colocar um ponto final nisso. Ainda há raiva e mágoa por ter sido enganado e, dificilmente, superaria essa merda. Pego meu sobretudo e visto-o. Em seguida, coloco as luvas. A temperatura está baixa e vai cair mais, de acordo com as previsões meteorológicas. Seu olhar corre cobiçosamente por mim, como fiz com ela, enquanto veste as suas luvas pretas que vão até os antebraços. Uma princesa sexy pra caralho é o que se parece agora.

— Você leu a última tradução que enviei para seu e-mail? — pergunta, mudando para um tópico seguro entre nós: trabalho.

Sim, eu li no carro, quando estava voltando da tarde de negócios com Niko e nosso parceiro em comum. Sua tradução do latim é perfeita. Ainda que não tenha certificados, realmente domina os idiomas que mencionou.

— Sim. Está perfeita — respondo. Seus olhos brilham um pouco com o elogio. — Obrigado.

— Por nada — murmura. — Se precisar de mais, peça.

Eu ando devagar, descendo os degraus. Não sei que diabos me deu para compartilhar meus negócios ilícitos com ela, uma garota que já me traiu antes.

— Você pode confiar em mim, And — sussurra, provavelmente notando meu receio. — Deixe-me te mostrar. Dói ver seu olhar de desconfiança.

— É assim que sou, Maya. Se me enganam, não volto a confiar — digo com seriedade, parando em sua frente. Seu semblante perde um pouco do brilho. — Mas você é livre para tentar mudar minha mente sobre isso, branquinha.

Assusto-me ao deixar escapar esse termo. Eu havia enterrado-o dentro de mim, junto com todos os outros carinhosos que usava com ela. Seus olhos mudam para azuis e ficam brilhantes de lágrimas. Puxa uma respiração profunda.

— Estava com tanta saudade de te ouvir me chamando assim. — Levanta a mão e toca meu rosto. — Você é o homem da minha vida. Eu vou te mostrar isso — sussurra, seus olhos brilham mais.

Neste momento, só quero acreditar nela e esquecer todo o resto.

— Estou de casamento marcado, você sabe e...

— Isso nunca foi um problema para você, para nós. — Franze o nariz com a menção do meu casamento. — Tome-me da forma que quiser. — Seu polegar roça minha boca. — Na cama e fora dela, eu pertenço a você. Faço tudo que você quiser. Absolutamente tudo, meu lorde.

Porra. Ela realmente não está facilitando. Mas sua declaração submissa me lembra de avisá-la sobre os planos para a segunda metade da noite.

— Vamos ao clube dos Demidov depois do teatro — aviso e ela amplia os olhos, lambendo os lábios. — Quero uma sessão decente com o meu bichinho. Não é a mesma coisa em quartos sem estrutura...

Acena, sua respiração engatando em expectativa. Vai ficar antecipando nossa sessão enquanto o programa com Niko e sua esposa durar. Isso a deixará molhada e pronta para mim. Estamos hospedados no palacete de meu amigo e sua esposa, na principal avenida de Moscou. Maya passou a tarde inteira com Yuliya. É surpreendente como se deram bem desde o primeiro encontro em Zurique.

— Como queira, meu amo — diz mansamente, abaixando a cabeça como a boa sub que é. — Também sinto falta de ser usada em um calabouço de verdade — a porra da garota diz e quero dar uma surra em sua bundinha gostosa agora mesmo.

— Esteja preparada para me satisfazer do jeito que eu quiser, ou use a porra da palavra segura — aviso asperamente, pegando sua mão, entrelaçando nossos dedos.

Sorri diante da proposta, mas, principalmente, pelo fato de eu segurar sua mão. Ela gosta. Para ser sincero, eu também gosto dessa merda. Gosto de tudo relacionado à essa menina, esse é o meu maldito problema!

Observo o movimento na *Ostozhenka*, a principal e mais cara avenida de Moscou. Niko mora logo no começo, em uma construção clássica que se assemelha a um palácio. Tem sido a residência do duque Demidov por séculos. A avenida é um símbolo histórico do país. Monumentos como o de Max Engels – coautor de diversas obras de Karl Marx, sendo a mais conhecida, O Manifesto Comunista –, e do próprio Marx convivem com as construções modernas e marcas famosas. Os dois devem se revirar no túmulo todo dia testemunhando a vitória e avanço irrevogável do capitalismo. A voz de Yuliya me puxa da introspecção e olho meu amigo e sua esposa no banco à nossa frente. A garota está sorrindo e dando uma de guia turística para Maya, que parece uma criança deslumbrada. A contragosto, pego-me admirando o brilho animado em seus olhos a cada cidade que passamos nesta viagem. Ela nunca foi além de São Paulo, é compreensível seu entusiasmo.

— É incrível. Marx e Engels devem estar se revirando no túmulo por deixarem seus monumentos conviverem com essa ostentação capitalista — Maya comenta em russo e sorri, meneando a cabeça, externando o que acabei de pensar.

Um sorriso idiota brinca em minha boca pela nossa sintonia.

— Com certeza. Todavia, o próprio Marx previu a vitória do capitalismo — Niko entra na conversa.

— Sim, ele disse que chegaria um momento em que o capitalismo avançaria tanto que a volta ao socialismo seria impossível — ela concorda.

Niko sorri, balançando a cabeça levemente. Seu olhar é curioso sobre ela. Meu amigo está estranhando me ver em companhia de uma sub publicamente, sobretudo, na véspera do meu casamento. A limusine para na rua lateral do Teatro Bolshoi e, em instantes, nossos seguranças estão abrindo ambas as portas traseiras do veículo. Eu desço e estendo a mão, auxiliando Maya, como um perfeito cavalheiro. Niko faz o mesmo com a esposa. Yuliya está linda num longo vermelho, a barriga protuberante de seis meses destacando-se no figurino. Ouço o suspiro de Maya e observo-a de lado, seus olhos estão presos na construção clássica, as luzes alaranjadas dando um charme ao local. Sua mão enluvada enfia na curva do meu braço e seguimos pelo tapete vermelho, contornando o prédio para a entrada principal. Muita gente bem vestida está nas redondezas e indo no mesmo caminho. Novo suspiro da menina ao ver a praça e a grande fonte luminosa no mesmo tom do teatro. Já estive aqui muitas vezes, contudo, devo confessar que é muito bonito realmente.

— É maravilhoso! — Maya murmura quase para si mesma.

Satisfação me invade. Contrariando tudo o que o bom senso me alerta sobre essa garota, eu quis proporcionar a ela uma noite em um dos lugares de arte mais luxuosos que conheço. Entramos no *hall*, onde também já tem uma pequena aglomeração. Tomamos uma das duplas escadarias de acesso ao Grande Saguão Imperial. Os olhos de Maya cintilam, observando tudo, desde o tapete vinho cobrindo os degraus até o enorme lustre central. Em seguida, Niko nos conduz para o salão nobre, onde personalidades importantes da sociedade moscovitas e também internacionais são recepcionadas. Garçons elegantes estão serpenteando entre os convidados com bandejas de champanhe e outras bebidas caras. Pego uma taça para mim e outra para ela. Nobres e celebridades locais vêm cumprimentar meu amigo e esposa. Parceiros de negócios, bem como alguns inimigos velados também se aproximam de nós. Em nosso ramo, precisamos manter a classe em lugares como este, então, nós sorrimos e contamos piadas como se fôssemos velhos amigos. Faz parte do jogo.

Maya conversa animadamente com Yuliya. Reparo que está atenta a tudo que sua nova amiga lhe diz sobre a história do teatro. Meu olhar percorre-a, faminto, pela milésima vez na noite. Está linda demais. Pego-me apreciando seu leve sotaque ao falar russo. E, novamente, intriga-me, já que o italiano ela não fala com sotaque. Pronuncia tudo lindamente, sem nenhum tropeço ou equívoco.

— Você vai precisar de um babador, And.

A voz conhecida e zombeteira soa bem no meu ouvido. Eu viro rapidamente, dando de cara com Boris, um dos irmãos Demidov. O idiota sorri de orelha a orelha e percebo que os outros dois estão a tiracolo. Bufo, rolando os olhos, em seguida, puxando-o para um abraço.

— Você continua um idiota, pelo visto — digo ao me afastar.

— Ei, And, quanto tempo, cara! — Alexei se aproxima com um sorriso aberto.

— Tinha algum tempo mesmo. Bom ver você, seu fedelho. — Aceito seu abraço, batendo em suas costas.

— Ei, cara. Bom te ver. — Vasily toma o lugar do irmão mais novo.

— Bom te ver também, Vasily — digo, feliz por reencontrá-los. Boris, Vasily e Alexei são os irmãos mais novos do Niko, nessa ordem.

Quando nos separamos, os três entram em nosso círculo. Estão alinhados em seus *smokings* e tomando seu champanhe. Nenhuma mulher em seus braços, para variar. Eles ainda não querem sossegar, de acordo com Niko. São muito parecidos com o irmão mais velho, morenos de cabelos castanho-escuros e olhos azuis. Malditos mulherengos de boa aparência, e, nesse momento, seus olhares cobiçosos estão sobre Maya.

— Uau. Não vai nos apresentar essa princesa, And? — Boris pergunta em russo, um sorriso largo abrindo em sua cara. Institivamente enrolo o braço livre na cintura dela, puxando-a para mais perto. Não perco o riso cínico de Niko.

— Esta é Maya, minha associada no escritório — apresento em voz plana. — Esses são Boris, Vasily e Alexei, irmãos mais novos de Niko. Vejam lá o que vão dizer, porque ela fala sua língua — completo, apontando cada um deles, lançando-lhes um olhar intimidante.

Os sorrisos em seus malditos rostos ampliam ainda mais. Alexei é o primeiro a se aproximar.

— É um prazer conhecê-la, bela princesa — galanteia e faço um som irônico.

Maya aceita seu cumprimento e o fedelho leva seus dedos à boca, beijando sobre sua luva.

— É um prazer conhecê-lo, Alexei — ela responde, o rosto ficando corado e puxa a mão do domínio do abusado.

— Você está com uma mulher em público. — Vasily me dá um olhar cínico, muito parecido com o do seu irmão, e se aproxima, fazendo um floreio. — É um prazer conhecê-la, Maya. — O idiota beija a sua mão também.

— Igualmente, Vasily — responde toda encabulada e torna a puxar a mão.

Eu gosto do fato de ela não parecer impressionada por nenhum deles.

— Porra, Niko não permite associadas desse porte em nossos negócios. — Boris ri e pisca para Yuliya. — Na verdade, nossa irmãzinha arrancaria as bolas do idiota se tentasse — diz, alfinetando o irmão mais velho.

Niko rosna alguns palavrões e rimos. Boris vem para a frente de Maya e, a exemplo dos outros, também oferece a mão.

— Sou Boris, querida. É realmente um *prazer* conhecê-la — o conquistador dá ênfase em prazer, levando seus dedos à boca, imitando o galanteio dos demais.

— O prazer é meu, Boris — ela torna a cumprimentar e, com um sorriso educado, desvencilha sua mão, pousando-a em meu peito.

Os olhares dos três patetas acompanham o gesto e rio arrogante. Bem, isso evita de eu ter que dar alguns socos nas caras dos irmãos de um amigo leal.

— Recado assimilado — Alexei murmura e me dá um tapa nas costas. Típico dos jovens, cumprimentando por um grande feito.

— Você tem um excelente gosto para associadas, And... — completa com malícia.

Eu resmungo e, encaro Maya, que já está me observando com seus belos olhos de camaleoa. Um pequeno sorriso brinca em minha boca. Sim, eu tenho. Meu peito estufa de orgulho masculino. Talvez eu deva dar uma chance a ela, a nós. Eu acho que consegue ver isso em meu semblante, porque seu rostinho de anjo se ilumina, um sorriso lindo se espalhando em sua boca. Quero beijá-la de novo. Agora que voltei a sentir seu gosto perfeito, não há como conter o vício. Percebo que estou fazendo papel de idiota aqui encarando-a, então, volto a atenção para a roda de amigos. Sorvo um gole do meu champanhe, precisando de algo mais forte neste momento. Yuliya convida Maya para ir ao toalete, discretamente, e ficamos apenas nós no círculo. Gualberto e um dos homens de Niko seguem-nas de perto, bem vestidos, passando despercebidos entre os nobres, empresários e celebridades do recinto.

— Você devia contratar associadas, Niko — Alexei diz em tom de lamento, o olhar grudado nas costas de Maya.

— Aconselho-o a parar de cobiçar o que não pode ser seu e, também, seria bom limitar os comentários sobre a minha associada, fedelho — estalo e Niko sorri alto, o filho da mãe.

— Cara, eu te invejo. Está às vésperas do casamento, viajando em lua de mel com outra. — Alexei profere. — Quando crescer, eu quero ser igualzinho a você.

Eu faço um som de desgosto com a lembrança do casamento. Porra, é isso mesmo, estendi uma viagem que seria de dois dias, no máximo, para uma semana, apenas para poder desfrutar da garota que virou minha cabeça, sem ter que aguentar o drama da minha noiva.

— Voltando ao assunto, você deve contratar associadas, mano — Alexei torna a perturbar o irmão mais velho.

— Você está louco? Yuliya cortaria meu pau em pedacinhos, porra — Niko estala.

É a vez de seus irmãos gargalharem.

— Sim, nossa irmãzinha faria, sem remorso — Vasily endossa.

Niko resmunga, mas ri balançando a cabeça.

— Eu nunca farei nada para decepcionar meu floco de neve. Nunca, seus idiotas — afirma, tomando um gole da sua taça.

Ele é completamente louco pela menina. A história deles foge aos padrões e convenções sociais. São irmãos adotivos. Yuliya chegou na família quando Niko tinha quatorze anos. Acompanhei sua descoberta amorosa e toda a confusão desde o começo. Torci para meu amigo parar de se preocupar com a opinião alheia e assumir a relação com a sua mulher. Yuliya era apenas uma adolescente quando os dois se renderam à paixão. Ao completar dezoito, Niko se casou com ela. Isso foi há três anos. Franzo o cenho, percebendo que a diferença de idade entre eles é a mesma entre mim e Maya.

Boris, Vasily e Alexei conversam comigo, mudando o foco para os negócios legais. Eles são advogados de formação, mas só atuam dentro da família. Não exercem a função, porque desde o duque-pai os cassinos e os destilados são o seu ramo. Meu olhar vai o tempo todo em direção ao percurso para os banheiros. Não creio que tentem algo aqui no teatro. Meus inimigos preferem as sombras também. Nenhum bandido gosta de se mostrar em eventos e locais deste porte. É chamar atenção desnecessária das autoridades, e disso fugimos. Porém, desde o ataque em Zurique, não consegui mais relaxar. Sempre penso que tem alguém nos seguindo ou nos observando de longe. Essa sensação de insegurança vai continuar até encontrarmos a puta Ramazotti. Nunca vivemos assim, com medo de sair em público. Receio sempre nos ronda, claro, mas ninguém havia nos atacado diretamente antes do estupro e morte de Bea. Aquele foi um divisor de águas e mostrou que podemos ser atingidos.

Mas no que depender de mim, jamais sofreremos algo assim de novo. Vlad está em Moscou e conversamos por telefone antes de pousarmos. Acordamos que irei conversar com seu primo Bojan tão logo termine o espetáculo. Eles estarão me esperando lá fora. Fiz uma proposta ao chefe do clã sérvio: facilitar a sua entrada no Brasil. Ainda não é uma sociedade, apenas um acordo no qual ele irá se empenhar em me entregar a cabeça da prostituta Ramazotti numa bandeja. É isso ou nada de ajuda, e o homem sabe que na parte do Brasil que lhe interessa mando eu. Em breve, estarei esfolando a puta. Eu mesmo quero fazer as honras, mas não antes de deixar meus homens acabarem com a infeliz.

— Então, aproveitando que estamos sozinhos, você parece bem mais, como dizer... Amigável com Maya — a voz de Niko me faz olhá-lo e percebo que seus irmãos estão se afastando, provavelmente em busca de mulheres solteiras para a noite.

Sábia decisão.

— Ela pediu uma trégua e eu concedi. Apenas isso. — Dou de ombros, pegando um copo de uísque quando o garçom vem providencialmente nos atender.

— Ah, claro. E foi em nome dessa trégua que lhe presenteou com um dos conjuntos de joias mais caras do leilão, amigo? — o idiota zomba e pega um copo de uísque também.

— Talvez. — Volto a dar de ombros, evasivo e ele bufa. — Sou generoso com minhas subs.

Generoso sim, mas nunca dei joias tão valiosas como aquele conjunto. Niko tem razão, eu devo ter perdido a cabeça.

— Claro que é. — Ele ri cínico. — Não finja que a garota não te importa, And. Você nunca apresentou uma acompanhante para mim e Yuliya.

— Pura coincidência, Niko. Pare de me encher — retruco. — Estou usando esta viagem para me despedir dela — assumo e, imediatamente, um gosto amargo me vem à boca.

Seu rosto franze um pouco e me observa em silêncio.

— Sei que não será feliz com Isabeli, And — afirma com absoluta certeza, porque é meu amigo há muito tempo. Sabe que jamais amei minha noiva. — Talvez essa garota seja a salvação para que não morra sufocado nesse casamento.

— Você sabe que a considerei para segunda escolha — sibilo. — E sabe também que ela me traiu. Como posso passar por cima de algo assim? Minha família não permitirá e meus homens e inimigos vão me achar um fraco.

Ele toma um gole e faz careta, assentindo.

— Sim, uma merda. Eu não sei se poderia confiar de novo — confessa, encarando-me seriamente. — Mas vendo a forma como olha para a menina, talvez deva tentar, amigo. Ela já revelou todos os pecados e, de acordo com você, está arrependida... já sobre os outros, você acha que alguém em sã consciência pagará para ver?

— A questão é exatamente ela, como saberei se está me dizendo a verdade agora? Ela já mentiu muito bem no passado — digo acidamente.

Niko aperta os lábios.

— Isso só você pode responder, And. Só você pode decidir se vale a pena conceder esse voto de confiança — responde dando de ombros.

Sim, apenas eu posso decidir, e a verdade é que não quero deixá-la. Deus, por que não quero deixá-la? Era para eu odiar a porra da garota. Mas não, continuo louco por ela, talvez até mais agora. Que merda doentia é essa?

Maya

Eu saio do reservado e ando até a pia na grande bancada de mármore. Lavo as mãos e enxugo. Ainda estou parecendo uma boba com a minha aparência no vestido, casaco luxuoso, mas o que me fez ficar muda foram as joias. And me presenteou com uma linda tiara e colar de diamantes azuis e brancos. Não disse muita coisa, apenas me entregou o presente. A esperança tem crescido cada vez mais dentro de mim com nossas últimas interações. Ele está mais brando, até mesmo maleável. Eu vou lutar com todas as minhas armas para tê-lo de volta definitivamente. Amanhã iremos retornar ao Brasil e à realidade, mas até lá, espero tê-lo convencido a me dar uma chance. Retoco o batom e Yuliya chega do meu lado, passando a fazer o mesmo. Está maravilhosa num longo vermelho, uma pequena tiara de rubis. Os cabelos loiros estão soltos. É mesmo lindíssima.

— Meus irmãos paqueradores tem razão, você parece uma princesa — murmura com os olhos azuis brilhando de admiração sincera.

— Olha só quem fala. — Rio, meneando a cabeça. — Você que parece. Pensei exatamente isso quando a vi em Zurique.

Ela abana a mão, zombando de minha admissão.

— Não tivemos tempo para mais confabulações femininas na limusine. — Ri com cumplicidade e a sigo, nossas risadas enchendo o recinto. É inexplicável como gostei dessa garota quase que imediatamente à nossa apresentação.

— Não, não tivemos. Nossos homens são muito intensos — assinto, guardando meu batom na carteira.

— Mas percebi que And está diferente com você — observa, com um sorriso satisfeito.

— Sim, está amolecendo aos poucos, Yuliya — revelo em conspiração. — Serei paciente. Ele sente algo por mim, sei que sente.

— Fico feliz, Maya. Está estampado no rosto dele quando te olha que há sentimentos ali — diz e meu coração fica quente. — Mas é orgulhoso. Homens como os nossos sempre são. — Guarda seu batom na carteira também. — Acostume-se, porque, pelo que vi lá fora, ele não irá deixá-la ir embora.

Seu rosto fica suave e acrescenta:

— Quero muito manter contato com você. É estranho, mas me sinto tão bem em sua companhia. Parece que nos conhecemos e somos amigas há séculos, não há poucos dias.

— Sinto-me dessa maneira também. Eu prometo que continuaremos a nos falar — murmuro, virando-me para ela, tocando seu ventre protuberante. — Se Deus quiser, virei conhecer essa princesinha quando nascer, amiga.

— Eu gostaria muito disso, amiga. — Seus olhos brilham com lágrimas e os meus também.

— Seremos amigas próximas como nossos homens são — digo em tom confiante.

Yuliya sorri, assentindo.

— Sinto muito que ele tenha que se casar com aquela mulher. — Seu semblante cai um pouco e suas mãos seguram meus ombros. — Mas saiba que eu também não me importaria de ser a segunda do Niko, se ele precisasse se casar por obrigação. — Olho-a, cada vez mais encantada. — Não se sinta diminuída por isso, Maya. A família de And tem tradições que leva muito a sério. Se ele a quer para estar perto dele, não pense nos julgamentos e convenções sociais.

— Obrigada por me dizer isso. Em alguns momentos, entro em conflito comigo mesma, por querer um homem tão intensamente que estou disposta a ser a outra em sua vida — confidencio.

— Não, esqueça o que a sociedade diz. É o que você quer que deve importar — afirma com convicção. — Eu seria amante do Niko, se não tivesse outra alternativa. Doeria muito mais em mim não poder ter o homem que amo, pode ter certeza.

Eu ofego com sua declaração firme. É exatamente assim que me sinto.

— Penso assim também — admito, contente com seu apoio.

— Vamos voltar? Tenho certeza de que nossos homens estão sendo alvos de olhares cobiçosos nesse momento. — Yuliya torce o nariz.

Rio, acenando. Entrelaça seu braço no meu e deixamos o banheiro. Enfiamo-nos na pequena multidão e, finalmente, vejo-os. Estão envolvidos numa conversa intensa pela ruga entre as sobrancelhas de And. Aproveito para beber da sua figura linda no *smoking* preto. Seu perfil é magnífico, imponente. Está sem as luvas e a tatuagem na mão esquerda, enquanto leva o copo à boca, mostra que não é como os outros ricos e nobres no recinto. Sua postura é sofisticada, mas agora que o conheço bem, dá para sentir a aura escura que o cerca. Aproximamo-nos devagar e ele olha de lado, os olhos verde-musgo capturando os meus. Sua expressão suaviza um pouco, percorrendo-me inteira. Adoro ver a fome escancarada em seu rosto quando me observa. Sim, não estou nisso sozinha. Ele sente, ele me quer! E tenho poucas horas para convencê-lo a não me deixar. Enlaço seu braço quando o alcanço. Seu olhar cai para a minha boca e ele grunhe baixinho, tomando mais um gole da bebida. Rio internamente. Vou vencê-lo aos poucos.

O início do espetáculo é anunciado e Andreas e Niko se livram de seus copos. Minha amiga está radiante, tendo seu marido conduzindo-a com cuidado à nossa frente para o camarote. Prendo a respiração ao entrar no espaço todo forrado e decorado com cortinas vinho. As cadeiras são estofadas, perto da amurada. Acomodamo-nos e suspiro de puro encantamento, meus olhos correndo por cada detalhe. É tanta beleza que fico sem fôlego. Um lustre enorme pende do teto. Nosso camarote fica um pouco mais acima dele, permitindo-me uma visão completa de todo o salão. Em instantes, está lotado, tanto nos assentos do térreo quanto nos camarotes.

— Lindo — murmuro, sentindo meus olhos marejando pela emoção de estar em um lugar considerado patrimônio cultural da humanidade.

Quando eu iria imaginar estar aqui algum dia? Viro o rosto e encontro Andreas me observando. Seus olhos estão brilhantes e um tanto divertidos pela minha reação caipira.

— Obrigada. Isso é... — Levanto a mão, tocando seu rosto perfeito. — Simplesmente maravilhoso — completo. E porque não posso me parar, inclino-me, meus lábios tocando os seus levemente.

— Você é mais — sussurra e meu coração dispara.

Sua mão segura minha nuca e meio que rosna antes de abrir a boca, dando-me o beijo que estive salivando para ganhar. Eu seguro sua nuca também e ele chupa a minha língua, com firmeza, gostoso. A mão pousa em minha coxa e gira pela parte interna, subindo para a virilha. Mesmo estando de meias grossas, estremeço com a sensação e calor da sua pele. Arquejo contra seus lábios, precisando do seu toque mais para cima... Sua risada cínica soa em minha boca e se afasta, cedo demais. Faço um som de protesto e And arrasta o polegar sobre meu lábio inferior, os olhos intensos queimando nos meus.

— Mais tarde, meu bichinho — resmunga e, com um tapinha suave em minha face, afasta-se.

Faço novo som de protesto, mas suspiro quando pega minha mão e entrelaça na dele sobre sua coxa dura. O espetáculo começa. O Lago dos Cisnes, uma das peças mais marcantes do *ballet* clássico mundial. Foi aqui neste teatro a estreia do espetáculo em 1877, com a coreografia elaborada por Julius Reisinger, a partir de uma composição encomendada a Tchaikovsky — autor de outras obras de impacto na história do *ballet*, como *O quebra nozes* (1892). Eu li no folheto, mas Yuliya complementou com informações que só um russo saberia. Perco-me na apresentação, na música e *ballet* excepcionalmente belos. Enquanto eu viver, lembrar-me-ei desta noite. É uma trágica e bela história de amor entre a princesa Odette, uma jovem aprisionada no corpo de um cisne, e o príncipe Siegfried. Para se libertar do feitiço, Odette precisa do amor e fidelidade de um jovem virgem. Ela encontra em Siegfried, porém, Odile, o cisne negro e sua gêmea má, atrapalham os planos do príncipe, passando-se por Odette.

São tantos desencontros que o infeliz casal acaba cometendo suicídio para libertarem-se e viverem juntos após a morte. Lindo e triste. Quando encerra o último ato, minhas lágrimas estão escorrendo pelo meu rosto. A carga dramática e emocional é tão grande que senti cada cena. O lugar irrompe em aplausos e me levanto, aplaudindo, chorando, sorrindo. Emoção à flor da pele. Saímos em poucos minutos e nos despedimos de Niko e Yuliya. Seu motorista já os aguarda à frente da sua limusine. Meu estômago se enche de borboletas em antecipação a essa parte da noite. Iremos ao clube de BDSM dos Demidov. Sim, os irmãos bonitões também são praticantes. Yuliya me contou um pouco mais sobre sua família esta tarde. Ficamos em casa, enquanto And e Niko cuidavam dos negócios, e aproveitamos para colocar o papo em dia. Aproximamo-nos da limusine alugada e Gualberto abre a porta traseira, And ajuda a me acomodar. Ele vem sentar ao meu lado e, antes de colocarmos os cintos, dois homens aparecem na porta. Sobressalto, mas sua mão segura a minha, dando um leve aperto.

— Bojan, entre — And convida em inglês e os homens obedecem, acomodando-se no banco à nossa frente.

Fico tensa, observando cada movimento deles. O tal Bojan é alto, moreno e olhos cinzentos frios. Um arrepio ruim percorre minha pele quando seu olhar me encontra. Desvio a atenção para seu parceiro. É loiro, os olhos igualmente frios e intimidadores. Quem são esses homens e porque And os convidou para entrar?

— Andreas Montanaro — o Bojan pronuncia o nome com certa admiração, mas também detecto o que parece ser desprezo. Há um sotaque nítido em sua voz, indicando que não é norte-americano. — Finalmente nos deu a cortesia de uma conversa olho no olho.

— Meu acordo é com o seu primo, o chefe — And responde na voz fria que conheço bem. — Não gosto de lidar com subordinados, mas não posso me encontrar com Vlad em público. Tenho uma imagem a zelar.

O homem bufa e o desprezo fica evidente no rosto cruel.

— Eu não gosto de você e não é segredo para meu primo. Não sei porque diabos está insistindo numa parceria se podemos muito bem invadir seu território e tomar o que queremos — Bojan diz num tom ríspido.

Posso sentir a tensão emanando do corpo de And, mas, em vez de saltar sobre o homem, ele apenas sorri. É o sorriso cínico e superior que já vi e ouvi tantas vezes.

— Os chefes de verdade costumam se respeitar — responde, pegando o maço de cigarros e acendendo um, seus gestos aparentemente despreocupados. Puxa uma tragada longa e solta a fumaça na direção do tal Bojan. — Os chefes investigam bem a vida de seus amigos, aliados, prováveis aliados e, claro, dos inimigos — continua usando um tom superior. — Vlad me pesquisou e, por essa razão, sabe que todos que tentaram invadir meu território, além de serem enviados para o inferno mais cedo, tiveram suas famílias drasticamente reduzidas.

Engulo em seco. Meu Deus, ele é realmente frio quando o assunto são seus negócios ilícitos. Todavia, gosto que fale sobre isso na minha presença. É sua maneira de dizer que quer confiar em mim de novo? Conjecturo, mas minha atenção não sai dos homens à nossa frente. Atenta a tudo e consciente da pistola atada ao coldre em minha coxa direita. Sim, eu estive no teatro mais famoso do mundo com uma arma embaixo da saia. Esse é o meu atual nível de corrupção.

— Diferente de meu primo, prefiro pagar para ver — Bojan sibila. — Diga logo o que quer, Andreas. Tenho uma garota me esperando. — Seus olhos frios vêm para mim e ele sorri como uma hiena. — A não ser que a coisinha linda aí faça parte da barganha. Eu ia adorar comer sua putinha com força, mostrar a ela como é ser fodida por um homem de verdade.

Ele mal termina a frase, And já está atingindo sua cara com um chute forte. Rapidamente, arrasta o infeliz para o tapete e pisa em sua garganta, puxando as duas pistolas, uma apontando para o verme no chão e outra para o companheiro. Adrenalina invade minhas veias, esfriando, depois esquentando meu sangue. Puxo minha arma e destravo, apontando para o loiro que está com a mão congelada dentro do *smoking*. Os dois deviam estar no teatro também.

— Eu cuido desse, And — aviso na voz mais firme que consigo, mirando a testa do homem, que está assustado agora, os olhos arregalados, certamente surpreso comigo.

Uma sensação de poder se espalha em meu sistema. Eu gosto disso. Gosto muito.

— Não seja estúpido de puxar essa arma ou estouro seus miolos. Coloque as mãos para cima — ordeno. Ele permanece congelado. — Agora!

O idiota tira a mão de dentro do *smoking* e levanta os braços, lançando-me um olhar de morte. Continuo encarando-o.

— Porra... — ouço a voz baixa e incrédula de And, mas não desvio minha atenção.

Permaneço com o loiro na minha mira. O veículo diminui a velocidade e para, encostando no meio-fio, então, a divisória desce e é com alívio que vejo Jairo e Gualberto apontarem suas armas para cada bandido. Graças a Deus perceberam que algo estava errado. Talvez And tenha tocado o interfone e eu não vi, porque não podia tirar a os olhos do loiro.

— Nem mesmo respirem, porra! — Jairo rosna, agarrando o homem pelo pescoço, encostando o cano da pistola em sua têmpora.

— Faça o que quiser com o infeliz, chefe. Estou com ele na minha mira! — Gualberto avisa.

Desvio minha atenção para o chão e vejo que seu chefe ainda está com o cano da pistola encostado na testa de Bojan. O homem engasga, sua cara roxa. Andreas ri, crueldade e frieza espalhadas em seu rosto bonito, enquanto aperta ainda mais o sapato no pescoço do imbecil.

— É por isso que não é e nunca será o chefe do seu clã. Você é burro. Estúpidos como você não servem para comandar — zomba e retira o pé da garganta, mas senta sobre seu estômago e começa a desferir uma série de socos na sua cara.

Bojan ainda acerta um ou dois, tentando revidar, mas são superficiais, porque Andreas consegue se esquivar com a agilidade de quem domina variados tipos de lutas. Sangue está escorrendo do supercílio, nariz e boca do bandido insolente. Regozijo-me com cada soco. O asqueroso me ofendeu. Quando para de bater, Andreas sorri como um maníaco para a sua obra.

— Eu quero Valéria Ramazotti, de preferência, viva, para eu arrancar seu couro pessoalmente. Mas aceito morta também. Esse foi o acordo com Vlad e ele achou que você seria o mais indicado para vir me encontrar — zomba.

— Vai se foder, maldito Montanaro! — Bojan rosna, sangue espirrando de sua boca.

Andreas lhe dá mais um soco, calando-o, e puxa o telefone do bolso, fazendo uma chamada.

— Estou chamando Vlad. Talvez seu primo e chefe esteja interessado em saber que você encontrou com o líder local da máfia Georgiana na Chechênia — informa em tom satisfeito e Bojan arregala os olhos.

— Não! Porra, como ficou sabendo disso? — estala, tentando alcançar o celular.

— Vlad — And diz em inglês e seu sorriso fica ainda maior, os olhos verde-musgo acessos com crueldade. — Sim, estou com Bojan. Veja bem, enviá-lo para selar o nosso acordo não foi a melhor escolha.

Posso ouvir a voz do tal Vlad do outro lado, mas não entendo o que está falando.

— Ele desrespeitou a mim e a minha acompanhante — informa e completa com voz baixa:— Tive que dar uma pequena amostra grátis sobre quem sou.

O homem fala mais uma enxurrada de palavras em inglês.

— Não vou matá-lo em consideração a você — And avisa. O infeliz machucado engasga e eu também. — Sim, nosso acordo permanece. A vadia Ramazotti pela sua entrada *legal* nos portos brasileiros. — Ele escuta o interlocutor e sorri. — Proíba seu primo imbecil de chegar perto de mim de novo ou vou matá-lo.

Coloca o celular no ouvido do idiota.

— Primo — Bojan diz manso e apreensivo.

Ouço o interlocutor berrando em seu idioma e ele engole em seco.

— Está bem, porra, não vou chegar perto dele de novo.

And sorri, voltando a falar com o tal Vlad.

— Nosso acordo está fechado, Vlad. Cumpra com a sua parte que cumprirei com a minha — declara, encerrando a ligação.

— O que você quer em troca? — Bojan pergunta e respira aliviado por não ter sido delatado.

— O que eu quero?

And guarda o celular e enfia a mão em outro bolso, retirando algo prateado. Pega uma das mãos do homem e então, ofego, percebendo que é um cortador de charutos. Os olhos de Bojan arregalam tanto que penso vão sair das órbitas. Começa a se debater e, em instantes, Gualberto pula por cima da divisória e banco, aterrissando perto de seu patrão. Segura o outro braço do bandido e ele xinga muitos palavrões em uma língua que não consigo distinguir. Provavelmente é do leste europeu. And passa o aro prateado por cada dedo do infeliz, um sorriso assassino em seu rosto. Olho-o fascinada pela sua crueldade. Meu Deus, como posso me sentir atraída por um homem tão perigoso? Como posso ter me corrompido tanto? É insano, mas a demonstração de poder desse homem lindo me deixa excitada.

— Eu quero as suas desculpas para a senhorita ali — diz e sua cabeça gira, os olhos lindos e penetrantes encontrando os meus.

Pega-o pelo cabelo, forçando-o a me encarar.

— Vamos, olhe para ela. Aposto que nunca viu nada tão bonito em sua maldita vida, não é?

Arfo, meu coração saltando com suas palavras. São baixas e um tanto enraivecidas, mas contêm um elogio para mim. Seus olhos tornam a encontrar os meus.

— É linda demais. Mas é minha. Cada centímetro dela me pertence — afirma asperamente, voltando a olhar para Bojan. — Peça desculpas por tê-la ofendido. Agora — ordena com voz de aço.

— É apenas uma puta, por que se importa tanto? Se fosse sua noiva...

And rosna e ajusta o aro do cortador no indicador do imbecil. Eu ranjo os dentes, querendo que corte fora por me chamar de puta e mencionar a nojenta.

— Peça — diz num tom sinistro.

— Maldito!

Bojan range os dentes, mas vira o rosto para mim.

— Desculpe-me.

— Desculpe-me por ser um imbecil sem respeito, senhorita — And instrui e o homem me lança um olhar vingativo. Foda-se, idiota! Foi você quem me ofendeu! Digo-lhe com meus olhos.

— Desculpe por ser um imbecil sem respeito, senhorita — repete e encara And. — Satisfeito, filho da puta?

— Ainda não. — And amplia o riso sinistro e, então, eu levo as mãos à boca quando ele aperta o aro e corta o dedo do valentão fora.

O homem berra, tentando se debater, mas está contido pelo peso de Andreas e o auxílio de Gualberto. Resmunga mais palavrões em sua língua, seu rosto contorcido de dor. And sai de cima dele e junta o dedo ensanguentado, olhando-o com apreciação sombria. Seu sorriso se abre lentamente, encarando o infeliz derrotado no chão.

— Agora estou. — Joga o dedo em cima dele.

Bojan não sabe se pega o membro decepado ou pressiona o local de onde espirra muito sangue.

— Joguem os dois para fora — vem a ordem dura de And.

— Maldito! Preciso ir para um hospital! — Bojan estala, mas as portas já estão sendo abertas e Jairo e Gualberto arrastam os dois bandidos burros para a calçada.

— Não é problema meu — And diz friamente, limpando seu cortador com um lenço branco. — Obedeça seu chefe e não tente bancar o valentão para cima de mim de novo. Posso não ser tão bondoso da próxima vez — avisa e fecha a porta, deixando os dois na noite fria, jogados na calçada.

Guardo minha pistola no coldre de novo e, quando levanto a vista, seu olhar está sobre as minhas coxas. Em instantes, Jairo e Gualberto reassumem seus lugares na frente e a limusine retoma o caminho. A divisória volta a subir, assim como o olhar aquecido de And. Sua expressão ainda é dura e sombria, mas há desejo em suas íris verde-musgo. Ele pega o celular e faz uma ligação. Olho-o intrigada.

— Vlad. Sou eu de novo. Para mostrar que posso ser um bom aliado e, claro, porque abomino ratos, deve saber que Bojan esteve em contato com a máfia georgiana na Chechênia — diz calmamente.

Respiro fundo. Ele entregou o homem tolo. Apenas o enganou, deixando acreditar que não o faria. *Abomino ratos.* Essa frase faz meu corpo esfriar, um pouco da excitação escoando. Em momentos assim, o medo de que nunca me perdoe é maior do que a esperança. Ele odeia traição. Eu o traí.

— Esse tal Vlad vai matar aquele imbecil — murmuro.

Seu olhar prende o meu.

— Provavelmente. Não há perdão para traição neste mundo, Maya — afirma e aceno, meus olhos ardendo, meu íntimo retorcendo de medo de perdê-lo para sempre.

Um silêncio incômodo desce entre nós.

— Ainda iremos ao clube? — pergunto, porque, sem sexo, sinto-me a quilômetros de distância dele. É a nossa despedida destes dias, desse tempo só nosso.

Seus olhos me sondam estendendo o silêncio.

— Sim — responde em tom e olhar taciturno. — Eu quero você. Continuo querendo você, isso não mudou.

Nunca irá mudar, no que depender de mim. Nunca. Conspiro internamente. Meu coração volta a saltar, meu corpo esquentando com expectativa para a nossa sessão.

CAPÍTULO NOVE

Tentei quebrar essa gaiola, mas para onde eu iria ir?
Eu sou um prisioneiro...
(Raphael Lake – Prisioner)

Maya

A limusine para e fico em alerta. Andreas me vendou tão logo admitiu que ainda faríamos a sessão no clube. O percurso foi longo e eu o ouvi fazendo ligações, falando em diversas línguas. A última foi para Álvaro. Nessa ele mais ouviu do que falou, certamente para não revelar coisas pessoais do irmão na minha presença. A porta se abre em seguida, a mão grande e masculina está pegando a minha. Retirei as luvas dentro do carro e um arrepio me percorre ao sentir seu toque diretamente. Deixo-o conduzir-me para fora.

— O percurso é reto e sem obstáculos — a voz grossa e baixa soou em meu ouvido, causando-me mais arrepios.

Arfo e ele ri baixinho, roçando os lábios em meu lóbulo.

— Você parece uma princesa, meu bichinho. Mas o predador em mim prefere vê-la nua, presa, sendo a minha boa cadela.

— Obrigada. Eu prefiro a segunda alternativa também, meu amo — murmuro, tornando a arfar. Sei que não está me ofendendo quando me chama assim, nesse tom, é parte do nosso jogo.

Ele sibila e me impulsiona a andar devagar e vou firmando meus passos nos sapatos de salto alto. Seu braço enrola em minha cintura e meu coração tolo se enche de alegria pelo gesto protetor enquanto caminhamos em linha reta. Paramos e And avisa que vamos tomar um elevador. Entramos, suas mãos nunca me soltam, mantendo-me perto.

— Os calabouços ficam no subterrâneo, como no Voraz — informa. — Passei por aqui à tarde e higienizei o local para receber o meu lindo bichinho — torna a sussurrar no meu ouvido e gemo alto quando desce mais a boca, mordendo a lateral do meu pescoço.

Fico ainda mais molhada, meu núcleo latejando, a calcinha e meia ficando umedecidas pelo tesão e expectativa do nosso sexo gostoso e sombrio.

— Obrigada, meu senhor — murmuro submissa.

O elevador para e as portas se abrem. And me conduz gentilmente para fora.

— Novamente, não há obstáculos até o nosso destino — avisa e aceno, caminhando a seu lado, nossos passos sincronizados.

Em poucos instantes, o som de uma porta sendo aberta, espalham-se tremores perversos pelo meu corpo. O braço firme permanece enrolado em minha cintura, levando-me para dentro, presumo. Um som instrumental está soando no recinto e a temperatura está gostosa, certamente o aquecedor está ligado. Ouço o som da porta se fechando e continuamos andando.

— Pare aqui — ordena e, imediatamente, estaco.

Aguardo mais instruções, mas ele não diz nada nos próximos minutos. Sei que ainda está perto, pois seu cheiro másculo e caro flutua em minhas narinas. Arfo, lambendo os lábios, posso sentir seu olhar percorrendo meu corpo. Quero que tire a minha venda para ver seu belo rosto, porém, ao mesmo tempo, gosto de estar completamente à sua mercê.

Espero pelo que parece uma eternidade e me sobressalto quando suas mãos mornas tocam e abrem meu casaco de pele, enfiando-se por dentro, rodeando minha cintura. Puxa-me para perto, colando-me em seu corpo grande. Nossas pelves se juntam e sinto-o duro e grosso. Choramingo, molhando-me toda, ofegando, querendo seu grande volume dentro de mim. Sua risada soa baixa e indolente ao testemunhar minha reação. Ele se afasta um pouco e protesto.

— Paciência, bebezinha — murmura e meu coração falta sair pela boca, saltando forte.

Meus olhos turvam atrás da venda. Oh, meu Deus... Pensei que nunca mais fosse ouvi-lo me chamando assim. Ele me chamou de *branquinha* mais cedo também. Isso tem que significar alguma coisa. Suas mãos sobem pelo meu torso, passando por cima dos seios, arrepiando ainda mais meus mamilos, que doem pressionados contra o tecido do vestido. Arquejo quando pega meu pescoço com as duas mãos, apertando-o do jeito sombrio que aprendi a amar.

— Vai me dar usando apenas essa tiara — diz na voz escura de dominador. — O colar vai ser substituído por uma coleira, porque é isso que você é: minha cadela.

— Sim, meu lorde. Farei tudo para o prazer de meu dono — sussurro, sentindo seu hálito morno, cheirando a bebida cara bem perto da minha boca.

Assusto-me ao receber um tapa forte na cara enquanto continua apertando meu pescoço. O topo de minhas coxas está todo melado agora. Meu dominador sádico ri cínico e empurra meu casaco pelos meus ombros, as mãos arrastando sedutoramente em minha pele, arrepiando-me inteira. Em seguida, desce as alças finas do vestido, desnudando meus seios. Arquejo outra vez, a ponto de implorar que os toque do jeito possessivo que amo. Ele não faz, claro, porque gosta de me torturar. Empurra o vestido pela minha cintura e quadris. Gemo quando pega minha bunda, apertando as bochechas com força, dá dois tapas em ambas. Choramingo, dor e tesão inflamando meu corpo. Sinto-o abaixando-se, puxando minhas meias junto com a calcinha pelas minhas coxas, bem devagar. Do nada, seus lábios mornos depositam um beijo suave em meu monte nu.

— Deus... — gemo em deleite, cerrando os pulsos para conter a vontade de tocar seus cabelos macios. Sua boca se vai e ele continua a tarefa, retirando meus sapatos e terminando de puxar as meias e calcinha. Suas mãos sobem pelas minhas panturrilhas, lentamente, pelos joelhos, coxas. Minha pele inteira arrepia. Gira por dentro, roçando minha virilha melada e grunhe tocando meus lábios vaginais.

— Tão molhada... — sibila, alisando levemente para cima e para baixo.

Arfo, precisando desesperadamente que me toque com mais firmeza.

— Meu bichinho ama foder com o seu dono. Eu tenho tanta sorte, não é? — seu tom é indolente e, sem aviso, empurra um dedo em minha vulva.

Grito de susto, prazer, ardência. Espalho as pernas para facilitar o acesso e ele ri, empurrando mais um, metendo bem fundo em meu canal. Pega minha bunda e enfia o rosto em minha boceta, cheirando-me, lambendo o clitóris, depois sugando com firmeza. Puxa os dedos, massageando meu ponto G e resfolego, o orgasmo querendo vir, meu ventre todo quente, o sexo pulsando, pingando de tanto tesão. Estou quase lá, mas ele retira-os e para a sucção em meu monte. Faço um som de lamento. Sinto-o se levantando e, em seguida, ouço-o se movimentando ao meu redor. Ele me acha bonita e me regozijo com isso, sinto-me poderosa quando tenho sua admiração sem rodeios em nossas sessões.

— Não há nada mais bonito, menina. Nada, porra — resmunga, as mãos mornas segurando minha cintura e arfo, o calor do seu corpo está novamente perto do meu.

Sobe e desce pelas minhas laterais, acariciando minha pele no toque reverente e delicado que antecede ao sexo duro e obscuro que o satisfaz. Pega minhas mãos, massageando meus pulsos e sobe pelos braços, devagar, até os ombros. Minha respiração fica entrecortada, excitação sem tamanho se espalhando em cada célula do meu corpo. Gira para as minhas costas e estremeço ao sentir seus dedos se enfiando em meus cabelos, penteando as mechas do jeito suave e delicioso que gosta de fazer. Percebo que começa a trançá-lo. A sensação é gostosa. Ele fazia muito isso antes de tudo virar uma bagunça. Termina a tarefa e acaricia minhas costas, demorando-se um pouco mais nas marcas deixadas por seu chicote.

Grito ao sentir uma mordida na minha nuca. Ele ri perverso e lambe onde feriu, fazendo tremores obscenos me percorrerem. As mãos voltam para meus ombros e descem pela frente, acariciando minha clavícula, os dedos brincando com o osso dos ombros até o centro. Choramingo, ensandecida para que toque meus seios. And desce mais, serpenteando os dedos em minha pele, pairando sobre o topo de meus peitos, mas não avançando. Arqueio as costas, oferecendo-me, gemendo em necessidade. Seu sorriso torna a soar baixo e cínico.

Volto a lamentar ao senti-lo se afastando. Por alguns instantes, só consigo ouvir o som instrumental soando no ambiente. Não percebo ele se aproximando e me sobressalto quando afasta a trança por cima do ombro esquerdo e abre o colar caro. Logo segura minha garganta pela frente, os dedos alisando a pele. Em seguida, o couro se fecha em meu pescoço. A coleira. Arfo, lambendo os lábios. De todas as práticas, essa é a mais degradante, porém, inexplicavelmente, deixa-me ainda mais molhada. And deixa a corrente tocar o vão entre meus montes, arrepiando os bicos, deixando-os tesos. Então, pega-a e estica.

— De joelhos, cadela — a ordem vem em um sibilar baixo.

Obedeço sem pestanejar, meus joelhos tocando o chão duro, como em seu calabouço, no Voraz. Seus dedos levantam meu queixo, o polegar esfregando meus lábios e os entreabro, chupando-o, engolindo inteiro. Ele geme rouco e puxa mais a corrente, quase me sufocando. Meus mamilos ficam mais duros e meu núcleo mais cremoso com sua rudeza.

— Minha putinha sombria — seu tom é zombeteiro, engrossado e empurra três dedos em minha boca, fazendo-me engasgar, mas chupo todos, sendo sua boca cadela. — Quer chupar meu pau, Maya? — Choramingo, minha boceta babando por ele. — Quer, não é? Mas não vai — debocha sombriamente. — Não agora, pelo menos.

Mais creme grosso encharca minhas paredes e ofego, sugando seus dedos como se minha vida dependesse disso. And puxa-os e me dá um tapa na outra face, pegando minha trança pela nuca. Dói e um gemido indecente escapa. Ri desdenhoso, batendo-me do outro lado.

— Porra de garota... — resmunga. — Fique de quatro — ordena asperamente. — Estou com saudade de passear com o meu lindo bichinho de estimação — diz com indolência, empurrando-me para a posição degradante. Eu vou, mansa, submissa.

— Também estou com saudade de passear com o meu dono — murmuro, tanto para deixá-lo satisfeito com meu desempenho, como para provocá-lo.

Ele bufa e puxa a corrente, arrastando-me de quatro. É uma posição desconfortável pra caramba. Os joelhos e mãos doem no piso áspero. Exatamente por isso, o sádico gosta tanto, e a masoquista em mim também passou a apreciar. Arrasta-me por vários passos e para.

— Levante-se, cadela — ordena, dominante e ríspido.

Obedeço no mesmo instante, ansiosa pelo que me aguarda. Pega minha trança novamente e me empurra em direção a algo, arfo sendo prensada contra uma parede, acho. Está todo vestido ainda e anseio pelo momento em que sentirei sua pele gostosa e nua na minha. Percebo superfícies de madeira sobressaindo no concreto... A cruz de Santo André, o reconhecimento acende em minha mente. Tesão sem medida pulsa em minhas veias, antecipando ser pregada aqui e surrada pelo homem que me corrompeu além da reparação.

— Afasta as pernas — rosna e eu faço.

Agarra meu tornozelo esquerdo, prendendo-o habilmente com uma algema de couro. Arreganha ainda mais minhas pernas, levando o direito até a outra extremidade, prendendo-o também.

Suas mãos sobem pelas minhas pernas e amassam minha bunda, sovando a carne, raspando as unhas. Dá-me um tapa seco e grito, meus olhos lacrimejam. Dá mais um do outro lado e grito, em seguida, gemo de prazer ao sentir sua mão empurrando entre minhas pernas, por trás, cavando minhas dobras molhadas. Enfia dois dedos em minha boceta e choramingo, convulsões perversas perpassando meu corpo, deixando-me ainda mais quente, pulsante. And rosna baixo e passa a me comer com os dedos, estocando fundo, voltando, metendo de novo. Outro tapa malvado em minha bunda. Sustento-me na parte superior da cruz e arqueio meu corpo, a escuridão dentro de mim ganhando vida, amando o homem que a libertou. And resmunga, surrando-me com tapas fortes. Não parando de me foder com os dedos. Minha bunda está ardendo, a pele queimando de dor e prazer. Estou quase gozando, lágrimas de submissão absoluta escorrendo pelo meu rosto.

— Você vai gozar enquanto apanha do seu dono, bebezinha — seu tom é áspero e rouco, mas contrariando sua ordem escura, ele retira os dedos e cessa os tapas.

Faço um som vergonhoso de lamento. Ele ri, levantando meu pulso direito, fixando-o acima da minha cabeça, em seguida, o esquerdo. Gemo, pendurada, louca para gozar. Pega minha trança rente à nuca, sua boca vem para o meu ouvido, os dentes raspando no lóbulo. Arquejo, respirando com dificuldade.

— Vou te deixar em coma de tanto te comer hoje, porra.

— Sim... Acabe comigo, meu amo — murmuro sem vergonha.

Ele ruge no meu ouvido e suga a ponta da orelha. As mãos se enfiam entre a minha frente e a cruz e desliza os dedos suavemente pela minha barriga, subindo para os seios, pegando-os com firmeza.

— Oh, Deus... — estremeço de prazer, arqueando, deixando-o sovar meus montes do seu jeito delicioso e forte.

Pega os mamilos entre os polegares e aperta-os perversamente, seu pau empurrando em meu traseiro por cima da calça. O tecido esfrega em minha pele agredida e sibilo, excitada, dolorida, querendo desesperadamente mais. Ele ri zombeteiro e morde minha nuca. Meus líquidos estão escorrendo pelas coxas, o clitóris latejando por um toque. Arfo quando finalmente desce uma mão, cavando entre minhas pernas, passando a esfregar meu montículo inchado. Gemo, o orgasmo querendo vir.

— Por favor, meu lorde.

Ele para as carícias torturantes no mesmo instante e puxa meu cabelo com força. Choramingo, meu corpo inteiro arrepiando. O seu, o *nosso* mundo sombrio me arrebatando.

— Quanto mais duro sou, mais a minha putinha gosta. Não é assim? — zomba e desce a mão, pegando minha carne molhada e, em seguida, esfregando o creme escorrendo em minhas coxas.

Sua risada é baixa e escura.

— Vai receber vinte açoites.

— Como queira, meu dono — murmuro.

And se afasta por algum tempo e fico contando os segundos. Gemo ao sentir seus dedos cavando dentro de mim por trás. Um som de pura necessidade sai da minha garganta quando abre minhas bochechas doloridas, sua língua morna lambendo meu ânus. Desce um pouco, metendo a língua endurecida em minha vulva e, depois, voltando para meu traseiro. Choramingo, tão louca para gozar que nem consigo mensurar. Mas seguro, porque sei que gosta assim. Geme rouco em aprovação e empurra um dildo em minha boceta. Arfo, empinando e relaxando, enquanto vai metendo o pequeno objeto.

— Ahh... — Estremeço com a massagem certeira em meu ponto G e a sucção iniciando em meu clitóris.

Amo quando usa esse. É simplesmente covardia. Ele alisa minha bunda e beija cada bochecha antes de uma ponta lisa e lubrificada circular meu ânus. Relaxo, deixando-o meter o outro dildo, devagar, até o fundo. Estremeço com a ardência e prazer. Ele me fez amar sexo anal e, neste momento, meu canal vaginal fica mais cremoso. Adoro essa sensação de ser preenchida nos dois lugares. Resfolego, sentindo as primeiras vibrações do objeto enterrado em minha bunda. Torna a se afastar e meu corpo inteiro arrepia ao escutar o estalar do chicote.

— Conte, sub — ordena e grito, recebendo o primeiro golpe nas costas.

Arqueio, gemendo, dor irradiando na pele. Ele rosna com a minha reação, soltando mais outra lapada. Eu choro, contando, arquejando, completamente dominada pelo prazer obscuro. As vibrações dos dildos em minha vulva e ânus não param e mais prazer reverbera em meu corpo, rivalizando com a dor. And continua me chicoteando. Nas costas, na bunda, coxas.

— Quinze — minha voz é só um arquejo, rouca de tesão.

As vibrações aumentam ainda mais, meu ponto sendo massageado, meu clitóris sendo engolido, sugado. Meu dominador me surra, emitindo sons de prazer em sua garganta. E isso ajuda a ampliar as sensações em meu sistema sensorial. Saber que ele ama isso, que lhe dou tanto prazer, e que recebo em dobro, lança-me para a borda e eu aviso quase sem voz:

— Eu vou gozar, meu dono. Ahh, Deus... Vou gozar... — choramingo.

Ele resmunga algo sobre eu ser perfeita e me dá mais dois golpes, lançando-me no caminho escuro que tanto amo. Gozo gritando, ondas quentes e caudalosas explodindo em minha boceta. Minha garganta está tampada de tanto prazer, meus olhos reviram atrás da venda, líquidos abundantes vazando, escorrendo. Eu desabo, minhas pernas cedendo, meus pulsos pendurados nas algemas, minha carne machucando. Minhas costas são puxadas contra seu peito e os braços fortes me rodeiam. Retira o dildo da minha vulva e, em seu lugar, sinto a cabeça grande e macia pedindo passagem.

— Goza, minha menina escura — sussurra, depositando beijos reverentes em minhas costas agredidas.

Meus olhos se enchem de lágrimas. Eu não posso perdê-lo. Essa não pode ser a nossa última vez juntos. Então, urra alto, metendo em minha boceta numa única estocada. Eu grito pela invasão brusca, seu grande volume castigando minhas paredes, ainda que esteja terrivelmente molhada. Entra justo, dolorido por causa do outro dildo na bunda. Os tremores do gozo continuam espiralando em meu corpo e uma mão grande aperta minha cintura enquanto a outra puxa minha trança rente à nuca. Sua boca macia vem para o ombro direito, sugando a minha carne gananciosamente. Eu soluço, desejando sentir sua pele nua na minha. Está todo vestido ainda, essa é a forma do dominador mostrar seu poder sobre mim. Morde-me gostoso na junção do ombro e pescoço e se retira quase todo, voltando a estocar duro, profundo.

— Ohh, Deus... — balbucio, meu ventre incendiando, o tesão se renovando.

Ainda não entendo como isso é possível, já que acabei de gozar. Mas esse homem conhece meu corpo. Ele sabe o que sou capaz de suportar. Não, ele *possui* meu corpo.

— Você continua me surpreendendo com sua coragem, branquinha. Surpreendendo-me, irritando-me e me excitando como nenhuma outra ousou antes — sua voz está engrossada, seu quadril não parando de bater em meu traseiro, comendo-me com força.

Meus pulsos, e agora os tornozelos, doem pela forma como estão sendo esticados com sua posse. Mas a sensação perfeita do grande pau dentro de mim oblitera todo o desconforto. Eu nasci para pertencer a este homem, tenho absoluta certeza disso.

— Porra, que gostoso meter em você, garota — resmunga, puxando minha trança e socando sem dó em minha vulva. — Vai gozar de novo, Maya. Vai gozar junto com seu dono — ordena e as mãos vão pela minha frente, acariciando minha barriga até chegar aos seios, agarrando-os.

Sova a carne, rolando os bicos delicadamente, e continua me fodendo com voracidade, o som das estocadas rudes ressoando no ambiente. Arquejo, empinando-me para levar mais, ainda que esteja machucando meus pulsos e tornozelos. Ele geme rouco, apreciando minha submissão e começa a surrar meus seios, dando tapas firmes, em seguida, apertando os mamilos, levando-me a loucura. Diminui as estocadas, girando o quadril, massageando gostosamente minhas paredes e a quentura aumenta em meu ventre. Sinto mais creme se reunindo em meu canal e resfolego, outro orgasmo vindo com tudo. And ri satisfeito com seu domínio total sobre o meu corpo e volta a acelerar, comendo-me com golpes fundos e fortes. Empurra a lateral do meu rosto contra a parede e, com a mão livre, esfrega meu clitóris. Com uma estocada brutal, eu grito, o gozo irrompendo em minhas entranhas. Com um rugido gutural, ele se enterra até o punho e começa a jorrar bem fundo dentro de mim.

— And... — choro seu nome, delirando em sensações perversas.

— Maya... — geme rouco, não deixando de meter profundamente, enquanto me enche com seu sêmen. — Assim, meu bebê... Toma a minha porra... — resmunga e mais lágrimas pulam em meus olhos por ele usar esse termo.

Eu amava quando me chamava dessa maneira. Para mim era a máxima expressão do seu carinho por mim. Meus olhos pesam, os espasmos ainda reverberando em meu corpo. Ele derrama tudo e torna a gemer, um som lindo de prazer que deixa meu coração quente. Sua boca traça beijos molhados e reverentes em minhas costas ardidas.

— Gostosa. Amo comer você... Amo gozar neste corpo perfeito e só meu — sussurra com voz áspera e se retira devagar.

Solta-me das restrições e ronrono quando me levanta nos braços. Começa a andar comigo e, não demora, sinto os lençóis macios em minhas costas. É uma cama. Percebo pelo colchão macio e amplo espaço.

— Fique quieta, cadela — seu tom volta a ser autoritário.

Ele acaricia meu corpo inteiro antes de subir as mãos para o meu rosto, puxando a venda devagar. Arfo, piscando, meus olhos se ajustando à fraca iluminação do recinto. Seu rosto moreno está bem próximo. Os olhos verde-musgo quentes dentro dos meus. Deus, como amo esse homem. Ele abaixa a cabeça e os lábios sensuais deslizam nos meus, rolando gostosamente. Ofego, querendo abraçá-lo, mas não tenho a sua permissão ainda. Quando penso que vai me beijar, afasta-se, saindo da cama. Meu sexo palpita ao vê-lo puxando o *smoking*, em seguida, a gravata. Seu olhar aquecido percorre meu corpo inteiro sobre os lençóis de seda preto.

— Permita-me despi-lo, meu senhor — peço com submissão.

Ele para os movimentos, o olhar estreitando no meu. Demora tanto tempo para responder que penso que vai me negar.

— Venha — sua voz é baixa e grossa.

Meu coração acelera e rolo, ficando de quatro, arrastando-me sinuosamente para a borda do colchão. Seus olhos quentes tornam a passear pelo meu corpo nu, obviamente apreciando meu show. Levanto-me, fico de joelhos na cama e começo a abrir os botões da camisa branca. Retiro-a devagar, babando na pele morena e nos músculos talhados e bem definidos do peitoral. Espalmo os ombros amplos e levanto o olhar, encontrando o seu. Suas íris estão flamejando sobre mim e me sinto a dona do poder nesse momento. Inclino-me, beijando seu pescoço, lambendo e sugando a pele suada. Dou uma mordida forte e ele estremece, rosnando alto. Pega minha trança novamente e puxa-a com posse. Rio internamente e desço para o peitoral, lambendo, beijando, chupando o mamilo direito. Seu aperto afrouxa um pouco, permitindo-me descer pelos gomos do abdômen definido.

Eu me esbaldo, meu sexo voltando a latejar por estar tocando-o dessa forma depois da distância que impôs entre nós. Minhas mãos acariciam seu torso, enquanto minha boca o reverencia com beijos, sugadas e mordidas. Chego à braguilha. O botão e zíper da calça estão abertos. Seu pau ainda está duro, a cabeça saindo pelo cós da boxer preta. Empurro calça e cueca para baixo e pego o eixo cheio de veias, masturbando-o lentamente. Levanto meus olhos para os seus e lambo a ponta com delicadeza.

— Cadela... — sibila, o olhar caindo para a minha boca. — Termine o que começou. Tem permissão apenas para me despir.

Faço um som de protesto, mas obedeço, voltando a puxar a calça. Ele me ajuda, retirando os sapatos e meias. Em instantes, está nu, moreno, lindo. Sombriamente lindo.

— Volte a se deitar, abra bem as pernas e pegue os joelhos separados — ordena e gemo, obedecendo imediatamente. — Tão obediente, minha putinha. — Sorri perverso, zombeteiro.

Seus olhos flamejam, cravando em minha boceta e ânus ainda com o dildo. Ele me dá as costas e vai para um aparador próximo, arfo com a naja olhando para mim. Lambo os lábios, aguardando o que mais temos para a noite. Ele traz um balde com gelo numa mão e duas cordas na outra. Coloca ambos sobre o *recamier* e abre uma garrafa de champanhe, servindo uma taça. Apoia um joelho sobre o colchão e pega minha cabeça, trazendo-a até minha boca. Eu bebo avidamente, esgotada pela cena da cruz. Ingiro tudo e ele ri do seu jeito cínico, servindo mais para si, virando a taça na boca. Toma tudo também e a deposita no *recamier*.

Pegando as cordas, ele sobe na cama e fica na minha frente. Arfo, mordendo o lábio quando começa a me amarrar. Latejo, molhando ainda mais e o escroto ri arrogante, sabendo como sua dominação me excita. Afasta-se um pouco, a expressão satisfeita com sua obra. Meus braços foram contidos juntos com as coxas abertas. A posição me deixa completamente imóvel, à sua mercê.

— Não há nada mais bonito neste mundo... — sussurra rouco, tocando meu monte, o polegar esfregando meu clitóris devagar.

Puxa o dildo do ânus e expiro aliviada. O sorriso perverso curva sua boca linda. Desliza um dedo entre minhas dobras meladas com nossas essências misturadas. Ele desce mais, encontrando meu pequeno anel, e, olhando-me fixamente, empurra dois dedos, fazendo-me gemer obscenamente. Torna a rir e se abaixa, sua boca alcança meu clitóris e chupa-o com vontade. Acrescenta mais um dedo e come minha bunda enquanto me devora. Eu gemo, choramingo, olhando-o com fascínio. Ele para, de repente, e rodeia a cama, arrastando-me pelos ombros para a borda do colchão. Arrasta-me até minha cabeça ficar pendurada para fora, seu pau grosso esfregando a costura dos meus lábios.

— Chegou a hora de mamar, meu bichinho — diz cínico e eu gemo, abrindo a boca prontamente, deixando-o empurrar o grande volume até a minha garganta.

Ofego, seguindo as instruções para essa posição e inspiro pelo nariz, relaxando a mandíbula para levá-lo todo. Um som de prazer animalesco reverbera quando consegue colar seu púbis em meus lábios. Engasgo um pouco, mas lambo as veias, começando a chupá-lo.

— Ahhh, porra, que perfeita, meu bebê... — geme rouco, movimentando-se devagar, a princípio.

Vou acostumando-me e aumento a intensidade das sugadas. Ele resmunga e passa a foder minha boca com o vigor que amo.

— Isso, menina. Está linda mamando no pau do seu dono.

Elogia condescendente e gemo entalada, levando-o todo, porque a submissa em mim precisa agradá-lo. Suas mãos vêm para meus seios, amassando minha carne com firmeza, torcendo os bicos com perversão. Todo o tempo indo bem fundo em minha garganta, entrando e saindo com rudeza. Uma mão continua o toque em meus seios e a outra desce pela minha barriga, encontrando minha boceta. Enfia dois dedos bem fundo e choramingo, babando seu eixo todo. Sua respiração começa a ficar irregular, indicando que vai gozar assim. Meu corpo inteiro muda, outro orgasmo pedindo passagem. Deus, que homem gostoso. Eu o chupo com ânsia, a iminência do êxtase fazendo minha vulva ficar mais cremosa, latejante. Ele puxa os dedos, deixando só as pontas e passa a massagear impiedosamente meu ponto G. Meu corpo inteiro convulsiona e tento gritar, recebendo suas estocadas perversas, minha boca está dormente, minha garganta doendo, então, eu gozo com essa mistura de sensações masoquistas, ondas escaldantes me assolam. And se retira da minha boca e me vira de bruços, voltando a enfiar até a garganta e goza também. Ruge alto, enquanto bebo tudo, como a boa cadela que sou.

Quando termina, vai em direção ao aparador e arfo ao ver o brilho dourado do objeto em sua mão. Estou imóvel, isso deveria me fazer sentir medo ao ver a faca, mas, em vez disso, a confiança e excitação sombria começa a se espalhar em meu sistema. Ele anda de volta, nu, sua pele linda brilhando com uma camada fina de suor. Algumas mechas estão escapando do cabelo negro, caindo sobre a testa. Sua expressão é fechada, os olhos verde-musgo cravados sobre mim. Gira-me e deixa minha boceta nua rente à borda do colchão. Ele passa o polegar sobre a lâmina, bem devagar, o brilho sombrio se intensificando em suas íris. Arfo, querendo agradá-lo, mostrar que sou a melhor submissa para ele.

— Corte-me, meu amo — peço e seus olhos ficam mais acesos.

A expressão escura tomando todo o rosto moreno deveria me fazer declinar, porém, adiciono:

— Machuque-me. Use-me, sem pena, eu preciso disso.

Ele rosna, as narinas inflando e se debruça, retirando a coleira. Então, coloca a lâmina na minha garganta. Arfo, prendendo a respiração.

— Você adora apertar meus botões, não é, branquinha? — sibila e desce a ponta da faca pelo meu colo, passando entre os seios lentamente. Eu gemo baixinho, meu núcleo latejando, respondendo à sua dominação perversa.

— Eu amo pertencer ao meu lorde. Amo satisfazer todos os desejos sombrios de meu dono — murmuro, minha voz rouca de tesão e por tê-lo chupado além do meu limite.

— Vamos testar isso — murmura e, com uma expressão diabólica, pressiona mais a ponta da faca, descendo pela minha barriga, ferindo a pele de leve. É superficial, mas arde um pouco.

Sua outra mão esfrega delicadamente onde arranhou e torna a suavizar a pressão da lâmina, descendo. Seus olhos perversos sobem para os meus e sua boca se curva ligeiramente dos lados. Traça meu monte inteiro com a ponta fina e para bem perto do meu clitóris. Minha respiração fica suspensa, pela primeira vez em nossas sessões, medo quer se insinuar em minhas entranhas.

— Quer dizer sua palavra segura, branquinha? — zomba sadicamente.

Arfo, lambendo os lábios. Ele não vai me machucar a sério. Só está fazendo terror psicológico comigo. Quer saber o quanto confio nele. Meu dominador sabe fazer isso muito bem.

— Faça o que quiser comigo, meu senhor. Meu corpo é seu — garanto, tentando soar corajosa.

O riso cínico volta em sua boca e ele se debruça ainda mais, descendo a lâmina delicadamente pelos meus lábios vaginais. Sem aviso, esfrega o lado sem corte de cima para baixo, pegando meu clitóris, e grito, minha pele arrepiando pelo prazer doentio.

— Ah, Deus... Sim, meu dono... Sim... — balbucio e ele rosna, fazendo de novo, seus dedos arreganhando meu montículo, desencapando a protuberância, e esfrega as costas da faca.

Minha pele está coberta de suor, meu corpo doendo pelas restrições, mas gemo querendo mais e mais. Arfo ao sentir a ponta escorregando suave como uma pluma e tocando minha vulva. Engulo em seco, o medo voltando e ele ri, perverso, sombrio, girando a ponta devagar em minhas dobras. Solto a respiração quando a tira de lá e a traz até o meu rosto.

— Veja o quanto é sombria, menina. — Olho a ponta da lâmina suja com minha excitação.

Abro a boca e ele a coloca devagar. Eu lambo, com cuidado para não me cortar. Ele abandona a faca ao meu lado, sobre o colchão, e pega seu pau, duro de novo, alinhando-se na minha boceta. Segura meu pescoço pela frente e mete em mim, até o fundo. Eu berro, estremecendo inteira e ele não tem pena, comendo-me com força. Nessa posição, entra até o punho. Suas bolas batendo em meu ânus. Segura meu ombro com a mão livre e me fode, o tempo todo me olhando fixamente, seu rosto abaixando para perto do meu. Lacrimejo, meu coração doendo de tanto amor por este homem. Ele me come, rosnando alto, socando tudo, a mão apertando meu pescoço, mantendo-me cativa.

Sem aviso, sai da minha vulva e arfo ao sentir a ponta macia e grossa massageando meu ânus. Leva as mãos para as minhas coxas e me pressiona para baixo no colchão, enquanto vai empurrando em meu buraco estreito. Mesmo tendo sido esticado um pouco pelo dildo, ainda dói conforme vai me sodomizando. Eu berro, relaxando e ele rasga o meu esfíncter, metendo tudo, até o fundo.

— Ahh, ai... — reclamo.

Ele sorri, seu polegar começando a massagear meu clitóris. Arfo, minha boca se abrindo num silencioso "O". Tremores perversos me tomam e o escroto ri mais, começando a me comer com golpes longos e gostosos.

— And... — choramingo, além da luxúria.

Ele se debruça, passando a chupar e mordiscar meu seio direito. Enquanto seu pau grosso se enterra profundamente, indo e vindo, em minha bunda.

— Caralho... Amo meter nesse cuzinho gostoso... Vamos, toma mais, minha cadela — sibila, empurrando um pouco mais para cima do colchão e me escarrancha, minha bunda levanta da cama e ele geme rouco, metendo mais fundo, mais duro.

Eu grito, imóvel, recebendo-o com ânsia. Seus olhos tempestuosos estão bem próximos, sua boca ofegando quase tocando a minha e vejo o momento em que perde a batalha para a nossa paixão.

— Porra, porra... — resmunga e segura meu rosto dos lados, a boca faminta se apossando da minha num beijo apaixonado.

Choramingo de prazer e o recebo, deixando apossar-se da minha língua. Lambemo-nos, chupamo-nos, mordemo-nos, devoramo-nos num beijo indecente e esfomeado. Ele me come cada vez mais fundo, meu ânus ardendo. Quando estamos irrevogavelmente chegando ao clímax, separa nossas bocas e o vejo pegando a faca novamente. Continua metendo em minha bunda, mais devagar agora e é com fascínio escuro que o observo riscar minha barriga de novo.

Arquejo e ele sobe para o seio direito, cortando a carne macia abaixo da aréola. Antes que sequer sinta a dor completa, sua boca gostosa está sugando a ferida, a língua lambendo em pinceladas sensuais. Meus olhos se enchem de lágrimas. É sombrio. Mas é algo nosso. É gostoso. É perfeito. É confiança pura e plena. Fecho os olhos brevemente, absorvendo a sensação de completo pertencimento tomando meu corpo. Pertenço a este homem. Não há volta para mim. Sou dele.

— Abra os olhos — ordena e o faço no mesmo instante.

Seu pulso está na frente do meu rosto, uma pequena ferida aberta e o sangue escorrendo. Assinto e ele coloca o pulso na minha boca. Eu gemo ao sentir o gosto metálico em minha língua. O sangue dele, o sangue do homem que amo mais que tudo nesse mundo. Volta a chupar minha ferida enquanto eu chupo a sua. Nossos olhares presos, seu pau me enchendo bem fundo e gostoso. Esfrega sua pelve na minha, friccionando meu clitóris a cada estocada e o prazer lascivo começa a espiralar em meu ventre.

— *Ti amo, And. Tu sei l'lamore dela mia vita*[21] — murmuro em italiano, gozando com força, e ele urra alto, gozando junto comigo.

Ondas impiedosas de prazer me assolam e soluço, chorando, não suportando a pressão. Sua boca toma a minha de novo e me beija quase com desespero, enquanto gozamos. Quando os últimos espasmos cessam, ele para o beijo. Eu abro os olhos, encontrando os verde-musgo intensos sobre mim. Seu dedo traça o meu rosto delicadamente.

— *Non proverò mai niente come un altro*[22] — sussurra e um soluço mais alto me escapa ao perceber que seu olhar e essas palavras são de despedida.

Ele está se despedindo de mim.

— *Mi dia uma possibilità, per favore*[23] — imploro, meus olhos turvando de lágrimas. — Eu te amo.

Ele desvia os olhos dos meus e se retira com cuidado. Desamarra-me e passa a massagear os locais onde a corda restringiu, para o sangue voltar a circular. Levanta-me nos braços e me carrega para o fundo do quarto, entrando num banheiro luxuoso. Coloca-me dentro de uma banheira de espumas e meu corpo castigado dá as boas-vindas à água morna quando afundo. Meu coração sofre outro golpe ao perceber que não vai me banhar ou entrar comigo.

— Limpe-se e fique um pouco aí para as ervas fazerem efeito — seu tom é suave, embora seu rosto esteja sério.

Ele me entrega a pomada cicatrizante que sempre uso quando me corta nas sessões. *Sempre usava.* O conhecimento de que não o terei mais faz novas lágrimas encherem meus olhos e é a minha vez de desviar o olhar.

— Tome o seu tempo. Esperarei lá fora.

Afasta-se e torno a olhá-lo, porque sou uma porra de masoquista. Minhas lágrimas banham as faces e abraço minhas pernas, olhando-o até que passa pela porta.

21 Eu te amo, você é o amor da minha vida – em italiano.

22 Nunca sentirei nada parecido com outra – em italiano.

23 Dê-me uma chance, por favor — em italiano.

Então, é isso. Acabou. Choro silenciosamente, contendo os soluços, para não me humilhar ainda mais para esse homem. É preciso seguir em frente. Mas só de pensar nisso, meu peito dói tanto que parece que vou morrer. Oh, Deus, eu pensei que fosse me perdoar. Pensei, sonhei como uma tola, que poderia mudar a cabeça de um homem como ele.

No dia seguinte... São Paulo, Brasil

Entro no calabouço no começo da noite e mais um som derrotado escapa da minha boca. Jairo empurra a minha mala e me dá um olhar de pena. Acho que até ele imaginava outro destino para mim depois da viagem com seu chefe. Mas não, estou de volta à minha prisão.

— Obrigada, Jairo — agradeço, forçando um sorriso.

— Por nada, senhorita. Tenha uma boa noite — diz com mais gentileza do que o normal. Minha cara deve estar uma merda mesmo.

Ele se vai e ando até a jaula. Tiro meus sapatos e me deito na cama. Encolho-me, sentindo-me tão infeliz como estava antes da maldita viagem. Eu choro, as esperanças se foram. Andreas esmagou todas elas. Soluços doloridos deixam a minha garganta. Eu o amo tanto. Como farei para esquecê-lo? Como? Acho que adormeço chorando, porque me sobressalto com o meu celular tocando. Sento-me, recostando-me às grades, e pegando o aparelho dentro da bolsa. É minha madrinha.

— Oi, madrinha — atendo, minha voz rouca do choro e do sono.

— Oi, minha filha. Você esteve chorando? — pergunta a queima-roupa. Ela é direta assim.

— Não, apenas um pouco gripada, não se preocupe — minto.

Está se tornando um hábito mentir para ela e não gosto disso. Todavia, não posso contar como a minha vida virou de cabeça para baixo.

— Como a senhora está? E o padrinho?

— Estamos bem — murmura e faz uma pausa. — Filha, estou ligando para avisar que a senhora Gioconda esteve aqui ontem para ver suas joias, conforme havia me avisado. Mulher muito educada, mas não entendi a razão de ela querer ver essas joias, Maya.

Gioconda me ligou mais uma vez ontem, avisando que iria até São Carlos. A princípio, fiquei chateada, porque parece que ainda não acredita em mim. Mas depois, achei melhor ela ir e comprovar logo que não tenho nada a esconder.

— Sim, ela é uma dama da alta sociedade — endosso. — Também não sei os motivos dela, madrinha — minto de novo.

— Filha, ela trouxe um ourives e eu e seu padrinho estamos estarrecidos até agora com a avaliação que fizeram das joias de sua avó — seu tom é preocupado.

— Que avaliação, madrinha? — inquiro, intrigada.

— De acordo com o homem, suas joias valem mais de vinte milhões, Maya! Vinte milhões! — exclama baixo, como se tivesse medo de pronunciar isso em voz alta.

Eu me desencosto das grades, tamanho o susto.

— O quê?! Como assim? — pergunto, meneando a cabeça, mesmo que não possa me ver. — O que está havendo, madrinha? As minhas bijuterias também foram avaliadas recentemente e há a suspeita de que não sejam imitações.

— Eu não sabia disso — murmura. — Nem eu nem seu padrinho sabemos de nada, filha. A não ser que...

Para de falar, deixando-me ainda mais aturdida. Que merda está acontecendo? As joias de minha avó não podem valer vinte milhões. Meus pais eram pessoas simples. Sempre vivemos com conforto, mas não éramos ricos. Eu sei disso. Isso tudo é muito estranho.

— A não ser o quê? A senhora precisa falar, madrinha. Preciso entender como essas joias valem tanto, se meus pais tinham origens humildes — peço, apreensiva.

— Filha, eu sempre achei seus pais cultos demais para serem pessoas simples... — confidencia e franzo o cenho.

— Mas eles eram, madrinha — afirmo, convicta.

— Não estou dizendo que não eram, querida. — Suspira. — Esqueça o que falei. Tenho certeza de que outra avaliação dirá que as joias não são tão sofisticadas assim.

— Também aposto nisso — digo com firmeza. — Vou pedir à Gioconda que faça nova avaliação.

Ela expira e muda o assunto:

— E quando você volta para casa, filha?

Meu peito dói de saudade dela e de meu padrinho. Mas agora dói também, porque, egoisticamente, eu não queria ser libertada. Queria ser perdoada e continuar a pertencer ao homem que me arruinou para todos os outros. Meus olhos voltam a toldar e respiro fundo para não deixar minha infelicidade transparecer.

— Estarei aí em breve, madrinha. Eu prometo — garanto. — Dê um beijo no padrinho. Logo estaremos juntos de novo.

— Não vemos a hora. — Ela funga e fico mais emotiva. — Nós te amamos, filha.

— Também amo vocês. Muito — sussurro embargada.

Despedimo-nos e, imediatamente, meu celular recomeça a tocar. É Gioconda. Atendo, querendo resolver logo essa situação estranha.

— Oi, Gioconda — murmuro, cansada.

— Oi, *figlia mia* — diz com suavidade. — Acredito que já tenha conversado com sua madrinha...

— Acabo de fazê-lo — informo. — Ouça, Gio, sei que deve parecer muito estranho essa questão das joias. Mas, por favor, eu não as roubei e posso afirmar que meus pais também não. Eles eram pessoas de bem, sei que eram.

Ela fica um instante em silêncio.

— Acalme-se, Maya — pede com um leve sorriso. — Eu acredito em você, *bambina*. Não estou acusando-a ou a seus pais de terem roubado as joias.

— Então, por que tanto interesse no assunto? — inquiro, cada vez mais intrigada com suas razões.

— Já disse, *cara*, não quero que And tire suas próprias conclusões e a machuque de novo — responde e meu coração aperta.

Está preocupada comigo. A única dessa maldita família que é digna de meus sentimentos.

— *Grazie* — murmuro em sua língua. — Por tudo, Gioconda. Você é uma mulher incrível. Sentirei saudades.

Ela torna a ficar em silêncio.

— Desconfio de que esta não seja a nossa despedida, *bambina mia* — murmura de forma enigmática. — Estou a caminho da Sicília. Problemas familiares requerem minha presença — avisa. — Vamos nos ver em breve.

— Está bem. Espero que tudo se resolva da melhor forma em sua família — digo com sinceridade e afeto.

— Ah, *figlia mia*, você é mesmo tão especial — diz numa voz um tanto emocionada. — Também espero que tudo se resolva e eu tenha as respostas que procuro.

Faz uma pausa e se despede:

— Cuide-se até a minha volta.

— Cuide-se você também — murmuro e desligo.

Meu peito está quente por falar com minha madrinha e com essa mulher que, em tão pouco tempo, ganhou um lugar especial em meu coração. Despedimo-nos e fico tão perdida em meus pensamentos caóticos que não percebo a porta sendo aberta. Só me dou conta de que não estou mais sozinha quando dois homens de terno escuro entram na jaula. Sobressalto, encolhendo-me contra as grades. Nunca os vi antes. Quem são? De onde vieram? Pergunto-me alarmada. Então, eles se afastam, dando passagem para a pessoa que disputa meu ódio com Valéria Ramazotti: Isabeli. Seu rosto está torcido, os olhos escuros de ira e desprezo.

— Pensei que ia te encontrar mais alegre — diz, aproximando-se da borda da cama.

Meu coração acelera com o significado disso. Esses homens são seus capangas. Onde estão os seguranças de Gioconda? Não me lembro de tê-los visto antes de entrar. Estava tão desorientada que não percebi nada no trajeto até meu cárcere.

— Afinal, passou esses dias trepando com o meu homem.

— O que você quer, vaca? Não estou com paciência para suas merdas! — retruco, não permitindo que me intimide.

Ela sorri, o tipo de sorriso sinistro que já vi em seu rosto nas vezes em que me ameaçou.

— A putinha está nervosinha? Por que será? — debocha. — Ah, o meu noivo deu um pé em sua bunda depois de te usar bastante, não foi? Achou mesmo que te perdoaria? — caçoa e meus olhos turvam com lágrimas, mesmo que queira parecer inatingível. — Meu Deus, você não cansa de ser burra, menina? Enxerga-se. Achou mesmo que enganaria um homem como Andreas Montanaro duas vezes?

— Por que diabos está aqui? — Ranjo os dentes, tomada pelo ódio, ciúme, dor sem tamanho. — Você nunca será suficiente para ele, vadia! Nunca! Ele pode não ter me perdoado, mas é em mim que ele pensará quando tiver que te comer por obrigação!

Seu rosto torce com ira mortal, mas sorri, como se fosse superior.

— Tem certeza? Ele te comeu de novo, provavelmente, para te punir, apenas isso. Homens poderosos como o meu And não perdoam traição, sua puta estúpida.

— Vá embora, porra! — eu grito.

— Eu vou. Mas primeiro temos contas a acertar, vagabunda!

Seu sorriso aumenta como o de uma hiena e ordena aos homens:

— Arrastem a puta para fora.

Meu sangue gela, compreendendo a sua intenção. Eu tento alcançar o botão da campainha improvisado em uma das grades, mas os homens avançam, arrancando-me de cima da cama, e me levam para fora da jaula. Eles puxam meus braços para trás e a maldita ri, vindo para perto.

— Vou te matar aqui e agora. — Range os dentes e terror me invade.

Então, eu giro minha perna direita, acertando um chute em sua cara. Ela cai para trás, pesadamente, e eu rio.

— Você é patética! Covarde e patética! — Jogo uma cusparada em sua direção.

Ela se levanta, o lábio partido e pingando sangue. Eu rio ainda mais. Sei que estou em desvantagem, mas me recuso a dar o gostinho a essa puta.

— Segurem as pernas da vadia também, porra! — ordena e os homens me jogam no chão, imobilizando meus braços e pernas.

Ela sorri, cruel e covarde, então, senta em cima do meu torso. Olho em direção à porta e engulo um soluço, medo real me invadindo. Ela vai me matar aqui. Meu pensamento é cortado pelo tapa forte em minha face direita. Dói como o inferno. Ela não me dá tempo para assimilar e manda um do outro lado.

— Vagabunda maldita! Eu te odeio! Eu te odeio! — berra, ensandecida, batendo-me com toda a força do braço.

Sangue jorra em minha boca, o interior machucando a cada tapa. Não sei quanto tempo passa, só sei que estou grogue. Minha face inteira está doendo, ardendo por todos os lados. Seu rosto chega perto do meu e ela sibila:

— Vou te matar! Você insistiu em trepar com o meu homem, agora vai morrer!

Mesmo tonta e imobilizada, eu pego impulso e dou uma cabeçada na vaca. Dói pra caramba, mas vale a pena com o grito da puta covarde. Minha euforia se vai quando cerra o punho e acerta um soco em meu nariz. Dói tanto que penso ter quebrado. Eu aguento tudo calada, evito falar para seus socos não acertarem meus dentes e quebrar algum. Viro o rosto e me esquivo do jeito que posso. Não satisfeita, agarra meu pescoço e começa a apertar. Choro, tristeza profunda me invadindo. Meus olhos rolam e eu soluço, sabendo que esse é o meu fim. Já entreguei os pontos, quando um rosnado feral soa no fundo da minha mente e o peso dela sai de cima de mim.

— Maldita covarde! Como ousa, porra?

A voz... And? Ele voltou por mim? Eu choro, mesmo entrando no estado de semiconsciência. Tiros soam e ele berra ordens não sei para quem.

— Eu devia meter uma bala na sua cabeça, sua cadela de merda! — a voz raivosa torna a soar e braços fortes me pegam, levantando-me do chão.

— Como você ousa me humilhar por causa dessa prostituta, porra? — a mulher maldita, pergunta descontrolada.

— Some da minha frente, vadia! Eu não respondo por mim se insistir em ficar no meu caminho! — ele ameaça.

Ela se cala e And anda comigo em seus braços, os passos apressados. Quero abrir os olhos, mas minha cabeça está pesada. Não demora muito e ouço o som de um motor sendo ligado.

— Dirija para um hospital, Jairo — ordena e me aconchega contra seu peito. — Sinto muito, branquinha — sua voz contém desgosto e pesar. — Sinto muito.

— And... — murmuro, quase inaudível, meus olhos se abrindo e encontrando os verde-musgo me encarando com preocupação e arrependimento.

— Sim, sou eu, meu bebê — sussurra, depositando um beijo suave em minha têmpora. — Perdoe-me por ter deixado-a vulnerável. Você ficará bem, eu prometo.

CAPÍTULO DEZ

Lutar pelo amor é bom,
mas alcançá-lo sem luta é melhor.
(William Shakespeare)

Maya

Garras cruéis estão apertando meu pescoço, o rosto diabólico da louca acima do meu. Eu tento gritar, chamar por socorro, mas sei que não há ninguém. Ela vai me matar. Minha respiração é cortada, o ar não passa para meus pulmões e ela ri, os olhos sinistros, as mãos pressionando mais e mais. Só tenho tempo de pensar em meus padrinhos e lamentar não poder voltar para casa, como prometi. Eu me enfiei num vespeiro e estou pagando com a vida agora. A agonia de saber que vou morrer é tanta, eu rolo os olhos, estremeço e... acordo, um som esganiçado irrompendo da minha garganta.

Sento-me, meus olhos abrindo, e levo as mãos ao pescoço, a sensação de sufocamento ainda presente. Puxo o ar bruscamente, meu peito subindo e descendo. Levo uns segundos para perceber que foi apenas um sonho. Gemo, ainda respirando com dificuldade, a garganta seca. O quarto está semiescuro, mas meu peito vibra ao reconhecer o ambiente. A cobertura... O lugar onde meus sentimentos por Andreas floresceram. Corro o olhar pelo recinto, meu coração saltando, meus olhos se enchendo de lágrimas. Oh, Deus... Pensei que nunca mais estaria aqui, nesta cama, onde nos amamos tantas vezes.

Ele não está à vista. Olho tudo, ansiosa para vê-lo. Voltou atrás em sua decisão? Por isso foi ao calabouço? Ofego com a lembrança da emboscada da puta covarde. Se não fosse sua intervenção, a maldita assassina teria me matado, com toda certeza. Um arrepio agourento me perpassa. Arrasto-me para a borda da cama, meu corpo está um pouco dolorido e meu rosto... Levanto as mãos, tocando minhas faces com cuidado. Supreendentemente, não está tão magoado quanto supus. Devo estar dopada de remédios. Recordo-me vagamente de ter sido levada até um hospital. Fazer alguns exames, um quarto azul, um homem sentado na poltrona perto do leito. Intravenosa. Muita dor, então, todo o incômodo foi diminuindo e apaguei. Acordei quando estava sendo colocada numa cama familiar e macia. Braços fortes e também familiares me abraçaram por trás. Suspirei, a sensação era de estar voltando para casa depois de uma longa e dolorosa temporada distante. Um pequeno sorriso toca meus lábios. Não sei a que horas fui liberada da clínica, mas ele dormiu comigo. Na nossa cama.

Olho para trás e vejo seu travesseiro amassado. Pego-o e trago ao nariz, respiro com dificuldade, mas consigo sentir seu cheiro maravilhoso entrando em minhas narinas.

Recoloco-o no lugar e me levanto, calçando as sandálias rasteiras. Ando devagar até o *closet* e meu peito sofre um baque ao ver minhas malas todas aqui. Lágrimas voltam a turvar minha vista, lágrimas de felicidade e esperança. Sigo até o banheiro e ando até a pia. Confiro os danos que a vaca causou. Há muitos hematomas. Mas a aparência não é tão ruim como tinha imaginado. Um corte no supercílio direito, meu nariz um pouco inchado. Eu toco-o e movimento-o, gemendo pela dor, mas não está quebrado. Graças a Deus! Abro a boca e torno a gemer, minha mandíbula protestando. Maldita vadia! Revolto-me com a covardia da puta. Vai ter troco! Vou acabar com aquela nojenta dos infernos! Vejo uma escova de dentes nova sobre a bancada e uso-a, todo o tempo gemendo pelos machucados no interior. Faço bochechos com antisséptico bucal e me livro da camisola branca de seda. Alegro-me em saber que não jogou fora os presentes que comprou para mim no começo do nosso envolvimento. Ando até o box e tomo uma ducha revigorante. Lavo o cabelo com os meus shampoos. Tudo parece exatamente do jeito que deixei. Ele não deve ter vindo mais aqui, estou supondo.

Saio, enxugo-me, penteio o cabelo e procuro um estojo de maquiagem que deixei na primeira gaveta do armário embaixo da pia. Fico feliz ao encontrá-lo no mesmo lugar. Então, disfarço os hematomas com o melhor que consigo. Quando termino, sorrio para o espelho. Agora vou em busca do meu homem orgulhoso e teimoso. Visto um conjunto de *baby doll* de seda bege e saio do quarto. Deixo o cabelo solto para secar naturalmente. Meu olhar vai se familiarizando com tudo, cada canto, a decoração masculina e minimalista. Paro no parapeito do segundo piso, olhando a sala enorme e mais à frente a cozinha. Meu coração dispara ao vê-lo atrás da ilha, arrumando o café da manhã. Assisti essa cena tantas vezes e, em todas elas, sempre fiquei assim, arrebatada. É lindo demais. Como se pressentisse minha presença, sua cabeça levanta e os olhos verde-musgo encontram os meus. Encaramo-nos em silêncio por um longo tempo. Está vestido apenas com a calça do pijama, o peitoral amplo me fazendo babar. Não acredito que é meu de novo. Eu respiro fundo e ando, deslizo os dedos pela haste de metal e alcanço o corrimão da escada. Seus olhos nunca me deixam, conforme avanço, descendo para a sala e cortando em linha reta para ele.

Apreciação queima nas pupilas de And enquanto percorre meu corpo inteiro. Sinto-me toda quente com seu escrutínio. Contorno a bancada e ele vira de frente para mim. Meu coração salta com mais força com sua proximidade. De repente, as palavras fogem. Seu rosto bonito suaviza, observando-me em silêncio também. Sua mão direita estende e toca minha face ternamente.

— Perdoe-me, branquinha. Você se feriu por minha causa — murmura. Posso ver o conflito e remorso passando em suas íris. — Eu deveria supor que aquela cadela faria uma retaliação.

— Não, você não tem culpa. Ela foi covarde, não você — defendo-o. Mas sei que também tem sua parcela de culpa.

— Não faça isso. Também sou culpado por deixá-la sozinha, à mercê da minha noiva louca — resmunga, tocando cada machucado com olhos pesarosos. — Devia tê-la trazido comigo para cá — assume e meu coração canta. — Era o que eu queria, mas estava me recusando a acreditar em você de novo.

Levanto minhas mãos e espalmo seu peito, subindo para o seu rosto. Seu olhar aquece com meu toque. O outro braço enrola em minha cintura, puxando-me com suavidade, colando-me a ele. Suspiro de prazer.

— E agora acredita? — sussurro, acariciando sua barba fechada e aparada. — Acredita no meu amor?

— Eu quero — afirma com seriedade, fitando-me intensamente. — Quero muito, bebezinha.

Expiro, como se o peso do mundo inteiro estivesse saindo de cima de mim e aceno, meus olhos turvando. Ele abaixa a cabeça, a testa encostando na minha. Eu soluço, não contendo mais as lágrimas.

— And... — murmuro entrecortado.

Ele engole em seco, os olhos adquirindo um brilho feroz.

— Porra, não chore, branquinha — pede, enrolando os dois braços à minha volta e eu o abraço pelo meio, enfiando meu rosto em seu peito.

Ah, Deus, como é bom senti-lo assim. Eu choro mais, momentaneamente descontrolada, sem qualquer vergonha que veja quão profundos são meus sentimentos.

— Shhh. — Esfrega minhas costas, balançando comigo.

Seus lábios depositam beijos suaves no topo da minha cabeça. Eu fecho os olhos, inspirando seu cheiro, querendo ficar aqui, em seus braços para sempre. Ele me segura, apertado, gostoso, não parando de balançar, beijar meu cabelo, e, aos poucos, meus soluços vão parando, minhas lágrimas cessando. Levanto o rosto e ele abaixa o seu. Seus olhos estão ainda mais lindos e brilhantes, fitando-me como se eu fosse a coisa mais perfeita desta terra. E eu sei que neste momento estou longe de estar bonita. Além dos hematomas, desmoronei em prantos em cima dele.

— Linda — sussurra com voz engrossada por alguma emoção indecifrável queimando nas íris verde-musgo.

Estico o pescoço para chegar mais perto, porque sem salto fico ridiculamente baixinha perto de sua grande estatura. Seu polegar vem limpar minhas faces.

— Estou horrível. — Fungo e ele sorri levemente.

É um sorriso tão bonito que me deixa sem fôlego.

— Acredite em mim, não está — garante, limpando meu rosto com cuidado.

— Desculpe. Não queria fazer todo esse drama — gemo, meneando a cabeça descontente com meu dramalhão.

— Está sensível pelo que aconteceu ontem — diz com a voz mais suave e compreensiva que já ouvi saindo de sua boca. — Como se sente hoje?

— Bem melhor do que ontem — respondo. — Em todos os sentidos. — Abro um pequeno sorriso ao adicionar.

Seus olhos ficam aquecidos enquanto me observa em silêncio. Deus, como pode ser tão bonito assim? As íris verde-musgo estão cheias de apreciação masculina, um tipo de veneração que vi em seus olhos em nossos últimos dias, antes da descoberta da minha traição.

— Fico contente em ouvir isso — diz, correndo os dedos por entre as mechas ainda úmidas do meu cabelo.

Então, sua boca desce lentamente para a minha. É um beijo delicado como uma pluma. Ofego, cada parte do meu corpo reagindo a seu gosto incomparável. Abro a boca e gemo baixinho quando nossas línguas se encontram. Ele suga a minha com lentidão e cuidado. É o beijo mais gentil que já me deu e, novamente, quero chorar como uma boba. Acaricio seus ombros largos e ele geme rouco em minha boca, a mão subindo para a minha nuca. Continua me beijando com paixão lenta, sugando-nos tão gostoso que me esqueço das dores e incômodos.

— *Grazie per avermi portato qui*[24] — murmuro contra seus lábios.

Ele me fita num misto de ternura e ferocidade.

— *Scusa per averci messi cosi tanto, piccola mia*[25] — diz e eu estremeço de prazer. Amo sua voz grossa falando italiano.

Meus braços cingem seu pescoço, praticamente me pendurando nele. Seus lábios continuam sugando os meus com delicadeza, nossos olhos fixos um no outro.

— *Sei tutto per me, And*[26] — declaro, querendo que perceba de uma vez por todas o quanto o amo.

And puxa uma respiração brusca e seus olhos incendeiam.

— Tem certeza do que está dizendo, menina? — pergunta, seus olhos nunca se desviando dos meus.

— Absoluta — afirmo, convicta.

— Sou um criminoso, Maya. Vou perguntar outra vez: prefere continuar presa comigo do que ter sua liberdade de volta? — seu tom e olhar são sérios. — Porque, se você quiser ser minha, eu não vou te libertar nunca mais. É isso que quer?

— Ouviu o que acabei de dizer? Realmente ouviu? Eu disse que você é tudo para mim, And — repito, não desviando meus olhos dos seus. — Sim, eu prefiro estar com você, não importa onde ou como. Escolho você à minha liberdade.

Sua mão fica mais firme em minha nuca.

— Porra de garota... — ele rosna contra a minha boca e eu rio, sabendo que o venci. — Não me traia de novo — adverte, sua voz dura e inflexível. — Não haverá outra chance.

— Eu não vou — garanto em tom firme.

Roço a boca na sua, meus olhos lacrimejando outra vez pela confirmação de que está, de fato, dando-me a chance que pedi.

---

24 Obrigada por me trazer aqui – em italiano.

25 Desculpe-me por demorar tanto, meu bebê – em italiano.

26 Você é tudo para mim – em italiano.

— Obrigada, meu amor.

Seu rosto suaviza ao me ouvir chamá-lo dessa maneira.

— Branquinha... — murmura, sua respiração alterando e sua boca investe com mais urgência, o beijo ficando mais apaixonado.

Abro mais a mandíbula e protesto pela dor. Ele rosna, mas sua raiva é direcionada à vaca, eu sei

— Merda... desculpe, desculpe.

Ele dá pequenos selinhos em meus lábios. Seus dedos tornam a correr delicadamente pelo meu rosto. Seu olhar cintilando sobre mim.

— Meu lindo bebê — sussurra. — Vem tomar seus remédios para a dor e depois se alimentar.

Levanta-me nos braços e coloca sobre um dos bancos. Vejo-o ir até a bandeja sobre a bancada e arfo ao perceber que ia levar meu café na cama. Termino de ficar toda mole. Ah, meu Deus, estou sonhando? Se eu estiver, por favor, não me acorde. Sorrio, observando-o pegar os dois comprimidos e o copo d'água, então, volta para a minha frente.

— Obrigada — [illegible] m jeito.

Vai levar um ten [illegible] tumar com ele não resmungando para mim ou me olhando com r [illegible] nédios e um bom gole da água, devolvendo o copo.

— O médico gara [illegible] são superficiais e que, até o final do dia, as dores já terão aliviado — [illegible] ndo-me a par da gravidade dos ferimentos.

— Apenas o maxila [illegible] do, mas nada alarmante — tranquilizo-o. Seus olhos me sondam pa [illegible] estou dizendo a verdade.

— Fiz várias compr [illegible] inibir os hematomas — informa e meu coração canta ao imaginá- [illegible] neu rosto enquanto estava apagada pelos analgésicos.

Por isso, não pareço tã [illegible] muitos tapas e socos da mulher maldita. Era para estar muito pior.

— Isso foi... atencioso — digo com um suspiro apaixonado.

Empurra a bandeja para a minha frente. Eu babo nele e sua concentração servindo uma xícara de café com leite e duas gotas de mel, a minha preferência. Há mamão, abacate amassados, ovos mexidos e dois pedaços de bolo com uma cara extra macia. Ele realmente se preocupou com o meu estado deplorável. Há uma pequena jarra com suco de morango natural. And gosta de fazer direto da fruta. Tudo que usa em sua cozinha é natural, evita industrializados o quanto pode. Tomo um pequeno gole do café com leite. O líquido está morno e não incomoda muito. Pego uma pequena porção do bolo de chocolate e consigo comer com cuidado.

— Tudo bem? — pergunta, mostrando-se preocupação.

— Sim. Está tudo perfeito — murmuro, sentindo-me tocada e um tanto emotiva. — Agora sente-se e me acompanhe.

Um pequeno sorriso sobe nos cantos da boca linda.

— Você não é a dominante aqui, bebezinha — zomba com seu cinismo em dia.

— Nem você — rebato com minha petulância em dia. Seus olhos estreitam e sorrio. — Não neste momento.

Ele ri, meneando a cabeça e senta no banco ao meu lado, passando a se servir. Comemos em silêncio pelos primeiros minutos. Eu suspiro, felicidade sem medida explodindo dentro de mim. Meus olhos correm pela cobertura, saudosos, como estava do seu dono. Quando olho de lado, encontro-o me fitando enquanto mastiga uma porção do seu bolo também. Quero morar dentro desse olhar. É tão cheio de admiração que me faz arfar levemente. Seus belos olhos cintilam, o verde-musgo ficando mais intenso conforme me observa. Eu acho... Ouso pensar que esse homem, um assassino duro e cruel, ama-me. Ainda não sabe ou não quer admitir, mas esse olhar não é de alguém que não se importa.

— Terá que dizer à minha mãe que vai continuar comigo por vontade sua. Não quero que ela pense que estou te prendendo — intima.

— Mas você não deixa de estar me prendendo — provoco-o.

— Não seja uma espertinha — adverte, bufando.

Eu rio, gostando do clima pesado se desfazendo aos poucos à nossa volta.

— Eu vou dizer, fique tranquilo — garanto, não deixando dúvidas de que farei.

Ele assente com um arremedo de sorriso e começa a cavar no prato de ovos mexidos. Observo-o e é como um banho de água fria sobre a minha cabeça quando me lembro que hoje é sábado. Ele vai para a maldita daqui a pouco?

— Hoje é sábado — comento, não me aguentando de angústia.

Ela quase me matou. Não quero que vá encontrá-la. Sei que não tenho direito nenhum, mas me sentirei traída se ele for.

— E? — pergunta, arqueando uma sobrancelha.

— Você vai ver aquela mulher? — pergunto, não deixando a mágoa de lado.

— Não, Maya. — Seus olhos escurecem e seu rosto torce. — Eu irei matá-la se a vir na minha frente pelos próximos dias — range e ofego com suas palavras iradas para a noiva.

— Ela será sua esposa dentro de cinco dias — lembro-o, sentindo-me miserável agora.

Seu rosto torce ainda mais e ele estende a mão, pegando a minha, entrelaçando nossos dedos.

— Eu não posso mais me casar com Isabeli — informa e perco todo o meu fôlego. Oh, meu Deus... — Covardia é outro item abominável em minha lista. Ela podia tê-la matado se eu não tivesse chegado — rosna, seus olhos duros neste momento. Embora eu saiba que sua raiva não é direcionada a mim, ainda dá medo, eu sei do que ele é capaz. — Não quero ter mais nada com a maldita cadela.

— And... — murmuro, incrédula, feliz, completamente aturdida.

Ele é só meu agora?

— Então, sim, hoje é sábado e eu vou passar cada minuto dele com a minha branquinha — diz numa voz grossa e possessiva que causa tremores em meu núcleo. — Vamos ficar aqui, só nós dois. Não quero ver mais ninguém.

Seu olhar suaviza e sua voz é mais branda quando propõe:

— O que acha de, finalmente, fazermos aquele passeio de iate, meu bebê? Só nós dois e o mar, pelo tempo que você quiser.

Ah, meu santo Cristo... Suspiro, meu coração quase saindo pela boca. Ele havia me prometido esse passeio na festa do seu aniversário, há um mês.

— Eu vou amar — murmuro, minha voz saindo um pouco embargada. — Qualquer lugar com você eu vou amar.

Ele levanta nossas mãos unidas e beija o dorso da minha. Minha Nossa Senhora, eu acho que posso desmaiar a qualquer momento no meio de sua cozinha.

— Vou providenciar para partirmos assim que estiver sem dores — diz, atencioso.

— Não estou com tantas dores assim — falo, como uma criança diante de um presente incrível.

Sua boca linda enrola em um de seus sorrisos perversos.

— Eu quero-a bem para as atividades que faremos a bordo... — murmura e me deixa ainda mais ansiosa.

— Mal posso esperar — sussurro de volta.

Puxo uma respiração profunda, ainda ofegante, aconchegando-me mais em seu peito. Suspiro, olhando as estrelas no céu de São Paulo. Acabamos de fazer amor num dos amplos estofados da sacada. A brisa noturna arrepia minha pele e estremeço. Ele sorri baixinho, os braços enrolando em mim, mantendo-me bem coladinha em seu corpo quente. Estamos nus. Os vizinhos devem estar fazendo festa ao nos ter de volta. Penso ironicamente. Passamos o dia inteiro grudados. Depois do café, voltamos para a cama, a manhã estava fria. Só saímos para o almoço, que Jairo providenciou. À tarde, porque somos os dois viciados em trabalho, discutimos alguns dos casos da Montanaro. A discussão terminou comigo montando-o na cadeira do seu escritório no térreo. Transamos na sala depois de ver um filme. Jantamos e aqui estamos nós, nus e quase entrando em coma sexual. Seu telefone tocou tanto que teve de desligar para termos paz. Era a vaca? Ou sua família?

Gemo, saciada, apaixonada. Seria sonhar demais que ele queira se casar comigo? Eu sei, eu sei, estou indo com muita sede à fonte. Mas o amo demais. Saber que se livrou da maldita e está apenas comigo me deixa toda boba e cheia de esperanças.

— No que está pensando? — pergunta baixinho, a mão deslizando suavemente em meu quadril.

Em me casar com você. Em ser a única mulher da sua vida. As palavras ficam presas em minha garganta. Contudo, há a sua família. Eles só permitem sicilianas para o papel de esposa. Isso tira um pouco da minha euforia.

— Quero ver a Bianca, And — peço, saindo pela tangente e porque realmente quero ver minha amiga.

Ele para a carícia um instante, mas volta a deslizar os dedos. Levanto meu rosto para fitá-lo de perto.

— Vou levá-la amanhã — sussurra.

Meu coração aquece pela sua aceitação sem questionar minhas razões e, sobretudo, sem desconfianças.

— Do que mais o meu bebê precisa? — Roça o nariz no meu e um sorriso bobo se abre em minha boca. — Peça e é seu.

— Preciso de você — falo baixinho com meu coração transbordando de amor por esse homem. — Sempre você.

Rosna, rolando por cima de mim, os olhos intensos me mantendo cativa.

— Você já tem, branquinha — murmura e meus olhos ardem.

Ah, Deus, como eu queria ser a única a tê-lo. Seguro seu rosto perfeito em ambos os lados e colo nossas bocas, permitindo-me ser feliz pelo menos nesses dias em que seremos apenas nós dois.

NO DIA SEGUINTE...

ANDREAS

Eu entro no escritório do meu pai. Tive que vir ou ele iria na cobertura e, certamente, não seria respeitoso com Maya. A cadela da Isabeli deve ter enchido a cabeça do velho ontem depois de me ligar mil vezes e eu não atender. Papai também me ligou hoje de manhã e não ficou nada satisfeito quando lhe disse que não me casaria mais com a cadela covarde. Ainda fico em pânico quando lembro da cena ao entrar no calabouço, há dois dias. Minha intenção era me despedir de uma vez por todas de Maya e do desejo obsessivo que me desperta. Por isso eu a deixei no Voraz quando retornamos de viagem. Contudo, tão logo Jairo entrou no carro e pegou o caminho para a minha casa, um sentimento ruim me invadiu. Eu só conseguia pensar na menina, na sua entrega em nossa última sessão. No prazer absurdo que me fez sentir. Naquele rostinho de anjo, aqueles olhos lindos de camaleoa cheios de lágrimas enquanto eu a possuía na última cena. Sua declaração apaixonada, a forma desesperada que me implorou por uma chance. A angústia foi tanta que não consegui ir em frente e ordenei a Jairo que voltasse para pegá-la.

Foi então que tive uma surpresa desagradável ao entrar no lugar. A minha vingativa ex-noiva estava enforcando Maya, cujo rosto já estava todo espancado e sangrando. Fui tomado pela ira e avancei, arrancando a vadia de cima dela, jogando-a bruscamente no chão. Saquei minha arma e atirei nos dois infelizes que estavam segurando a garota indefesa para sua patroa covarde assassinar. Mirei na testa de Isabeli. Eu queria matá-la. Tive que me conter, a muito custo, porque a maldita é filha de um amigo de meu pai. Nossas famílias são próximas. Tive que me contentar em apenas ameaçar e gritar com a puta para que saísse do meu caminho.

— And. — Meu pai se levanta, contornando a grande mesa de mogno. — Estava preocupado, *figlio*.

Vou encontrá-lo no meio do caminho, dando um abraço e beijo suas faces em respeito.

— *Papà*. Nada do que o senhor tenha para falar vai me fazer voltar atrás — antecipo-me. Ele faz uma careta e passa um braço por cima do meu ombro, guiando-me para perto do bar.

— Tome um conhaque comigo primeiro. Esse assunto não será tratado ou encerrado tão rapidamente como está querendo — diz com claro desgosto.

Sento-me em um dos bancos e expiro, antevendo seus argumentos em favor de Isabeli como a nora perfeita. Serve dois copos e me entrega um. Eu viro, tomando uma grande golada. Ele se senta em um dos bancos do lado de dentro, ficando cara a cara comigo.

— Eu sabia que devíamos ter matado aquela prostituta infeliz. Agora ela volta a mexer com a sua cabeça e...

— Não a chame dessa maneira, pai — corto-o, meu tom ríspido. Ele amplia os olhos, depois estreita-os pelo meu desrespeito. — Ela está comigo agora, por minha escolha. Sou o seu único homem, então, pare de ofendê-la.

— *Dio*, veja como está completamente dominado por essa garota de novo, And — resmunga, apertando a boca com desapontamento. — Mande-a embora, como tínhamos acordado. Ela não será aceita depois de tê-lo traído.

Esfrego minha testa, o começo de uma dor de cabeça me deixando mais irritadiço.

— Não vou mandar embora a única mulher que me faz feliz, pai. Sinto muito, mas, se tiver que enfrentar a *famiglia* para continuar com Maya, eu farei — informo e ele faz um som desgostoso em sua garganta.

— *Dio santo*! Ela virou sua cabeça, meu filho! Não consegue ver que é uma oportunista? — faz uma carranca. — Garotas como essa servem para uma coisa apenas, And, e você sabe muito bem qual é.

— Não a ofenda, pai. Ela não tem culpa por eu me sentir dessa maneira — retruco, irritado.

— Claro que tem! Ela te enganou antes com essa historinha de *amor* e continua enganando agora! Como não consegue ver isso?

— Não vou me casar com Isabeli. Se esse discurso todo de ofensas à Maya é para que eu volte atrás, saiba que está fora de cogitação — falo com seriedade. — A maldita covarde ia assassiná-la se eu não tivesse voltado. Eu lhe disse isso.

Seus olhos tornam a se estreitar, sondando-me como uma águia.

— Você tem sentimentos por aquela menina — afirma, constatando suas suspeitas.

— Sim. Eu a quero comigo e não vou abrir mão dela por nada — respondo, deixando-o ciente das minhas intenções.

Ele toma um grande gole também e coloca o copo sobre a bancada. Esfrega as têmporas e vejo que parece cansado.

— Cristo, *vá bene*. Vamos tentar o apoio da *famiglia* para que a aceitem novamente como sua segunda escolha.

Tomo mais um gole, odiando essa tradição ridícula da minha família. Não quero outra mulher. Quero Maya. Apenas pensar em tocar outra faz meu estômago revirar. Que porra essa menina fez comigo? Pergunto-me, nada satisfeito com a profundidade de meus sentimentos por ela. Não sou do tipo que ama, nunca fui. Porra, mas quando ela diz que me ama, meu coração fica quente e me vejo querendo dizer a mesma merda de volta. Patético. Ironizo-me. Eu não sou desse tipo. Definitivamente não.

— Eles terão de aceitá-la, porque Maya é a única que escolhi. A outra não passará de conveniência — retruco e ele faz uma carranca.

— Você precisa voltar atrás com Beli.

— Não, *papà*. Não me peça isso. — É a minha vez de fazer carranca. — Eu a odeio neste momento. Ela ia matar Maya, unicamente por despeito.

— *Figlio*, nossas famílias são muito próximas. Não dá para fazer uma desfeita dessas...

— Não dá para me casar com uma mulher que tentou matar a única que me faz feliz — ranjo os dentes. — Escolha qualquer outra *siciliana perfeita* — ironizo nossas tradições ridículas. — Isabeli está fora. Não coloque essa cadela na minha frente outra vez ou não respondo por mim, estou avisando, *papà*.

Ele toma outro gole e respira fundo. Entendo sua situação com o pai da cadela, mas não posso passar por cima do que a estúpida fez.

— *Vá bene, vá bene*. Você sabe muito bem que Isabeli não era a primeira escolha minha e de sua mãe. — Uma expressão triste cruza seu rosto. — Mas o destino caprichoso tirou a *nostra* Siena. Nenhuma está à altura de substituí-la, todavia, ela se foi.

Meu estado irritadiço cede um pouco. *Siena*. A imagem da menina linda de cabelos loiros me vem à mente. Há muito tempo não penso nela ou na perda. Meu anjinho loiro. O som da risadinha infantil quando me via e pulava no meu colo, preenche a minha mente. Teria se transformado numa mulher estonteante, se não tivesse sido levada embora tão precocemente. A minha prometida. Meus velhos nunca esqueceram a perda de sua afilhada, muito menos de seus pais, amigos de longa data da Sicília. Adriano e Caterina de Cantábria, duques de uma região rica da Sicília. Caterina era amiga de infância de minha mãe, filha de um dos soldados da máfia. Não tinha grande projeção ou perspectiva de um bom casamento, mas era uma jovem de beleza marcante e atraiu a atenção do duque, que era o chefe de outra organização criminosa secreta. Eles se casaram e, com isso, fizeram muitos inimigos, inclusive, a família do duque, que não aprovava sua união com uma moça simples. Contrariando tudo e todos, Adriano fez de Caterina a sua duquesa. Pela proximidade de suas esposas, o homem acabou construindo uma sólida amizade com meu pai também.

A cumplicidade era tanta que Caterina prometeu gerar uma menina para se casar comigo quando me pegou nos braços em meu nascimento. Ela teve problemas para conceber, só dando luz à Siena quatorze anos depois. Tivemos pouco tempo de convívio com a pequena. O casal e sua única herdeira foram assassinados pela própria família do duque. Sua residência de campo foi incendiada com os três dentro. Morreram queimados. Um fim horrível para o meu lindo anjinho. Já se passaram dezoito anos, mas a imagem dela ainda permanece vívida em minha mente. Sempre que acesso, ela está lá. Perfeita, rindo para mim. Meu velho ficou louco na ocasião e reuniu um verdadeiro exército para vingar os amigos. Foi um massacre. Ele matou cada Cantábria que encontrou pela frente, não poupando nem crianças. Meu pai era e ainda é impiedoso com os inimigos.

— Ela teria vinte e um agora, não é? — confirma, o olhar perdido, olhando um ponto além da janela do escritório.

— Sim — assinto com um bolo na garganta. Recordar isso me faz mal.

— Vocês já estariam casados a essa altura. — Um leve sorriso toca seus lábios e volta a me encarar, seu rosto suave agora. — *Nostra bambina* teria sido *belissima.*

— Sim. Teria, *papà* — concordo nostálgico.

Ele expira, meneando a cabeça.

— Vou procurar outra, aproveitando que *tua madre* está na Sicília e...

— Qual o objetivo dessa viagem mesmo, *papà*? — inquiro. Não entendi direito o motivo da viagem apressada de minha mãe para sua terra natal. Ela me ligou ontem de novo, mas tem sido um tanto evasiva. — Está tudo bem entre vocês? — questiono, franzindo o cenho. Mamãe não costuma viajar sem o papai.

— Cristo, que pergunta é essa? — Faz uma careta de indignação. — *Tutto em perfetta* ordem. Sua mãe precisava ver familiares dela, só isso — afirma e levanto uma sobrancelha ainda duvidando. — Acha que fiz algo para ofender *tua madre*? Eu seria incapaz disso, então, pare de levantar calúnias contra *tuo padre, cáspita*!

Eu rio. Sem querer, mas me vejo gargalhando da sua zanga. Sim, ele jamais faria algo para magoar minha mãe, eu sei disso.

— Está bem, pai — digo em tom apaziguador. — Eu me expressei mal. Estou apenas curioso com a pressa com que a mamãe viajou. Ela não havia mencionado nada sobre essa viagem antes.

— As mulheres são criaturas imprevisíveis, *figlio* — diz em tom conspiratório e ri, meneando a cabeça. — Vai aprender isso quando se casar.

Faço uma nova careta, virando o restante do conhaque. Levanto-me, indicando que estou indo. Vou levar Maya para passar uns dias no litoral. Passear de iate, ancorar em minha ilha particular em Ubatuba. Vou tirar esses dias para ela. Sem pensar em esposas perfeitas ou os malditos Ramazotti. Apenas nós dois naquele paraíso. Ela está parecendo uma criança em noite de Natal desde que anunciei que iríamos hoje no final da tarde. Tem um jantar especial nos esperando no iate. Quero mimá-la um pouco. Estava louco de saudade de dormir com ela em meus braços. Nas duas últimas noites, dormi como uma pedra, meu nariz enfiado em seus cabelos perfumados, meus braços enrolados à sua volta. Ela também parecia igualmente saudosa. Não nos desgrudamos para nada nas últimas 48 horas.

— Vou indo, pai — aviso e ele contorna a bancada, vindo me abraçar e beijar.

— Fique com o telefone à mão. Devo ligar avisando sobre a nova candidata.

— Vou sair para uns dias de sossego no litoral com Maya — informo e ele franze o cenho. — Não quero saber de candidatas enquanto estivermos lá. Esses dias serão apenas dela.

Seus olhos escuros me sondam astutamente. Demora um instante, mas acena.

— *Vá bene*. Ligue-me quando voltar.

— *Grazie, papà*. — Abraço-o, dando um tapa afetuoso em suas costas.

— Converse com *tuo fratello*[27] antes de ir. Ele não está num bom momento — diz, torcendo o rosto.

— Eu vou. Fique tranquilo. — Beijo-o em ambas as faces e deixo o escritório, sentindo seu olhar me acompanhando até a porta.

Ligo para Alvinho assim que entro no meu Aston Martin, deixando a ala de papai. Ele atende no terceiro toque.

— Você enviou sua cadela para papear com a minha e atrapalhou a minha sessão — reclama sem mesmo dizer um "oi".

Rio da sua rabugice.

— Acho que está na hora de parar de chamar a minha mulher de cadela, mano — resmungo.

— Uh, sua mulher, hein? — zomba do outro lado.

— Sim. A única que escolho — afirmo e meu irmãozinho assovia. — Onde você está? Tenho tempo para um drink rápido. Mais tarde estou saindo para o litoral com Maya.

Ele faz outro som de deboche e rosno.

— Estou no Voraz, no bar do subterrâneo, esperando pacientemente sua cad... Hum, sua excelentíssima mulher sair do meu calabouço para que eu possa pegar a minha cadela — diz cínico.

— Estou indo te encontrar. Aproveito para pegar Maya. — aviso, para que fique mais tranquilo.

— Eu te espero então, *Romeu* — debocha.

— Vai se foder, *stronzo* — revido em meio a uma risada e desligo.

Em cerca de trinta minutos, estou atravessando nosso bar habitual no subterrâneo do clube e avisto meu irmão. Parece um tanto taciturno. Senti seu humor através do telefone, por isso, quis vir encontrá-lo. Passo um braço por cima de seus ombros e ele se levanta, dando-me um abraço fraternal. Beijamos o rosto um do outro.

— Você veio por minha causa ou da *chapeuzinho*? — O idiota ri, relembrando o apelido que usava antes de eu deflorar a menina.

— Por você, irmão — murmuro, olhando em seu rosto cansado. — Você parece uma merda.

— Obrigado — resmunga, voltando a se sentar. — Vem, senta aí e termina de me atualizar sobre a saga *casamento do And* — zomba e eu faço uma carranca. Ele balança a cabeça, dando-me um sorriso mais ameno — Senti sua falta, mano.

---

27 Seu irmão – em italiano.

— Eu também, mano. — Sento-me.

Pedimos duas cervejas longneck e começamos a tomar no gargalo.

— Como estão as coisas com a Bianca?

Ele me olha, franzindo o cenho.

— Bianca? Não cadela? — inquire, levantando uma sobrancelha.

— Maya me fez prometer não chamar a garota por nomes ofensivos — digo com um bufo. Alvinho me olha por alguns instantes, então, gargalha, obviamente se divertindo à minha custa.

— Cara, o que diabos essa garota fez? Cortou seu maldito pau? — zomba novamente.

— Apenas responda à porra da pergunta, cara — resmungo.

— Estão ótimas! Ela é minha escrava, simples assim — diz num tom estranho. — Guto foi para Minas ontem.

— Para quê?

— Trazer a irmãzinha da cadela traidora — informa com raiva. — Não foi você que me disse que estava ameaçando os padrinhos de Maya?

Merda. Lembrar disso agora me deixa com vergonha. Eu fiz. Estava transtornado de raiva por ter sido enganado.

— Que desculpa Guto dará para conseguir que a menina venha com ele? — inquiro, preocupado que meu mano esteja fazendo algo que chame atenção desnecessária para nós.

Alvinho fica calado e toma um gole da sua garrafa. A ficha cai. Nosso primo vai sequestrar essa garota.

— Porra, Alvinho! — rosno baixo, apenas para ele. — Não acha que deve soltar Bianca, como nossa mãe sugeriu?

Seu rosto se fecha e uma expressão feroz tomando seus olhos escuros.

— Nunca! Ela é minha — estala.

— Quando nossa mãe chegar, ela exigirá isso, esteja preparado — aviso, tomando um gole da minha cerveja. Ele torce a boca em desgosto.

— Espero convencê-la do contrário — insiste.

Confiro o relógio e me levanto, secando a minha garrafa. Seu rosto se ilumina com o conhecimento de que estou indo buscar Maya e liberar a sua entrada para se esbaldar com a bastarda Ramazotti.

— Mano, sua cara está impagável nesse momento — minha vez de zombar, devolvendo a provocação.

— Cale a boca, *stronzo*. — Ele ri e se levanta também, passando um braço por cima de meus ombros.

Andamos assim em direção ao elevador. Entramos e conversamos sobre alguns casos do escritório e, claro, o meu rompimento com Isabeli. Saímos e avançamos pelo corredor dos calabouços, rindo e fico contente por ver seu rosto mais leve agora. Não sei se é por ter me visto ou pela iminência da sessão com sua sub. Embora negue, tem sentimentos pela garota. Como eu também acabei desenvolvendo por Maya.

Alcançamos a porta, dois seguranças da guarda de Alvinho estão do lado de fora. Gualberto também está aqui, já que foi ele quem trouxe Maya há umas duas horas, mais ou menos. Os homens nos cumprimentam com respeito e abrem a porta. O calabouço é idêntico ao meu. Entramos e logo avisto as duas conversando, sentadas na cama dentro de uma jaula. Bianca se levanta rapidamente, os olhos ansiosos procurando meu irmão. É uma garota muito bonita. Fazia um tempo que não a via e pensei, dada a raiva de Alvinho, que estaria pior, mas, surpreendentemente, parece radiante. Talvez tenha sido a visita de Maya. E meu olhar vai para a minha branquinha. Ela está em pé também.

Meus olhos a devoram no macacão de malha azul-escuro que está usando. O cabelo está trançado. Eu fiz antes de ela sair. Certo, Alvinho tem razão, essa menina cortou meu pau mesmo. Ironizo meu encantamento. Ela vem até mim, seus olhos lindos de camaleoa, indo do azul ao verde num instante. Eu amo ver isso, porra. Enrolo um braço possessivo em sua cintura e a puxo para a minha frente. A porra da garota vem sorrindo, linda, deixando-me duro, como se não estivesse fodendo-a a cada maldita respiração naquela cobertura.

— Oi — murmura, levantando o rostinho corado.

Eu abaixo o meu, depositando um beijo em sua boca. É breve, porque temos plateia.

— Pronta para ir? — pergunto, afastando um pouco o rosto.

— Sim — murmura mais uma vez e vira para a amiga, que está em um concurso de encarar com meu irmãozinho teimoso. — Eu já vou, Bi — diz com claro afeto e vai abraçar a ruiva.

— Obrigada por ter vindo, amiga — a outra sussurra, retribuindo o abraço apertado de Maya. Separam-se, mas mantêm as mãos juntas, olhando-se com umas caras suaves e patetas. Mulheres... — Eu amo você.

— Também amo você — Maya fala um pouco embargada.

Ela é tão sensível. Torna a abraçar a ruiva e as duas riem como duas tolas. Estou prestes a rolar os olhos quando finalmente minha garota larga a outra e vem para o meu lado de novo.

— Cuide-se. Eu volto quando chegarmos — informa atenciosa.

Dou um aceno para a ruiva, um tapa nas costas de Alvinho e me viro para a porta com Maya. Ela me envolve com os dois braços pelo meio e enfia o nariz em minha camiseta. Inala-me como se fosse o cheiro mais gostoso do mundo. Porra de garota. Quando passamos pela porta, olho por cima do ombro e tenho um vislumbre de Bianca ajoelhada aos pés de meu irmãozinho. A porta se fecha e rio com cumplicidade masculina. Ele terá sua diversão e ficará menos rabugento.

Sigo com Maya até o elevador e entramos. A parede espelhada mostra um casal com os rostos satisfeitos e alegres. Eu rio e ela também. Percebo que também pareço um pateta. Mas admito que gosto de me sentir mais leve ao lado dela. Uh. Saímos na garagem privativa e entrelaço nossas mãos, conduzindo-a para o carro esportivo. Olho de lado, um sorriso repuxando meus lábios com a expressão em seu rosto. Ela adora os modelos esportivos, porque sou eu quem os dirige na maioria das vezes. Jairo está em outro me seguindo. Gualberto já foi avisado de que Maya ia voltar comigo. Continuo observando sua empolgação com o modelo caro e decido verbalizar o que estive pensando. Vou comprar um extravagante para ela. Sua beleza requintada pede um carro à altura.

— Quando voltarmos, vou levá-la para escolher seu novo carro — compartilho e ela gira a cabeça rapidamente para me encarar.

— Meu novo carro? — indaga, com esses olhos lindos cintilando de expectativa.

Quando alcançamos o veículo, pego-a pela cintura, empurrando suas costas contra a lateral. Maya dá um gritinho surpreso, os braços cingindo meu pescoço. Levanto-a pela bunda, alinhando nossos sexos. Arfa ao sentir minha empolgação. Esfrego-me nela, um sorriso predador curvando minha boca, aproximando-a da sua.

— Sim, seu novo carro. Um presente para o meu lindo bebê — sussurro.

Ela ri, seu rostinho de anjo ganhando uma expressão suave e apaixonada. Ela me amolece inteiro quando me olha desse jeito.

— Mas você já me deu tantas roupas lindas e, oh, Deus, sem mencionar aquele conjunto caríssimo de colar e tiara de diamantes, And — aponta, a empolgação sendo substituída pela cautela. — Não quero que sua família pense que sou interesseira. Estou com você porque te amo. Essa é a única razão.

Porra. Eu gemo em satisfação, aproximando minha boca da sua. Faminto, louco por essa menina.

— Minha família não irá se meter entre nós, eu prometo. Agora, beije-me adequadamente, bebezinha — ordeno em tom rouco e ela ri, os olhos cintilando ainda mais bonitos.

Seus lábios perfeitos se aproximam mais, tocando os meus, fazendo-me gemer em puro deleite. beijamo-nos com lentidão sôfrega enquanto esfrego meu pau em sua bocetinha quente por cima das roupas.

— Tão gostoso — ronrona chupando minha língua, lambendo o céu da minha boca.

O beijo vai ficando mais intenso, bem como nossos gemidos esfomeados.

— And... — choraminga no tom desejoso que conheço bem.

— Maya... — gemo de volta, pegando sua trança rente a nuca, descendo a boca pelo pescoço alvo, lambendo, mordiscando a pele. — Precisamos sair... — resmungo, mas não parando a fricção entre suas coxas.

— Sim... — ofega rebolando gostoso, como uma bruxinha, contra mim.

Rio e mordisco seus lábios juntos, antes de parar o beijo. Em seguida, desço suas pernas.

— Vou te montar sob as estrelas na proa no iate, branquinha — sussurro em tom áspero. — Só nós dois e o mar à nossa frente.

— Estou contando os segundos, meu lindo amo — ela murmura de volta, com olhar suave.

— Eu também — assumo e a levo para o lado do passageiro, abro a porta, como um perfeito cavalheiro.

Seus olhos brilham com meu gesto. Ela aprecia sempre que o faço. Dou a volta e tomo o meu lugar na direção. Ajudo-a com o cinto e, não resistindo, seguro seu rosto e a beijo de novo, porque ficar sem tocá-la parece um sacrilégio para mim. Suas mãos delicadas também seguram meu rosto e abre a boca, beijando-me de volta, gostoso, sensual, cheio de promessas para mais tarde. Quando afasto para respirar, ela me olha com nítido encantamento.

— Obrigada por me deixar ver minha amiga — agradece, deslizando os dedos pelo meu rosto. — *Sei tutto per me*, And. — Sua voz linda e rouca faz meu coração aquecer de uma maneira que só ela consegue.

Então, as palavras pulam para fora da minha boca, sem esperar o meu consentimento, porque é a mais pura verdade:

— *Meravigliosa... Anche tu sei tutto per me,*[28] Maya.

Vale a pena cada palavra dita pela forma que seu rosto se ilumina ao ouvi-las. Sua boca deliciosa mergulha na minha de novo. Mais firme, mais faminta. Quando conseguimos nos desgrudar, rimos como dois bobos. Dou a partida no carro e nos levo para casa. Ela é minha outra vez. A única que eu escolhi livremente. A única que vou manter, não importa o quanto minha família arcaica dificulte as coisas.

28 Maravilhosa... Você é tudo para mim também – em italiano.

CAPÍTULO ONZE

Você pode enganar o demônio e cortar um pedaço do sol.
Queimar a estrada. Mas, antes de correr,
você precisa amar alguém. Você tem que amar alguém.
(You Gotta Love Someone – Elton John)

Maya

Eu me encaro no espelho enorme da parede do banheiro e suspiro. Meu vestido de veludo vermelho-vinho é bem justo ao corpo. Mangas compridas e decote frontal em V profundo. É bem curto e, exatamente por isso, eu o escolhi para esta noite. Uso sapatos Jimmy Choo pretos de salto quinze. Não precisei abusar na maquiagem. Graças a Deus os hematomas estão melhores hoje. Apenas o corte no supercílio levou mais tempo para camuflar. Afofo meu cabelo solto. As ondas naturais fazem cócegas em minhas costas nuas. O modelito é bem ousado mesmo e sorrio para o meu reflexo, antecipando ver o brilho de fome nos olhos de And. Minha expressão está vibrante, meus olhos cintilando. Ele me perdoou. Ainda não acredito que deixou a vaca da Isabeli e está apenas comigo. Tudo vai se encaixar a partir de agora, eu sinto. Mesmo que seja obrigado a se casar com outra vadia siciliana perfeita, estarei em sua vida também. Estou feliz e colocando em prática o que Yuliya me aconselhou. Não vou desistir do amor da minha vida por causa de uma maldita convenção social. Serei dele e é só isso que me importa.

Saio do banheiro, passo pelo *closet* e sigo para o quarto. A suíte master do iate é enorme! Fiquei estupefata quando chegamos, há mais ou menos uma hora. Viemos de helicóptero. And pilotou e fiquei dividida entre o medo de voar sobre o mar escuro e o deslumbramento de vê-lo conduzir a aeronave com destreza. Eu não sabia que pilotava e me senti estúpida por não ter suspeitado. Claro que um homem arrojado como Andreas Montanaro saberia pilotar. Ele acabou revelando que conduz aviões também. Ser o chefe da organização criminosa mais bem sucedida da América Latina exige o domínio de múltiplas habilidades. Fiquei excitada todo o percurso, embora estivesse me borrando de medo a cada vez que olhava para baixo e só via o absurdo de água. Aterrissamos no heliponto na parte de trás da embarcação imponente e eu estava tremendo como vara verde quando And desceu e abriu a minha porta. Havia alguns funcionários e seguranças. Jairo e Gualberto vieram conosco. Eu me senti importante quando And enlaçou minha cintura e me apresentou a cada tripulante.

Eles pareciam um tanto surpresos. Não entendi bem a razão, até que me esclareceu que nunca trouxe outra mulher para cá, além da nojenta. Meu coração se encheu de alegria com a revelação. Volto das lembranças daquele momento e olho a enorme cama, os lençóis de seda cinza-escuro, almofadas em bronze e vermelho-escuro bem arrumadas na cabeceira em couro marrom acolchoado. Ando devagar em direção à pequena varanda lateral ao lado da cama. As amplas janelas de vidro estão abertas, a brisa marítima entrando e deixando o recinto com um clima gostoso. Ouço um som ligado na direção do *deck*. Sim, há um na suíte também. Aproximo-me da haste de metal do parapeito e inspiro o ar, a vista da Ilha de Anchieta me saúda à frente. And me mostrou quando chegamos, além de um tour rápido dos cômodos do iate por onde passamos até chegar aqui. A lua está linda e imponente no céu estrelado. É um cenário absolutamente lindo! Estou maravilhada com tudo, tanta riqueza, mas, principalmente por estar de volta na vida do homem que amo. Não me importa que esteve aqui com a vaca maldita. Na verdade, essa é a minha vingança. Estar em todos os lugares que desfrutou com ele. Fazer amor com ele em todas as camas em que ela esteve. Tê-lo inteiro para mim agora. Sim, essa é a minha vingança.

Que a vadia morra de ódio e despeito! Eu nunca mais sairei do lado dele. Suspiro satisfeita e volto para dentro da suíte. And avisou para eu tomar meu tempo e que me esperaria no *deck*, onde o nosso jantar está servido. Viro a esquina para uma escada ampla, o som ficando mais alto. Elton John está tocando nas caixas acústicas distribuídas pelas paredes. Sorrio, meu coração aquecendo. Selecionei uma pasta com as melhores. Meu pai amava esse cantor e aprendi amá-lo também. Cresci vendo-o dançar com mamãe na sala de casa. Lindos. Às vezes, ele dançava comigo em um braço e com mamãe no outro. Era uma das minhas coisas preferidas.

Os dois eram muito bonitos, morenos de olhos amendoados. Aliás, eu não era sua filha biológica. Percebi ainda pequena que éramos muito diferentes e questionei certa noite durante o jantar. Eles me sentaram em cima da mesa e contaram que meus pais biológicos me amavam muito, mas foram obrigados a me deixar. Então, adotaram-me. Não me contaram mais nada, apenas disseram que eu era filha deles também, sim.

Algum tempo depois, mostraram-me a foto desgastada de um casal elegante. Disseram que eram meus pais biológicos e que estavam mortos, infelizmente. Uma mulher loira, com os olhos idênticos aos meus e um homem moreno alto e imponente. Os dois eram muito bonitos, seus sorrisos passando a imagem da felicidade. Eu franzo o cenho, só agora me ocorrendo algo. E se minhas joias são herança de meus pais biológicos? A frase de minha madrinha em nossa última ligação me vem à cabeça. *Seus pais pareciam muito cultos para serem pessoas simples*. Arfo, tentando encontrar algum sentido para essa coisa estranhas das joias. E se meus pais adotivos me esconderam essa informação? Sacudo a cabeça, expulsando essas dúvidas. Marieta e Leonardo Pinheiro eram meus pais. Não tínhamos o mesmo sangue, todavia, estávamos ligados pelo coração. Sorrio nostálgica. *Sim, pai, mãe. Vocês foram os meus pais do coração*. O resto não importa.

Vou descendo os lances de cinco degraus, um a um, e fico de frente para a área espaçosa. Suspiro com a beleza e requinte do ambiente, mesmo já tendo visto quando chegamos. Há um jardim de inverno do lado esquerdo com pequenos coqueiros e plantas ornamentais, dando um charme inusitado ao local. Arandelas alaranjadas estão dispostas sobre a grama. Do lado direito, há amplos estofados e almofadas brancas rentes ao parapeito de metal. É lindo e assustador ao mesmo tempo. Estremeço, esticando o pescoço, vendo as águas escuras e profundas do oceano a alguns metros abaixo. Alcanço o último degrau e avisto And. Está na ponta do deck de madeira escura, de frente para o mar, e a mão direita enfiada no bolso da calça. Não há proteção lá e quero gritar para ele sair dali imediatamente. Então, rio da minha besteira caipira. Ele está acostumado a isso.

A brisa me envolve quando saio para a ampla área totalmente aberta. Há uma piscina, jacuzzi, um cantinho de descanso com um imenso estofado, um degrau abaixo, dentro de um retangular. Almofadas e edredons estão jogadas, como um convite mudo à sedução sob as estrelas. Meu coração fica ainda mais quente ao ver a mesa redonda, posta para dois, com um lindo arranjo de rosas vermelhas e velas acesas nos castiçais, que tenho certeza são de prata. Lágrimas de felicidade sobem em meus olhos. Ah, Deus... Nem nos meus melhores sonhos imaginei que um homem tão duro pudesse fazer algo tão doce para mim. Ainda mais depois de tudo que passamos.

Meu olhar volta para ele. Está maravilhoso numa calça jeans e camiseta preta de mangas compridas. Está fumando. A fumaça espirala à sua frente, dissipando-se aos poucos no ar. Ando devagar, mas deve ter ouvido meus saltos, pois, sua cabeça gira, olhando-me por cima do ombro. Meu coração é atingindo pela beleza do rosto moreno, o brilho de seus olhos, mesmo à distância. Meus passos diminuem enquanto bebo de sua imponência e soberba masculina. Seu corpo vira inteiro e ele puxa mais uma tragada do cilindro escuro, o olhar preso ao meu. Começa a andar como um belo felino para perto de uma pequena mesa e esmaga a bituca. Então, retoma a caminhada em minha direção. Seus olhos verde-musgo percorrem meu comprimento, sem qualquer pressa, as íris ganhando um brilho mais intenso enquanto aprecia cada curva no modelito curto e justo. Um meio sorriso arrogante e possessivo curva sua boca quando me alcança, as mãos grandes pegando minha cintura. Eu gemo em deleite, apoiando-me em seu peitoral. Inalo seu perfume gostoso misturado à marca do cigarro caro que usa. Ele não tem o mesmo odor de outras marcas populares. É requintado e me excita. Eu rio. Tudo relacionando a esse homem me excita.

— Porra, você está proibida de usar esse vestido em público — range, puxando-me para seu corpo, colando nossas frentes.

— Isso é um elogio às avessas, meu lindo amo? — provoco-o, levantando o rosto para o seu. Nossas estaturas quase equiparadas com a ajuda de meus saltos.

Ele geme, apertando minha cintura, as mãos descendo até os quadris, depois subindo de volta.

— Você adora mexer comigo, não é, branquinha? — diz, subindo os dedos pelas minhas costas nuas, vagarosamente.

Seus olhos estão intensos, deslizando pelo meu rosto inteiro.

— Linda demais — sussurra com aspereza, alcançando minha nuca, segurando-a com firmeza.

— Você também, meu amor — murmuro, completamente rendida a esse homem e às emoções avassaladoras que me faz sentir.

Seus olhos ficam mais brilhantes, mais bonitos, possessivos com minha declaração. Abaixa a boca, roçando os lábios deliciosos nos meus. Já tomou uma dose do seu Bourbon, posso sentir o hálito misturado ao cigarro caro.

— Dance comigo — peço, correndo minhas mãos pelos ombros largos.

Acena, o braço esquerdo enrolando em minha cintura, puxando-me mais para perto.

— Esta noite é para você, bebezinha — sussurra.

Eu acho que vou morrer precocemente de tanta felicidade. Sorrio, apaixonada, delirante. Começa a se mover me levando junto. A música termina e outra inicia: *You Gotta Love Someone*. Perfeita. Enlaço seu pescoço e dançamos lentamente. Nossos olhares nunca se deixam, nossos lábios começando a se sugar sem pressa.

Você pode vencer a luta
Você pode... Pegar um pedaço do céu
Você pode quebrar as regras
Mas, antes de tentar,
Você tem que amar alguém
Você tem que amar alguém

Meu coração transborda de amor por ele ao ouvir a letra impecável de *Sir* Elton.

— Obrigada — agradeço emocionada. — Está tudo perfeito. Quantos dias iremos ficar aqui? Muitos, não é?

Suas íris cintilam com humor e outra emoção subjacente. Não sei o que é, só sei que o deixa ainda mais lindo.

— Por nada — diz baixinho. — Ficaremos quantos dias o meu lindo bebê quiser. Você é a capitã deste navio — brinca e eu rio, tão feliz que tenho medo de algo acontecer para estragar a nossa reconciliação.

Eu puxo-o para mais perto, ficando bem juntinho. O sorriso em sua boca linda diz que aprova. Seus lábios mergulham nos meus, sondando, sugando com lentidão sensual. Arfo, abrindo a boca para a sua exploração gostosa. Nossas línguas se entrelaçam devagar. Meu corpo inteiro arrepia pela sensação. Seu braço aperta mais à minha volta e eu faço o mesmo, puxando-o mais e mais para mim. Com ganância. Com amor. Tanto amor. Meus olhos se enchem de lágrimas, beijando-o e ouvindo a voz de Elton falando da necessidade de amarmos alguém.

Você pode enganar o demônio e cortar um pedaço do sol.
Queimar a estrada.
Mas, antes de correr, você precisa amar alguém.
Você tem que amar alguém.

— Esse cara pegou pesado com essa letra — And resmunga entre beijos e me empurra, fazendo-me deslizar para a longe.

Eu dou um gritinho pelo susto, mas sorrio e giro de volta para seus braços. Ele me agarra, possessivamente, pela cintura, sua boca abaixando na minha outra vez. Suas mãos acariciam minhas costas nuas e descem, agarrando minha bunda. Seu pau está duro, esfregando em minha pelve. Choramingo, ficando molhada. Não importa a quantidade de sexo que estamos tendo, nunca é suficiente. Beijamo-nos, movendo--nos, agarrando-nos gostosamente.

Quando afastamos as bocas para respirar, sorrimos cúmplices. Dançamos mais uma, olhando-nos em silencioso encantamento. Parece surreal, o meu sádico dominador numa noite tão romântica. E cada vez mais penso que ele me ama. Desconfio de que nunca vá me dizer as três palavras, porque não é o seu tipo. Mas me contento com isso aqui, a forma reverente e apaixonada que está me admirando agora.

— Sir Elton sempre pega pesado — murmuro. — Suas letras são todas maravilhosas.

Um sorriso suave curva sua boca e levanta a mão direita para meu rosto, indo para o cabelo, acariciando as mechas.

— Você é uma romântica, branquinha? — seu tom é baixo e sexy.

— O que você acha? — devolvo a pergunta com um sorriso adolescente.

Os olhos verde-musgo ficam ainda mais brilhantes e suaves enquanto acaricia meu cabelo, e volta-os para minha face.

— Eu acho que você é a coisa mais linda que Deus colocou sobre esta fodida Terra — diz e meu coração sofre um solavanco.

Rio, meneando a cabeça. Ele me acompanha.

— O que foi?

— Você é um romântico, Andreas Montanaro? — provoco-o e ele dá uma risada alta e debochada.

— Definitivamente, não. — Faz uma careta. — Só estou pensando no desenrolar da noite... — Lança-me um sorriso cínico e perverso.

Eu sei que está mentindo. Se não é romântico, está se esforçando para ser, e amo isso.

— Ainda que tenha intenções escusas, isso foi doce — sussurro, aproximando minha boca da sua novamente.

Seus olhos amolecem me fitando com intensidade.

— Obrigada, meu dono — acrescento e ele geme enrouquecido, mergulhando a boca na minha.

Suas mãos voltam para a minha cintura, nosso beijo mais apaixonado, mais urgente. Elton John continua cantando que precisamos amar alguém. Ficamos perdidos em nossa paixão por não sei quanto tempo. Dançando lentamente e nos beijando, tocando-nos sem parar. Quando estamos sem fôlego, ele separa nossas bocas. Tornamos a sorrir, ofegantes. Encosto a cabeça em seu ombro, seus braços me apertando deliciosamente contra si. A lua majestosa no céu parece sorrir para nós. Ou talvez seja só o meu estado de felicidade. Inspiro seu cheiro, sentindo-me tão emotiva que quero chorar nos acordes finais da música. Seus lábios depositam beijos suaves no topo da minha cabeça. Amo isso, essa sensação de proteção que voltei a sentir em seus braços. *The One* começa e expiro, essa é linda também e me lembra meus pais. And parece sentir minha nostalgia, porque segura meu queixo, levantando meu rosto para encará-lo.

— Você parece triste agora — murmura, estudando-me com olhos atentos.

— Triste não, apenas nostálgica — explico, abrindo um pequeno sorriso. — Meus pais amavam Elton John, é por isso que o amo também. — Sua expressão suaviza um pouco, os dedos pegando uma mecha do meu cabelo, colocando-a delicadamente atrás da minha orelha. — Toda vez que o ouço, minhas memórias afetivas me deixam mexida.

Ele me beija na testa, como que para me confortar.

— Você vai compartilhar essas memórias comigo? — pergunta, seu olhar tão terno que gemo, abraçando-o mais apertado. Ele sorri levemente.

— Você quer ouvir? — murmuro.

— Tudo. Quero saber tudo sobre a minha branquinha — garante, deixando meu coração mole. — E você saberá tudo sobre mim também, Maya.

— Ah, Deus... — suspiro emocionada pela abertura que está me concedendo. Estamos finalmente dando mais um passo em nossa relação. — Você pode me contar? — inquiro, franzindo o cenho. — Quero dizer... Tudo? Sua família...

Ele dá uma risada divertida com minha súbita falta de palavras. Em seguida, seu rosto vai ficando sério.

— Posso contar tudo para a minha mulher — sussurra, fazendo meu coração disparar.

— O que está dizendo...

— Vamos tomar uma bebida para ter esta conversa, bebezinha — seu tom é charmoso. — Você deve estar com fome também.

— Um pouco — admito, atordoada

Ele me gira, puxando minhas costas contra seu peito. Começa andar em direção à mesa maravilhosa e romântica. Suspiro feliz, agora já mais acostumada com a imagem do oceano escuro sob a luz da lua e das estrelas.

— É espetacular! — falo, vendo os raios prateados espelhando as águas, deixando-as menos apavorantes. — Assustador, mas indiscutivelmente belo.

— Fico contente que esteja gostando, linda — murmura em meu ouvido, fazendo-me estremecer de prazer.

Ele ri, sugando o lóbulo e descendo para o pescoço, chupando gostosamente.

— Será a única a frequentar este iate, desta noite em diante — anuncia e fico toda boba. — Só você e eu, meu bebê.

Viro a cabeça e pego sua nuca, aproximando nossos rostos. Roço minha boca na sua.

— Eu te amo — sussurro.

Traço a linha entre suas sobrancelhas, nossos olhares fixos. Seus olhos cintilam e ele para de se mover, beijando-me com reverência. Os braços me envolvendo pela cintura. Suspiro, meu coração tão enlevado de amor por ele que chega a doer.

Andreas

— Minha branquinha linda — murmuro contra seus lábios cálidos.

Maya faz um som de puro deleite. Dou um último selinho e volto a caminhar com ela à minha frente. Estou duro como uma rocha, minha virilha roçando a bundinha linda e arrebitada no vestido curto. Está maravilhosa no modelo jovem, delineando as curvas do corpo escultural. A cinturinha estreita, os quadris arredondados, as pernas lisas e bem torneadas.

Alcançamos a mesa bem posta para dois num canto onde a brisa não interfere nas velas acesas sobre os castiçais. Eu mesmo cuidei de tudo, providenciei um arranjo de rosas vermelhas também. Não me lembro de ter feito nada parecido para outra mulher e percebo que gosto disso. Gosto que seja a única a despertar esse meu lado patético, porém, feliz. Ela me faz feliz. Enfio o nariz em seu cabelo e inspiro o cheiro viciante, a maciez gostosa, e é a minha vez de emitir um som de puro deleite. Maya sorri baixinho. Aprecia quando faço isso. Caralho, que sentimento é esse? Meu coração está tão preenchido por essa menina que chega a doer. Estendo a mão direita e retiro uma rosa do arranjo, entregando a ela, que gira em meus braços e me enlaça, seu rostinho de anjo está iluminado. Cheira a rosa e sorri, os olhos de camaleoa cintilando, ficando verdes. Sua mão delicada estende para o arranjo e retira um botão, trazendo-o para mim.

— Para você — murmura. Eu franzo a testa. — Vamos, pegue logo. Prometo manter sigilo para não arruinar sua fama de *mauzão* — brinca e meneio a cabeça, sorrindo da sua besteira, mas pego a fodida rosa. — Sinta o perfume, And — orienta com voz suave e persuasiva.

Não penso muito, apenas obedeço, trazendo a coisa para o nariz e inalando.

— É bom? — pergunta com um pequeno sorriso.

— Sim — admito. — Não tanto quanto o seu, mas é bom — digo com um sorriso arrogante.

Ela tem o olhar e expressão mais suave enquanto me observa. *Porra de garota.* Resmungo internamente. Meus homens ficariam estupefatos se me vissem cheirando uma maldita rosa. Alvinho e meus primos fariam uma algazarra sem fim se soubessem, idiotas. Maya torna a inalar a sua, o olhar adquirindo malícia e provocação. Ela sabe que estou desconfortável e está gostando disso, franguinha abusada.

— Você ia compartilhar memórias afetivas sobre seus velhos, se não me engano — corto o clima ridículo e bobo.

Pouso o botão sobre a mesa e pego uma garrafa de champanhe no balde de gelo. Começo a abri-la. Ela continua cheirando a rosa, olhando-me como se eu fosse algum super-herói. Porra, eu gosto desse olhar. Ainda que me ache patético, estou irremediavelmente tocado por essa menina linda. Sirvo duas taças e lhe entrego uma. Ela toca a sua na minha antes de beber um pequeno gole.

— Venha aqui. — Puxo-a pela cintura, contornando a mesa para o lado do estofado, rente às janelas de vidro.

Ela olha para baixo, seu rosto denotando seu receio em chegar perto da borda. Eu rio, encantado pelo seu jeitinho de menina do interior. Sento-me e puxo-a para o meu colo. Seu rosto relaxa um pouco, acomodando-se de lado. Fico numa posição que dá para ver o oceano a alguns metros abaixo e à nossa frente. Ela observa e toma mais um gole da taça. Envolvo o braço livre em sua cintura, mantendo-a bem junto de mim.

— Eu acho que farei mais destas noites românticas para a minha bebezinha.

— Você acha, é? — Sorri, virando o rosto para me fitar.

Seus olhos são provocadores. Enrola o braço livre em meu pescoço.

— Você está me corrompendo. — Rio cínico, porque é justamente o contrário.

Ela dá uma risada gostosa.

— Parece assustador agora à noite, mas, amanhã, verá que é um paraíso. Vamos mergulhar, namorar, andar de lancha, qualquer coisa que queira fazer.

— Eu sei — murmura. — Nunca estive num iate, você tem que me dar um desconto — fala meio encabulada.

Eu rio também, mordendo seu ombro suavemente.

— Então, seus pais e aquelas memórias... — retomo o assunto, tomando o último gole.

Ela pega a garrafa, derramando mais champanhe na minha taça e completa a sua.

— Obrigado.

— Meus pais eram muito apaixonados — diz com voz e expressão saudosas, olhando o oceano. — Uma das memórias afetivas é deles dançando em nossa sala. Às vezes, esperavam que eu dormisse, em outras, meu pai dançava comigo em um braço e minha mãe em outro. — Seus olhos ficam mais brilhantes. — Eu amava esses momentos — murmura num tom ainda mais baixo.

Esfrego seu quadril devagar, ouvindo tudo atentamente. É a primeira vez que falaremos sobre nossas famílias, sem máscaras.

— Meu pai era tradutor. Um dos bons — afirma orgulhosa. — Minha mãe dava aulas particulares de italiano e inglês. Eles não ganhavam muito, mas vivíamos confortáveis com o que tínhamos.

Aceno, não interrompendo. Ávido por mais informações sobre a sua vida. De repente, quero saber tudo.

— Eram pessoas muito simples, mas muito ligadas à educação. Eles me ensinaram algumas línguas desde muito pequena. — Olha-me, tomando um gole da bebida. — Por isso, falo o italiano quase sem sotaque.

— Sem sotaque. Você fala lindamente, como uma nativa — corrijo.

Ela franze o cenho e dá de ombros.

— Foi dessa maneira que aprendi.

Não estico o assunto, porém, intriga-me esse fato. Nunca vi não nativos falarem um italiano tão perfeito quanto o dela. Mas, talvez seja só a prática mesmo. Ela diz que começou cedo. Deve ser isso.

— O que mais quer compartilhar? — estimulo-a com suavidade.

— Eles eram meus pais adotivos — murmura e isso me surpreende. Em seu currículo e história falsa, ela era órfã. Não pensei que esse aspecto fosse real. — Eram morenos, muito diferentes de mim fisicamente e, certa noite, perguntei sobre isso. Eles me disseram que meus pais biológicos me amavam muito, mas que foram obrigados a me deixar.

— Você teve contato com os biológicos? — questiono com interesse.

— Não. — Abana a cabeça, o rosto franzindo. — Eles estão mortos. Mas não sei se gostaria de conhecê-los, caso estivessem vivos.

— Por que diz isso?

— Não sei, soa quase como uma traição àqueles que me criaram e deram tanto amor — esclarece com mais um sorriso nostálgico.

Subo a mão do quadril, acariciando suas costas nuas, precisando confortá-la. Essa perda ainda deve incomodar.

— Depois que eles se foram, tudo perdeu a cor por um tempo. Cheguei a pensar em procurar pela família dos meus pais biológicos, contudo, nunca levei à diante.

— Não tem curiosidade sobre quem são, onde vivem? — torno a perguntar, curioso sobre a sua revelação.

— Às vezes sim. Mas continuo achando que é traição, então, tenho me segurado até agora. — Dá de ombros.

Ela vira a taça, tomando tudo em um só gole.

— Sua vez — intima-me.

Abro um pequeno sorriso, terminando de tomar meu champanhe também. Tornamos a encher as taças.

— Minha família descende de mafiosos da Sicília — digo, ficando sério.

Ela não demonstra surpresa como imaginei.

— Eu já suspeitava — confessa, sem espanto.

Toco seu cabelo e subo, pegando sua nuca, trazendo seu rosto mais perto do meu.

— Meu pai e tio descendem de uma linhagem de duques. Todavia, meu tetravô decidiu que não queria estar ligado tão escancaradamente a atividades criminosas, então, veio para o Brasil.

— Uau. Quer dizer que meu lindo senhor, é um duque, hein? — Sua boquinha linda se curva num sorriso provocante. — O dinheiro é velho, eu também já suspeitava — a porra da menina inteligente murmura. — O quê? Vocês não têm cara de quem já foram pobres em alguma encarnação, Andreas Montanaro — cantarola, seu riso provocador aumentando.

Solto uma risada divertida com seu comentário espirituoso.

— Sim, nosso dinheiro é velho, passa de pai para filho há séculos — assinto. — E sim, tecnicamente, sou um duque. Todavia, aprendemos desde cedo que os negócios dos Montanaro vão além das atividades legais. — Ela ouve tudo atentamente. — Não somos boas pessoas, Maya — vejo-me alertando-a. — Se eu não fosse tão egoísta, eu te libertaria. Mas te quero demais, branquinha. Você quis ficar, então, pertence-me agora.

Ofega e levanta a mão livre para o meu rosto. Seu toque tão delicado que não seguro um gemido.

— Eu quero aprender a ser como você, seu irmão e primos — diz com firmeza. — Treine-me, And. Quero estar do seu lado para o que der e vier.

Seu rostinho lindo de anjo está cheio de determinação e teimosia. Ela é perfeita, porra.

— Meu bebê quer me acompanhar nas negociações? — sussurro, passando o polegar sobre seus lábios. Ela lambe e começa a chupar gostoso. — Minha putinha é mesmo a melhor — digo com indulgência. — Está bem, vou treinar você para aprimorar suas habilidades em lutas e tiro — concedo e ela geme, passando a sugar meu dedo inteiro.

— Humm, o próprio chefe me treinando? — ronrona com uma cara de safada. — Que privilégio. — Um riso predador curva minha boca com as possibilidades dessas aulas... Nossos olhares permanecem fixos.

— O chefe não permitiria que outro treinasse a sua mulher — aviso, sem titubear.

Seus olhos se iluminam com a minha afirmação possessiva. Porém, uma sombra encobre a euforia. Sei o que está pensando.

— Eu ainda vou precisar me casar com outra siciliana, infelizmente, bebezinha — digo, apertando minha boca em descontentamento.

Toco seu rosto perfeito. Deus, como é linda. Como gostaria de me casar com ela, torná-la a única na minha vida, como Elton John está dizendo em sua bela canção. Mas não posso.

— Meus parentes mafiosos possuem uma prática incomum, mas que nos dá uma excelente prerrogativa. O homem pode escolher uma segunda ou quantas esposas quiser, desde que a primeira seja siciliana legítima. — Seu cenho franze.

— O que... — murmura, incrédula.

— Sim, não é um casamento como no mundo árabe — apresso-me em esclarecer. — É um contrato lavrado e assinado pelas partes, em cartório. Você terá todos os direitos de esposa. Podemos aparecer juntos em público ou nas festas de família e ninguém irá diminuí-la ou ofendê-la.

— É sério isso? Como é possível no mundo ocidental? — questiona como a boa advogada que é. — Deus, que machista!

Eu rio levemente.

— Sim, é machista, admito — aceno. — Entretanto, é com essa brecha que poderei assumir você, branquinha — aponto, dando pequenos selinhos em sua boca. — Você será minha oficialmente. Quer isso, Maya?

Seu rosto vai relaxando, os olhos lindos cintilando quando compreende a minha proposta. Sua mão delicada acaricia minha barba.

— Claro que sim. É machista, mas uma opção melhor do que ser amante — diz no seu tom esperto e afiado.

— Faremos isso, então — murmuro, olhando-a intensamente. — Farei uma festa ainda maior para você quando oficializarmos, meu bebê. Quero que todos saibam que você é a única que escolhi.

— And, não acho prudente fazer isso. A outra, seja lá quem for, vai me odiar — diz torcendo o nariz.

— Ela terá que aceitar que você sempre virá em primeiro para mim — digo ferozmente e ela parece surpresa com afirmação, seus olhos se enchem de lágrimas. — Eu quero você, Maya Pinheiro. — Seguro sua nuca de novo, fitando-a bem dentro dos olhos. — Quero ter filhos com você. Quero viajar com você. Quero fazer tudo com você.

— Ah, meu Deus... — respira agudamente, suas lágrimas transbordando. — *Ti amo così tanto, And. Così tanto, amore mio.* [29]

Porra, ela acaba comigo quando diz isso em italiano. Sua voz rouca no idioma fica terrivelmente sexy.

— Branquinha... — Deslizo a mão pelas suas costas nuas e macias, sentindo sua pele de seda arrepiar com meu toque.

Desço até a bunda, acariciando, apertando a carne com firmeza. Trocamos um olhar significativo e viramos nossas taças, colocando-as sobre a mesa. Ela gira em meus braços, montando-me de frente, escarranchando-me, a bocetinha quente ficando sobre o meu pau. Suas mãos passeiam pelos meus ombros e gemo, agarrando sua bunda, quase toda de fora. O vestido subiu e rosno, apreciando isso.

— Meu lindo bebê quer foder? — pergunto perversamente, apertando-a contra a minha virilha.

Maya choraminga, começando a rebolar gostoso, aumentando a fricção de nossos sexos.

— Sim, meu dono, por favor — murmura, terminando de me deixar ensandecido.

— Eu pensei que estivesse com fome — provoco, girando as mãos pela sua frente, subindo pela barriguinha plana.

— Sim, mas prefiro ter você dentro de mim primeiro — responde, arqueando-se, não parando de rebolar gostoso pra caralho sobre meu pau completamente pronto para a ação.

Agarro seus peitinhos duros e redondos, gemendo rouco. Esfrego os mamilos por cima do tecido e Maya ofega, de boca entreaberta, os olhos lindos numa mutação que fode ainda mais minha cabeça. Enfio as mãos por dentro do decote indecente

29 Eu te amo tanto, And. Tanto, meu amor – em italiano.

e toco os montes macios. Seguro os biquinhos e os aperto com a pressão certa para enlouquecer a minha menina sombria. Ela geme, choraminga, e, com gesto impaciente, afasto as mangas do vestido, puxando-as pelos ombros, desnudando seu torso, o tecido amontoando em sua cinturinha estreita.

— Deus, que linda... — solto um rugido, tocando seus ombros, descendo pelos braços, subindo e descendo pelos seus lados, babando pelas curvas impecáveis.

Sei que ela quer meu toque em seus peitinhos de novo e retardo isso, subindo as mãos para o seu pescoço. Circulo sua garganta, não aperto, apenas toco-a suavemente, para não disparar gatilhos sobre o episódio com a vadia da Isabeli. Sua respiração vai ficando mais e mais ofegante, o peito subindo e descendo.

— Sou completamente louco por você, menina — afirmo, fascinado.

E, então, desço, enchendo as mãos nos peitinhos firmes. Abaixo a boca sobre o direito e engulo-o, com ânsia, passando a chupar gostoso. Rolo a língua no biquinho enquanto mamo e Maya estremece.

— And... — geme meu nome em necessidade, enfiando as mãos por dentro da minha camiseta, as unhas raspando em minhas costas.

Eu passo para o outro seio, lambendo, chupando com firmeza. Ela puxa minha roupa, impaciente também. Gememos em uníssono quando nossos torsos nus se tocam. Puxo seu vestido pela cabeça, jogando-o de lado e rosno alto ao vê-la apenas na calcinha de renda vermelha. Enfio uma mão entre suas pernas, esfregando as dobras molhadas.

— Sempre tão pronta para o meu pau, não é, bebezinha? — digo com arrogância. Ela faz um som lamentoso em sua garganta e rio satisfeito. — Eu te quero debaixo de mim agora — digo com voz engrossada pelo tesão e me levanto com ela enrolada em meu quadril.

Levo-a até a área de descanso, que também funciona perfeitamente como uma cama. Consigo me livrar dos sapatos enquanto ando e desço o degrau, pisando direto no estofado de couro forrado por um edredom extra macio. Coloco-a para baixo.

— Deite-se — ordeno e ela obedece prontamente.

Livro-me da calça e boxer de uma vez sob seu olhar atento e cobiçoso. Meu pau sofre espasmos quando se torna o foco dos olhos lindos. Abaixo-me e pego seu pé direito, retirando seu sapato devagar. Dou um beijo suave sobre seus dedos. Ela estremece, surpresa tingindo seu rosto. Isso não é algo que eu já tenha feito antes. Maya é quem beija meus pés, mas, esta noite, estamos selando um novo começo para nós. Faço o mesmo no outro e me congratulo pelo brilho de pura adoração em seus olhos de camaleoa.

— Meu lindo amo — murmura apaixonada enquanto subo a boca e mãos pelas suas panturrilhas, adorando cada centímetro da pele de porcelana.

— Abra as pernas, meu bebê — sussurro com voz mais branda e ela arfa, obedecendo.

Estendo a mão, tocando seu monte por cima da calcinha toda empapada. Contrariando outras vezes, eu pego as laterais da renda e a puxo vagarosamente pelas suas pernas. Maya respira com dificuldade, apreciando esse jogo mais suave também. Subo as mãos pelo lado de dentro de suas pernas, alcançando a virilha, e vou me debruçando. Esfrego as dobras, massageando, mas sem pressionar. Ela arqueia o torso, levanta o quadril, implorando silenciosamente por mais. Rio presunçoso e abro sua vulva rosada, empurrando meus polegares dentro. Ofega e vou empurrando até as juntas.

— Tão molhada, minha linda cadela — zombo, puxando para os lados, como se fosse rasgá-la.

Ela lambe os lábios, o rostinho corado, as pupilas gigantes pelo tesão. Retiro os dedos e abaixo a cabeça, enfiando meu nariz em sua vulva. Meus olhos não deixam os seus.

— Quando disse que o perfume da rosa não era melhor do que o seu, eu me referia e este aqui, meu bichinho. Sua boceta tem o cheiro e o gosto mais delicioso que já provei — garanto, esfregando um nariz por toda a sua carne melada.

Ela geme mais alto e traz as mãos para a minha cabeça, enfiando em meu cabelo. Eu deslizo a língua nos lábios delicados de baixo para cima, colocando-a, depois, sobre o clitóris, esfregando suavemente. Maya puxa meu cabelo, rebolando em minha cara e enlouqueço, mordiscando o clitóris, depois a chupo com vontade. Lambo as dobras, enfiando a língua na vulva, cavando o máximo de creme que consigo e engulo com ânsia. Está quase gozando, eu sei, por isso paro. Protesta e eu rio malvado, arrastando-me para cima do corpo delicado. Ela arreganha-se toda para me acomodar, como a boa menina que é.

— Vai gozar no meu pau, branquinha — aviso, alinhando-me em sua pequena entrada.

Enfio as mãos em seu cabelo de cada lado e ela segura meus ombros, a respiração suspensa, esperando a minha posse. Eu vou metendo numa estocada lenta, embainhando-me até o punho. Meu corpo inteiro estremece pelo prazer abissal que é entrar em sua bocetinha apertada. É tão pequena que parece virgem cada vez que a penetro. Puxo quase tudo e torno a meter com força, profundamente. Ela grita, convulsionando, esticada, sofrendo com meu pau grosso. Ranjo os dentes pelo prazer e mergulho a boca na sua. Beijo-a apaixonado enquanto giro o quadril, esfregando suas paredes, alargando-a gostosamente no meu grande volume. Ela chia de forma indecente e rio, passando a ir e vir. Dentro e fora. Minhas estocadas aumentando a intensidade, nossos gemidos de prazer rivalizando neste momento.

— Gostosa... — murmuro rouco, devorando sua boca, comendo-a com força. — Gostosa, porra! — Bato profundamente, sem dó, e ela berra, as unhas ferindo a pele das minhas costas e ombros.

— Sim, meu dono... come-me bem fundo... — a menina abusada sussurra, puxando-me com as pernas, abrindo-se toda para me receber o mais profundo possível.

Eu rosno, querendo ser mais duro, bater nela, usar como bem quiser. Pego seu pescoço pela frente e agarro sua bunda por baixo, levantando-a do estofado, o ângulo perfeito para castigar a atrevida. Eu empurro duro, entrando até as bolas. Ela grita e eu também.

— Sim, sim! Arranque seu prazer em meu corpo, meu lorde. Machuque-me.

Solto um uivo como um fodido lobo. É alucinante sentir meu pau penetrando-a até o cabo. Possuo-a sem piedade, usando-a, porque ela me pertence. Só minha. Torno a beijá-la, mordendo sua boca inteira e afasto um pouco o rosto, olhando-a enquanto a fodo. É avassalador o que essa menina me faz sentir. Ficamos assim por um tempo, olhando-nos, gemendo e fodendo numa conversa silenciosa cheia de tesão e paixão sem medida. Nossos quadris se movendo juntos, numa dança carnal e luxuriosa. Ofegamos na boca um do outro a cada vez que soco até o punho, meu saco batendo em sua bunda.

— Bem assim, meu bebê... — elogio com voz rude, descendo a boca para o pescoço alvo, indo para a orelha, chupando a concha.

Ela geme mais e mais, recebendo minhas estocadas esfomeadas. Sua respiração falha indicando que está por um triz. Eu bato no fundo de sua boceta, esfregando o ponto de ruptura, empurrando-a para o abismo. Desço a boca pelo pescoço, colo e abocanho o seio direito, chupando com força.

— Goza para mim. Vamos, chupa o meu pau todo nessa boceta deliciosa... — Ela arqueja, obedecendo-me.

Seus músculos internos começam a me sugar, é tão bom que rolo os olhos. Fico ensandecido comendo-a sem pena, rasgando-a em estocadas brutais até que goza, gritando alto. Puxo seus braços acima da cabeça, segurando-os com uma mão e a outra envolvo seu pescoço de novo. Então, eu a como com voracidade, esquecendo-me de tudo o mais, apenas perseguindo o prazer sem medida que sinto com ela. Somente ela.

Estou louco para encher sua bocetinha deliciosa com a minha porra, mas também quero prolongar ao máximo para continuar apreciando sua quentura apertada estrangulando meu eixo. Estoco bem fundo, sentindo-a toda macia à minha volta. Seu corpo ainda está estremecendo pelo orgasmo. Seus belos olhos fixos nos meus, enfeitiçando-me. Decidido aproveitá-la mais, então, eu saio do seu calor e me sento encostado no degrau, dobrando minhas pernas debaixo de mim.

— Vem me montar — ordeno, segurando meu eixo.

Ela se arrasta sinuosamente, ficando entre minhas pernas.

— Vire de costas. Quero gozar pressionando ainda mais essa pequena boceta.

Maya resmunga, mas obedece ao comando. A visão é linda demais. As costas esguias sendo banhadas pela cascata loira, brilhante e sedosa. Suas pernas estão um tanto trêmulas quando as escarrancha sobre as minhas, suas costas contra o meu peito, a bundinha gostosa bem na minha pelve.

— Coloque-me em sua entrada e desça bem forte — exijo, agarrando seus peitinhos, sovando com vontade, rolando os bicos com firmeza.

Ela geme baixinho, pegando meu pau, e esfrega-o em seu clitóris.

— Desça. Vamos, cadela! — Dou um tapa forte em sua bunda e ela choraminga, colocando a cabeça em sua vulva melada.

Prendo a respiração pela sensação absurda que é senti-la se esticando no meu eixo devagar. Continuo a amassar seus montes e abaixo a boca em seu ombro, mordiscando, subindo pela lateral do pescoço, chupando, deixando minhas marcas. Maya desce com força, levando-me todo e berra, convulsionando. Sei que essa posição não é confortável, mas minha menina obscura adora um pouco de dor.

— Perfeita, meu bebê — bajulo, complacente, e seguro sua cintura.

Hora de assumir o comando. Arreganho ainda mais suas coxas e olho para o degrau da cabeceira do estofado. Há espelho em todo ele, mostrando nossa imagem da cintura para baixo. Rosno como um predador e desço a mão direita pelo ventre liso até seu monte. Esfrego seu clitóris e ela palpita à minha volta, a vulva violada pelo meu eixo grosso.

— Porra, que imagem linda... Amo ver meu pau grande enterrado nessa bocetinha rosada — digo com voz engrossada e passo a meter em seu pequeno canal de baixo para cima, puxando-a para sentar gostoso, empurrando-me até o punho.

Prendo meu olhar ao espelho enquanto a fodo. Gemo guturalmente. Suor está brotando em nossas peles. Quero gozar. Quero continuar comendo-a. É sempre um conflito quando estou dentro dela.

— Machuque-me, meu dono. Vamos, machuque-me, por favor — implora, apoiando a cabeça no meu ombro, lábios entreabertos, deixando-se ser usada para o meu prazer.

— *La mia ragazza delzioza e scura*[30] — digo perdido de tesão, paixão, verdadeira loucura por essa garota.

Maya estende os braços para trás, segurando meu pescoço e arqueia as costas, passando a rebolar, engolindo meu pau todo enquanto a como mais fundo, mais forte.

— Olhe para o espelho. Quero que me veja enchendo sua bocetinha de porra.

Ela emite um gemido chorado e me deixa mais doido ao sussurrar em italiano:

— *Si, riempimi di sperma, il mio proprietario.*[31]

— Vai gozar comigo, bebezinha — ordeno, abraçando-a apertado pela cintura, comendo-a como um animal descontrolado.

Escorrego uma mão para seu monte, manipulando o montículo inchado. Empalo-a com força, combinando massagem com tapas em seu clitóris e Maya berra meu nome roucamente, convulsionando em meus braços. Minha respiração trava, minhas bolas ficando pesadas, doendo pelo alívio, então, permito o gozo vir. Com um urro feral, eu esporro no fundo de sua boceta. Dá para ver no espelho a porra vazando a cada metida gostosa. Rosno, sentindo-me possessivo ao extremo. É sempre assim com essa menina. Quero-a para sempre. Preciso dela com um desespero que me confunde. Olhamo-nos e nossas bocas se procuram, engolindo os sons de êxtase. Espasmos violentos espiralam em nossos corpos enquanto gozamos grudados. Não há nada que possa ser comparado a isso. Nada.

Despejo cada gota e paro, gemendo baixo, saciado. Nossas bocas se deixam em busca de ar. Seus olhos se abrem encontrando os meus. Não falamos nada por alguns

---

30 Minha menina deliciosa e sombria – em italiano.

31 Sim, enche-me de porra, meu dono – em italiano.

instantes, apenas nos fitamos com a paixão latente entre nós. Aperto-a mais em meus braços e a beijo de novo, com paixão lenta. Retiro-me do seu interior devagar e nos arrasto de volta para o centro do estofado. Deito-me sobre as almofadas, puxando-a para o meu peito.

— Podemos dormir aqui? — pergunta com um suspiro, enrolando-se em meu corpo.

Abaixo a cabeça, já encontrando seu rostinho lindo e corado me olhando com expectativa.

— Se você quiser, sim, podemos. O iate está ancorado, só vamos voltar a navegar amanhã de manhã — respondo, traçando sua face corada com as pontas dos dedos.

— Eu quero. Nunca dormi sob as estrelas, em pleno oceano — diz com um sorriso sonhador.

— Então, vamos ficar — murmuro, completamente tomado por ela e o sentimento poderoso vibrando dentro de mim. — Gosto de ser o único a lhe proporcionar tantas primeiras vezes, branquinha — afirmo possessivo.

Seu semblante cintila de felicidade.

— Você é o único — sussurra, com emoção intensa preenchendo seus belos olhos azuis neste momento. — Para sempre o único, meu amor.

Meu peito transborda por ela e sua declaração linda. Beijo seus lábios com suavidade. Nunca me senti tão feliz em toda a minha vida. Parece que estou com o mundo inteiro bem aqui, em meus braços.

Quatro dias depois... Ubatuba, São Paulo.

Olho o corpo nu estirado sobre os lençóis amarfanhados. Ela apagou depois da nossa sessão. Consegui adaptar a suíte para o nosso sexo pesado. Gozamos como loucos por horas. Depois da última rodada, minha menina escura foi nocauteada e eu a levei direto para a banheira morna. Ela mal manteve os olhos abertos enquanto eu a banhei e cuidei das marcas em sua pele. Debruço-me, depositando um beijo suave em sua boca entreaberta. Maya geme, virando de bruços, abraçando meu travesseiro. Não resisto e acaricio o cabelo dourado. Sou doente por essa garota. É inexplicável como fico cada dia mais encantado por ela. A quantidade de sexo que estamos tendo é absurda, porém, nenhum dos dois consegue ficar saciado por muito tempo. Estamos sempre esfomeados um pelo outro. Passamos dois dias no iate, navegando pela costa de Ubatuba. Fizemos várias atividades aquáticas. Visitamos a ilha de Anchieta, praticamos *snorkel*, banhamos nas águas cristalinas da praia. Há dois dias, eu a trouxe para cá, para a minha ilha particular. Ela ficou radiante quando lhe disse que a casa é minha.

Um caseiro e uma governanta são pagos para deixar tudo em ordem. Eu os dispensei quando cheguei, porque queria privacidade com Maya. Era minha intenção fodê-la em muitos cantos da casa, e fora dela, missão da qual estou indo muito bem, para constar. Rio arrogante e estendo a mão, acariciando as costas marcadas pelo meu chicote. Inclino-me, beijando-as. Amo tocá-las, quase tanto quanto fazê-las. Ela torna a gemer baixinho com meu carinho.

— Meu dono... — murmura entre o sono e consciência. — Meu amor.

Meu coração fica quente ao ouvir isso. Um sorriso pateta se abre em meu rosto e eu retiro uma mecha loira de cima da sua testa, expondo o rostinho perfeito. Parece sorrir, mesmo dormindo.

— Meu lindo bebê — sussurro, não parando de depositar beijos reverentes em suas costas. — Amo ter você para mim, branquinha. Amo.

Com um último beijo, eu saio da cama. Pego minha calça do pijama, puxando-a pelas pernas. Marquei de discutir algo com Alvinho esta madrugada. Ele ligou hoje e, como tenho feito nestes dias, disse-lhe que discutiríamos depois que Maya estivesse dormindo. Prometi que estes dias seriam dela e quero cumprir. Olho-a mais uma vez antes de ir do quarto para o escritório conjugado. Como pode essa branquinha ter se apossado de mim dessa maneira tão avassaladora em tão pouco tempo? Como pode uma menina que era virgem me agradar tanto no sexo? São perguntas para as quais não tenho resposta. A única coisa que sei é que ela me faz feliz e não quero abrir mão disso. Viro as costas, empurrando a porta do escritório e entro no recinto. A parede de vidro ao fundo me oferece a vista do oceano e da lua alta no céu estrelado. Maya amou dormir com essa pintura de cenário toda noite.

Contorno a mesa, sento-me na cadeira e abro meu notebook, ligando-o, para analisar o pedido de Alvinho. Abro o arquivo que me enviou por e-mail e passo os próximos minutos estudando seu caso. Quando termino, ligo para meu irmãozinho e informo a minha opinião. Ele concorda e nos despedimos em seguida. Estou prestes a desligar o notebook e voltar para a cama, quando o alerta de uma mensagem chegando me faz parar a ação. Pedi a Danilo que monitorasse o celular de Maya e compartilhasse as mensagens e ligações com o meu notebook. Eu sei, é invasivo. Fiz quando estava com raiva dela. Mas agora que estou lhe dando outra chance, vou pedir que pare o monitoramento. Será a minha mulher, não posso viver duvidando dela. O som de outra mensagem chegando me faz franzir o cenho. De quem são? Passa das duas da manhã. Se for aquele imbecil do amigo de infância, vou ter que dar um fim no infeliz. Rosno, enciumado como o inferno e acesso o programa reservado para ouvir e ver tudo no aparelho de Maya. Quando abro, vão chegando mais, deixando-me ainda mais irritado. Clico no primeiro áudio.

— Você ainda irá entrar no Grupo Montanaro, mas terá que se candidatar a submissa também. Precisamos cobrir todas as frentes ou esse homem nunca será pego.

Meu cenho franze ao escutar a voz de ninguém menos que Valéria Ramazotti. Estou familiarizado com a voz da puta pelas ligações telefônicas interceptadas de sua maldita família. O que é isso? Aperto para ouvir outra vez e um frio ruim percorre minha coluna quando percebo que deve ser uma conversa sua com Maya. Uma gravação antiga de quando estavam tramando contra mim, é o que parece. Abro a seguinte.

— Jamais permitiria aquele maldito tocar em meu corpo! Eu o odeio. Odeio!

Ofego ao ouvir a voz irada. A voz de Maya. O que diabos é isso? Quem está enviando os áudios? Ranjo os dentes, tentando identificar o nome, mas é de um número desconhecido. O frio desconfortável se espalha em minhas entranhas enquanto meu dedo paira sobre a próxima mensagem. Mesmo ressabiado, clico e ouço:

— Então você não quer pegá-lo, querida. Não basta estar dentro do seu escritório. Se realmente quer fazer justiça a seu noivo, a melhor forma de destruir Andreas e a sua organização criminosa é permitindo-o chegar mais perto...

— Eu não posso fazer isso. Sou virgem — a voz de Maya está chorosa, todavia, é mais do que isso. Há um profundo desprezo. Desprezo por mim.

— Ah, minha menina, essa é a cereja do bolo — o tom da vadia Ramazotti é de pura alegria. — *Os homens adoram uma virgem. Elas transmitem certa inocência, tudo que precisamos passar para esse maldito.*

Um bolo desconfortável se forma em minha garganta. Clico na próxima.

— Eu não posso — Maya torna a negar. — Não conseguirei deixá-lo me tocar.

Incomoda-me ouvir esse tom de repulsa se referindo a mim, ainda que eu saiba que isso já ficou para trás. Aperto a outra, o mal-estar se infiltrando em meu sistema mesmo que não queira.

— Terá que fazê-lo. Permita que ele te possua — Valéria diz em tom duro. — *E assim poderá vingar seu noivo.*

— Tem de haver outra maneira... — Maya torna a chorar.

— Pensei que quisesse fazer esse homem pagar pelo mal que te fez. Mas parece que me enganei. Vou perguntar uma última vez, Maya. O que está disposta a fazer para obter a sua vingança? Até onde se permitirá ir para que a justiça seja feita?

Abro a outra:

— Farei tudo — soa a voz de Maya, chorosa, mas com determinação. — *Se para pegar aquela escória, tenho que chegar tão perto, eu farei. Serei a submissa de Andreas Montanaro e o levarei à destruição.*

Meu coração salta de uma forma ruim ao ouvi-la dizendo isso. A voz é a mesma, mas, ao mesmo tempo, tão diferente. Há tanto ódio. Não sei que merda é essa, porém, vou ouvir tudo antes de chamar Danilo e pedir para seguir o rastro do remetente das mensagens. Desconfio de que seja a puta Ramazotti. Seus motivos não sei, mas vou descobrir. Aperto na próxima.

— Eu o odeio com todas as minhas forças! O criminoso maldito levou o que não lhe pertencia — Maya está chorando de novo, sua voz cheia de ódio e desprezo. Obviamente, fala da virgindade. Porra, como me incomoda seu tom de ódio. Clico em outra mensagem.

— Eu amo Breno. Meu coração sempre será dele, não importa quantas vezes tenha que suportar aquele escroto usar meu corpo.

Ah, Deus... Dói como o inferno ouvir isso. Ela me ama agora. Isso é antigo. Ela me ama agora. Se apaixonou por mim, ela me disse muitas vezes. Repito em minha mente para afastar a sensação ruim. Essas mensagens são antigas.

— *O que mais está esperando para destruir aquele assassino? Eu o quero morto! Não suporto mais fingir que amo a sua foda bizarra, porra!*

E eu congelo ao escutar a sentença na voz dela. Não. Isso não pode ser verdade. Torno a escutar. A voz é a mesma, mas há tanto ódio que faz minhas entranhas revolverem. Ouço o próximo, já profundamente intrigado com essa merda.

— *Avise-me o local exato da bomba, não quero morrer também, caralho.*

Minha respiração trava. Ela disse que não sabia sobre a bomba. Não... Minha mão treme sobre o mouse embutido e clico sobre a penúltima.

— *Boa garota! Precisamos ir com calma dessa vez. Convença o maldito de que ele é o amor de sua vida* — Valéria diz e meu peito sofre um baque doloroso.

Não. Não. Passo uma mão sobre o meu rosto, não conseguindo acreditar no que estou ouvindo. Abro a última, todo o meu corpo em alerta.

— *Eu já o convenci. O monstro maldito acha que é o único para mim. Estarei dentro de toda a organização e, muito em breve, teremos a nossa vingança.*

Deus, não... Tremores frios perpassam meu corpo inteiro. A voz dela, suas palavras são como um punhal afiado sendo empurrado até o cabo no meu peito. Não... Aperto nesse último e ouço uma, duas, três, mil vezes, meu coração ficando seco de decepção e ódio. Eu caí na armadilha das duas putas de novo. Levanto-me, chutando a cadeira, lançando-a longe. Minha vontade é quebrar tudo, começando pela maldita deitada na minha cama. Enfio as mãos nos cabelos e puxo-os. Angústia sem tamanho me invade. Estou desnorteado com tudo que acabo de descobrir. Quantas vezes uma pessoa pode ser estúpida e cega por outra? Olho em direção à porta do quarto, ira sem tamanho se apossando de mim. Fecho os punhos, minha respiração ficando errática. Eu vou acabar com essa vadia! Dou um soco forte sobre a mesa para extravasar a minha raiva. Maldita! Maldita! Esteve me enganando esse tempo todo. Tudo mentira. Como pode alguém mentir tão bem, porra? Meu coração dói tanto que me seguro na borda da mesa. Novamente caí nas juras fodidas de amor e no maldito rosto de anjo. Recrimino-me vezes sem fim, então, obrigo-me a respirar e raciocinar meus próximos passos.

Era tudo mentira. Sinto tudo ruir à minha volta, o baque ainda mais doloroso do que da primeira vez. Era tudo mentira. Deixo a frieza, minha velha companheira em momentos de crise, apossar-se de mim. Ela vai sofrer o diabo na minha mão e não terá a proteção de minha mãe dessa vez. Agora irei quebrá-la completamente. Sem nenhuma piedade.

CAPÍTULO ONZE

O amor não se vê com os olhos, mas sim com o coração.
(William Shakespeare)

Maya

Eu entro na cobertura e Gualberto me segue, arrastando minha mala. Meu coração está inquieto desde o momento em que acordei na ilha sem And na cama. O Segurança me informou que algo urgente aconteceu e ele precisou voltar na madrugada com Jairo. Dizer que fiquei chateada por não ter me acordado é eufemismo. O que pode ser tão urgente para vir embora no meio da noite, deixando-me para trás?

— Pode ligar para And? Estou tentando, mas a chamada não completa. Não sei o que está acontecendo — pergunto intrigada.

Acordei sem o meu celular e Gualberto me entregou um aparelho provisório, informando que And derrubou o meu acidentalmente e o danificou. Sendo assim, ele levou o aparelho para substitui-lo.

— O chefe não quer ser interrompido, senhorita — Gualberto informa com uma cara estranha. — Pediu para que ficasse aqui, aguardando seu retorno.

Expiro, desapontada. Queria, pelo menos, ouvir a voz dele. É pouco depois das duas da tarde. De acordo com Gualberto, And não queria me preocupar, então, deixou-me dormir até mais tarde. Acabei almoçando na ilha, a governanta havia sido orientada a cozinhar para mim. A sessão ontem foi pesada e dormi como uma pedra até as dez da manhã. Subo para o nosso quarto e me ponho a desfazer minha mala. Mesmo chateada, suspiro sonhadora com as memórias da nossa deliciosa fuga para o litoral. Foi mágico. And foi maravilhoso em cada detalhe. Nossas noites no iate, sob as estrelas, os passeios durante o dia. A casa da ilha. Sim, ele tem uma ilha! Uma mansão lindíssima e sofisticada. Todos os cômodos foram projetados de frente para o mar, com imensas paredes de vidro. Fui sua em tantos lugares lindos que estou em êxtase até agora. Ele me ama. Ainda que não tenha dito as palavras, sei que sim. Serei a sua mulher, com direitos de esposa também. Explicou-me e compartilhou muitas coisas sobre a sua família. Sorrio, feliz como não me lembro de já ter estado alguma vez na vida.

Eu não insisto mais em ligar. Ele deve estar envolvido com seus outros negócios, por isso, pediu que ficasse aqui. Aproveito para dar mais uma estudada no caso do Marcelo. Teremos reunião com ele dentro de dois dias e quero estar preparada, deixar o meu And orgulhoso, como sempre fica quando o ajudo a conduzir bem um caso. Termino perto das quatro e decido que vou fazer o jantar para o meu homem. Minha maneira de retribuir os dias incríveis que me proporcionou. Ligo o *home teather* e começo os preparativos, ao som de Lana Del Rey. Peço a Gualberto que providencie um grande buquê de rosas vermelhas. Ele me olha como se eu fosse alguma louca, mas garante que vai encomendar. De fato, o lindo arranjo chega alguns minutos depois. Coloco-o num vaso de cristal no centro da mesa de jantar que quase não usamos. Quero que nossa volta para casa seja perfeita. Como tivemos sessão pesada ontem, esta noite o meu lindo dono fará amor lento e gostoso comigo. Ele tem seguido esse padrão. Quando termino de cozinhar já são quase sete da noite, então, subo para tomar banho e me arrumar. Lavo o cabelo e seco-o em ondas com o *babyliss*. Escolho um vestido de cetim verde-escuro, frente única. O modelo é justo no busto e torso com uma saia de vários babados. É curto e amei minha aparência nele quando o experimentei antes de irmos para o iate.

Sento-me na poltrona do *closet*, calçando as sandálias delicadas de brilhantes. Levanto, indo até a frente do espelho de corpo inteiro e sorrio para a minha imagem. O modelo é, ao mesmo tempo, jovial e requintado. Nosso primeiro jantar oficial em nossa casa. Quando ele ofereceu para comprar uma casa para me instalar, eu lhe disse que prefiro aqui, onde temos tantas memórias apaixonadas. Ele concordou. Ele me quer em sua vida, ao seu lado. Meu peito vibra de felicidade enquanto me encaro no espelho. Quem diria que a minha vingança me levaria até o homem da minha vida? Quem diria que eu o amaria tanto que seria corrompida, de todas as formas possíveis? Breno parece uma lembrança distante agora. Um amor ingênuo e juvenil. Andreas é... dou um suspiro. A imagem do rosto moreno, sua beleza soberba e máscula e seus intensos olhos verde-musgo preenchendo a minha mente. Sorrio, tão apaixonada que meu peito dói. And é o meu homem. Duro, sádico, contudo, é o meu dono, e por ele faço tudo. Absolutamente tudo. Dirijo-me à pia do banheiro e aplico uma maquiagem leve, *gloss*, lápis de olho, máscara nos cílios, que já são naturalmente longos. Esfumo uma sombra marrom-claro em minhas pálpebras e finalizo.

Pegando meu celular, desço para o primeiro piso. Ele deve chegar a qualquer momento. Gualberto está de pé, mantendo a guarda próximo ao elevador privativo. Arrumo a mesa, cantarolando uma música da diva Lana. Encontro castiçais dourados na despensa e coloco velas sobre eles. Ele vai gostar. Depois de um dia longo de estresse, vou deixar o meu amor bem relaxado. Pego uma rosa e inalo o perfume. As lembranças da nossa primeira noite no iate me fazendo suspirar mais e mais. Uma ideia surge em minha mente e vou até seu escritório, pegando uma folha do papel timbrado da Montanaro. Como uma adolescente deslumbrada, escrevo um poema de Shakespeare e coloco junto com a rosa perto do prato de And. Primeiro vai fazer sua famosa cara de desdém quando se deparar com o gesto romântico. Depois, pegará a rosa e a cheirará. Ele tem seus momentos doces, apesar de escondê-los muito bem. Estamos construindo algo bonito juntos. Eu deixo tudo pronto, apenas esperando sua chegada e me sirvo uma taça de vinho enquanto o aguardo. Ando pela sala, não entendendo porque estou tão inquieta. Saio para a varanda e inspiro o ar gostoso da noite. Tomo um pequeno gole da minha bebida e me recordo de que não liguei para a minha madrinha desde que saí para o litoral com And. Ele me disse que poderia dizer que já voltei de Miami.

Disse também que quer conhecer meus padrinhos em breve. Nem preciso dizer que fiquei em êxtase absoluto com essa notícia, né? Ainda não sei como farei para contar que me apaixonei pelo advogado que colocou Breno na cadeia. Não será uma conversa fácil. Contudo, não posso continuar mentindo para as pessoas que amo e que são a minha única família. Eles precisam entender e aceitar, porque não vou deixar o homem da minha vida. Chamo-a e coloco o aparelho no ouvido, andando até o parapeito. A avenida lá embaixo está movimentada. Tudo neste bairro é sofisticado. Parece um sonho que vou morar aqui agora. Ela atende no segundo toque.

— Oi, madrinha. Sou eu. Meu celular deu problema e estou usando um aparelho provisório — saúdo-a, já antecipando suas perguntas.

— Minha filha, estava pensando em ligar agora mesmo — sua voz alegre soa em meu ouvido, tirando-me do deslumbramento.

— Estamos em sintonia. — Rio com afeto. — Como está a senhora? E o padrinho? — murmuro, meu coração quente apenas por ouvir sua voz.

— Estamos bem, querida. Ansiosos para a sua volta — continua na euforia. — Limpei e arrumei seu quarto. Está tudo do jeitinho que a minha menina gosta.

Sorrio, meu coração terminando de aquecer. Ela é maravilhosa. Sinto tanto a sua falta. Fico feliz que vou poder vê-los logo.

— Já cheguei em São Paulo, madrinha. Estou com tanta saudade de vocês — digo, sentindo-me com treze anos de novo, quando me acolheram após a morte de meus pais.

— Ah, minha filha! Eu e seu padrinho também estamos — sua voz um pouco mais suave e embargada. — Você vem neste fim de semana?

Meu peito aperta. Quero ir até eles o quanto antes, mas também quero passar mais tempo com o And. Acabamos de fazer as pazes. Entretanto, preciso ir ver meus padrinhos. Eles são a única família que me restou.

— Irei sim, madrinha — garanto e ela funga do outro lado.

Meus olhos marejam com seu carinho comigo. Tomo mais um gole do vinho e falo, precisando preparar o terreno:

— Vou aproveitar esse tempo para contar algo para vocês. Eu... — De repente, a coragem me abandona. Eles são os pais do meu noivo morto. Tem apenas sete meses que Breno se foi e já estou apaixonada por outro. — Madrinha, eu...

— Você se envolveu com seu patrão, querida — ela me faz engasgar quando fala. — Eu já sabia. Desconfiei dessa viagem repentina de vocês para o exterior...

— Sinto muito. Não tem muito tempo que Breno se foi... Sinto muito — murmuro, meus olhos se enchendo de lágrimas, considerando-me a pior traidora do mundo. — Eu o amei muito, madrinha. A senhora e o padrinho sabem.

— Nós sabemos, minha filha — seu tom é resignado. A perda é ainda muito recente. — Sempre doerá não ter mais o meu filho entre nós. Vai doer te ver com outro, porém, tanto eu como seu padrinho te apoiaremos — garante, fungando de novo e, desta vez a acompanho. — Você é a nossa menina. Queremos te ver feliz, filha. Queremos continuar perto de você e da família que irá formar um dia.

Ah, Deus, eles são incríveis.

— Obrigada — sussurro. — Amo a senhora e o padrinho. Vocês sempre estarão perto de mim, eu prometo.

— Obrigado, querida — murmura e pausa um instante. — Esse homem... Ele a trata bem, minha filha?

Tomo outro gole. Agora, eu diria que sim. A real natureza do meu envolvimento com Andreas não poderá ser revelada para meus padrinhos. Eles nunca aprovariam que me envolvesse com alguém fora da lei, ainda mais um criminoso do porte dele.

— Sim, madrinha. Ele me trata bem — respondo. — Espero poder apresentá-lo a vocês em breve — completo esperançosa.

— Nós gostaríamos disso, querida — garante e meu coração vai aliviando. — E quanto a Miguel? Já contou a ele?

— Sim — murmuro.

Ele ficou chateado no começo, mas agora está um pouco mais calmo. Espero que se dê bem com And, porque ambos são importantes para mim.

— Vou apresentá-los em breve também.

Ela fica um instante em silêncio.

— Aquele garoto gosta de você de outra maneira, Maya. Sabe disso, não é?

— Eu sei, madrinha. Mas não o amo da mesma forma.

— E esse homem, seu chefe? Você o ama? — inquire à queima-roupa. — Ele é muito mais velho?

— Tem trinta e cinco — informo e ela ofega. Sim, são quatorze anos de diferença entre mim e And. Mas nem parece, porque ele é lindo e bem cuidado. — Sim, eu o amo.

Novo silêncio. Então, expira, emitindo um som resignado. Sei que não é fácil para ela me ver com outro que não seja o seu filho. Breno foi o meu único namorado, mas precisamos seguir em frente. Todos nós.

— É uma boa diferença, filha — sua voz está embargada de novo. — Espero que esse homem te ame e cuide de você como merece. Que veja a moça linda e especial que a minha menina é.

— Ah, madrinha, assim a senhora me faz chorar. — Fungo, meus olhos transbordando. — Obrigada. Sua compreensão e apoio significam muito para mim.

— Você as terá sempre, querida. Eu e seu padrinho estaremos sempre aqui para o que precisar — garante e aceno, como se ela estivesse me vendo.

Limpo as lágrimas antes de elas caírem.

— Eu amo a senhora. Amo o padrinho — murmuro com afeto. — Diga a ele que farei chamada de vídeo amanhã. Fiquem bem.

— Também te amamos, filha. Vamos ficar esperando — garante e, depois de mandarmos beijos, desligamos.

Seguro o celular contra o peito, um sorriso feliz no rosto. Um peso acaba de sair das minhas costas por saber que terei a compreensão e apoio deles para recomeçar. Recomeçar com o homem que amo mais do que tudo. Olho o céu estrelado e tomo o último gole do vinho. Estou voltando para dentro quando meu celular apita, indicando uma mensagem. Meu coração dispara ao ver o nome dele na tela. Não nos falamos o dia inteiro e, Deus, parece que foi uma eternidade. Abro a mensagem, ansiosa.

***Meu dono**: Venha com Gualberto e siga as instruções.*

Franzo a testa, estranhando não ter me cumprimentado antes. A mensagem é um tanto seca. Respondo imediatamente.

***Maya**: Oi, And. Fiz o jantar para nós. Podemos sair depois?*

A resposta vem no mesmo instante.

***Meu dono**: Preparei algo para você também. Venha com Gualberto. Depois voltamos para casa.*

Meus lábios curvam com a última sentença. Disse *voltamos para casa.* Ainda parece um sonho ele ter me perdoado. Sorrindo como uma boba, envio a resposta:

***Maya**: Está bem. Estamos saindo.*
Senti sua falta hoje. Tanto, meu amor.

Ando até a sala, olhando o celular, esperando a sua resposta. Mas não vem. Meu coração torna a ficar inquieto. O que houve de tão grave hoje para deixá-lo assim, seco? Vejo Gualberto já atento, aproximando-se para cumprir as ordens do chefe.

— Vou só pegar minha bolsa lá em cima — aviso e ele assente.

Minutos depois, a limusine para não sei onde, já que estou vendada. Onde estamos? O Voraz? Mas tivemos sessão ontem. Pondero, intrigada, porque And costuma me dar uma folga entre as sessões, às vezes, de dois ou três dias, dependendo da intensidade, para me recuperar. E a de ontem foi muito intensa. Estou toda dolorida da sua voracidade. Sem falar minhas costas, bunda e coxas, que estão cheias de marcas dos mais variados tipos de chicotes. Gozamos como dois ensandecidos noite a dentro. Não é de admirar que tenha praticamente desmaiado na cama e não tenha percebido a ausência de And. Gualberto me ajuda a sair do carro e me conduz com cuidado.

— Estamos no Voraz? — indago, minha voz ansiosa.

Mesmo toda dolorida, a venda me excita.

— Sim — responde sucinto. — Há degraus à frente, tome cuidado — orienta.

Andamos pelo que imagino seja o corredor familiar que já percorri tantas vezes. Avisa que vamos entrar no elevador e, instantes depois, saímos em um ambiente diferente. Há música e burburinho. Aguço os ouvidos. Não estamos no calabouço. And não me trouxe na área social ainda. Essa é a sua surpresa? Gualberto me guia em linha reta e vou ouvindo as conversas animadas dos clientes por onde passamos. Onde está And? Meu corpo inteiro está antecipando o momento em que o verei. Então, ofego ao sentir a mão grande pegando minha cintura. Meu coração dispara, prazer absoluto me percorrendo ao sentir seu toque, seu cheiro másculo e sexy.

— And — sussurro, tateando seus ombros largos. — Senti a sua falta, amor — digo, alcançando seu pescoço, precisando da sua boca na minha.

Puxo-o para baixo, querendo fazer exatamente isso. Mas ele não cede. Seu corpo está tenso.

— Há algo errado? Por que está assim? — pergunto com suavidade, tentando alcançar seu rosto.

Sinto novamente que se esquiva do meu toque.

— Fique quieta — sua voz soa baixa e ríspida e suas mãos abrem o fecho do vestido no meu pescoço.

— And... O que está havendo? — pergunto, alarmada com as vozes ao nosso redor.

Ele vai me deixar nua aqui, na frente de todos? A resposta é sim. Suas mãos impacientes rasgam o restante do vestido. Arquejo e não tenho tempo para assimilar nada, ele me empurra grosseiramente em direção ao chão.

— Cale a boca, sua cadela de merda! — sibila e um frio aterrador borbulha na boca do meu estômago.

Sua voz... Não parece ser um jogo de dominação. Ele me empurra mais uma vez e caio de quatro, meu ombro batendo em algo de metal. Eu arranco a venda, meu coração saltando forte. Arrasto-me e observo atordoada ao meu redor. Estou numa jaula. Uma minúscula jaula no chão. É um salão grande e tem muita gente bem vestida conversando. Cubro meus seios e me encolho. Porque está fazendo isso comigo? Procuro-o, assustada, quero ir para o calabouço. Não quero ficar aqui exposta numa jaula, como um bicho. Porém, quando o localizo, minha respiração falha, um arfar incrédulo deixando minha garganta. Está segurando a cintura de uma garota loira. Uma garota muito bonita, os cabelos longos descendo até a cintura. Oh, Deus... O que está acontecendo? Observo os dois, meu estômago revolvendo por vê-lo tocando outra mulher.

— And... — chamo-o, arrastando-me para a frente das grades. — Que jogo é esse? Eu não quero compartilhar você. Já discutimos isso — digo e meu peito aperta desconfortavelmente quando seus olhos fixam nos meus por um longo momento, esse olhar não lembra nem de longe o de ontem, quando apaguei em seus braços, exausta da sua posse. — And, meu amor, está me assustando. Não quero jogar assim — meu tom é ofegante, apreensivo.

Não tenho a mínima ideia do que esteja acontecendo. Sua expressão é dura. Então, ele pisca e abre um sorriso. O riso cínico, sombrio e assustador que infelizmente conheço bem.

— Mas esse é o único jogo que terá de agora em diante, querida — diz com frieza, os olhos verde-musgo escuros com um brilho de aço.

Meu estômago sofre mil baques ao perceber que não é uma sessão de dominação. Ele está com raiva de mim. Foi por isso que me deixou sozinha na ilha? O que está acontecendo? E se está arrependido de ter me dado uma chance? Conjecturo com lágrimas turvando meus olhos. Não. Ele não pode me deixar. Eu o amo demais.

— Por favor, não se arrependa de me dar uma chance — imploro e vejo o cintilar nas suas íris, seu maxilar fica rígido. — Não se arrependa de nós — peço, minha voz embargada. — Por favor, não nos jogue fora. Eu te amo.

— Achou mesmo que uma vadiazinha como você iria me enganar de novo? — Seu sorriso e olhar vão ficando cruéis. Percorre meu corpo apenas na calcinha branca de renda. — Manteve-me bem entretido, é verdade, mas a chance que acredita que te dei nunca existiu, garota — diz com zombaria e minha respiração falha com suas palavras.

— O que está dizendo... O que... — murmuro, meu corpo inteiro ficando frio como o ártico. Minhas mãos começam a tremer e suar.

— Foi tudo um plano. Eu precisava te dar o troco — sua voz é fria como nunca antes. — Nenhuma putinha estúpida iria me enganar e ficar por isso mesmo.

Meu coração dói ao ouvir os termos ofensivos saindo da sua boca de novo. Minhas lágrimas transbordam e meneio a cabeça, não querendo acreditar. Não pode ser. O homem que passou os últimos cinco dias comigo me ama. Ele me ama.

— Não... Está mentindo, sei que sim. — Um soluço me escapa. — Você me ama, como eu te amo! É orgulhoso demais para admitir, mas você me ama!

Seu olhar fica escuro e ele ri, o brilho cruel se acentuando nas íris.

— Acha isso? Realmente acredita nisso? — pergunta com uma expressão debochada. — Então é mais estúpida do que pensei, menina. Você tem sido a minha puta. Se deixei a situação se estender, é porque gosto de te comer. Nada mais, nada menos. — Ri mais, ferindo-me de morte.

Eu arfo, meu peito doendo tanto que penso que vou desmaiar.

— Não... Por favor, não... — balbucio, meu rosto sendo banhado pelas lágrimas quentes. — Por favor, diga que está mentindo — imploro, estendendo a mão. — Eu amo você. Diga que é uma brincadeira.

Ele trinca os dentes, os olhos me fuzilando.

— Até quando vai insistir nisso, menina? — rosna. — Prolonguei nossas sessões, porque você se empenha para fazer minhas vontades. Gosta de ser minha cadela. Mesmo tendo se aproximado por vingança, bastou te comer uma vez para se transformar numa puta patética que me dá de todo jeito que eu quiser.

Eu choro, meus soluços altos agora. Está falando sério. Foi tudo mentira. Ele não me ama. Pelo contrário, ele me odeia. Ver o desprezo nas íris verde-musgo me rasga em pedaços.

— As coisas são o que são, querida. Você é uma puta que adora o meu pau, porque eu me privaria de uma foda gostosa e fácil? É só isso que é para mim, Maya: uma foda fácil.

Engasgo, meu coração sangrando com suas palavras. Tudo fica pior quando enrola os braços na cintura da loira, puxando-a de frente para si. Sem desviar o olhar do meu, sussurra algo em seu ouvido. A garota sorri, balançando a cabeça.

— Conheça a minha nova sub. Não me leve a mal, você é bem gostosa, mas não pode ser comparada a essa. Olhe bem para ela. Linda, não é?

Eu solto as grades devagar, sinto-me morrendo com tantos golpes cruéis. Tudo que acreditei ter vivido com ele não passou de uma mentira ardilosa. Nunca me perdoou. Continuo olhando-o, minhas lágrimas descendo mais e mais abundantes. Ele gira-a, deixando-a de costas para mim, e acaricia o seu corpo. O decote do vestido é bem baixo e ele desliza os dedos, agarrando sua bunda. Não consigo parar de olhar. Estou como que em estado catatônico, dada a brutalidade dos golpes que acabei de receber. Ele a segura pela nuca e penso que meu coração vai parar de bater para sempre quando sua boca encontra a dela. É um beijo urgente, voraz, como os que me deu tantas vezes. A garota o abraça pelo pescoço. Meu corpo começa a tremer de frio e decepção. Ele desce as alças do vestido e agarra os seios dela. Fica de lado para me dar a completa visão quando começa a chupar os dois juntos. Ela enfia as mãos de unhas vermelhas pelos cabelos escuros e densos, então, desce uma passeando pelo abdômen de Andreas, indo para baixo, agarrando o volume dentro das calças. Está duro.

Constatar seu tesão por outra mulher me faz emitir um som dolorido em minha garganta. As imagens de nós na casa da ilha invadem minha mente. Seus olhos cheios de paixão, de encanto por mim. Apenas por mim. Ou assim parecia. Em instantes, ela está nua. É com tristeza que vejo o quanto é bonita. Mais alta e mais malhada do que eu. As mãos tatuadas continuam acariciando seu corpo inteiro. Ele a leva até um sofá de couro e se senta. Ela se ajoelha entre suas pernas e não conta história, abrindo o zíper da calça. Meu coração sangra ao ver a garota abaixando a cabeça e engolindo-o quase inteiro. Minha visão fica mais turva e subo o olhar encontrando o dele, duro, parecendo com ódio mortal de mim. Sorri cruelmente e agarra os cabelos longos da sub. Com um rosnado alto, empurra tudo em sua boca. Ela o chupa gananciosa enquanto ele sibila, fodendo-a com força, olhos nunca desviando dos meus.

Sim, ele me odeia. De todas as crueldades já feitas desde que o conheci, esta é a pior. Apoio as mãos no chão e abaixo a cabeça, não conseguindo ver mais. Dor dilacera meu coração enquanto ouço os sons de sucção. Parecem durar para sempre. Meus olhos doem, inchados, mas as lágrimas continuam caindo, incessantes, humilhantes. Ouço o sibilar masculino e levanto a cabeça. Arrependo-me imediatamente.

Ele está gozando na boca dela, que engole tudo com avidez. Quero desviar a atenção. Mas me obrigo a sustentar o olhar cruel do homem que, ingenuamente, pensei conseguir acessar alguma humanidade. Não é possível. Ele não tem nenhuma. É um criminoso. Eu sabia disso e, ainda assim, iludi-me, caí tão profundamente que vai ser difícil me levantar. O homem que me tratou com suavidade na última semana era apenas um personagem. Aquele Andreas nunca existiu. Esse é o verdadeiro, um assassino sem alma, sem qualquer traço de empatia. Mais lágrimas rolam pelo meu rosto, meu coração está tão dilacerado que receio nunca mais consiga tê-lo inteiro outra vez.

Permaneço olhando tudo. Essa será a maneira que vou matá-lo dentro de mim. Preciso disso, essas imagens feias e cruéis para arrancá-lo do meu coração. E eu juro pelos meus pais que, de hoje em diante, esse homem está morto para mim. Ele franze um pouco o cenho, observando-me de volta, talvez estranhando que eu não abaixo mais a cabeça. Torna a sorri sardonicamente enquanto a garota o guarda nas calças. Com um último olhar por cima do ombro, some com ela nua nos braços no salão movimentado. Então, eu desmorono, chorando alto outra vez. Meu peito está em completa e dolorosa agonia. Ele vai levá-la ao calabouço. A dor da traição é tão grande que fico sem fôlego. Choro e choro sem qualquer vergonha das pessoas me olhando. Na verdade, pouco me importa o público, pouco me importa que esteja seminua, pouco me importa que esteja dentro dessa jaula. Meu coração acaba de ser arrancado do peito pelo homem que pensei ser o amor da minha vida. Eu faria tudo por ele. Tudo para continuar do seu lado. Mas, tristemente, percebo que amá-lo foi a minha ruína.

Não sei quanto tempo se passa. Estou tremendo. Meus dentes batendo, tanto pelo ar condicionado quanto pela rasteira que recebi esta noite. Depois do que pareceram horas, a jaula é aberta. Assusto-me. Devo ter cochilado de exaustão. Chorei até adormecer. Uma mão morna pega meu pulso. Ira, nojo e revolta me invadem ao ver a tatuagem da fênix com cara de caveira. A tatuagem que tanto me fascinava me causa repulsa agora. Levanto a vista e meu coração ainda sofre um último golpe ao ver seus cabelos molhados, confirmando que sim, estava fodendo a nova garota. Puxo meu braço num supetão, conseguindo me libertar.

— Nunca mais me toque — minha voz quase não sai de tanta rouquidão pelo choro. — Para onde devo ir? Onde será meu cativeiro a partir de agora? — pergunto, enfrentando-o de cabeça erguida mesmo que esteja em frangalhos.

— Acredite, tocar-te não me dá mais prazer — desdenha. — Outra coisa que esqueci de falar, eu nunca rompi com minha noiva. Beli ainda será a minha esposa. — Arfo, recebendo mais esse tiro no peito.

Ele se levanta, ordenando friamente:

— Saia e me siga.

Acompanho-o e resisto à vontade de me cobrir também. Nada mais me importa. Estou anestesiada de dor e decepção. Sigo-o na direção do elevador. Entramos e mantenho a cabeça erguida, olhando um ponto no painel. Recuso-me a olhar para ele. Gostaria de nunca mais vê-lo, mas sei que me ferrei de todas as formas quando decidi brincar com um criminoso. Passamos pela porta do seu calabouço e meus olhos voltam a turvar ao ver a loira saindo. Está com uma cara abatida, os cabelos molhados também. Luto com todas as minhas forças para não soluçar, tamanha a dor me rasgando ao meio. Eu não o olho. Minha atenção à frente. Ouço-o sussurrar algo para ela. A cadela dá uma risadinha e ele sorri também. Quando finalmente se despedem, o infeliz volta a andar à minha frente e não é surpresa nenhuma, pegamos outro corredor para a parte mais baixa do subterrâneo. Serei jogada na cela fria e fétida que me colocou na noite que descobriu a traição. Abre a porta e não preciso que ordene, passo para dentro. Pelo menos, desta vez não estou totalmente nua e nem descalça.

Está frio de tremer os ossos, mas não me abraço, não faço nenhum protesto. Continuo andando em direção à jaula que sei estar reservada para mim. Sem nenhuma palavra, abre a porta e me abaixo, entrando. Quando me sento e levanto a cabeça, nossos olhares se encontram. Mais lágrimas enchem meus olhos, é inevitável. Olhar para seu rosto belo e sombrio me faz ofegar, a dor me castigando sem pena. Nunca mais serei capaz de olhá-lo da mesma maneira. Lamento me enganar tanto. Lamento ter dado tanto de mim a alguém que não merecia. Jamais mereceu. As lágrimas rolam pelas minhas faces, queimando-me, humilhando-me diante dele.

— Então, ainda acha que te amo? — seu tom é zombeteiro.

Eu o encaro por um instante em silêncio. Acabou. Vou arrancar esse homem de dentro de mim nem que seja a última coisa que eu faça nesta Terra.

— Não — minha voz ainda está ruim. Tento, em vão, não soar embargada. — Lição assimilada com sucesso. Nunca mais cometerei o erro de achar que você tem um coração — pauso, soluçando. — Nunca mais cometerei o erro de me sentir segura em seus braços.

— Não vai continuar me jurando amor eterno? Estou desapontado — insiste no tom sardônico.

— Não. Também não ouvirá mais minhas tolas juras de amor, fique tranquilo — digo com mais força. Algo cintila em seus olhos e sua mandíbula trinca. — Mate-me. — Soluço, sem controle. — Acabe logo com isso, seu covarde.

Arfa, afastando-se, talvez surpreso pelo meu pedido. Levanta-se, rosnando, chutando as grades da jaula.

— Mate-me! Vamos, mate-me de uma vez! Depois desta noite, é só isso que falta! — tento gritar, mas a voz ainda é muito rouca. Meus protestos soam como um animal ferido, longe de ter a força que preciso mostrar.

Ele torna a rosnar e, rapidamente, sua expressão endurece outra vez e, sem dizer mais nada, ele me dá as costas, deixando-me sozinha e destruída.

— Covarde! Covarde! — Desmorono, o choro vindo do fundo da minha alma dilacerada. — covarde... — digo e ele fecha a porta, batendo-a com força.

Enrolo-me numa bola, temendo morrer de frio. A vela solitária em cima da mesa velha me diz que minha situação é a pior possível. Não sei quanto tempo se passa e alguém toca meu ombro. Viro a cabeça, assustada. É Jairo. O chefe da segurança aperta a boca, parecendo desgostoso, e me entrega um edredom. Meus olhos se enchem de lágrimas de novo pelo gesto de afeto do homem sisudo.

— Obrigada — murmuro quase inaudível.

Ele apenas acena e se vai. Enrolo-me no lençol acolchoado e, então, permito-me chorar as últimas lágrimas por Andreas Montanaro. Depois desta noite, caso continue viva, ele nunca mais terá nada de mim. Nada.

Andreas

Solto uma baforada de fumaça enquanto observo São Paulo através da parede de vidro do meu escritório. É pouco depois das quatro da tarde. Meus olhos estão secos e ardendo pelas duas noites seguidas que passei em claro. Estou envenenado de álcool e nicotina desde que ouvi os áudios incriminadores da traidora com a sua comparsa. Ainda não disse para ninguém. Nem mesmo para Alvinho. Estou com vergonha por ter me deixado enganar duas vezes pela mesma vadia. Ontem, mesmo sabendo que ela é uma cobra traiçoeira, a forma como quebrou e chorou ao me ver com a outra sub mexeu comigo. Tive que endurecer minha determinação e seguir com o plano. Eu a queria humilhada, acabada. Acredito que minha vingança começou bem. Minha mãe chega no final da tarde e preciso me preparar para mentir para ela. Não sei como farei, mas não pode saber que a putinha está presa na cela fétida de novo e que vai ficar por lá até eu decidir que fim darei a ela. A imagem da menina aos prantos, pedindo-me para matá-la, está martelando em minha mente desde que a deixei no Voraz.

Sua voz rouca do choro, seu rosto, seus olhos... Eles tinham uma expressão tão quebrada que me fez me levantar e me afastar. Nunca tinha visto aquela expressão em seu rosto. Nem mesmo na primeira vez que eu prendi-a e a surrei com ódio pela sua traição. Ela parecia destruída. Termino de beber o último gole do Bourbon e resisto à vontade de arremessar o copo contra a parede. Meu coração está comprimido com tanta decepção. Ela vai me pagar caro! O som da porta sendo aberta me faz olhar por cima do ombro. Isabeli. A cadela está radiante desde ontem quando a chamei e reatei nosso compromisso. Percebi que tinha rompido sem motivos. Devia tê-la deixado matar aquela infeliz. Só assim estaria livre dessa sensação horrível no peito a cada vez que penso na maldita. A ideia da nova sub foi de Beli. Foi sugestão dela também fingir que nunca havia perdoado a traidora, que tudo não passou de um jogo para humilhá-la e dar o troco. Deu tudo certo. Então, por que não me sinto vitorioso? Por que meu coração está com esse incômodo insistente do caralho? Por que não consigo tirar da cabeça a imagem da garota no chão da jaula naquela cela escura? Por que parece que cometi um erro temerário contra um inocente? Por que não posso esquecê-la, porra?

— Oi, meu amor — Beli ronrona, abraçando-me pelo pescoço.

Está radiante por eu ter, finalmente, livrado-me de sua rival declarada. Puxa minha cabeça, plantando a boca na minha. Recebo o beijo e, brevemente, desvencilho-me, indo até o bar no canto da sala. Deposito o copo sobre a bancada.

— And, sei que tem sentimentos por aquela infeliz, não sou cega — sua voz é baixa às minhas costas.

Escuto seus passos e, em seguida seus braços, enlaçando minha cintura por trás. Meu corpo fica tenso, porque era algo que Maya gostava de fazer. Porra! Quando vou parar de pensar nela?

— Quero te ajudar a passar por isso, querido. Vamos passar por isso juntos, como devia ter sido desde o princípio. Em breve, será como se a puta nunca tivesse existido — garante, prestativa.

Eu fecho os olhos, querendo acreditar nisso. Querendo acreditar que algum dia sentirei por outra o que senti pela maldita garota. A dor em meu coração me diz que não. Puxo uma última tragada no meu cigarro e o esmago no cinzeiro sobre a bancada.

— Beli, preciso revisar um processo agora — digo, não suportando seus braços à minha volta.

— Está bem, amor — ela consente numa voz ridiculamente submissa. — Mais tarde venho buscá-lo para jantarmos, como combinamos. Você não almoçou. Tem que cuidar da alimentação, And.

— Está bem — concordo para me livrar da sua presença.

Não quero ver ninguém. Quero esfolar um vivo. Quero fazer qualquer coisa para tirar a traidora da minha cabeça. Sinto-me preso, oprimido. Era para eu me sentir vingado, vitorioso. Por que não me sinto assim, porra? Envergonho-me em dizer que minha vontade é voltar lá no clube e tirá-la daquela cela. Acreditar em suas mentiras, porque a realidade é dolorosa demais. Torno a me desvencilhar do abraço de minha noiva e me dirijo para a minha mesa. De fato, tem muito trabalho me esperando. Agora que vou cuidar da aquisição do Marcelo sozinho, terei serviço dobrado. Isabeli permanece parada no mesmo lugar, observando-me com o cenho franzido.

— Então, é isso? Vai deixar uma vagabunda sem eira nem beira mexer com você dessa forma? — diz, apertando os lábios em desgosto. — Você é O Cobra, meu amor. Ninguém tem poder para te derrubar.

— Estou com dor de cabeça, Isabeli — resmungo para cortar sua ladainha. — Odeio ser enganado, sabe muito bem disso. Não tenho sentimentos por aquela infeliz — minto, como sempre fiz desde que conheci a menina.

Ela bufa, obviamente não acreditando em mim. Porém, antes que dê a réplica, a porta se abre e olho para lá com cara de poucos amigos. Alvinho entra e levanta as sobrancelhas, estranhando meu humor.

— Mano, vai me contar que merda está acontecendo? Por que acabo de saber que Maya está na cela outra vez? — Para abruptamente ao perceber Beli no recinto. — Beli, ah, como está?

Isabeli anda para perto de mim, ao invés da saída, como quero desesperadamente que faça. Porra, ela não percebe que preciso ficar sozinho?

— Sim, a prostituta de quinta está onde é o lugar dela — responde rispidamente para meu irmão.

Alvinho chega até mim e me abraça fraternalmente, beijando-me nas faces. Seus olhos estreitam, estudando-me de perto quando se afasta um pouco.

— O que está havendo, And? — pede em um tom mais brando.

Minha cara deve estar mesmo uma merda para deixar meu irmãozinho compadecido.

— Não é nada. Ele est...

— Perguntei para meu irmão, se não se importa, Isabeli — Alvinho corta-a, lançando um olhar duro em sua direção. — Que tal nos deixar a sós?

— Eu não vou sair. Não ouse vir defender aquela maldita puta! — ela range, fazendo-me encará-la com sua afronta a Alvinho.

— Nunca te dei liberdades — meu irmão diz, virando-se para ela. — Não ouse você pensar que pode falar comigo nesse tom.

— Saia, Isabeli — ordeno, encarando-a com seriedade.

Ela expira e abre um sorriso falso, levantando as mãos em rendição.

— Está bem. — Vira para Alvinho. — Desculpe-me, cunhado. Essa garota me tira do sério.

Alvinho acena, mas sua expressão não relaxa. A cadela vem me dar um beijo rápido na boca e se vai. Finalmente, porra! Contorno a mesa, tomando meu assento. Meu irmão se acomoda em uma das duas cadeiras à frente.

— Estou esperando. — Cruza os braços, sua carranca aprofundando. — Desde ontem que parece uma merda, sem mencionar que estava odiando Beli e, do nada, resolveu reatar com essa cadela.

Esfrego minhas têmporas, realmente estou com dor de cabeça. Deve ser porque não consegui me alimentar hoje. Apenas bebi e fumei. Expiro longamente, então, eu lhe conto tudo, desde o momento em que vi as mensagens, até prender a traidora de volta na cela. Pego o aparelho de Maya e mostro os malditos áudios para que ouça também. Alvinho ouve tudo, concentrado. Franze a testa, observando-me atento, quando termina de escutar a última.

— Você confirmou com Danilo a veracidade dessas mensagens? — pergunta, com o cenho franzido.

— Não. O celular da vadia estava sendo monitorado, o que mais há para saber? — estalo.

— And, você, mais do que ninguém, sabe como é fácil montar e forjar todo tipo de mensagem. Basta ter um bom *hacker* à disposição, mano — aponta, seu rosto sério e um tanto apreensivo. — Em algum momento se perguntou se essa garota realmente foi burra para tentar te enganar de novo?

Recosto-me ao espaldar da cadeira. Não, em nenhum momento questionei a veracidade dos áudios. De repente, parece que a sensação de opressão vai se expandindo no meu peito. O rosto dela me vem à mente de novo. Seus olhos inchados, sua voz rachada. Não... Não posso ter me enganado assim... Ela sabe mentir bem. Fez isso da primeira vez. Ainda assim, a dúvida se infiltra em mim. Deus, como queria que fosse tudo um engano.

— Não fiz. Não mostrei a ninguém. Estava com vergonha por ter sido enganado duas vezes pela mesma cadela — confesso, passando as mãos pelo rosto.

Mesmo irritado como o inferno, percebo que devia ter feito isso. Ligo para Danilo e o instruo a passar em minha sala para pegar o fodido celular. Quando coloco o fone no gancho, Alvinho tem um olhar estranho no rosto.

— Há uma maneira rápida e eficiente de acabar com suas dúvidas, And — murmura, parecendo preocupado.

Ele sabe que tenho sentimentos pela garota e que isso está me matando. Eu o observo por um instante e, então, a ficha cai.

— Está falando do soro da verdade, Alvinho? — questiono, esperançoso.

— Sim, mano. Use-o na menina — confirma e estreito meus olhos.

Às vezes, usamos essas merdas quando precisamos interrogar pessoas que não podemos matar.

— Está escrito em sua cara que essa garota é importante para você, então, não perca mais tempo, And.

Isso me faz olhá-lo com mais atenção. Ele parece diferente hoje. A ruga de irritação entre suas sobrancelhas sumiu.

— Você usou com a sua bastarda? — pergunto e ele rosna pelo termo, mas assente.

— Sim. Ela mesma pediu que usasse e acabei cedendo ontem — revela e um sorriso idiota se abre em seu rosto. — Bianca disse a verdade quanto aos malditos Ramazotti a tratarem como lixo. Ela não sabia de todos os planos, apenas participou, porque queria a aprovação dos infelizes.

— Bem, parece que também andou me escondendo coisas, mano — ironizo. — Então, você a perdoou? — inquiro, surpreso.

— Sim — responde, seu sorriso estúpido aumentando. — Ela me ama. Foi libertador ter a certeza disso. — Suspira como uma porra de mocinha. — Estamos bem agora.

Aceno. Ao menos um de nós está feliz.

— Faça, And — torna a falar. — Posso interrogá-la para você, se quiser — oferece e meu coração salta de expectativa.

E se ela disse mesmo a verdade? E se ela... Sua imagem devastada surge em minha mente e ofego, meu coração começando a doer apenas com essa possibilidade. Ah, Deus, se ela for inocente desta vez, posso ter cometido a maior das injustiças.

— Faça — autorizo, sentindo-me, de repente, muito estúpido por não ter conversado com meu irmão ontem quando cheguei da ilha.

— Envie-me os áudios. Farei agora mesmo — garante, levantando-se no mesmo instante. — Pode acompanhar tudo daqui pelo notebook.

— Obrigado, irmão — murmuro.

Ajeita o terno, lançando-me mais um olhar estranho. Talvez esteja receoso de que a minha cadela não me deixe feliz como a sua o deixou. Ele sai e expiro, encaminhando as fodidas mensagens para seu celular. Danilo aparece para buscar o aparelho de Maya. Reforço para que revire a maldita coisa do avesso e encontre tudo que for suspeito. Estive me segurando para não entrar em contato com Gualberto o dia inteiro. Ele está na porta da cela da menina. Não consigo mais me conter e ligo. Meu segurança atende no primeiro toque.

— Chefe — sua voz soa um tanto apreensiva. Percebi que tanto ele quanto Jairo, não ficaram contentes quando lhes disse que Maya iria para a cela de novo. — Algum problema?

— Não. — Limpo a garganta. — Alvinho está a caminho daí. Ele vai interrogar Maya.

— Interrogar, senhor? — Sinto a apreensão em seu tom. Na certa, imagina que envolve tortura.

— Sim, com o soro da verdade — informo e tenho a impressão de que o homem faz um som aliviado do outro lado.

Torno a limpar a garganta e inquiro:

— Tudo sob controle por aí?

— Mais ou menos. A senhorita Maya não quis se alimentar hoje, chefe — revela, seu tom agora nitidamente desgostoso. — Ela só chora — adiciona e, contra a minha vontade, sinto uma fisgada no peito.

— Esteja atento quando o Alvinho chegar. Preciso trabalhar agora.

Ignoro suas informações e desligo. Fecho os olhos por um momento, a sensação horrível ameaçando me dominar.

Pego o notebook e abro o caso do Marcelo, tentando trabalhar. Não sei quanto tempo passa, mas tenho que voltar e ler tudo de novo a cada duas linhas. Viro-me para a jarra de água gelada, servindo-me um copo cheio. Bebo tudo avidamente, como se o líquido fosse me ajudar com a falta de concentração. O aperto no meu peito está crescendo conforme os minutos se passam. Ela nunca fez greve de comida. Não ficou tão quebrada na primeira vez que a prendi. E se cometi um erro? E se... Meu celular toca. É meu pai. Atendo-o no segundo toque.

— *Figlio*, já peguei sua mãe no aeroporto e estamos a caminho do escritório — meu velho avisa.

— Daqui? Por que estão vindo para cá? — inquiro, franzindo o cenho.

Ele fica um instante em silêncio.

— Ah, *figlio*... Erramos tanto... — fala numa voz pesarosa, arrisco a dizer dolorosa mesmo. — Estou tão arrependido e envergonhado.

— *Papà*, do que está falando?

Respira fundo do outro lado.

— Estaremos aí em alguns minutos e, então, vamos conversar. Todos nós — torna a dizer no tom consternado.

— Está bem. Aguardo vocês — não insisto mais no assunto.

Desligamos e, alguns minutos depois, a chamada de vídeo do Voraz surge na tela do meu notebook. Alvinho foi rápido. Aceito a chamada e foco a cela horrenda.

Um instante depois, meu coração sofre um baque ao vê-la sentada numa cadeira tão feia quanto o local que está. Um terno escuro cobre seus ombros. O terno de Alvinho, reconheço. Está descalça, a cabeça baixa, os cabelos desgrenhados caindo sobre o rosto. Dou um zoom e, neste momento, ela levanta a cabeça. Meu estômago cai com sua aparência devastada. Os olhos inchados com olheiras pronunciadas. Sua maquiagem borrada. Ela parece... Quebrada. Como eu queria que estivesse. Todavia, não sinto satisfação em confirmar que atingi meu objetivo. Tudo que sinto é uma agonia imensa invadindo meu peito por ver como parece destruída. Seus olhos estão mortos, desfocados pela droga.

— Seu nome é Maya Pinheiro? — ouço a voz de meu irmão, mas minha câmera está focada apenas nela.

— Sim — responde num fio de voz.

— Cursou Direito em Ribeirão Preto?

— Não. Estudei toda a minha vida em São Carlos — diz, sua voz e expressão me deixam angustiado.

Não costumo ter misericórdia de meus inimigos, mas meu coração dói ao vê-la tão destruída.

— Quem é Breno Souza? — Alvinho pergunta em tom brando.

Vejo o primeiro lampejo de emoção nos olhos vítreos de Maya. Fica em silêncio e o medo de que vá repetir o que está em um dos áudios, que o maldito sempre terá o seu coração, invade-me. Minhas mãos suam enquanto espero sua resposta.

— Meu noivo e namorado de adolescência. Ele está morto — responde, sua voz é tão fraca, confirmando o que Gualberto disse sobre ela não ter se alimentado hoje.

— Entendo... Você o amava? — meu irmão pergunta e sinto uma bola se instalando em minha garganta.

— Sim — responde sem titubear e meu peito comprime.

— Ainda o ama? — Alvinho continua.

— Não — responde e solto a respiração, minhas mãos suando mais e mais.

Ela não o ama. Alvinho faz uma pausa e fico olhando para o rosto devastado da garota que quebrei sem qualquer misericórdia ontem.

— Conhece Valéria Ramazotti? Conte como se tornou sua cúmplice no plano contra Andreas Montanaro — ele questiona ainda na voz branda que inspira confiança.

Seus olhos cintilam com uma emoção bem clara nesse momento: dor. Ela pisca várias vezes.

— Sim, eu a conheci pelo nome de Valeska Nascimento. Ela me procurou em minha cidade uma semana após a morte do meu noivo, fingindo ser uma agente federal — para um pouco, lambe os lábios. — Eu estava revoltada pela prisão e morte de Breno, queria vingança e aquela mulher se aproveitou disso.

Repete o que já me contou muitas vezes. Até agora tudo está batendo. Sirvo-me de mais água. Minha boca está muito seca, meu coração em agonia.

— O plano era se aproximar de Andreas e se vingar, certo? O que você fez para conseguir seu intento? Conte para mim.

Ela torna a piscar, ofegando baixinho.

— Sim. Eu queria me aproximar apenas na empresa — informa. — A ideia de me aproximar também no aspecto pessoal foi da mulher maldita. — Vejo um lampejo de raiva agora. Então, ela conta tudo, cada detalhe. Nada sai do roteiro do que já me havia dito.

— E quanto à bomba que matou inocentes no aniversário de Andreas? Você sabia sobre isso? — meu irmão pergunta.

Vejo o rosto de Maya ficar atormentado.

— Não — ofega, seus olhos enchendo de lágrimas. — Eu não queria matar inocentes, nem mesmo o Andreas. Acreditei na pessoa errada. Jamais desconfiei que Valeska não fosse uma policial e, muito menos, que fosse de uma família inimiga dos Montanaro.

— Qual foi seu último contato com Valeska/Valéria?

— Quando acordei na casa de Andreas, dois dias após a explosão da bomba. Ela se revelou naquela noite. Ali, descobri quem realmente era e que sua vingança foi dupla. Ela foi amante de Breno e me odiava. — Respira fundo. — A bomba era para matar a mim também.

Meu coração salta. Ela não sabia. Estava dizendo a verdade. Então, por que na mensagem que ouvi mencionava que sabia? Meu estômago revolve ao cogitar, pela primeira vez nessas quase quarenta e oito horas, que as mensagens podem ter sido plantadas para incriminar Maya. E essa suspeita faz meu peito doer ainda mais. Minhas mãos suam e tremem. Posso ter cometido uma injustiça sem tamanho. Corro as mãos pelo cabelo, segurando minha nuca.

— E sobre a sua relação com Andreas Montanaro? Tornou-se a submissa dele, não foi?

Seus olhos voltam a turvar de lágrimas e ela abaixa a cabeça. É quase como se estivesse envergonhada ou lamentando esse fato. Em seguida, Alvinho coloca justamente os malditos áudio para ela ouvir:

— Eu amo Breno. Meu coração sempre será dele, não importa quantas vezes tenha que suportar aquele escroto usar meu corpo.

— O que mais está esperando para destruir aquele assassino? Eu o quero morto! Não suporto mais fingir que amo a sua foda bizarra, porra!

Cada vez que escuto é como um punhal cravando em meu peito. Ela levanta a cabeça, as lágrimas escorrendo pelas faces e eu sei, neste momento, sei que fiz a maior burrada da minha vida. Ela está quebrada dessa vez, porque é inocente.

— Está chorando porque foi obrigada a entregar sua virgindade para um homem que odiava? — Alvinho inquire.

Seu rosto torce, as lágrimas continuam caindo. Sua expressão agora é a mesma que me olhou ontem: devastação.

— Não, estou chorando, porque as coisas foram muito diferentes do que planejei — murmura e fico atento, pendurado, precisando ter a confirmação da sua boca.

— Por quê? O que foi tão diferente?

— Eu o conheci — diz numa voz dolorosa. — E isso mudou tudo. — Respira profundamente. — Queria muito continuar odiando-o. Eu queria muito, mas não consegui. Não consegui. — Chora mais, seus ombros sacudindo e meu coração salta com o significado disso.

Ela não conseguiu me odiar?

— Conte-me — Alvinho instiga.

— Eu me senti atraída por ele — confessa. — Sua personalidade dominante, tanto no tribunal quanto no calabouço, me seduziu. Vivia em conflito por achar que estava traindo o amor que sentira pelo meu noivo, mas não consegui evitar. — Meu coração está quase saindo pela boca. — Eu nunca tinha visto um homem como Andres Montanaro. — Soluça, seu rostinho de anjo está sofrido. — O que senti por ele acabou sendo maior do que tudo. Eu o amei — diz. E é como um soco forte em meu estômago. — Vê-lo com a noiva e depois... — Engasgo. — Com a nova sub, matou-me. Eu queria ser a única a ter o seu amor — sua voz treme.

— Por quê? — meu irmão encurrala.

— Porque eu o amei com toda a força do meu coração — ela sussurra, com olhos turvos de lágrimas. — Eu desisti da liberdade para ficar ao lado dele. Eu aceite estar ao seu lado mesmo sabendo dos seus negócios ilícitos. Eu só queria ser dele.

Não... Não... Minhas mãos tremem, meu peito doendo tanto que meus olhos ardem. Um frio horrível se instala na boca do estômago, então, percorre-me dos pés à cabeça. Estou ofegando, minha respiração saindo em rajadas. Ela disse a verdade sobre seus sentimentos. Ela me amava. Amava-me. Lágrimas quentes queimam minhas retinas, vergonha e dor me tomando por inteiro. Eu levanto-me, correndo as mãos pelo cabelo, sentindo-me o mais estúpido dos homens. As imagens da noite de ontem inundam minha mente numa enxurrada tão dolorosa que me faz emitir um som alto na sala. Oh, meu Deus... O que eu fiz com ela? Apoio as mãos nas bordas da mesa, minha cabeça abaixando, o peso do remorso caindo sobre mim. E faço algo que não me lembro de já ter feito na vida adulta, eu choro. E chorando, soluçando, completamente soterrado em culpa, percebo outra coisa. Minha respiração falha e toco as lágrimas caindo pelo meu rosto, finalmente compreendendo a razão para a minha agonia depois de humilhá-la ontem. Eu a amo. Eu a amo também. Fecho meus olhos com força. Destrocei a garota que amo e ela era inocente. Não me traiu desta vez. Alguém armou para ela. Alguém queria que me livrasse dela.

Recordo minha crueldade em palavras e ações com a outra sub. Escolhi uma parecida com ela para humilhá-la ainda mais.

Por favor, não se arrependa de me dar uma chance. Não se arrependa de nós. Por favor, não nos jogue fora. Eu te amo.

Eu amo você. Diga que é uma brincadeira.

Não. Também não ouvirá mais minhas tolas juras de amor, fique tranquilo. Mate-me. Acabe logo com isso, seu covarde.

Suas súplicas desesperadas ecoam em meus ouvidos e mente, deixando-me cada vez mais miserável.

— Sinto muito, branquinha — sussurro embargado, olhando seu rosto arrasado na tela do notebook.

Ainda está respondendo às perguntas de Alvinho, mas meu cérebro e coração não conseguem assimilar mais nada. Apenas a desolação e remorso por tê-la machucado tanto.

— Eu te amo. — Meus olhos turvam com mais lágrimas de arrependimento. — Eu te amo. Só não sei como farei para te provar isso. Deus... Sinto muito, bebezinha.

CAPÍTULO TREZE

Nossas dúvidas são traidoras e nos fazem perder o que,
com frequência, poderíamos ganhar, por simples medo de arriscar.
(William Shakespeare)

Andreas

— Perdoe-me. Por favor, perdoe-me — peço com o coração completamente tomado pela dor e remorso.

Lágrimas de arrependimento continuam queimando meus olhos e decido parar o interrogatório. Não preciso saber de mais nada. Ela não me traiu. Ela me ama. Preciso tirá-la de lá. Preciso parar de torturá-la. Pego meu celular, chamando meu irmão.

— Já chega — digo, transtornado tão logo atende. — Tire-a daí, mano. Tire-a dessa cela maldita! — minha voz embarga.

Como posso me redimir com ela? Como? Essa é a pergunta que está me angustiando agora. Fui cruel demais. Fiquei totalmente cego após as mensagens.

— Para onde a levo, mano? — Alvinho pergunta em tom sério.

Expiro longamente. Sei que diante da forma como a tratei, não tenho nenhum direito, mas a quero na minha casa, a verdadeira.

— Para a minha casa — respondo angustiado. — Estou saindo agora mesmo pra lá. Porra, o que eu fiz, cara? — Passo uma mão pelo rosto, desatinado.

Ele fica em silêncio e agora entendo sua expressão preocupada antes de sair, principalmente depois que contei a crueldade a que Maya foi submetida. Vê-la vestida apenas no terno de meu irmão, porque a deixei nua e desprotegida, humilhada, deixa-me mal.

— Eu vou levá-la. Fique tranquilo, mano — garante consternado.

— Há algumas peças de roupas dela no calabouço. Vista-a, por favor, Alvinho — peço, sentindo-me um merda completo por tudo que fiz com ela. — Porra, porra! — Não aguento e choro de novo, não me importando de parecer fraco para meu irmão. — Cuide dela para mim, mano. Por favor, cuide dela — imploro, desesperado.

— Porra, fique calmo, And. Vou cuidar, controle-se — garante preocupado por me ver nesse estado. — Ela precisa se alimentar. Gualberto informou que não come desde ontem à noite — adiciona em tom mais baixo e preocupado.

Fecho os olhos com força, xingando-me de todos os palavrões possíveis.

— Vou ligar para o nosso médico ir vê-la em casa — aviso, com um bolo desconfortável na garganta. — Obrigado, mano — murmuro, sentindo-me drenado.

Preciso me alimentar também. Porra, que grande burrada eu fiz!

— Você me deve uma — o idiota ousa dizer.

Eu bufo e ele completa:

— Vou cuidar dela e levá-la para a sua casa em seguida, fique tranquilo, mano.

Torno a agradecer e vejo-o dar a volta na mesa, segurando os ombros de Maya. Ela acena para o que está dizendo, mas não há emoção alguma em seu rosto. Parece esgotada. Encerro a chamada, prometendo fazer o que for preciso para me redimir. Pego minha pasta e arrumo o notebook dentro. Aviso para Jairo me esperar no elevador, pois vamos voltar para casa de helicóptero. Quero chegar lá antes para receber a minha menina. Pego o terno sobre o espaldar da cadeira e o visto com pressa. De posse de meus pertences pessoais, marcho para a porta. Meu coração está aflito para encontrá-la e implorar seu perdão. Eu a amo. Amo-a! Terei de romper o compromisso com Isabeli de novo. Sei que não será fácil, mas enfrentarei minha família para me casar com a mulher que amo. É hora de uma mudança radical nessa tradição estúpida. Maya será a minha esposa, a única mulher da minha vida. Serei fiel a ela. Farei tudo pela minha branquinha.

Antes de alcançar a maçaneta, a porta se abre. Estaco ao me deparar com meus pais e, logo atrás, Danilo. Merda. Esqueci-me de que meus velhos estavam vindo para cá.

— And, onde está Maya, *tesoro*? — Minha mãe está com um sorriso de orelha a orelha, vindo me abraçar.

Eu a abraço de volta, meu corpo retesando com sua pergunta. Por que está perguntando sobre Maya em primeiro lugar?

— *Mamma*, fez boa viagem? — murmuro, beijando sua têmpora.

Seus olhos verdes estão preenchidos por uma espécie de euforia.

— *Si, si*. Agora peça para chamarem a *mia bambina*! — exclama e franzo o cenho. — Ah, *figlio*... — sua voz suaviza e seus olhos se enchem de lágrimas. Ela segura meu rosto dos lados, parecendo estranhamente feliz. — Nem sei por onde começar. Parece inacreditável... *Dio*, mas tão maravilhoso, *amore mio*! — torna a exclamar, sua euforia transbordando, deixando-me ainda mais intrigado.

— *Mamma*, o que está havendo? Por que veio direto para cá, e por que quer ver Maya? — inquiro, aturdido, desviando o olhar para meu pai.

Ele tem uma expressão menos eufórica. Parece constrangido e chateado consigo mesmo. O que há com eles?

— Cometemos um erro grave, *figlio*... — murmura, achatando os lábios.

Minhas sobrancelhas se juntam em confusão. Abro a boca para perguntar do que está falando, mas mamãe volta a falar:

— O destino resolveu reparar a crueldade feita conosco no passado, *tesoro* — seus olhos turvam de lágrimas e ela embarga um pouco.

Meu pai se aproxima, enlaçando sua cintura. Começo a ficar preocupado. O que pode ser tão grave para fazer minha mãe se emocionar e chorar dessa maneira? A viagem para a Sicília tem a ver com isso?

— O que aconteceu na Sicília, *mamma*? Ou melhor, o que motivou sua viagem apressada, para começo de conversa? — inquiro, louco para terminar isso e correr para receber Maya em minha casa.

Ela funga e meu pai retira um lenço do bolso do terno, começando a limpar seu rosto.

— *Nostra Siena*, querido... — murmura, com voz ainda mais embargada. — Oh, *Dio*... *Nostra bambina* não está morta como pensamos.

O quê?! Afasto-me um passo pelo impacto de suas palavras. O que está dizendo?

— Mas o que está dizendo, *mamma*? — pergunto, atordoado. — Que brincadeira é essa? Siena morreu no incêndio com seus pais há dezoito anos.

Mamãe abana a cabeça freneticamente.

— Não, não. — Está sorrindo e chorando ao mesmo tempo. — Ela está viva! — garante e funga, limpando o nariz com o lenço.

— *Mamma*... Entendo que gostaria disso — pondero diante do seu descontrole. Considerava Siena como sua própria filha. Perdê-la foi um golpe duro para ela. Para todos nós. — Todos gostaríamos que não fosse verdade e *nostra* Siena ainda estivesse entre nós. Mas...

— Ela está entre nós, And — corta-me. — Está viva! — Chora.

Então, aproxima-se de novo, segurando meu rosto.

— O destino a trouxe para nós de novo, *amore mio* — diz suavemente. — Para você.

— *Papà*, do quê *mamma* está falando? — inquiro, olhando para meu pai. Seu semblante continua abatido e entristecido.

Ele se aproxima também e passa um braço por cima do meu ombro. Seus olhos escuros estão sérios ao endossar:

— É verdade, *figlio mio*. *Nostra* Siena está viva. — Então, também desmonta, os olhos brilhando com lágrimas. — Maya... aquela menina que tanto desprezei... — Abana a cabeça, a expressão descontente aumentando, e completa: — Maya é Siena, And.

— O-o que... — ofego, meu sangue gelando nas veias, paralisando-me. — O que está dizendo? — Sacudo a cabeça, assombrado. — Não tem como isso ser verdade. Não pode ser.

— *Si*, pode. Adriano e Caterina morreram sozinhos naquele incêndio — minha mãe afirma, seu tom mais controlado. — Siena estava na casa da babá naquela noite, num vilarejo próximo ao palácio. A criança que morreu naquela noite era filha de algum dos funcionários — afirma e continuo abanando a cabeça, incrédulo. — Os corpos foram carbonizados e não foi possível identificar ninguém além do duque e a duquesa. Então, a polícia fez suposições para o resto das vítimas encontradas.

— Deus, isso é impossível... Maya é filha de brasileiros e...

— Não. É uma siciliana legítima! É um milagre, *amore mio* — mamãe embarga de novo. — *Nostra piccola duchessa*[32] está viva. Os pais de Maya eram adotivos. A babá e seu marido fugiram para o Brasil com medo de serem perseguidos, da família de Adriano assassinarem Siena também.

---

32 Nossa duquesinha – em italiano.

— *Mamma*, como a senhora ficou sabendo disso? — Minha respiração trava. É fantasioso demais. Não posso acreditar.

— Eu investiguei, não sou tola, *bambino*. Esse foi o motivo da minha viagem à Sicília. — diz em tom de reprimenda. — As joias de Maya me colocaram uma pulga atrás da orelha. Danilo suspeitou de que fossem valiosas, quando estava verificando as escutas, e, como você estava viajando, prontifiquei-me a dar uma olhada. Elas são verdadeiras — revela. — Liguei para Maya e ela ficou aflita, afirmando que eram apenas boas imitações. Disse que eu podia confirmar facilmente com seus padrinhos em São Carlos. Que havia joias de sua avó paterna sob os cuidados de Henrique e Madalena, como uma espécie de fundo fiduciário para a *bambina* quando completar vinte e três anos. — Ouço seu relato ainda atordoado, sem querer acreditar. — Levei um ourives comigo e ele avaliou as joias em mais de vinte milhões de reais. — Encaro-a com estupefação. Esse valor está muito fora da realidade de uma menina de origem humilde. Mamãe sorri. — Essa não foi a única surpresa. Encontrei várias peças que... — pausa um instante, seus olhos turvando novamente — havia dado de presente para Caterina.

— Como... — Abano a cabeça.

— As joias não eram da avó paterna de Maya. Eram de sua mãe, Caterina, minha querida amiga. — Ela soluça. — *Nostra bambina* voltou para nós, mesmo sem saber quem era, quem éramos. Contratei um bom investigador e ele descobriu uma irmã de Marieta, a babá, ainda vivendo no vilarejo. Com o incentivo certo, a mulher contou tudo o que sabia sobre aquela noite — pausa um instante. — Adriano e Caterina deixaram Siena com o casal, talvez prevendo que sua família fosse intensificar a perseguição. As joias e uma boa quantidade em dinheiro foram entregues a eles.

— Cristo... — murmuro, passando a mão livre pelo rosto. Então... a minha branquinha é Siena? A menina que foi concebida para ser minha. Arfo, meus olhos ardendo de novo. Maya era a minha prometida. Era a primeira escolha, mas foi tratada como segunda esse tempo todo. Mais culpa e remorso me golpeiam. Ela se tornou minha, ainda que não soubesse que estávamos destinados um para o outro. Minha mãe está certa, é um milagre do destino. Como explicar racionalmente algo tão incrível? As imagens da menina de três anos, linda e sorridente, se confundem com as de agora, a mulher absolutamente deslumbrante. A minha mulher. Os olhos... Torno a ofegar. Eles são idênticos. Porra, como não vi essa semelhança antes? Pergunto-me. Por outro lado, seus olhos mexeram comigo desde aquele primeiro esbarrão. Não associei à pequena Siena, todavia, havia algo, um apelo em seus olhos de camaleoa que nunca compreendi ou soube explicar. Era, de fato, o meu lindo bebê voltando para mim. O meu anjinho loiro se transformou na mais linda mulher, como eu sabia que aconteceria.

— *Si*, Maya é Siena, *amore mio*. — Mamãe sorri em meio às lágrimas, percebendo minha emoção. — Ela não irá embora. Está onde é o seu lugar de direito. Chame-a. Quero ver a minha menina.

Engulo em seco, mais vergonha me atingindo. Ela vai me odiar pelo que fiz com Maya.

— *Mamma*... — murmuro em tom arrependido e agoniado. — Ela não está aqui.

— Como não? Foi ao tribunal? — pergunta, sua emoção à flor da pele, então, seu sorriso vai sumindo, lendo minha expressão de culpa. — O que você fez, *figlio*?

Encaro meu pai, que está com o rosto mais transtornado agora.

— Eu fiz algo imperdoável, *mamma, papà* — respondo, completamente desolado.

Passo os próximos minutos contando tudo. Sinto-me o pior dos canalhas ao ver o olhar de decepção de minha mãe. Ela soluça e chora mais.

— Oh, *Dio mio*... Pobrezinha... Como pôde ser tão cruel, And?

— *Perdonami, mamma* — murmuro, meus ombros caindo.

— Não é a mim que tem que pedir perdão, *figlio*. — Limpa o nariz, sendo consolada pelo meu pai, que está me recriminando com o olhar também. — Eu quero a minha menina perto de mim. Agora que descobri quem ela é, eu a protegerei com unhas e dentes.

Abro a boca para pedir perdão de novo, mas Danilo se adianta, o olhar aflito. Certamente, está horrorizado com o que acabei de revelar sobre a noite de ontem.

— Chefe, tenho más notícias — anuncia. — As últimas mensagens são falsas. Foram montadas. Analisei a sequência e cadência na voz da senhorita Maya. Elas são falsas.

— Merda... — resmungo. As porradas não param de chegar. — Quem fez isso? Diga que descobriu, porque vou matar o infeliz!

— Sim, descobri. Com uma garimpagem mais profunda, cheguei ao nome registrado no celular pré-pago que enviou todas as mensagens — faz uma pausa. — Lizandra Valente — revela.

Franzo as sobrancelhas, estranhando, no primeiro momento, todavia, a compreensão cai sobre mim como uma maldita avalanche. *Isabeli*. Porra, porra! A cadela está por trás disso!

— Puta do caralho! — rosno, fechando o punho.

Ela armou tudo. Deus... Ela armou para Maya e caí como um maldito patinho! A ideia da sub foi cruel, mas não questionei, porque estava cego, e a cadela miserável sabia disso. Ela queria machucar Maya e eu lhe dei todas as armas.

— Vou acabar com a raça dessa vadia! — ranjo os dentes, raiva, remorso e arrependimento se revolvendo dentro de mim.

A situação é muito pior do que supunha. Sou um maldito traidor. Eu traí Maya caindo na armadilha da mulher que quase a matou apenas cinco dias antes.

— Por que Lizandra iria...

— Não foi Lizandra, mãe, foi Isabeli — interrompo, com ira mortal se espalhando em minhas veias. — Pai, vá com a mamãe para a minha casa, Alvinho está levando Maya pra lá — digo a meu velho. — Tenho que resolver algo com minha *querida* noiva antes de ir encontrá-los.

Não espero resposta e corro para fora da sala. Escancaro a porta da cadela, sem lhe dar a cortesia de bater antes. Minha vontade é matar a puta pela sua audácia em me manipular. A sala está vazia.

— Apareça, porra! Eu vou acabar com você, vadia! — brado, atravessando o recinto.

Chuto a porta do banheiro, escancarando-a. Entro e constato que está vazio também. Rosno em frustração, fazendo o caminho de volta. Paro no meio do recinto, pensamentos assassinos me dominando neste momento. Para onde a vagabunda traiçoeira foi? Meu celular toca e o puxo do bolso do terno. É Alvinho. Atendo imediatamente. Espero que já esteja levando Maya para casa.

— And... Porra! — Seu tom urgente faz um frio agourento irromper em minha pele. — Maya acabou de ser levada por uma ambulância suspeita!

— O-o quê?! Como assim? — inquiro, meu coração saltando descompassado e começo a correr para fora da sala. — Como diabos isso aconteceu?

— Eu a deixei no calabouço, para ela se trocar, e fui até a outra cela dar um último aviso ao infeliz que estamos interrogando. — Range os dentes. Ele parece estar correndo também, pela respiração ofegante. — Gualberto recebeu uma mulher trajada de branco, com identificação de médica, dizendo ter sido enviada pela nossa mãe para levar Maya a um hospital e...

— Foi Isabeli, porra! A maldita orquestrou todo o plano para se livrar de Maya! Detenha-a, Alvinho! — grito, saindo no corredor, apertando o botão do elevador.

Jairo se coloca do meu lado no mesmo instante.

— Chame cada fodido policial da nossa folha! Chame todo reforço que conseguir! Oh, meu Deus, ela vai matar Maya!

Entro no elevador. Se eu achava que havia sentido agonia antes, agora estou completamente tomado pelo terror. A puta vingativa vai matar a minha menina. Mais lágrimas culpadas queimam meus olhos e eu faço algo que também não tinha feito há muito, muito tempo. Eu rogo a Deus para salvar a mulher que amo. Mesmo não tendo nenhuma intimidade com Ele, deixo toda a arrogância e orgulho de lado e imploro. *Não... Por favor, Deus, não. Não a leve agora.*

Vinte minutos antes...

Maya

Álvaro me conduz pelo corredor e para diante do calabouço de Andreas. Neste momento, o irmão de meu algoz tem um olhar suave, quase de pena. Ele me cobriu com seu terno no instante em que entrou na cela horrenda e me viu seminua. Não sei o que quer de mim. Todavia, desconfio de que tenha me injetado o soro da verdade antes do interrogatório. Não sou tola. Fiquei muito alterada e, em todas as perguntas, senti forte inclinação para falar a verdade. O uso desse subterfúgio é considerado ilegal pela anistia internacional, todavia, isso é fichinha para uma organização criminosa e poderosa como a deles. Talvez, Gioconda tenha a ver com isso. Ela chegaria hoje de viagem, pelo que me disse em nossa última ligação ontem de manhã. Parecia tão feliz por ter resolvido suas coisas na Sicília.

Álvaro abre a porta e a empurra devagar.

— Entre, tome um banho e vista uma roupa. — Seu tom é brando, mas é uma ordem. Sou uma prisioneira agora. Essa é a minha realidade. Passo para dentro, sem titubear. — Venho te buscar dentro de dez minutos, está bem?

Como ainda estou sob o efeito da droga, não consigo conter meu impulso de falar:

— Buscar-me? Para onde vai me levar? — Algo passa em seus olhos escuros e ele parece ponderar se me conta ou não. Estou um pouco zonza, efeito colateral da porcaria que aplicaram em mim. — Por favor, avise a Gioconda que estou presa de novo. Eu prometo não dizer nada sobre vocês... Por favor, deixem-me ir embora. — Soluço, meus olhos estão secos, já não tenho mais lágrimas.

Seu rosto continua suave, mas sua orientação soa firme:

— And lhe dará todas as respostas no momento certo. Estarei de volta em breve. — Então, dá as costas e faz o caminho de volta pelo corredor.

Meu coração reage como se tivesse levado uma punhalada ao escutar o nome do causador da minha desgraça. Mesmo sem ter mais lágrimas, eu soluço. Não consigo pensar nele e não desmoronar. Ele me enganou. Oh, Deus, ele nunca me amou. Meus olhos estão doloridos de tanto chorar. Minha cabeça dói. Meu corpo inteiro dói. Estou em frangalhos. Gualberto anda para perto e toma seu posto do lado de fora da porta, seus olhos escuros fitando-me com pena.

— A senhorita vai sair daqui — murmura e acrescenta, limpando a garganta: — precisa voltar a se alimentar.

O cuidado do segurança me deixa ainda mais drenada. Ele e Jairo parecem gostar de mim, independente das ordens cruéis de seu chefe. Contudo, não sou tão estúpida de pensar que não serão capazes de me matar, se assim o maldito exigir. São criminosos, é bom que não me esqueça disso.

Aceno e viro as costas, olhando o espaço familiar. Forço meu coração a se fechar para as lembranças que esse ambiente evoca. Nunca mais permitirei que nada, nenhuma recordação relacionada a Andreas Montanaro, tenha acesso a meu coração. Ele está morto para mim. Independentemente do que aconteça comigo, nunca mais serei estúpida de amar outra vez. Se eu escapar daqui com vida, jamais irei amar ou confiar de novo. Dou poucos passos para dentro quando ouço uma voz feminina conversando com Gualberto. Em seguida, um palavrão rosnado pelo segurança. Então, uma mulher vestida de branco e com um estetoscópio pendurado no pescoço vem rapidamente até mim.

— Quem é você? — pergunto, assustada, tentando ver se tem mais alguém com ela.

— Não tenha medo, Maya. Estou aqui a mando de Gioconda Montanaro — ela sussurra, estendendo a mão para mim. — Sou médica e devo muitos favores àquela senhora. Ela pagou minha faculdade, por isso, estou retribuindo da maneira que consigo. Veja, é real. — Mostra o crachá. Está escrito Dra. Juliane Avelar, clínica geral. — Gioconda está muito chateada com o senhor Andreas por prendê-la aqui de novo, por isso, quer tirá-la da cidade ainda esta noite. Mas precisa vir comigo agora, se quiser escapar com vida.

— Gioconda — murmuro, meus olhos ardendo ao lembrar da mulher que me protegeu nesse um mês em que estive na corda-bamba com seu filho.

— Sim, ela quer te ajudar a escapar — a garota morena e bonita diz. — Vamos, venha logo antes que Álvaro volte! — torna a chamar.

Olho para mim mesma, toda suja, vestindo apenas o terno de Álvaro. Gioconda vai me enviar para casa em segurança, sei que vai. Confio plenamente nela. Sem pensar mais, aceito a mão estendida da médica. Ela empurra o terno dos meus ombros, jogando-o no chão. Retira seu jaleco e me veste com rapidez. Torna a segurar minha mão e passamos para fora. Ofego ao ver Gualberto caído.

— O que fez com ele? — pergunto, aflita, correndo meus olhos por seu corpo. Respiro aliviada não vendo sangue em nenhum lugar.

— Está apenas desmaiado. A senhora Gioconda não ia machucar seriamente ninguém. Vamos, Maya! Precisamos dar o fora daqui! — chama e, mesmo com o peito apertado por deixa-lo desacordado, eu vou.

Esta é a minha única chance de escapar das garras do homem com o qual, tolamente, sonhei passar o resto da minha vida. O cara que pensei ter sentimentos por mim. Eu fantasiei. Agora vejo tudo com clareza. Inventei um Andreas que não correspondia à realidade. O homem apaixonado só existia na minha tola cabeça. Ontem fui trazida de volta do mundo dos sonhos, de forma brutal.

Juliane enlaça meu braço e nos esgueiramos rapidamente para o elevador. A coisa parece descer numa lentidão horrível. Meu coração está saltando com força. Há dois homens vestidos de ternos escuros nos aguardando quando as portas se abrem. Escoltam-nos por um corredor que não conheço. Nunca fiz essa rota. Em instantes, saímos em uma viela, na qual uma ambulância está nos esperando já com o motor ligado. Liberdade. Ah, meu Deus, nem acredito! Os homens apressam o passo, quase me arrastando, meus pés descalços doendo nos blocos de concreto. A porta do meio é aberta e sou empurrada para dentro. Assusto-me, estranhando a força com que me jogam no assoalho duro do veículo. Bato meu ombro, dor irradiando em meu braço.

— Ei, vocês me machucaram! — reclamo, tentando me levantar, mas um tênis branco pisa no meu pescoço.

Gelo desliza em minhas veias enquanto subo o olhar pela calça branca e, mesmo em meu estado alterado pela droga, meu instinto alerta que estou ferrada. Não estou indo para casa. Era uma porra de armadilha. Minha respiração falha ao chegar ao rosto da mulher que quase me matou há poucos dias.

— Vejam só o que o gato me trouxe... — Isabeli sorri, fitando-me com seus olhos escuros de psicopata.

Eu ofego, cravando as unhas em sua panturrilha. Ela rosna e empurra o calçado com mais força, fazendo-me engasgar. Neste momento, os homens e a mulher impostora passam para dentro. O veículo canta pneus, arrancando a toda velocidade. Minha cabeça bate no assoalho.

— Você realmente pensou que ficaria com o meu homem, vagabunda maldita?

Eu arfo, tentando tirar seu pé da minha garganta, mas ela não arreda, seus olhos ficando demoníacos ao ordenar aos homens, que agora sei, são parte da sua segurança:

— Levem a puta lá para trás e fodam-na em todos os buracos! Acabem com essa vagabunda!

— Não! Oh, meu Deus, não! — Esperneio, terror me percorrendo dos pés à cabeça quando os asquerosos começam a arrancar o jaleco.

Eu grito, chuto a cara de um e levo um soco no olho. Vejo estrelas, minha cabeça batendo de volta no assoalho. Eles me arrastam sem o menor cuidado para o banco de trás.

— Não... Por favor, não façam isso — imploro entre soluços.

Suas mãos me apalpam por todo o meu corpo, molestando-me. Lágrimas quentes e grossas enchem meus olhos. Oh, meu Deus, não deixe que esse seja o meu fim. Eu choro em pavor absoluto. Eles rasgam minha calcinha grosseiramente. Dois brutamontes morenos, cujos olhos escuros, poços sem fundo, estão me prometendo dor, muita dor.

— Não, pelo amor de Deus! — peço, apavorada, sentindo um deles forçar um dedo grosso em minha vulva.

— Beli, peça-os para parar. — A voz da garota que me enganou está aterrorizada. — Por favor, irmã, a forma como irá matá-la já será cruel o suficiente.

Mais terror me engolfa. Como irá me matar?

— Você tem o coração de manteiga, irmãzinha — a maldita zomba. — Continuem! Rasguem a vadia inteira!

Bile sobe à minha garganta e eu grito mais, sendo penetrada pelo dedo áspero e grosso do infeliz.

— Não! Parem! — A irmã da mulher maligna vem para perto, puxando o que está me estuprando com o dedo. — Larguem-na! Saiam! Isso ultrapassa todos os limites da crueldade, Beli! Peça-os para parar!

— Porra de garota amadora! — Isabeli sibila. — Está bem! Deixem a puta em paz! — ordena e estou tremendo, convulsões aterrorizantes me tomando por inteiro. Mas respiro aliviada quando os malditos me largam.

Enrolo-me sobre o banco, chorando copiosamente. Posso não ser estuprada, mas não escaparei dessa emboscada com vida. A ambulância está a toda velocidade, tendo o privilégio de ninguém a parar. A assassina é inteligente, tenho que admitir.

— Agradeça à minha irmãzinha, vagabunda! Por mim, seria arrombada e virada do avesso antes de enfrentar seu destino final.

Quero xingar a vadia de todos os nomes possíveis, mas não arrisco. Ela pode voltar atrás e mandar os infelizes me violentarem. Os dois continuam me olhando com suas caras de estupradores nojentos. Mantenho minha atenção neles, não relaxando enquanto o carro continua veloz, levando-me para um destino que me deixa aterrorizada. Sei que de lá não voltarei. Meus olhos se enchem de lágrimas, penso nas ações que me guiaram para este fim. Lamento profundamente ter conhecido e me apaixonado pelo assassino indireto de Breno e que, neste momento, está sendo o meu também. Estou zonza, cansada, fraca, meus olhos pesando, mas luto para me manter acordada até o meu último suspiro.

Não sei quanto tempo se passa. O sol está se pondo quando o carro para e os homens me arrastam para fora. É uma área gramada, parecendo um parque ou um clube. Um helicóptero está aguardando com as hélices girando. Em instantes, estamos à bordo, levantando voo. A imagem do pôr do sol no horizonte é linda e mais soluços irrompem da minha garganta ao apreciá-la pela última vez. Os rostos de meus padrinhos, Miguel, Bianca, Gioconda, passam em meu cérebro, que está começando a se livrar da influência da droga. Atravessamos o céu de São Paulo. Estou nua, chorando, tremendo, a caminho da morte.

Algum tempo depois, a aeronave começa a descer. Estamos longe do centro urbano, percebo. Estava tão perdida em minha própria mente que não vi a cidade ficando para trás. Estamos descendo numa clareira, rodeada de mata fechada. Meu sangue inteiro fica gelado quando vejo a cova aberta e um caixão do lado. Chegamos ao meu destino final. Meus olhos voltam a turvar. Ninguém está vindo para me salvar. Vou morrer assim, abandonada, sozinha.

— Chegou a sua hora, querida. — Isabeli avança em minha direção.

Sei que não tenho qualquer chance, mas me recuso a morrer sem lutar. Levanto o pé e chuto sua cara, com força. A maldita cai de bunda no assoalho. Eu pulo em cima dela, sentando em seu torso e desfiro socos potentes em sua cara de psicopata.

— Porra, garota! — A irmã tenta me tirar de cima da maldita, mas não saio.

Estou usando minha última reserva de energia para moer a cara da vadia de pancada.

— Assassina! Assassina! — Choro, batendo, arranhando seu rosto todo. Em instantes, os seguranças abrem a porta e me arrancam de cima de sua patroa. Jogam-me no chão grosseiramente. Meu quadril dói com o impacto nas pequenas pedras. Isabeli sai do helicóptero e avança em minha direção, a cara machucada, os olhos estão endemoniados quando crava suas garras em meus braços. Os homens puxam as armas, apontando para a minha cabeça.

— Levante-se, putinha infeliz! — ela rosna.

Obedeço e me deixo ser conduzida para a morte. O chão irregular, com pedras pequenas e pontiagudas, perfura meus pés, mas isso é o de menos diante do que estou prestes a enfrentar. Minhas lágrimas estão banhando minhas faces neste momento. Atingimos a borda da cova. Não é tão funda, mas ninguém me encontrará aqui.

— Vire-se, vadia. — A maldita me gira de frente para eles. Os homens continuam mirando minha testa. — Isso mesmo, chore, sua puta! — Sorri doentiamente. — Achou mesmo que um homem como Andreas Montanaro se apaixonaria por você? Olhe só para você, garota burra... — faz um som de zombaria e os outros riem junto. — Nunca passou de um jogo para ele. Nunca passou de uma vagabunda que ele comeu e agora enjoou.

Meu coração dói com suas palavras. Mesmo sabendo que é a verdade, ainda dói. Ela ri mais, apreciando me ver aqui, humilhada, acabada.

— Não vai implorar pela sua vida miserável? — pergunta, suas sobrancelhas franzindo um pouco. — É uma garota durona, não é? Realmente carrega o sangue de seus pais... — resmunga e não entendo essa parte.

— Mate-me logo, sua infeliz! — Ranjo os dentes, erguendo minha cabeça. — Vamos, atirem, seus covardes malditos! — berro, fora de mim. Acho que cada um reage de uma maneira em situações de crise. A minha é me recusando a ser fraca.

Ela sorri, a gargalhada ecoando na clareira.

— Algemem suas mãos e pés — ordena e fico confusa.

Um brutamonte vem cumprir as ordens da maldita e o outro permanece apontando a pistola para a minha testa. Quando meus pés e mãos estão contidos, encaro a minha inimiga e, com um olhar demoníaco, ela torna a mandar:

— Abram o caixão. — Então, a ficha cai.

É com absoluto pavor que percebo sua intenção. Por isso, sua irmã disse que a minha morte seria cruel.

— Sim, querida, vou te enterrar viva — diz com ódio brilhando em seus olhos.

Eu me desespero, debatendo-me quando sou levantada nos braços e colocada dentro da coisa fúnebre.

— Assassinos covardes. Covardes.

Não grito. Não, estou além de qualquer reação. Este é mesmo o meu fim. Lágrimas abundantes e silenciosas enchem meus olhos. A mulher diabólica pega a tampa do caixão e vem colocá-la.

— Passei dias quebrando a cabeça sobre qual morte seria mais dolorosa para você — revela com um sorriso vitorioso. — Então, lembrei daquela vez que quase morreu quando o elevador deu pane e ficamos presos no escuro... — seu rosto fica sinistro. — Você vai estrebuchar aí dentro até morrer, vagabunda! Vai ter todo o tempo para se arrepender de ter cruzado o meu caminho! — Engasgo, meu sistema em choque, em pânico, pelo fim cruel que o destino me reservou. — Vá para o inferno, vadia! — finaliza, colérica.

E a tampa é empurrada para baixo. Desespero sem tamanho me toma quando tudo fica escuro como breu. Meu coração salta a ponto de doer minha caixa torácica. Choro, minha respiração fica mais rápida. O pânico me dominará rapidamente. Consigo ouvir as fechaduras sendo lacradas, sentir o caixão sendo movimentando, pousando duramente dentro do buraco. Meus assassinos começam a jogar terra. O som é o mais sinistro e horripilante que já ouvi. Minha garganta está tampando, meus olhos revirando. Puxo o ar em vão. Não há nenhum. O barulho da terra caindo sobre a caixa de madeira continua. Resfolego, tentando buscar ar onde não mais existe. Sinto as garras frias da morte me envolvendo e o rosto *dele* surge em minha mente. Os olhos verde-musgo estão me fitando com amor. É uma alucinação da morte.

Amá-lo me matou. Confiar nele me matou. Serei esquecida neste matagal. Serei uma dessas pessoas que nunca será encontrada pela família para um enterro digno.

Ficarei aqui para sempre. Estou morrendo, porque amei e confiei no homem errado. Esse é o meu último pensamento, então, a escuridão toma a minha consciência também.

ANDREAS

— Nós vamos encontrá-la e trazê-la de volta, chefe — Jairo garante, quando termino de lhe colocar a par dos últimos acontecimentos.

Posso ver que não está feliz comigo. Ele e Gualberto desenvolveram uma espécie de instinto protetor com Maya devido à sua convivência.

O helicóptero começa a subir, não sei para onde. Minhas ordens são para sobrevoarmos as avenidas próximas do Voraz. Mas, a verdade, a triste e assustadora verdade, é que não tenho ideia de para onde ir. Nunca me senti tão impotente ou desesperado em toda a minha vida.

— Duvidei dela e isso a deixou vulnerável. A culpa é toda minha, porra! — explodo, socando o banco à nossa frente. — Preciso encontrar a minha branquinha. Mostrar a ela que não está sozinha, que não a abandonei. — Respiro fundo, passando as mãos pelo rosto.

Ela está destroçada, decepcionada comigo pelo modo cruel como a tratei nas últimas quarenta e oito horas. Preciso me redimir. Eu preciso dela.

Um frio agourento me percorre ao pensar no ódio que Isabeli nutre por Maya. Fecho os olhos, querendo bloquear os pensamentos e prospectos ruins, mas a realidade nunca me pareceu tão sombria como agora. Expiro, sem conseguir parar a agitação e sensação de impotência me castigando. Puxo meu celular do bolso, tentando ligar para a puta vingativa. Vai direto para a caixa postal. Eu ativo o rastreamento e solto um som de frustração ao perceber que seu celular está na Montanaro. A vadia sabe que tem um dispositivo instalado e o deixou lá para não ser encontrada.

Alguns minutos depois, estamos percorrendo a área próxima ao clube. Coloco um colete à prova de balas enquanto observo tudo lá embaixo. Manuseio agilmente minhas duas pistolas, encaixando os pentes, e as enfio em meu coldre dentro do terno. Enfio duas facas nos coldres pouco abaixo das panturrilhas. Os primeiros minutos se passam e nada. Sinto como se estivéssemos aqui em cima há uma maldita hora. O tempo está passando. A angústia é tanta que minha respiração está falhando. Estamos andando às cegas, mas me recuso a parar. Não posso abandoná-la de novo. Não posso.

Meu celular toca e vejo a tela. É Luigi. Atendo-o.

— And, que diabos deu na vadia Valente? — adianta-se, sua voz irritada. Nós protegemos uns aos outros. — Como a cadela pode ser estúpida para te peitar dessa maneira?

— Nós vamos encontrar a sua garota, primo! — ouço a voz de Guto ao fundo. — Já estamos saindo com nossos homens para a busca.

— Obrigado, primos — digo em tom cansado. — Fui estúpido e cruel com Maya, essa situação é culpa minha.

— Não adianta ficar se culpando, And. Agora é agir e encontrá-la o quanto antes. — Luigi diz com seriedade. — Estamos saindo. Cuide-se, primo.

— Cuidem-se vocês também — respondo e desligo.

Porra, não há castigo pior do que o que estou sentindo agora, sabendo que a minha menina foi levada, porque a deixei sozinha. Meus olhos inundam de lágrimas culpadas. Meu peito arde de desespero e remorso. Seu rosto lindo preenche a minha mente, nossas noites no iate, amando-nos sob as estrelas. Ela estava tão feliz. Sua emoção quando lhe disse que iria ser a minha mulher. Que queria ter uma vida com ela, ter filhos. Ter tudo.

— *Nunca dormi sob as estrelas, em pleno oceano.* — Seu sorriso e olhar eram sonhadores.

— *Então, vamos ficar* — murmurei, tomado de amor por ela, mas ainda não sabia. — *Gosto de ser o único a lhe proporcionar tantas primeiras vezes, branquinha* — completei possessivo.

Seu rostinho de anjo ficou ainda mais bonito e feliz.

— *Você é o único* — afirmou e agora sei a razão daquele brilho lindo em seus olhos. Era o amor que sentia por mim. Era tudo verdade. Ela me amava. — *Para sempre o único, meu amor.*

Como pude não perceber que a amava? Que era amor o sentimento poderoso que me tomou desde que a conheci e a fiz minha? Como pude ser tão cego? Como, porra?

— Branquinha... — Choro abertamente, o remorso me rasgando sem pena. — Perdoe-me, bebezinha. Fui tão tolo, tão tolo. — Soluço alto. — Não morra, meu bebê — sussurro, com uma dor absurda no peito. — Não me deixe, meu amor. Você precisa saber que tudo foi um engano. — Eu choro sem qualquer vergonha de Jairo e o piloto. — Eu te amo. Você precisa saber disso também.

Gemo em pura agonia, olhando para São Paulo abaixo de nós, as lágrimas quentes rolando em minhas faces. Alvinho, nossos primos, nossos seguranças e uma parte da polícia que mantemos no bolso, farão a busca por terra. Como pude me deixar manipular tão facilmente pela cadela da Isabeli? Recrimino-me vezes sem fim. Deixei minhas dúvidas me cegarem e puni a mulher que amo, injustamente. *Deus, permita que a encontre viva. Eu te imploro, não a leve agora. Fui tudo culpa minha, não dela.* Rogo, silenciosa e desesperadamente. Meu telefone toca, é o pai de Isabeli. Liguei para ele quando estava saindo da Montanaro e o intimei a encontrar sua filha. O velho ficou estupefato, alegando não saber dos planos da infeliz. Ela vai se arrepender amargamente por essa ousadia. Vou matá-la. Não há salvação para a puta depois disso. Não me importa se nossas famílias são próximas. Ela vai morrer!

— Onde a vagabunda da sua filha está, Genaro? — rosno.

— Ainda não consegui descobrir, Andreas, sinto muito. — O homem parece verdadeiramente aflito. Mas não me importo. Só Maya me importa neste momento.

— Esforce-se um pouco mais, porra! — digo em tom de ameaça. — Se quiser que alguém em sua fodida família sobreviva, então, trate de descobrir aonde a puta levou a minha mulher! Só me ligue com notícias, está me entendendo, porra?

Desligo sem lhe dar tempo de falar mais nada. A sensação de impotência vai me deixando cada vez mais desesperado. Ela vai matar a minha menina. Ela vai... Soluço, meus olhos turvando mais. O aperto no peito ameaçando me desfalecer.

Percorremos toda a região próxima ao clube e nada. Não sei quanto tempo se passa em minha agonia, até que meu celular torna a tocar. É Alvinho.

— Já tem alguma pista? — pergunto num fôlego só.

— Ainda não, mano. — Expira do outro lado e escuto o barulho de hélices. — Estou indo com Luigi e Guto no meu helicóptero. A outra parte da equipe continuará por terra, estão tentando localizar a ambulância falsa, mas o veículo estava sem placa. As câmeras da viela não pegaram nada além do logotipo das outras tantas existentes em São Paulo. A vadia foi muito esperta.

— Não... — gemo, desolado. — Não, porra, tem que haver uma pista! Ela vai matar Maya! Ajude-me a salvá-la, irmão! — imploro, descontrolado. — Eu não posso perdê-la! Não posso!

— Nós vamos encontrá-la, And — ele garante, dá para sentir sua angústia também. — Nós vamos, mano — promete. — O celular de Isabeli não tem um rastreador? — pergunta em seguida.

— Tem, mas a puta o deixou na empresa. Acabei de constatar — digo num rugido.

Ele fica um instante em silêncio.

— Nós vamos encontrá-la, mano — força um tom otimista.

Engulo em seco, sabendo que a situação é além de crítica. Cada segundo perdido pode significar o fim para Maya.

— Nós vamos. Eu a terei em meus braços de novo, nem que seja a última coisa que eu faça nesta vida. — Minha voz embarga.

Desligo, meu coração doendo, o frio da perda querendo me dominar, mas luto com todas as forças para não me deixar vencer. Ainda dá tempo. Tem que dá. Ainda há tanta coisa que não disse a ela. Tantos lugares que quero levá-la. Tantas momentos para vivermos. Estou lamentando cada palavra dita, cada ação de ontem à noite, quando meu celular toca de novo. É meu pai. Atendo-o, limpando a garganta. Eles devem estar em casa, esperando por mim e Maya.

— *Papà* — digo apenas isso, não tenho coragem para dizer mais nada. Mas ele sente no meu tom de voz que as coisas não estão bem.

— Que voz é essa? Já está a caminho com a *bambina*? — questiona, apreensivo.

Fecho meus olhos, apertando-os com força.

— Maya... Isabeli a levou, pai — respondo, tentando não desmoronar. — A puta vingativa a levou!

Ele ofega do outro lado.

— *Dio santo*! Isabeli enlouqueceu?! — exclama, com nítido desgosto. — Você tem ideia de onde ela possa estar?

— Nenhuma, *papà*. — Expiro longamente e deixo-o saber sobre meus planos para a minha ex-maldita noiva: — Eu vou matá-la. Nada nem ninguém vai me impedir de matar essa maldita!

Um silêncio tenso se faz do outro lado.

— Ela ultrapassou a última linha, *figlio* — diz desapontado. — Sabe do meu apreço por ela e seu pai. — Respira fundo. — Mas entre ela e a minha afilhada, não há realmente uma escolha. Siena é da *famiglia*, ela não.

— Está falando com And? Por que estão demorando tanto, *amore mio*? — a voz de minha mãe ao fundo termina de me enterrar em culpa. Torno a respirar fundo, buscando forças.

— *Mamma*... Maya foi sequestrada por Isabeli — digo com pesar.

Ela emite um som engasgado e, em seguida, um soluço soa através da linha.

— Salve a minha menina! Você tem que trazê-la para mim, está me ouvindo, And?

Os soluços de minha mãe me atingem direto no peito e eu choro de novo. O tempo está passando. O tempo é o meu maior inimigo agora.

— *Perdonami, mamma. Perdonami* — imploro, sabendo que carregarei essa culpa pelo resto da vida.

— Traga-a para mim! Salve-a! — ela continua chorando e implorando através da linha.

— Eu vou desligar, *figlio*. Sua mãe precisa se acalmar — meu pai diz numa voz desolada. Ele sabe o quanto Isabeli odeia Maya.

— Está bem, pai. Cuide dela — peço, sentindo-me drenado de energia. Desligo e fico olhando o horizonte de São Paulo. O pôr do sol, um atrativo magnífico em qualquer outro dia, mas não hoje. Hoje ele parece quase... Fúnebre.

Continuamos rodando e rodando. O tempo passando. É como se ouvisse o barulho do tic-tac do relógio imaginário em minha cabeça. Ligo para a equipe em terra. Nada. Quero gritar de frustração. Eles ainda não têm nada! Enfio as mãos pelo cabelo e respiro entrecortado. Não sei mais o que fazer. Não sei para onde ir. A angústia tomou conta do meu peito, a dor da impotência me soterrando sem piedade. Então, meu celular toca uma vez mais. Ouso ter esperanças ao ver o nome de meu irmão. Ele tem que ter notícias! Atendo-o no mesmo instante.

— Surgiu uma pista, And! Acabo de ser informado de um helicóptero pousando no Parque Estadual da Cantareira!

— Oh, Deus... — Eu ofego, a esperança se espalhando em meu coração, mesmo que o prospecto ainda seja sombrio. — Estou indo pra lá, mano!

— Estamos indo também! — para um pouco — cuide-se, maninho!

Engulo em seco e respondo:

— Você também, maninho.

Eu desligo e minhas mãos estão tremendo. Estou suando frio, mas grito para o piloto:

— Para a serra da Cantareira! Rápido!

Jairo se mantém calado, mas está pensando a mesma coisa que eu: uma mata fechada é o lugar perfeito para matar e enterrar o corpo. O frio se intensifica em minha pele. Não. Fecho meus olhos e torno a implorar a Deus para não deixar o pior acontecer. *Permita que cheguemos a tempo. Eu imploro. Permita que eu a encontre com vida.* Observo o sol se escondendo e lamento pela noite chegando. Vai ser difícil fazer buscas na mata fechada sem a luz natural. A região da serra é imensa! Abaixo minha cabeça entre as mãos e me forço a pensar com calma. Minhas emoções estão à flor da pele, mas é necessário agir com alguma racionalidade para conseguirmos êxito. Bem que a vadia do caralho podia estar usando alguma das joias com rastreadores que lhe dei de presente. Depois do estupro de Bea, fiquei paranoico em proteger aquela que pensei que seria a minha esposa. Fecho os olhos, buscando concentração. Tento lembrar a roupa e os acessórios que a puta usava hoje cedo. Nada. Nada vem em minha cabeça fodida.

Então, algo acende. Danilo vai conseguir rastrear se ela estiver usando alguma. Não perco tempo, ligando imediatamente para ele que atende no primeiro toque.

— Ative todos os rastreadores nas joias de Isabeli! Agora! — ordeno, desesperado.

— Agora mesmo, chefe! — ele responde.

Minha garganta fica seca enquanto aguardo. Ela tem que estar usando alguma. Tem que estar!

— Encontrei, senhor! Há um sinal forte na região da serra da Cantareira!

E minha respiração trava, meus olhos enchendo de mais lágrimas. Era mesmo a cadela.

— Mande-me a localização exata, Danilo! Estamos a caminho de lá! — ordeno apreensivo.

— Imediatamente, chefe! — garante e desligo.

Obrigado, Deus. Eu sei que não tenho nenhum direito de ao menos falar com o Senhor, mas, apenas faça a minha menina aguentar um pouco mais. Eu estou chegando. Por favor, mantenha-a viva para mim.

De fato, Danilo envia a localização em poucos segundos e eu repasso para Alvinho.

— Era mesmo a maldita, mano! — Ranjo os dentes. — Estou indo pra lá. Chame todos, inclusive a fodida guarda florestal, para nos dar apoio, caso precisemos.

— Graças a Deus, mano! — Ele respira com certo alívio. — Nós vamos chegar a tempo, And.

— Vamos, sim, Alvinho — digo, tentando expulsar o frio e o medo ameaçando dominar minhas emoções.

O sinal piscando na tela do meu celular vai ficando cada vez mais próximo. É uma clareira, perto de um penhasco, percebo. A viagem até lá parece interminável. Tento manter os pensamentos ruins afastados o quanto posso. Finalmente a clareira surge à nossa frente e vejo o helicóptero da família Valente pousado. E, então, meu sangue gela, parecendo ser drenado do corpo quando a iluminação bate em algo à frente... Dois homens estão terminando de soterrar uma cova. Meu coração parece parar de bater. Oh, meu Deus!

— Não! — Eu pulo do meu assento, não me importando com regras de segurança. O grito cheio de dor e pavor saindo da minha garganta: — nãoooooooooo!

Eu enfio as mãos pelo cabelo, puxando-os com força. Cheguei tarde demais. Eles a mataram. Mataram a minha menina. Desespero-me, o choro vindo do fundo da minha alma.

— Malditos! Malditos!

Pego uma das metralhadoras do chão e passo o cordão por cima do ombro.

— Desça essa porra! Agora! — ranjo para o meu piloto.

Em instantes, o helicóptero de Alvinho chega do outro lado. Seguro-me do jeito que posso e quebro a janela, começando a atirar contra os dois homens e as duas mulheres. Eles se deitam no chão, protegendo-se da chuva de balas das duas aeronaves. Cada bala que sai é um buraco no meu coração. O helicóptero pousa e eu chuto a porta, pulando para fora. Corro pelo terreno irregular, desviando-me dos pequenos arbustos. Escorrego no cascalho, tornando a me equilibrar, em direção à cova. A visão me esmaga, destrói-me. Isso me assombrará pelo resto da vida. Maya está lá embaixo por minha culpa. Atiro, gritando a minha dor. Os infelizes permanecem deitados no chão, as mãos na cabeça, sem que eu precise ordenar. Alvinho, Luigi e Guto se juntam a mim quando paro ao lado do amontoado de terra fresca. Eu caio de joelhos, passando a cavar a terra com as mãos.

— Perdoe-me, meu amor! Perdoe-me por te deixar sozinha. — Meu peito está rasgado, sangrando, minha visão borrada pelas lágrimas. — Eu te amo!

Berro a plenos pulmões, cego pela dor. Alvinho e meus primos começam a cavar junto comigo, usando as pás abandonadas pelos assassinos. Nossos seguranças cercam o local, mantendo os infelizes sob suas miras. Estou ofegando, sem ar, desespero sem medida se apossando de mim. Nunca senti dor tão intensa. É a dor dilacerante de saber que a mulher que amo morreu por minha causa. Que nunca mais a terei em meus braços por minha única e maldita culpa. Nunca mais verei seus lindos olhos de camaleoa mudando de cor. Nunca mais ouvirei suas juras de amor. E ela jamais ouviu as minhas, porque eu perdi essa chance. Ela jamais ouvirá o quanto a amo e estou arrependido. Cavo mais e mais, minhas unhas já sangrando, até que alcançamos a madeira. A visão do caixão me aterroriza ainda mais. Abro-o rapidamente, mesmo sabendo que pode ser tarde, e meu coração sofre um solavanco ao vê-la. Está nua, com os pés e mãos algemados.

— Ahhhhhhhhhhh! — o grito horripilante sai da minha garganta para a mata, espantando os pássaros nas árvores mais próximas.

Eu avanço para dentro da cova, puxando-a para fora. Seu corpo está gelado, mas tirando um olho roxo, não há outro ferimento em sua pele. Estendo-a no chão e me ponho a combinar respiração boca-a-boca e massagem torácica.

— Acorde, Maya! Acorde, meu amor! — Eu choro, tentando desesperadamente enviar oxigênio para seus pulmões.

Ela não se mexe, não respira, seus olhos permanecem fechados.

— Não! Volte para mim! Vamos, meu bebê, volte para mim! — As lágrimas não param de cair. — Não... — Eu tento e tento. Dou murros em seu tórax e nada. — Volte para mim. Não me deixe.

— And... Irmão, infelizmente chegamos tarde... ela se foi. — Alvinho coloca uma mão sobre meu ombro. Sua voz é triste.

Retiro meu terno e a visto, pegando-a no colo. Seu rostinho está marcado por lágrimas secas, a expressão é de dor e desespero. Ela morreu achando que eu não a amava, que a abandonei, e esse é o meu maior castigo.

— Não... — minha voz é apenas um fio, cansada, rouca.

Corro os dedos sangrentos e sujos pelo seu rosto.

— Perdoe-me por não ter chegado a tempo, bebezinha. — Puxo-a contra meu peito, querendo morrer junto com ela, tamanha a dor rasgando meu coração. — Eu te amo. Perdoe-me por nunca te deixar saber disso. — Choro e choro, segurando-a bem junto de mim. — Perdoe-me, meu amor.

Repito a declaração e o pedido de perdão, mil vezes. Nada mais me importa. Mantenho-a no casulo dos meus braços, como devia ter feito todo o tempo. Mas não fiz e a perdi. Meus lamentos e soluços quebrados continuam reverberando na clareira. Eu nunca mais serei o mesmo depois desta perda. Sei, no fundo do meu coração, que jamais amarei outra mulher. Esta menina sempre será a única para mim.

Continua...